本书为“天津师范大学博士基金资助项目”
项目编号:043-135202WW1728

西方文学另类女性形象书写

甄蕾 著

天津社会科学院出版社

图书在版编目（CIP）数据

西方文学另类女性形象书写 / 甄蕾著. -- 天津 : 天津社会科学院出版社, 2018.8
ISBN 978-7-5563-0486-8

Ⅰ. ①西… Ⅱ. ①甄… Ⅲ. ①外国文学－女性－人物形象－文学研究 Ⅳ. ①I106

中国版本图书馆CIP数据核字(2018)第157256号

西方文学另类女性形象书写
XIFANG WENXUE LINGLEI NÜXING XINGXIANG SHUXIE

出版发行： 天津社会科学院出版社
出 版 人： 张博
地　　址： 天津市南开区迎水道7号
邮　　编： 300191
电话/传真： （022）23360165（总编室）
（022）23075303（发行科）
网　　址： www.tass-tj.org.cn
印　　刷： 北京建宏印刷有限公司

开　　本： 787×1092 毫米 1/16
印　　张： 16.75
字　　数： 236千字
版　　次： 2018 年 8 月第 1 版 2018 年 8 月第 1 次印刷
定　　价： 68.00元

目 录

前言 夏娃另类的女儿们——西方文学中的一群女性 …………… 001

第一章 承载特殊含义的"疯女人"形象 …………… 005
第一节 研究"疯女人"形象的必要与意义 …………… 005
第二节 "疯女人"形象初级阶段:天使与魔鬼 …………… 010
第三节 "疯女人"形象发展阶段:挑战传统的勇者 …………… 016
第四节 "疯女人"形象高级阶段:重写历史的斗士 …………… 020

第二章 "疯女人"形象的成因与文化反思 …………… 027
第一节 时代运动与社会思潮的重重烙印 …………… 027
第二节 作家经历及其女性观的丝丝倾注 …………… 031
第三节 文化含义显露和对此的深深反思 …………… 043

第三章 "疯女人"形象的塑造和艺术特色 …………… 049
第一节 讲述之口:不断变化的叙事角度 …………… 049
第二节 描摹之形:日益丰富的意象群体 …………… 055
第三节 表现之彩:推陈出新的艺术技巧 …………… 061

第四章　质疑主流的另类“少女形象” …… 073
第一节　全球文学“少女热”及其研究价值 …… 073
第二节　弱势群体的呐喊:创伤少女形象 …… 083
第三节　社会学越轨透析:边缘少女形象 …… 094
第四节　处于不幸家庭环境中的少女形象 …… 105
第五节　“同一性危机”与“自杀的少女” …… 119

第五章　追问传统的另类女性形象 …… 137
第一节　直面传统的审视:失贞女性形象 …… 137
第二节　消费社会的产物:外貌主义女性 …… 149
第三节　鱼与熊掌:当代娜拉们何去何从? …… 162
第四节　如何“在最不可思议的地方找到爱”? …… 175
第五节　欧茨学院小说中的大学校园环境伦理 …… 187

第六章　中西另类女性形象书写比较 …… 201
第一节　犹斗的困兽　同声的反抗 …… 201
第二节　显性的相合　隐性的迥异 …… 212
第三节　两个身着天使外衣的残疾灵魂 …… 221
第四节　历史的进步需要“自觉的英雄” …… 229

参考文献 …… 237
后记 …… 253

前言

夏娃另类的女儿们

——西方文学中的一群女性

在这里我想仿照伟大的作家雨果在其小说《悲惨世界》自序中的一段文字开始——只要世界上还存在歧视女性的现象，只要这个社会还泛滥着对女性美貌和性感的宣传与消费，只要还有人认为与男性相比女性是弱势群体，只要还有女性被大家视为另类被排斥到社会的边缘，那么和本书一样性质的书都不会是无用的。

诚然，这本书不是文学作品，不可能像雨果那样把芳汀们的形象雕刻得真切入骨流芳百世，让她们在世界文学长廊中光彩永恒。但我仍然斗胆想把那些被文学史、被文学批评史推挤为非主流、排斥为非重点的一群"另类女性形象"，拥抱进这部书来加以梳理盘点并作为挖掘探索的重点，以了却一桩困惑了我小半生、一直在探究的事情。

说来话长，不知为什么在大学期间的我就得了一种"痴迷于女性文学探秘"的偏执病，总觉得女人们包括自己心中有很多的话要说，至于对谁说、说什么叫不准，这些所想所思时而清晰如画时而朦胧若雾，它们就这么在胸中翻过来覆过去折磨着我、困惑着我。在本科读书期间我尝试着把这些心中的困惑敲成文字，悄悄地投寄给了一些报纸杂志。出乎意料的是这些异想天开、这些呼天嚎地的文字竟然几乎全部被报纸杂志发表了，有几篇还得到了多家报纸杂志竞相转发的幸运。2004 年因为论文《历史的进步需要自觉的英雄》的刊登,23岁的我被《当代思潮》的期刊主编段若非先生称为是"创刊15年来在这个高级别的刊物上发表文章年龄最小的作者"。这也成了我以后治学路上的一个转折。

此后,对女性尤其是对被压抑、被摧残、被边缘的女性的研究冲动和暴发力,像列车轨道导之于列车前行一样地不可逆转。学士、硕士、博士,加上博士后,十几年来我一直沿着这条路奔跑,顺着这条矿脉执着探求挥汗挖掘。探索之路坎坷艰辛,有柳暗花明的喜悦也有山穷水尽的苦恼。我看到了压在"女性形象"下一层的"另类女性形象"始终在文学研究、文学批判的边沿踽踽独行。然而她们却地地道道的是一个需要解救的群体,是个需要大书独描的博大存在。一种想做做不成不做又不忍的剪不断理还乱的思绪缠绕着我,使我寝食不安、幻梦丛生。有时我觉得这些另类女性形象已经点燃了自身,披着熊熊火焰向我扑来,沙哑地呼喊着她们的苦楚和遭遇。她们围着我缠着我推搡着我,把我从地上抬起来,在一种混沌中我觉得我变成了她们、她们也变成了我。这种我中有她们、她们中有我的令我身心俱裂的感觉迫使我不得不下定决心把她们揽身于怀，抚慰着倾听着她们的哭诉。我静心地听着，发现她们的每一句话无一不是发自肺腑,她们的苦难身世无一不是真真切切。她们在步履蹒跚神志恍惚的人生路上,留下了一串串血红的脚印。作为一名女性研究者的我终于在思绪混沌沉淀之后,从她们身上发现了一种耀眼的文学价值和多维的探索空间。

"另类女性形象研究"这一课题在以往的世界文学研究中,被"女性形象研究"这个传统的挈提式概念遮盖了,"另类女性形象"像挤压在石板底下的黄花弱草窝曲着而不得伸展。在阅读了大量世界文学名作之后,我发现所谓"另类女性形象"的类型和数量比原来想象得要多得多,探索的维度远比我原来设计的要广阔深远,置之不理失于挖掘实乃罪过。这里的世界文学当然也包括我们的中国文学，从比较文学的角度来说也算是在其范围之中应该加以提及。更使我惊喜的是这群"另类女性形象"其具体个性竟是如此之独特而不可重复，其队伍类型和开拓疆域竟是如此的深远而望不到尽头,不以大部头专著展开论述是难以囊括的。我的这部小著只能算是这类研究的一个分支,只能算是"另类女性形象研究"大树上的一侧枝叶罢了。

本书在论述方法上以横列纵述法打造框架，然后分章别类作抽丝剥茧式递进推演。其中“疯女人”形象是论述的重点。我想把云雾遮盖中的“疯女人”形象晾晒一下，望闻问切弄清她们是真疯还是假疯，是被逼而疯还是自寻烦恼，是个人问题还是社会问题，是他人造成还是自作自受。如英国小说《简·爱》中被锁在阁楼的那个公认的“疯女人”伯莎·梅森，按常理猜度简·爱应该是她最想铲除的情敌，然而在放火的那天晚上，伯莎路经简·爱的房间时，看都没看沉睡的简·爱，就精确无误地直扑罗切斯特的住处去刺杀她真正的敌人。完美的理智让这个“疯女人”清醒地确认说她疯了的罗切斯特才是她要杀的人，是这个罗切斯特想用这个自己也知道是假话的烟幕遮人耳目，去做他那些不可告人的勾当。我们古语云“没有带着花去寻死的”，然而西方戏剧《哈姆莱特》中奥菲利娅的寻死，不仅头戴鲜花而且还是口唱小曲去死的。在中国戏剧《雷雨》中被周朴园当成宠物养活着的繁漪，卧底般地披着“疯”衣进出周家公馆，她在忽明忽暗的路上等待时机，积蓄能量准备突围决战，她决定独立行动，横刀展开一场无情厮杀。果然，时机来到了，在狂风大作雷雨闪电那个晚上，她突然变成了一头雄狮，亲手捣毁了具有象征意义的周公馆，清算了包括周朴园在内的所有仇人，她毫不留情地一个个掏出了他们的五脏六腑。如此种种的“疯女人”，在整个“另类女性形象”集体中她们的数量不多，但是其能量之宏大，象征意义之深远是不允低估的。还有在美国小说《少女自杀》中，一家四位少女，老小只有十三岁，大姐也只不过才十七岁，一年之间全部自杀身亡。她们自杀的方式之诡异、结局之惨烈实为令人发指。老小在她十三岁生日的晚会上借故有事，跑到四楼开窗跳下，一根竖立的冰冷铁棍直直地插进她幼嫩的胸膛。更令人担忧的是这些“另类女性形象”不是作家凭空杜撰的。现实中如此的另类女性在世界的各个角落俯地可见。除了上述“疯女人”“自杀少女”，这本书还涉及到了“创伤少女”“边缘少女”“家庭不幸的少女”“失贞女性”“外貌主义女性”“当代娜拉”“女大学生”“犹斗的困兽”“残疾的天使”“自觉的英雄”等等。

我们说女性，在辉煌的母系社会是至高无上的，她们说一不二一统天下。农耕之后她们被身高力大的男性推下了宝座,就再也没有真正地直起腰板来,她们起起伏伏跌跌撞撞"奔爬"到了当今的文明时代。感谢世间的文人,用甲骨、竹片、羊皮、锦帛、口传、纸张、电脑等记录着女人们的足迹。刻记下她们的神圣与骄傲、辛酸和苦楚、满足和向往。东方文学中补天造人的伟大女性女娲、泪洒湘竹的娥皇女英、美貌超群的西施、叱咤风云的武则天、"生当作人杰死亦为鬼雄"的李清照、一对彩蝶飞到今的祝英台、蜡炬成灰泪始干的林黛玉;西方文学耀眼的女性,也是繁星丽天晶莹璀璨:希腊神话中的海伦、《圣经》中的圣母玛利亚、莫里哀喜剧中伶牙俐齿的桃丽娜、《浮士德》中贤淑美丽的玛格丽特、"我爱我恨我痛苦"的简·爱、身为下贱心存善良的"羊脂球"、貌美聪慧特立独行的郝思嘉、遇人不淑命运悲惨的芳汀、心地纯善婀娜多姿的艾丝美拉达、聪慧独立不畏世俗的丽达……

这些耳熟能详历久弥新的经典女性形象,犹如洒满大地的阳光,温暖着世间滋润着万物。她们的文学价值超越时空,她们的社会历史价值毋庸置疑。本书的终极目的不是质疑不是挑战而是要提出一种理念,发掘新的价值能源。奥菲利娅的形象被高大的哈姆莱特的身影遮掩了,关在阁楼上的疯女人伯莎·梅森被关注简·爱的人们忽视了。问题就在这里,"另类女性形象"被许多经典女性形象的光辉遮住了,似乎变成了可有可无。如果说当今时代的文学史、文学批评史继续边缘她们忽视她们,那么整个人类的发展史极可能就是一部残缺的乃至危险的历史。女人的始祖——夏娃会因认为她的子孙们慢待甚至虐待了她"另类的女儿们"而勃然大怒,进而施展法术报复宇宙世界。所以说文学史、文学批评史上的这一失误很可能造成我们人类发展史上的一个地悬,形成世界文明挺进路上的一个大坑。或许有那么一天,人们会突然发现原来人类繁衍进展过程中的某些冲突恩怨、某些摧残和毁坏,其由头其根源竟然是与此有着直接或间接的系连呐。故而,这部书将集中笔力发掘"另类女性形象"独有的文学价值、深广历史价值和多维的美学意义。

第一章　承载特殊含义的“疯女人”形象

人类的始祖——夏娃偷食了伊甸园的禁果，得到了“跟上帝一样能知道善恶”①的智慧和理性。但是她怎么也不会想象到：随着时光的流逝，她后世的女儿们竟然和被称为非理性的“疯狂”有了不解之缘。上帝对夏娃的“原罪”的惩罚是重重加深她怀孕和分娩的苦楚，让她必须恋慕人类的另一位始祖——亚当，让他做她的主人，然后上帝把二人逐出乐园，赶到人间……人类社会自此而始，男权中心就此敲定，而西方文学也以此拉开了帷幕。文学反映现实，现实左右文学。曾几何时，现实中的疯狂进入了西方文学，从此疯狂和女性如影随形、撕扯不清。

第一节　研究“疯女人”形象的必要与意义

“疯女人”(mad-woman)形象是男性文明的产品吗？是女性主义的武器吗？还是人类历史的偏颇呢？

法国当代思想家米歇尔·福柯(Michel Foucault)说：“疯癫(madness)不是一种自然现象，而是一种文明产物。没有把这种现象说成疯癫并加以

①朱维之主编：《圣经文学故事选》，北京：北京出版社，1983年版，第7页。

迫害的各种文化的历史，就不会有疯癫的历史。"[①]因而，他声称"我们却不得不撰写一部有关这另一种形式的疯癫的历史"[②]，于是有了《疯癫与文明——理性时代的疯癫史》(*Madness and Civilization: A History of Insanity in the Age of Reason*, 1961)的出世。

但是，"福柯在《疯癫与文明——理性时代的疯癫史》中对权力的批评也未考虑到性别。当他揭露了疯人院改革背后的压抑观念时，福柯并没有探讨疯人院使之沉默和监禁的非理性和差异性仍是女性化的。"[③]所以，为了弥补疯狂(madness)史研究中遗失的性别分析和女性主义批评，美国当代女性主义理论家、文学评论家艾莱恩·肖瓦尔特(Elaine Showalter)也"不得不"撰写了《妇女·疯狂·英国文化(1830–1980)》(*Female Malady: Women, madness, and English Culture*, 1830–1980, 1985)。

虽然，艾莱恩·肖瓦尔特自称这"既是一部女权主义的疯狂史，又是一部视疯狂为妇女病的文化史"[④]；虽然它考察了某些文学文本中"疯女人"形象的表现，但是它的研究却重在西方的心理学和精神病学领域，且仅限于英国。而西方文学中其他国度的"疯女人"仍然没有被正名。虽然在这之前，两位美国当代评论家桑德拉·吉尔伯特(Sandra M. Gilbert)和苏珊·古芭(Susan Gubar)的论著《阁楼上的疯女人：女性作家与19世纪文学想象》(*The Madwoman in the Attic: The Woman Writer and the Nineteenth-Century Literary Imagination*, 1979)[⑤]已经问世，开启了西方文学中研究"疯女

①〔法〕米歇尔·福柯：《疯癫与文明——理性时代的疯癫史》，刘北成、杨远婴译，北京：三联书店，1999年版，封底。

②〔法〕米歇尔·福柯：《疯癫与文明——理性时代的疯癫史》，刘北成、杨远婴译，北京：三联书店，1999年版，前言第1页。

③〔美〕艾莱恩·肖瓦尔特：《妇女·疯狂·英国文化》，陈晓兰、杨剑锋译，兰州：兰州大学出版社，1998年版，前言第5页。

④〔美〕艾莱恩·肖瓦尔特：《妇女·疯狂·英国文化》，陈晓兰、杨剑锋译，兰州：兰州大学出版社，1998年版，前言第4页。

⑤Gilbert, Sandra M. & Susan Gubar, *The Madwoman in the Attic: The Woman Writer and the Nineteenth-Century Literary Imagination*, New York: Columbia University Press, 1979. 因笔者2006年最初写作此文的时候，国内还没有中译本，所以采用英文版本。现在有了中译本：〔美〕S.M.吉尔伯特，苏珊·古芭：《阁楼上的疯女人：女性作家与19世纪文学想象》，杨莉馨译，上海人民出版社，2015年版。

人"形象的先河，但是此书研究之时间跨度仅仅是一个世纪，西方文学宫殿中的"疯女人"形象之大部队仍然被冷囚在那里没有释放。

所以，我们还是"不得不"继续考察、记录和重新挖掘西方文学中的有关"疯女人"形象的历史。因为人们出于各种各样的原因和理由，使"疯女人"形象在文学批评史中长期被藐视被误读，使"疯女人"形象同赢得世界声誉的《疯癫与文明——理性时代的疯癫史》擦肩而过，使对"疯女人"形象的论述和研究一次次地被搁浅被埋没。我们有必要从一个相对宏观的角度分析这些表现及其成因，以及隐匿在这一现象背后的历史和文化因素。我们有必要对西方文学中"疯女人"这一形象的具体呈现、时段特征、内涵意图和塑造手段做一番全面的考察，以此反观"疯"史，反观西方文学史及其批评史，反思人类文明的疏忽、失允和偏执。

据此，笔者选取了西方文学史上从 17 世纪初到 20 世纪晚期近四个世纪的、某些经典文本中，曾经被文学批评界认定为"疯女人"的、或者作品表述其为精神错乱的八个"疯女人"形象——《哈姆莱特》(*Hamlet*，1601）中的奥菲利娅、《浮士德》(*Faust*，1831）中的玛嘉丽特（又名葛丽卿）、《麦克白》(*Macbeth*，1606）中的麦克白夫人、《远大前程》(*Great Expectations*，1861)中的哈维沙姆小姐、《简·爱》(*Jane Eyre*，1847)中的伯莎·梅森、《藻海无边——〈简·爱〉前篇》(*Wide Sargasso Sea*，1966)中的安托瓦内特、《钟形罩》(*The Bell Jar*，1963)中的埃丝特·格林伍德和《浮现》(*Surfacing*，1972)中的女主人公"我"为代表，进行西方文学中"疯女人"形象之系统研究。这群"疯女人"实际上是不是真的精神错乱？她们是被谁、怎样被断定为"疯女人"的呢？她们疯的原因和疯的背后是什么？作家们又是采用什么艺术手法，如何呈现"疯女人"形象的呢？这些正是笔者考证和研究的问题之所在。

那么，在此前的对西方文学中的"疯女人"所进行的研究中，除了上文提到的《阁楼上的疯女人：女性作家与 19 世纪文学想象》和《妇女·疯狂·英国文化(1830–1980)》之外，国内至今还没有从形象群体的角度进行专门研究西方文学中的"疯女人"形象的专著。在国内外的评论资料中，有的仅是对笔者所选取的这八个人物形象中的单个形象的评价或几个形象的比较。笔者现将查阅和归纳的具体研究情况评述如下：

文艺复兴时期英国作家莎士比亚（William Shakespare）的戏剧《哈姆莱特》（*Hamlet*，1601）中的奥菲利娅，近些年随着对莎剧的女性主义解读而炙手可热。例如艾莱恩·肖瓦尔特的《妇女·疯狂·英国文化》就把她当作西方文学中的“疯女人”的原型进行研究。而对启蒙运动时代德国作家歌德（Johann Wolfgang von Goethe）的诗剧《浮士德》（*Faust*，1831）中的玛嘉丽特的研究论述非常之少。有的文章观点认为玛嘉丽特是作者有意设置的一个宗教信仰的体现者。还有的认为导致玛嘉丽特悲剧的原因是封建伦理道德和宗教罪恶势力的迫害。

关于莎士比亚 17 世纪的戏剧《麦克白》（*Macbeth*，1606）中的麦克白夫人，大多数评论没有从“疯女人”这个角度切入。海涅（Heinrich Heine）在《莎士比亚笔下的女角》（*Shakespeares Mädchen und Frauen*，1838）中写道：“二百年来声名狼藉的麦克白夫人，约十二年前在德国名声却大大好转。虔诚的弗朗茨·霍恩在布罗克豪斯的《百科报》上说，这位不幸的麦克白夫人一直为人们所误解；她是很爱她丈夫的，始终怀着无限的深情。”[①]国内著名学者李赋宁在《莎士比亚的〈麦克佩斯〉四个片段》（1965）一文中指出，麦克白夫人“代表的是资产阶级冒险家为了积累资本所表现出来的‘坚强的意志和毅力’。她用轻蔑、嘲笑作为手段，把自己的丈夫逼上了犯罪之路”。[②]

而对 19 世纪英国作家狄更斯（Charles John Huffam Dickens）的小说《远大前程》（*Great Expectations*，1861）中的哈维沙姆小姐形象的研究是近些年才兴盛起来的。各家评论观点不一，甚至互相对立。有从精神分析角度研究的，认为她是受到过精神创伤的不正常人，有深深的自恋情结。然而有的则认为她是个头脑清醒、拥有双重性格的正常人。到了伯莎·梅森，这是被称为第一个女性主义的“疯女人”原型的人物形象。在 19 世纪英国作家夏洛蒂·勃朗特的小说《简·爱》（1847）出版后的一个世纪内，人们忽视了她的存在和意义，大多数评论认为她或是一个推动情节的道具或是

①海涅：《莎士比亚笔下的女角》，温健译，上海：上海译文出版社 1981 年版，第 63 页。
②李赋宁：《英国文学论述文集》，北京：外语教学与研究出版社 1997 年版，第 107 页。

作为简·爱的陪衬出现的反面形象。直到20世纪桑德拉·吉尔伯特与苏珊·古芭的《阁楼上的疯女人:女性作家与19世纪文学想象》面世,重新挖掘了伯莎·梅森形象,才把她从禁闭的“疯女人”角色中解放了出来。该书的两位作者认为伯莎·梅森是“黑暗的替身”(Dark Double),作家夏洛蒂·勃朗特(Charlotte Bronte)把她反叛的冲动投射到了伯莎·梅森身上。

而对20世纪英国作家简·里斯（Jean Rhys）的小说《藻海无边——〈简·爱〉前篇》(*Wide Sargasso Sea*,1966)中的安托瓦内特(即《简·爱》中的伯莎·梅森）的研究则集中在认为她不仅是父权和夫权压迫的牺牲品,同时也是种族主义和殖民主义的受害者，例如徐军的《性别角色与妇女解放——安托瓦内特和玛丽·卡森性格特征解读》(载《外国文学研究》1998年第3期)。同时代的美国作家西尔维娅·普拉斯(Sylvia Plath)的小说《钟形罩》(*The Bell Jar*,1963)中的埃丝特·格林伍德,被众多评论家认为就是作家普拉斯自己的化身，人物的遭遇揭示了现代社会的冷酷和虚伪对人性,尤其是对女性人性的桎梏和扼杀。

最后一位“疯女人”,是被誉为“加拿大文学女王”的当代作家玛格丽特·阿特伍德（Margaret Atwood）的小说《浮现》(*Surfacing*,1972）中的“我”,国内对此的研究屈指可数。有的较关注这部作品的多义性主题,如王晓英的《生存 回归 真我——论〈浮现〉的多元化主题》(载《外国文学研究》1997年第2期)。还有从女性主义角度解读的,如何熙的《解构男权中心 重获女性自我——评玛格丽特·阿特伍德的小说〈浮现〉中的女权主义思想》(载四川外语学院学报2002年第4期)。但是至今还没有从“疯女人”这个角度对此进行研究的文章。综上所述,已有的研究要么时间局限于一个世纪,要么空间圈定在一个国家,还没有从一个宏观的维度上理清和把握整个西方文学史上“疯女人”形象之发展的总体脉络和演变规律的研究著作。

因此,本研究的创新之处在于,以比较文学主题学研究和女性主义批评两大方法为主干,并以精神分析批评、后殖民主义理论、生态主义批评、叙事学理论、意象批评等为辅助,经古历今、横跨诸国,从内容到形式,对西方文学中的“疯女人”形象斗胆进行较为全面的探讨和系统之研究。以此发掘“疯女人”形象的个性和共性，揭示“疯女人”形象的流变特点、文化内涵和艺术特色。力图还“疯女人”形象一个真实的存在，还“疯女人”形象一个应有的历史地位，还“疯女人”形象一个无可替代的文学价值。由于笔者多年前致力于“疯女人”形象的研究，已有一些先期成果得以发表，即《犹斗的“困兽” 同声的反抗——评说伯莎·梅森和繁漪》（载“全国中文核心期刊”《名作欣赏》2006 年第 7 期下半月）、《显性的相合 隐性的迥异——中西文学中“疯女人”形象之比较研究》（载“全国人文社科核心期刊”《广西大学学报》（哲社版）2006 年第 4 期）、《两个身着天使外衣的残疾灵魂：奥菲利娅和沈凤喜比较研究》（载《世界文学评论》2006 年第 1 期）三篇论文。本书将直接纳入以上三文中的部分观点，故于此不再赘述。

第二节 “疯女人”形象初级阶段：天使与魔鬼[①]

从 17 世纪初到 20 世纪末，“疯女人” 形象在西方文学史中形成了一定的气候，使笔者在漫步西方文学长廊时不禁为她们的苦楚喊叫而撼动，为她们的奇丽独特而感慨，为人们对这一群体的漠然视之而震惊。

为求发现“疯女人”形象在文学史中传承更新的历程和特点，笔者决定根据西方文学作品中对“疯女人”的“疯”的特征的呈现，把她们归纳为三个阶段、五种类型进行剖析。需要说明一点的是，三个阶段的划分基本上是按照时间顺序的，但是并不严格。因为笔者在此部分中以探讨西方文学中的“疯女人”形象的五种类型为主，所以各个阶段中的“疯女人”形象在时间上会有所重叠或交叉。

西方文学中“疯女人”形象的初级阶段主要由两种类型构成，即天使型“疯女人”和魔鬼型的“疯女人”，她们是“疯女人”首次登上文学舞台的代表类型，构成了早期西方文学“疯女人”之形象经典。但这两种类型——天使或魔鬼——却是女性形象的两个极端。

在一般的想像中，天使和甜美、温和、纯洁相关，疯狂与失控、混乱、恐

①本节部分内容参见拙文：《两个身着天使外衣的残疾灵魂：奥菲利娅和沈凤喜比较研究》，载《外国文学研究》编辑部编《世界文学评论》2006 年第 1 期。

怖相连。二者截然相反，毫无瓜葛。然而在西方文学中有一类“疯女人”却把二者紧密相联，即天使型“疯女人”。从时间上看，这种“疯女人”也是西方文学作品里最早出现的“疯女人”形象。如 17 世纪莎士比亚的《哈姆莱特》（1601）中的奥菲利娅和 19 世纪歌德的《浮士德》（1831）中的玛嘉丽特二位，堪称这种类型的杰出代表。

奥菲利娅是《哈姆莱特》中丹麦御前大臣波洛涅斯的掌上明珠，她出身高贵，清秀脱俗，举止端庄，天真无邪，俨然是一位落入凡间的天使。戏剧一出场时她对生活充满了热情，对爱情充满了希望。她被众人恭维，被家长宠爱，被王子哈姆莱特尊为“我灵魂的偶像”[①]。似乎她天使般的品貌将注定她一生的幸福和美满，然而命运对于容貌好似天生相克。自从她的哥哥和父亲怀疑、反对她与哈姆莱特的爱情时起，不幸的乌云就遮蔽了她的天空。奥菲利娅在父兄的逼迫下断绝了与她相互倾心的哈姆莱特的交往。父兄共同铸造的家长专制的威严之斧，腰斩了她憧憬美好爱情的幼苗，却埋下了让她日后为亲情和爱情的冲突而疯狂的种子，最终使她成为了政治阴谋的诱饵、宫廷格斗的祭品。

如果说奥菲利娅的父亲和兄长是她疯狂的催化剂，那么情人哈姆莱特则直接造成了她的疯狂。这位王子在未知杀父之仇前，屡屡向奥菲利娅示爱。他奉奥菲利娅为美丽的女神，迷人的天使。但是不可否认的一点是，受过“大学人文主义教育”[②]的哈姆莱特从来没有和奥菲利娅倾心交谈，从来没有把心中的秘密和苦恼告诉他的女神。“他对奥菲利娅的爱情，并无任何显著的激情，只是一些甜美需要的平静预感。”[③]他不曾把奥菲利娅当作一个有独立思想和自主意志的人看待，他也不曾把奥菲利娅当作可信赖的知己看待。

为了全身心地投入复仇大计，他不惜亵渎爱情，伤害恋人。他再次遇见奥菲利娅时一反常态，他对奥菲利娅冷嘲热讽、恶意诅咒。他的变心宛如一个晴天霹雳，把奥菲利娅的爱情和幸福炸得粉碎，把她从灿烂的高峰

①〔英〕莎士比亚：《哈姆莱特》，见朱生豪译《莎士比亚悲剧集》，北京：中国致公出版社 2003 年版，第 122 页。以下引自该译本的不再一一注明页码。

②张泗洋等：《莎士比亚引论》，北京：中国戏剧出版社 1989 年版，第 359 页。

③〔德〕歌德等：《莎剧解读》，张可、元化译，上海：上海教育出版社 1998 年版，第 163 页。

抛入了幽暗的谷底。奥菲利娅成为了“一切妇女中间最伤心而不幸的”。然而更重的打击还在后面，当这位“最美丽的天使”得知自己的父亲被哈姆莱特杀死时，她的精神彻底崩溃，她的信仰完全丧失，她疯了。

无独有偶，两百多年后西方文学中再次出现了一个经典的天使型“疯女人”，她就是歌德的《浮士德》中的玛嘉丽特（又名葛丽卿）。玛嘉丽特以纯洁无暇、天真烂漫的农家少女的身份而出场。当她第一次经过被魔鬼靡非斯陀恢复了青春的浮士德的身边时，就被浮士德惊为天使下凡。浮士德感叹道：“这妮子真美丽无比！”[①]于是，他立刻命令靡非斯陀：“听着，给我把那雌儿弄来！”在魔鬼的帮助下，浮士德以名贵的首饰馈赠她，以华丽的言辞赞美她，以甜蜜的情话引诱她。他称玛嘉丽特为“小天使”“甜蜜的宝贝”“散花的仙娥”，他声称：“我将自己整个献给你！”少不更事的玛嘉丽特一下子就被这年轻英俊的名门绅士迷得神魂颠倒，她日夜思念着浮士德：

> 当我离开了他（指浮士德——引者注）……我可怜的头儿，快要变成疯癫，我可怜的心情，已经粉碎零乱。……只要和他接吻，纵死我也甘心！

纯情的少女玛嘉丽特爱得至深至诚，她把浮士德对她的爱当作了一切，当作了她的整个世界。就这样，这位未经世故、毫无城府的“非凡的天使”掉入了浮士德和靡非斯陀圈设的虚荣和情欲的陷阱，越陷越深，无法自拔。

然而，浮士德为了急切地满足自己的情欲，让玛嘉丽特给她的母亲下安眠药，致使她的母亲因服药过量而死。不仅这桩，他又在靡非斯陀的挑唆下刺死了玛嘉丽特的哥哥华伦亭。这位口口声声叫着玛嘉丽特“天使”的绅士送给玛嘉丽特最贵重的“礼物”竟然是与她相依为命的两个亲人的尸体。随后他逃之夭夭，杳无音讯，在靡非斯陀的带领下去参加妖魔的狂欢。而玛嘉丽特独自一人承担了一夜情的苦果，她未婚先孕，遭人唾弃，家毁亲亡，到处流浪，最终溺死了自己的婴儿，被抓进监狱判处了死刑。当浮

①〔德〕歌德：《浮士德》，董问樵译，上海：复旦大学出版社 1982 年版，第 143 页。以下引自该译本的不再一一注明页码。

士德去监牢救她时，她已经疯了。

不论是疯了的奥菲利娅还是疯了的玛嘉丽特，她们完全没有通常想象中的“疯”的恐怖一面的表现。奥菲利娅疯了之后，弹着小琴，哼着小曲，编织着花环四处游荡。她没有声嘶力竭，没有愤恨咒骂，她还把美丽的花朵送给那些利用她的人作祝福。她疯得无害，死得无声。而玛嘉丽特疯了之后，还思念着浮士德和自己的孩子。她虽然语无伦次，但她始终没有怨恨把她害疯的浮士德，她只是不断地忏悔自己的罪过。她最终拒绝了魔鬼和浮士德对她肉体的搭救，让天父拯救了她的灵魂。奥菲利娅和玛嘉丽特的“疯”，对除了她们自身以外的其他人，没有任何的破坏欲，没有任何的杀伤力。她们精神正常的时候是披着美丽和温柔外衣的天使，她们精神错乱之后是披着美丽和温柔外衣的“疯天使”。

魔鬼的祖宗撒旦引诱夏娃犯下了原罪，这种行为在上帝眼中看起来够疯狂。从此疯狂与魔鬼就有了扯不断理还乱的联系，它们身上都散发着一种令人避而远之的气味，它们都有着一副令人厌恶或畏惧的面孔。魔鬼都是疯狂的，疯狂都是着了魔。如果天使是上帝驯顺的宠儿，那么魔鬼就是上帝失控的逆子；如果“疯女人”听话就是天使，那么“疯女人”叛逆就是魔鬼。莎士比亚的《麦克白》(1606)和狄更斯的《远大前程》(1861)就给我们出示了这样两个魔鬼型“疯女人”——麦克白夫人和哈维沙姆小姐。

麦克白夫人是读着丈夫麦克白的书信出场的。麦克白在信上说女巫告诉他，他将成为未来的君主，因此他要提前和麦克白夫人分享这个“好消息”，以免妻子对她将要得到的富贵一无所知，而失去她应有的欢欣。但麦克白夫人并没有喜形于色，她反而为丈夫的天性忧虑：

> 它充满了太多的人情的乳臭，使你(指麦克白)不敢采取最近的捷径；你希望做一个伟大的人物，你不是没有野心，可是你缺少和那种野心相联属的奸恶；……让我用舌尖的勇气，把那阻止你得到那顶王冠的一切障碍驱扫一空吧。①

①〔英〕莎士比亚：《麦克白》，朱生豪译《莎士比亚全集》(八)，北京：人民文学出版社1978年版，第321页。以下引自该译本的不再一一注明页码。

所以当使者报告王上邓肯要来做客时，麦克白夫人觉得这正是杀王篡位的绝佳机会，她立刻下决心道：

> 来，注视着人类恶念的魔鬼们！解除我的女性的柔弱，用最凶恶的残忍自顶至踵贯注在我的全身；凝结我的血液，不要让怜悯钻进我的心头，不要让天性中的恻隐动摇我的狠毒的决意！

从这一刻起，麦克白夫人把实现丈夫麦克白当君主的野心当作了自己的使命。她不断坚定丈夫的野心，她周密部署了弑君的计划，她不惜把自己演化成一个杀人不眨眼的恶魔。当麦克白杀死王上后双手染血脸色煞白时，麦克白夫人顺手拿过丈夫的杀人刀、嫁祸给烂醉如泥的侍卫，并亲手把王上邓肯身上流出的血涂到侍卫身上。她斥责麦克白的心虚胆战：

> 我的两手也同你的同样颜色了，可是我的心却羞于象你那样变成惨白。……一点点的水就可以替我们泯除痕迹，不是很容易的事吗？

然而就是这件“很容易的事”让这位麦克白夫人很容易地疯了！

残忍是具有惯性的、且雪球般地越滚越大。麦克白自从杀了王上就变成了一个上紧发条的杀人机，为了维持罪恶的篡位战果，他停不下来了。麦克白夫人和丈夫一起背负的血债越来越重，然而冤魂聚成的大山终于把麦克白夫人给压垮了。麦克白夫人的精神全面错乱，打那以后她不停地梦游，不停地在空气中“洗手”，她一遍一遍地洗、一遍一遍地喊：

> “去，该死的血迹！去吧！一点、两点……什么！这两只手再也不会干净了吗？……这儿还是有一股血腥气；所有的阿拉伯的香料都不能叫这只小手变得香一点。啊！啊！啊！”“这一声叹息多么沉痛!她的心里蕴蓄着无限的凄苦。”

麦克白夫人身为一个女人，为了丈夫的霸业，有本事赶掉女性身上的善良与温柔，但是她作为一个人却没有能力赶掉尚存胸中的良知与谴责。终于，“她精神崩溃，在疯狂中死去”[①]。而那个作为男人的、已经“习惯于杀戮”的麦克白在听到妻子的亡讯后竟然没有任何悲伤和内疚，对麦克白夫人的死只说了一句：

“她反正要死的，迟早总会有听到这个消息的一天。”

美好需要栽培，鬼魅不请自来。二百五十年后、麦克白夫人体内的魔鬼复活了，它又钻入了狄更斯《远大前程》中哈维沙姆小姐的心胸。哈维沙姆小姐一出场就是一个有着魔鬼般外貌的“疯女人”。她住在陈旧阴沉、荒草丛生的破败的大宅里，穿着新娘的白婚纱，“头上还戴着新娘戴的花朵”[②]。但是她的衣服和花朵早因年久而褪色和干枯：

“除了干扁下去的眼睛里还有几份光彩，什么光彩都没有了”。

男主人公皮普小时候第一次见到她竟以为她是一个蜡人或骷髅，吓得差点大叫起来。在皮普的观察下，哈维沙姆小姐的房间就像一个太平间，她身上的礼服就像一件尸衣，她的婚纱就像一块裹尸布，而哈维沙姆小姐本人“活像一具僵尸”。哈维沙姆小姐让她所有的钟表都停在了八点四十分，因为二十五年前就在哈维沙姆小姐婚礼即将举行的前一刻，她挚爱的新郎写来一封信抛弃了她，并卷走了她一大半的财产，那一刻就是八点四十分。哈维沙姆小姐为此生了一场大病，病愈后就“听任整座宅子的荒废”，她再也没有脱下新娘的装束，再也没有移动房间的摆设，再也没有

---

①杨爱唐：《论麦克白夫人形象塑造》，载《湖北大学学报》(哲社版)1996年第4期，第67页。

②〔英〕狄更斯：《远大前程》，主万、叶尊译，北京：人民文学出版社2004年版，第58页。以下引自该译本的不再一一注明页码。

出宅门一步,她让时间永远停在了悲痛欲绝的那一刻:

“从那以后,她就没有再见过天日。”

憎恶和怨恨从此占领了哈维沙姆小姐的心灵，她抱养了一个小女孩埃斯特拉,她发誓要把埃斯特拉培养成一个华丽而傲慢、多情而狠毒的美人,用她去报复天下所有的男人。所以当哈维沙姆小姐见到皮普喜欢埃斯特拉时,她一方面让男方用全身心去爱恋女方,另一方面让女方不断勾引又不断侮辱男方。哈维沙姆小姐每每听到养女埃斯特拉汇报她玩弄的一个又一个男人,就高兴地奖赏她鼓舞她再接再厉。终于她使埃斯特拉变成了一个冷血动物,使她抛弃了真心爱护她的皮普,而嫁给一个“卑鄙下流的白痴”。然而哈维沙姆小姐自己则在如愿以偿后迷失了方向,失去了目标。她最终自食其果,被自己亲手制造的“冷血动物”埃斯特拉的举动刺伤了心,之后在一场意外的火灾中被烧成重伤,在喃喃自语“我原谅她(指埃斯特拉——引者注)”中悔恨而孤独地死去。

麦克白夫人也好,哈维沙姆小姐也罢,在文本中的她们不是容貌模糊不清,就是罩着恶魔的面纱,她们冷酷无情、残忍变态,形如鬼魅,心如蛇蝎。她们疯之前具有使人厌恶至极的能量,她们疯之后具有使人闻风丧胆的威力。自始至终,她们的身上没有半点女性的柔情,她们的体内流淌的全是魔鬼的血液。她们的呈现与天使型的“疯女人”截然对立,形成人性中大恶与大善的两个极端。

第三节　“疯女人”形象发展阶段:挑战传统的勇者

天使型“疯女人”和魔鬼型“疯女人”们还没有全部退场,一种崭新的“疯女人”形象甩袖扬鞭冲上了文学的前台。她就是英国 19 世纪女作家夏洛蒂·勃朗特的小说《简·爱》(1847)中的伯莎·梅森,也是英国 20 世纪女作家简·里斯的小说《藻海无边——〈简·爱〉前篇》(1966)中的安托瓦内特。笔者在颠覆传统的“疯女人”形象中,拟将伯莎·梅森和安托瓦内特两个"疯女人"形象铸成一种类型即颠覆型"疯女人"加以阐发。

因为这两个"疯女人"都深深植根于经典小说《简·爱》,实际上她们俩一个是来英国后的伯莎·梅森,一个是来英国前的伯莎·梅森,二者合一才是一个真正完整的伯莎·梅森。更重要的是,两个伯莎·梅森在对统治了几个世纪的传统的"疯女人"形象的反驳和颠覆上有着惊人的一脉相承。所以,笔者决意把二者合而论之。

在夏洛蒂·勃朗特的小说《简·爱》中,伯莎·梅森还未出场就被她的丈夫——男主人公罗切斯特宣告了身份:

> "伯莎·梅森是个疯子!"①

然而伯莎·梅森在《简·爱》中是没有话语权的,她无法展示、无法证明、无法为自己辩解。那么,我们就有必要考察一下这位被定为"疯女人"的女人究竟是真疯还是假疯。虽然《简·爱》中的伯莎·梅森在作品中只出现了四次(不包括以笑声和喊声出现的次数),但是她的每次出场却都是一次毫不含糊的攻坚战。可以说这四次出场就是伯莎·梅森的四大战役。她把贵族庄园作战场,她身披嗟来的疯衣,挥戈上阵,以超凡之举,展现了一个女参孙的摧枯拉朽式的颠覆。

第一战是"火烧罗切斯特"。伯莎·梅森巧妙地躲过看守防线,悄悄潜入罗切斯特的营地(他的房间),果断点火,立即撤离,速战速决,干净利落。如果不是简·爱的醒来,罗切斯特早已变成了灰烬。我们不由自主地产生疑问,为什么在这个庞大的庄园,一个失去理智的"疯子"不烧任何其他人的房间,竟能准确无误地直取罗切斯特的巢穴?这样周密的谋划、这样巧妙的布局、这样精确的行动,恐怕正常人也难能为之吧。而"疯子"伯莎·梅森却做得如此周延完美,如此从容不迫,差一点就大功告成了!可见,伯莎·梅森她根本就没疯!她的"疯"号是罗切斯特为了不可告人的目的给她硬安上的。

①〔英〕夏洛蒂·勃朗特:《简·爱》,吴钧燮译,北京:人民文学出版社1990年版,第315页。以下引自该译本的不再一一注明页码。

第二战是“夜袭内奸”。伯莎·梅森的弟弟理查·梅森是把伯莎·梅森推进火坑的帮凶。伯莎·梅森恨不得把他碎尸万段。然而在她得知理查·梅森夜间来访时,却一度显得异常镇静。为了迷惑对方,“她一开始看起来那么安静”,然而一旦时机来临,她立刻变得迅猛而果敢,似疾风如闪电,以迅雷不及掩耳之势,拔出藏在身上的尖刀狠狠地向理查·梅森刺去……在罗切斯特赶来把刀“从她手里夺走”的时候,伯莎·梅森立即转而以牙齿为武器,一直把这个帮凶咬得遍体鳞伤。伯莎·梅森的行为是极端的,但伯莎·梅森的头脑是清醒的。如果伯莎·梅森是真疯的话,她应该是亲仇不分呀!然而伯莎·梅森的是非界限是准确无误的。尽管多年不见,她也绝不会忘记把她推入了深渊的代表之一——理查·梅森。是他们不负责任地包办了伯莎·梅森的婚姻,是他们把她交给了同样不负责任的罗切斯特。

第三战是“夜毁婚纱”。是夜伯莎·梅森在对镜偷穿简·爱的婚纱时,勾起了伤心往事,忆起了自己结婚时的情景。于是,甜蜜、悔恨、嫉妒和愤怒一齐涌上了心头,她把怨气撒到了象征婚姻的纱衣上。她认为她的命运是因婚姻而改变,她的不幸是从披婚纱的那一刻开始的。婚姻是她的牢笼,婚纱是她背运的象征。因而她要撕毁它,踏碎它,打烂它。

最后一战是“壮烈涅槃”。数次交战失败之后,伯莎·梅森选择了灵魂解放。她用火毁掉了罗切斯特的庄园后跳楼自杀。在此举之前,罗切斯特曾叫着她的名字叫她回头,然而看透了霸权者嘴脸的伯莎·梅森,已经进入超脱、无为的境界。她仰起头,带着鄙夷的笑,带着无限的恨,带着凤凰涅槃的憧憬,义无返顾地朝前走去。她解除了精神负担,卸去了物质枷锁,纵身一跳,让高贵的躯体坠落大地,让纯洁的灵魂升入天空。①

而半个世纪后的《藻海无边》为我们重塑了这位“疯女人”形象——安托瓦内特,也就是《简·爱》中伯莎·梅森的前身。安托瓦内特从《简·爱》中被剥夺了说话权利的“疯女人”的角色中走出来,她在《藻海无边》中向读者倾诉了自己真实的经历和感受。

身为19世纪末西印度群岛奴隶制解体后、仍然生活在那里的英国殖

①此部分内容参见拙文:《犹斗的“困兽” 同声的反抗——伯莎·梅森和繁漪比较研究》,载“全国中文核心期刊”《名作欣赏》2006年7月(下半月刊),第87页。

民者的混血种后裔的安托瓦内特，虽然从小就随母亲生活在当地黑人的蔑视和白人贵族的排挤中，但她热爱生命，热爱当地文化，热爱她成长玩耍的西印度群岛。所以即使在家园被烧毁，母亲疯死，继父把她送到修道院后，她也始终没有放弃对美好未来的热望和期盼。所以当安托瓦内特被嫁给罗切斯特后，她幻想着新生活的开始，她全身心地爱着罗切斯特，她以为从此找到了避风的港湾。

但是，罗切斯特并不爱她。当时的法律完全倒向男权中心文化的一边，安托瓦内特虽然有三万英镑的陪嫁，但是只要她嫁人，按法律规定财产就全部归丈夫所有。不幸的安托瓦内特掉进了罗切斯特的圈套：

> 我（指罗切斯特——引者注）并不爱她。我强烈地需要她，可那不是爱。我对她没几分温情，她在我心目中是个思想感情和我那套生活方式不同的陌生人。①

罗切斯特在无意间的内心独白中暴露了他的本质。这个人面兽心的英国绅士，仅仅是因为贪恋安托瓦内特的美貌和财富才娶了她，他并不了解安托瓦内特也不想去了解她。当他知道安托瓦内特有家族疯病史后，作为丈夫的他不但不同情不保护妻子，反而从此更加蔑视和讨厌她。当他得知安托瓦内特想通过巫术让他爱上她时，他不但不为之感动和自责，反而公开和女仆鬼混，使安托瓦内特蒙受巨大的侮辱，把她逼到了疯狂的边缘。

这个渔利双收的专权者一次又一次地打击安托瓦内特试图挽回婚姻裂痕的努力，这个男性独裁者既不体谅安托瓦内特也不给她钱还她自由，他竟强行把安托瓦内特带到她没有任何亲人或朋友的英国，然后把她幽禁在连一扇窗户都没安的阁楼上。②安托瓦内特终于在一次又一次的失望中认清了罗切斯特的嘴脸，她用自己仅存的力量作出了最后的反抗。她

①〔英〕简·里斯：《藻海无边——〈简·爱〉前篇》，陈良廷、刘文澜译，上海：上海译文出版社 1996 年版，第 53 页。以下引自该译本的不再一一注明页码。

②此部分内容参见拙文：《显性的相合 隐性的迥异——中西文学中“疯女人”形象之比较研究》，载“全国人文社科核心期刊”《广西大学学报·哲社版》2006 年第 4 期，第 82 页。

一把火烧毁了罗切斯特的庄园,完成了伯莎·梅森最终的使命。

从伯莎·梅森到安托瓦内特,我们看到了这一类型的“疯女人”形象与之前的“疯女人”形象有了显著的不同。她的身上残存着些许魔鬼的影子,但她的内心却散发着更多天使的光芒;她的体内混合着魔鬼和天使的双重因子,但她既不是魔鬼也不是天使。她跳出了老套的“疯女人”形象非天使即魔鬼的窠臼,颠覆了既往的“疯女人”形象单极而残缺的陈框。她的出现是对抗男权传统的“疯女人”形象大军的“特洛伊木马”,她的胜利是挑战男权传统的“疯女人”形象大军的“智取威虎山”式的胜利。

第四节 “疯女人”形象高级阶段:重写历史的斗士

西方整个19世纪,颠覆型“疯女人”一再地出现在女性文学作品中,如夏洛蒂·勃朗特的《简·爱》(1847)中的伯莎·梅森,夏洛特·帕金斯·吉尔曼(Charlotte Perkins Gilman)的《黄色糊墙纸》(*The Yellow Wallpaper*, 1892)中的女主人公“我”,多丽丝·莱辛(Doris Lessing)的《四门城》(*The Four Gated City*, 1969)中的琳达·科勒律治……

直到20世纪中期,新生型“疯女人”才取代颠覆型“疯女人”,为“疯女人”形象吹来了一股全新的气息。新生型“疯女人”形象出自觉醒了的、认识到自身处境的女性作家笔下,此类“疯女人”曾一度囿陷于疯狂、羁绊于疯狂,但她们最终摆脱束缚,走出疯狂,重见了天日,获得了新生。这支“疯女人”形象的小分队的楷模就是美国女作家西尔维娅·普拉斯的《钟形罩》之女主人公——埃丝特·格林伍德。

在《钟形罩》中,埃丝特·格林伍德出场于1953年的美国。作为一个大学二年级的女生,她由于出色的写作才能应邀来到纽约,在一家全国性时装杂志社担任客座编辑。格林伍德自述道:

> 按说那该是我一生中最春风得意的时候。按说美国各地数以千计的像我一样的大学生都应该羡慕我的好运。……一个在某个犄角旮旯的小镇上生活了十九年的女孩,穷得连一份杂志

> 都买不起，拿着奖学金上了大学，然后这儿得个奖，那儿又得个奖，最后呢，把纽约玩得滴溜溜转，跟玩她的私家车似的。①

但是，格林伍德觉得自己什么都玩不转，觉得甚至驾驭不了她自己，她觉得自己就像

> 一部呆头呆脑的有轨电车，咣当咣当地从酒店到办公室到形形色色的晚会，又咣当咣当地从晚会回到酒店再到办公室。

格林伍德想着她应该像其他的女孩一样兴高采烈，可是她就是没法作出反应。她觉得自己好似龙卷风眼，在一片喧嚣骚乱裹挟之下向前移动，处在中心的她却麻木不仁，了无知觉，无动于衷。

格林伍德在实习期间，有三个女性引起了她的注意——多琳、贝特西和杰·西。多琳与贝特西是与她一起实习的同龄女性，两者的性格大相径庭。多琳少年老成、机敏尖刻，社交经验丰富，她引诱男性的手段令格林伍德心驰神往而自叹不如。贝特西头脑简单、温顺乐观，人生的最大目标就是成为贤妻良母，其乖乖女的形象完全符合社会对女性的要求，但这种理想却与格林伍德追求独立的个性格格不入。唯一让格林伍德敬佩的是她的实习老师也是她的顶头上司——杰·西，这是个行业里公认的成功人士。

杰·西博学睿智、成就骄人，但是她为此却丧失了女性的特征，她言语苛刻、“丑得像个母夜叉”，让人望而生畏，敬而远之。无论是前卫的多琳，传统的贝特西，还是以杰·西为代表的“二战”前成长起来的为事业鞠躬尽瘁的“新型女性”②，都让格林伍德找不到奋斗的目标和方向。这三个女性代表了现代女性发展的三种典型的模式，但是格林伍德无法认同她们中的任何一个。格林伍德自忖她为什么没法循规蹈矩地做她应该做的事，这

①〔美〕西尔维娅·普拉斯：《钟形罩》，杨靖译，南京：译林出版社2003年版，第2页。以下引自该译本的不再一一注明页码。

②〔美〕贝蒂·弗里丹：《女性的奥秘》，程锡麟等译，北京：北方文艺出版社1999年版，第66页。

使她“感到悲哀、疲惫”。然后她又自忖为什么不能随心所欲地像别人那样做被禁止的事,这使她“感到更加悲哀、更加疲惫”。格林伍德的成长面临着严重的“榜样缺失”①。

格林伍德在实习结束后回到家乡小镇，但是小镇落后保守的气氛让她窒息。她被自己一直寄予厚望的写作研习班拒绝。她在母亲的安排中找不到一点价值,她在小镇主妇的生活中看不到一丝希望。她突然发现她暗恋了五年才得来的男友——耶鲁大学的英俊、聪明、人人称赞的巴迪·威拉德竟然是个彻头彻尾的伪君子。格林伍德感到:

> 我看见我的人生像小说中的那棵无花果树一样,枝繁叶茂。
>
> 在每一个树枝的末梢,仿佛丰腴的紫色无花果,一个个美妙的未来向我招手,对我眨眼示意。一枚无花果是丈夫、孩子、幸福的家,另一枚是名诗人,又一枚是才学出众的教授,一枚是埃·格，了不起的大编辑……在这些无花果的上上下下还有许许多多我不大辨认得出的无花果。
>
> 我看见自己坐在这棵无花果树的枝桠上,饥肠辘辘,就因为我下不了决心究竟摘取哪一枚果子。我哪枚都想要,但是选择一枚就意味着失去其余所有的果子。我坐在那儿左右为难的时候,无花果开始萎缩、变黑,然后,扑通,扑通,一枚接着一枚坠落地上,落在我的脚下。

一切都让格林伍德感到左右为难,一切都让格林伍德感到无能为力。格林伍德由此否定了她十九年来取得的所有成绩，在精神崩溃下选择了自杀。获救之后的格林伍德被母亲送入精神病院接受治疗。她由一个医院转移到另一个医院,她由一个医生交接给另一个医生,她在各种各样的精神病治疗方案中辗转:工作疗法、团体疗法、胰岛素疗法,卧床、电击、休克……格林伍德经历了无数次的怀疑、恐惧、反抗和绝望,直到她遇见了一位女性精神病医师——诺兰大夫。

①〔美〕贝蒂·弗里丹:《女性的奥秘》,程锡麟等译,北京:北方文艺出版社 1999 年版,第 72 页。

诺兰大夫是真正地尊重和理解格林伍德的人，她与格林伍德倾心交谈、畅所欲言。诺兰大夫一反传统的看法，支持格林伍德去上“子宫帽”，支持她做一个不必因怀孕而认命的女人，一个能够完全主宰自己身体的女人，一个由内而外的独立自主的女人。格林伍德爬上了为她戴“子宫帽”的手术台，

> 心里想着：我正爬向自由呢，不用再担忧恐惧，不必因为跟人发生了关系就非得嫁人，尽管他不合心意，譬如巴迪·威拉德；……我是我自己的女人了。

作品的最后，在诺兰大夫的帮助下，格林伍德恢复了健康，重拾了信心，走出疯人院，开始新生活。

新生型“疯女人”开始了新生活，那么她的新生活是怎样的呢？她最终又将走向何方呢？二十年后，来自加拿大的女作家玛格丽特·阿特伍德之《浮现》(1972)中的女主人公“我”为我们带来了解答。

《浮现》中的“我”曾在现实中遭受巨大的打击，生活处处碰壁，像埃斯特·格林伍德一样心智失常过，自欺欺人过。然而“我”因为寻找失踪的父亲，在与大自然日渐加深的接触中受到启示而醒悟过来。“我”最终选择了抛弃人类文明，远离俗世尘嚣，像一个生物一样地回归原始，“从虚假的人类世界进入了真实的自然世界”①。“我”的举动在他人看来是“疯狂”的，但是“疯狂”的终极所指是与大自然融为一体，与宇宙万物和谐共生。疯女人“我”的这一举动昭示了女性可敬的觉悟，预言了人类可能的未来，因而被笔者称之为“预言型”疯女人。

《浮现》的女主人公“我”接到了故乡老邻居的来信，被告知“我”的父亲于几天前突然失踪了。于是“我”从工作的繁华都市驱车和朋友大卫、安娜夫妇及“我”的恋人乔回到了阔别多年的故乡——魁北克附近的一个偏僻而美丽的小乡村。女主人公“我”的家住在离村不远的一个荒凉的湖中

①〔加〕阿尔维托·曼古埃尔：《阅读日记：重温十二部文学经典》，杨莉馨译，上海：华东师范大学出版社 2006 年，第 241 页。

小岛上。当“我”的在都市的喧嚣里生活惯了的朋友们第一次踏上小岛时，他们忍不住一阵阵地激动和狂喜：

> 真不错！离开城市对我们大有好处①。

安娜的尖叫声盖过了引擎的轰鸣。但是没过多久，现代都市人的无聊和空虚便紧紧地抓住了他们。安娜和大卫已经结婚九年了，但是他们的婚姻却充满了虚伪和欺骗。安娜时时刻刻都用化妆品把自己包裹严严实实，因为大卫要她“时时刻刻看上去都像只雏鸡，如果不是，他就会怒气冲天”，甚至还会杀了她。安娜向女主人公“我”哭诉：

> 他（指安娜的丈夫大卫——引者注）订了几条规矩，如果我违反其中一条，我就会受到惩罚，他不断地改变这些规矩，所以，我总也拿不准。他疯了，他脑子里好像缺点什么……他喜欢让我哭泣，因为他自己哭不出来。

而当“我”建议安娜离婚时，安娜却一边说“这是个不坏的主意”，一边说“可是我真的爱上他了”。而大卫呢，他竟无法忍受安娜爱他！因为他根本不爱安娜，也根本不相信爱情，在他眼里安娜只不过是个“大奶头大屁股的”玩物。大卫“作为一个从事电影摄影的艺术家，当他拍摄完小岛上各种景物后，竟无聊地强迫安娜在大庭广众之下脱光衣服供其拍摄取乐；作为安娜的丈夫，他竟然怂恿安娜和乔私通，同时又恬不知耻地向我求欢”。②在被“我”严词拒绝后，大卫一面骂“我”是“紧屁股的淫妇”，一面求“我”不要把他向我求欢未遂的事告诉别人。在安娜眼中大卫是疯子，在大卫眼中安娜是疯子，而在“我”看来，他们两个都不正常。

---

①〔加〕玛格丽特·阿特伍德：《浮现》，蒋丽珠译，南京：译林出版社 1999 年版，第 29 页。以下引自该译本的不再一一注明页码。

②余立新：《追寻遥远》，见玛格丽特·阿特伍德：《浮现》，蒋丽珠译，南京：译林出版社，1999 年版，代前言第 3 页。

女主人公“我”在寻找父亲的这短短的几天里，脑海中不断地闪回和浮现“我”在岛上的童年生活和“我”远离家乡孤身在大都市摸爬滚打的岁月。相亲相爱的父母，带“我”玩耍的哥哥，其乐融融的家庭氛围，未被破坏的大自然，构成了“我”单纯美好的童年。后来，少女时“我”与已有家室的老师相爱，未婚先孕后被强行堕胎。“我”有此过失后觉得无颜面对父母遂离家出走，与家人断绝联系达九年之久。但是长大后的“我”却拒绝接受和承认这段不幸，我始终为自己和他人制造一种“我”曾经结婚又因堕胎而离婚的假象。不仅在婚恋方面，在事业上“我”也一直受挫：

> 我本不想从事这项工作，可我得出卖点什么以求得生存。……我是他们称之为商业艺术家的人，或者是当这职业变得时髦时，他们就把我们这类人称作插图画家。一段时间，我差点成为真正的名副其实的艺术家，……他们说我应该学些能够用得上的东西，因为从未诞生过什么重要的女艺术家。所以我去了设计所，搞起了花布图案设计。他们说的确实没错，真的还没有出现过什么重要的女艺术家。

失败的爱情像一朵永远挥之不去的乌云笼罩着“我”，堕胎的经历像一道永远无法愈合的伤口时时触痛着“我”。再后来“我”遇见了现在已成为“我”的男友的乔，但是“我”并不爱他。所以当乔在小岛上向“我”求婚时，我拒绝了他。“我”独自划着小舟来到湖中，终于在水面的石崖下，发现了曾经独自来观察和描摹石壁画的已经被淹死在湖底的父亲。

寻父的任务完成了，“我”在一次和乔于大自然的交合中，希望自己再次怀孕，“我” 要让堕胎失去的孩子回归“我”的体内，“我”要重新给它生命。但是，“我”却不想再和朋友们回到城市，“我”选择了独自一人留在荒无人烟的小岛上。“我”砸碎了所有的工具，扔掉了所有的衣物，离开了久居的小屋，跳进湖水洗净身体，然后住进了自己挖的洞穴，开始像动物一样的生活。

当乔又回来找“我”时，“我驱使着自己向前走，走向需求和询问，然而，我的脚并未移动。”乔的声音里带有恼怒，“我”想，“他不会等很长时间的”。“我”的这一举动在常人看来是疯狂的，但是“我”只觉得此举之后如释重负，身心舒畅。因为“我”挣脱了女人性别的束缚，“我”超越了人的身份的羁绊，“我”涤清了人类文明的污染。“我”最终在与大自然的贴近和融合中找到了心灵的归属、自我的价值和生命的意义。而这，是否就是人类之明天的一个预言呢？

新生型“疯女人”和预言型“疯女人”进入了“疯女人”形象探索出路的阶段。新生型“疯女人”为预言型“疯女人”带来生存的勇气和希望，预言型“疯女人”继承新生型“疯女人”的优势，并且做出了进一步的改善和升华。她们灵犀相通、前仆后继，她们都曾在父权社会的层层藩篱下孤独、苦闷、绝望，在传统角色与自我价值实现的矛盾中迷惘、徘徊、挣扎。她们都深刻地体会到了在男权中心文化的重压下苟活的滋味，但是她们不甘受此命运的摆布，她们将疯就疯，或以疯为盾或以疯为矛，为生存锲而不舍地奋斗。她们犹如“疯女人”茫茫苦海中的一盏盏明灯，不仅为自己照亮了理想，也为“疯女人”形象的未来点燃了希望，她们是重写历史的斗士。

通览西方文学中这三个阶段、五种类型的“疯女人”形象，笔者发现，在 19 世纪之前（含 19 世纪）、在西方男性作家的笔下，“疯女人”不论多少，无一幸免地呈现出两种极端对立的类型：天使型或者魔鬼型。而自从 19 世纪西方女性作家踏上文学这块园地之后，“疯女人”形象的类型有了新的变化。此一阶段的女作家们创作了大量的“疯女人”形象，这其中最知名的就是《简·爱》中的伯莎·梅森。她冲破了以往西方文学作品中“疯女人”之天使与魔鬼的二元对立的模式，成为让人耳目一新的颠覆型“疯女人”的代表。在 20 世纪初之后的男作家笔下鲜有“疯女人”的形象了，女作家对此仍然情有独钟。而且，她们在前人的基础上做出了新的突破，塑造出新生型、预言型等“疯女人”形象，使“疯女人”形象呈现出多元发展的趋势，使“疯女人”的内涵和外延日趋丰富和宽泛。那么，西方文学中的“疯女人”形象分别是在什么背景下产生的呢？作家在她们身上的用意是什么呢？她们背后的文化含义又是怎样的呢？请容笔者继续探寻。

第二章 “疯女人”形象的成因与文化反思

“疯女人”的魅力让我们为之吃惊、为之感慨、为之思索。在西方文学中,“疯女人”形象不断地出现在一个又一个时代,她们被不同的国度一次又一次地孕育,她们被不同的作家一遍又一遍地改写,她们被赋予了一种又一种的面貌和品性。

回放她们在西方文学中的存在时笔者发现:这三个阶段、五种类型的“疯女人”形象,因其“疯”因的相异,各自的面孔也不尽相同。她们的脸上都镌刻着各自磨砺的沧桑疤痕和所处的时代的社会湍流,都承载着不同的国度、不同的作家的思想理念及其迥异的女性观,而在这些差异的背后则蕴藏着丰富而复杂的文化内涵。因而,笔者在本部分中试图从时代思潮背景、作家经历及其女性观、文化含义的显露和反思这三个方面对“疯女人”形象进一步考证。

第一节 时代运动与社会思潮的重重烙印

西方的 17 世纪初,“疯女人”就在文学作品中现身了,彼时正是文艺复兴的巅峰时刻。文艺复兴作为一场从 14 世纪到 17 世纪初先在意大利产生、然后在欧洲其他许多国家相继发展起来的新兴资产阶级反封建的思想文化运动，以人文主义为斗争的武器，人文主义的锋芒直指中世纪封建主义的世界观，特别是天主教会的宗教世界观。教会说神是宇宙的中心，人文主义则提出“人”是宇宙的中心。

在这里，“人”战胜了神，人文主义遂成为这一时期的新兴资产阶级文学的核心。然而我们需要注意，这个“人”却没有代表所有的人，这个“人”仅仅代表了新兴资产阶级的人，更确切地说，仅仅代表了新兴资产阶级的男人。体现在文学上，这一时期根本没有女性作家，就更不用提什么女性文学作品了。标榜着以人为本的人文主义，对“母权制的被推翻，乃是女性的具有世界历史意义的失败”[①]的局面没有丝毫的改变，对在西方最发达的文字——英语中把人（man）和男人（man）画等号的定理没有丝毫的动摇。父权制社会中，男人高高在上，女人不过是附属。男人在文学中纵横驰骋大展拳脚，女人还不知文学创作是为何物。所以即使是文艺复兴最杰出的代表、世界文学最伟大的文豪莎士比亚，也只能创作出男性对女性单方面的欲望和一厢情愿的想象中“疯女人”形象——要么是俯首听命的天使型“疯女人”如奥菲利娅，要么是不可控制的魔鬼型“疯女人”如麦克白夫人。

经历了古典主义统治的17世纪，西方在18世纪进入了启蒙的时代。启蒙运动被称为是文艺复兴运动反封建、反教会斗争的继续和发展。启蒙主义者以“自然法则”和“天赋人权”来反对宗教迷信和专制统治，他们宣扬“人人生而平等”（孟德斯鸠语），他们呐喊“自由是天赐的东西”（狄德罗语）。自由和平等成为启蒙运动中最鲜明的两面大旗。然而这两面大旗上没有女性的名字，这两面大旗下没有女性的席位。“人人生而平等”是“男人和男人生而平等”，“自由是天赐的东西”是“自由是天赐给男人的东西”，自由和平等飘扬在女性的天空外。

直到18世纪后期的轰动全欧的法国大革命（1789）时，这种情形依然没有任何改观。1791年9月——当时法国大革命正处于早期阶段——奥林珀·德·古杰（1748–1793，法国大革命中的女权主义者）在巴黎散发一本名为《妇女的权力》的街头小册子，她因此被送上了断头台。1792年1月3

①〔德〕恩格斯：《家庭、私有制和国家的起源》，中央编译局译，北京：人民出版社1999年版，第57页。

日，玛丽·沃尔斯通克拉夫特(1759–1797，英国激进女权主义者)完成了人类历史上第一部重要的女权主义理论著作——《为女权辩护》。“实际上，她将这本书献给法国大臣塔利兰德时就强调，如果妇女被排除在法国新宪法之外，法兰西仍将是一个专制的国家。然而，不幸的是，使天赋人权学说得以形成和施行的男性理论家拒绝接受女权主义观点。”①因此，我们对于仍然生活在父权制社会中的歌德等挥着所谓的自由和平等的大旗的男作家们继续塑造出天使型“疯女人”——玛嘉丽特就不足为奇了。

来到19世纪，西方的女性进入了累积了几个世纪的压迫最为深重的时代。然而也正是这个世纪，女性勃发了反抗，纷纷扬扬的妇女运动拉开了历史的帷幕。1829年，一位苏格兰妇女弗兰西丝·赖特(1795–1852)在《大众演讲教程》中指出：“除非妇女在社会中担任一定的职务，使她们从中得到类似的愉快感觉，否则人类的进步必然是虚弱无力的。”②

1838年，萨拉·格里姆凯(1792–1873，美国废奴主义者和女权运动者)的《平等论信札》对自由传统所揭示的妇女依附地位进行了最有说服力的反驳。1848年7月19–20日，主要由伊丽莎白·凯蒂·斯坦顿(1815–1902，美国女权运动领袖)起草的《观点宣言》发表于纽约的塞纳卡福尔斯，引起一百名男女在宣言上签名的运动，则是一次旨在将天赋人权的基本教义还给妇女的最引人注日的尝试。除了选举权，塞纳卡福尔斯大会上提出的几项提案得到了全体人员的一致同意。“1851年，著名女权运动宣传家露西·斯通倡导召开了美国历史上第一次女权运动全国代表大会。”③

而在文学领域，最明显的例子是被尊为“人类精神的导师”的作家中有了越来越多、颇具规模的女性作家的身影。女性文学异军突起，虽是星星之火，却大有燎原之势。吉尔伯特和古芭在《阁楼上的疯女人：女性作家与19世纪文学想象》中认为：“翻检19世纪女性文学作品，人们会发现：

①〔美〕约瑟芬·多诺万：《女权主义的知识分子传统》，赵育春译，南京：江苏人民出版社2002年版，第2页。

②〔美〕约瑟芬·多诺万：《女权主义的知识分子传统》，赵育春译，南京：江苏人民出版社2002年版，第20页。

③黄明哲等：《梦想与尘世——二十世纪美国文化》，北京：东方出版社1999年版，第174页。

疯女人的形象一再出现。即便是外表最为保守的妇女作家,也会着迷似地创造出强悍有力的、独立的女性角色来,竭力要摧毁被作家和女主人公视为理所当然的父权制社会结构。这种反叛的冲动不是投射到主人公身上的,而是通过疯女人体现出来的,表现出女作家既要接受父权社会的评判,又有意想抵制和拒绝它的双重心态。"[1]于是"疯女人"形象受到了这一时期女作家的偏爱和青睐,她们在各种各样的作品中反复出现。

女作家们挥笔上阵,拷问男权,"疯女人"既是她们的武器,又是她们的掩护。但是,往昔的天使或魔鬼型"疯女人"已经无法完成这一使命,因此她们塑造了一种全新的"疯女人"来对传统进行彻底的颠覆。而此类颠覆型"疯女人"中的大腕就是女作家夏洛蒂·勃朗特笔下的伯莎·梅森。然而,即使 19 世纪的妇女运动有声有色,即使 19 世纪的"文化女权主义"[2]如火如荼,传统的非天使即魔鬼型"疯女人"仍然在某些男性作家的文本中苟延残喘,狄更斯的《远大前程》中的哈维沙姆小姐就是一例。

20 世纪日益加快的工业化进程给西方社会带来了空前的物质的富裕和繁荣,因而也带来了人类前所未有的意识形态和生活方式的改变。然而物质和精神的发展进度严重脱节,二者之间的差距越来越大,二者之间的鸿沟越来越深。急剧上升的物质财富与快速坠落的精神文明相撞,稳定失去平衡,和谐遭到撕裂。最终致使全球卷入了两次毁灭性的大战,世界再也不是一个亚当们和夏娃们的乐园,田园美和大一统正在不可阻挡地离人类而远去。各种各类的思潮层出不穷,各式各样的主义漫天飞舞,多元化的大潮淹没了西方社会。风雨雷电大浪淘沙,就在这个世纪女性主义思潮蔚然成风,终于在人类历史上占据了一席之地。

一方面,西方女权运动于 20 世纪形成了"两次高潮"[3]。第一次高潮在一战期间,大多数欧洲国家的妇女先后取得了投票的公民权。20 世纪 20 年代初,美国妇女也获得了完全的选举权。第二次高潮是 20 世纪 60 年代,妇女研究著作极大丰富,妇女解放运动汹涌澎湃。另一方面,女性

①杨莉馨:《西方女性主义文论研究》,南京:江苏文艺出版社 2002 年版,第 127 页。
②〔美〕约瑟芬·多诺万:《女权主义的知识分子传统》,赵育春译,南京:江苏人民出版社 2002 年版,第 46 页。
③杨莉馨:《西方女性主义文论研究》,南京:江苏文艺出版社 2002 年版,第 18 页。

文学创作在已有的女性文学的土壤上狂吸新的营养速生猛长，瞬间枝茂叶绿苍翠成林，成为了世界文学里的一个亮点。另外，女性主义文论，也随之起舞弄影、显姿露彩，其威力一点也不亚于它的姐妹——女性文学。无论是女性主义文论流派——英美学派、法国学派等，还是女性主义学说——自由的女性主义、社会主义女性主义、激进女性主义……都在齐声叫战各显绝活。它们以一种前所未有的震动力鼓荡着人心，激动着文坛，记录着时代，影响着社会。

一批批的女作家挥笔直抒自己的心声，她们尽情表达女性自我意识的觉醒，努力寻找女性自我价值的实现。这其中有不少的女作家对文学中的“疯女人”念念不忘且情有独钟，比如多米尼加的简·里斯、美国的西尔维娅·普拉斯和加拿大的玛格丽特·阿特伍德。在这些女性作家看来，“疯女人”凝聚着太多的女性的辛酸，蕴含着太多的女性的密码。她们塑造或新生型“疯女人”或预言型“疯女人”不再是仅仅为了愤世嫉俗颠覆传统，她们已经着手把塑造“疯女人”形象的工程放在体现社会的人情冷暖，影响时代的风云变幻的大环境中来了。因而也就更能接近女性生存的真实，更能彰显女性文学的已然存在和必然存在。

随着历史长河的滚滚浪涛，“疯女人”形象在其中起起伏伏，气象万千。从 17 世纪的男权一统天下，到 18 世纪的女性意识勃发，再到 19 世纪的女性作家异军突起，最后到 20 世纪女性主义的蔚为大观，“疯女人”形象随着女性意识的发展积少成多，由单一到复杂，源源不断地浮出水面，涌上岸来。“疯女人”形象与时代浪潮相辅相成，互为推动。当然，“疯女人”形象也吸引了无数作家竞折腰。

第二节 作家经历及其女性观的丝丝倾注

不可否认，“疯女人”形象离不开时代、脱胎于现实，但是作家才是她们的生身父母，作家直接掌握着她们的喜怒哀乐、生老病死。没有作家，“疯女人”形象无从谈起。

莎士比亚（1564–1616）制造《哈姆莱特》中的奥菲利娅时，已在他的悲剧艺术炉火纯青的阶段了。“在1600至1601年的戏剧演出季节,莎士比亚交给剧院的只有一个剧本。这个剧本叫《哈姆莱特》。莎士比亚参加了《哈姆莱特》的演出,在其中扮演鬼魂这一角色。”①作家对此剧的喜爱程度由此可以窥见一斑了。而且创作这个剧本时,莎士比亚在36岁左右,一个男人血气方刚、忧国忧民的年龄。此时,欧洲大地上激荡着文艺复兴的号角,而英国的上空却笼罩着封建集权统治的阴云。

“人文主义者以及和他们在一起的莎士比亚希望一切都能得到改善。政府……要求大家无条件地服从女王(指伊丽莎白),以便她能捍卫国家的独立和宗教改革后英国确立起来的新教不受侵犯。……但是人民已经被代价惨重的战争,被女王及其一小撮同她分享治国大权的权贵们无止境的胡作非为弄得疲惫不堪了。”②莎士比亚等人文主义者们,拟订了建立在正义和人性基础上的社会和国家的新理想,然而又深信还没有现实的可能性去实现这一理想。于是,《哈姆莱特》应运而生了,此剧突出塑造了男性主人公哈姆莱特作为一个人文主义者的艰难的处境、痛苦的思索和惨烈的结局,莎士比亚用这出人文主义者的悲剧表达了他对政治和社会的思考。

但是我们不应忘记:彼时倡导人文主义的男性斗士们中间还没有女性战友的身影,从薄伽丘的《十日谈》到乔叟的《坎特伯雷故事集》,从拉伯雷的《巨人传》到塞万提斯的《堂·吉诃德》,清一色的男性人文主义文学巨匠及其作品的矛头统统指向封建专制和教会压迫,时代还没有把性别压迫的问题提到历史的前台。同样,“具有浓厚的封建男权色彩的作家”③莎士比亚也概莫能外。从他的作品中走出了一个又一个充满理性的男性形象,但在其中作为男性陪衬的女性形象却多是“没有理智,被感情所支配的。莎士比亚笔下的女性都是逗人喜爱的孩子,她们感情过剩,富于痴情”。④

①〔苏〕阿尼克斯特:《莎士比亚传》,安国梁译,北京:中国戏剧出版社1984年版,第195页。

②〔苏〕阿尼克斯特:《莎士比亚传》,安国梁译,北京:中国戏剧出版社1984年版,第208页。

③杨莉馨:《解构〈哈姆莱特〉》(代译序),见〔美〕约翰·厄普代克:《葛特露和克劳狄斯——〈哈姆莱特〉前传》,杨莉馨译,南京:译林出版社2002年版,第6页。

④〔德〕歌德等:《莎剧解读》,张可、元化译,上海:上海教育出版社1998年版,第58页。

而这一点在莎士比亚的悲剧人物身上体现得尤为明显，因为他的“悲剧体现的是男性原则，它强调英雄行为，追求权力和正义，表现在一个人物统治下森严的等级秩序，……尊崇男性品质而对女性表示怀疑”[①]。因此我们看到，《哈姆莱特》中男性哈姆莱特“疯狂”是为了“负起重整乾坤的责任”，而女性奥菲利娅的“疯狂”则是为了证明“脆弱啊，你的名字就是女人！”五年之后，莎士比亚创作的《麦克白》（1606）依然延续了他的“男性悲剧原则”和人文主义的观点——“暴君不配活在人世”[②]。于是，暴君麦克白被杀死，而暴君的妻子麦克白夫人必然是一位与之相配的角色——魔鬼型的“疯女人”，并落得个疯狂而死的下场。

如果说奥菲利娅和麦克白夫人是莎士比亚对文艺复兴时代的人们如何看待女性的最佳注解，那么玛嘉丽特就是歌德（1749–1832）亲身经历的、难以忘怀的初恋情人的再生。歌德在临终前给威廉·冯·洪堡的信上说：“我从年轻时候起，就计划写作《浮士德》，至今已经六十多年了。”[③]这部贯穿于歌德全部写作生涯的巨著，堪称作家总结性的作品。主人公浮士德的一生是不断探索、不断追求、不断奋斗的一生，而作者歌德的一生又何尝不是如此呢？

歌德生活在欧洲“启蒙运动”的时代，他经历了普奥战争，法国大革命及整个拿破仑时代。在德国本土，他亲身参加了狂飙突进运动，看到了德意志民族的神圣罗马帝国的没落和它最后的崩溃。浮士德的形象有着明显的歌德本人的影子，而与浮士德有着一段刻骨铭心的爱情的玛嘉丽特也可以在歌德的生平经历中找到人物的原型。“爱情是歌德生活中的一项重要的内容，在他的一生中，经历了很多次爱情的波折，直到快四十岁的时候，才和一位贫苦的女工结合。爱情给了他说不尽的苦恼，也给了他道不完的欢乐。爱情，不管是成功或失败，是他创作的一个重要的源泉。”[④]

①张琦：《不能完成的颠覆——论莎士比亚女性主义研究》，载《外国文学研究》2001 年第 4 期，第 49 页。

②〔苏〕阿尼克斯特：《莎士比亚传》，安国梁译，北京：中国戏剧出版社 1984 年版，第 266 页。

③侯浚吉编著：《溶于诗文的博学之才——歌德传》，上海：世界图书出版公司 1995 年版，第 63 页。

④侯浚吉编著：《溶于诗文的博学之才——歌德传》，上海：世界图书出版公司 1995 年版，前言第 1 页。

在《浮士德》中，浮士德的爱情影响了他的一生。浮士德刚一入世就爱上了玛嘉丽特（昵称为葛丽卿），他被玛嘉丽特的美丽征服，对她一见钟情。而在现实中，作家歌德的初恋女友也叫玛嘉丽特（昵称亦为葛丽卿），歌德也是被她的美丽征服，对她一见倾心。歌德在他的自传《诗与真》中表露："她（指葛丽卿）的体貌从背后看来差不多更漂亮一点，……她的一切都像是超凡绝伦。"[1]十五岁的歌德和少女葛丽卿爱由慕生，两情相洽，交往频频。但是不久后，葛丽卿由于歌德不慎交往的朋友的连累而被驱逐出城，遣送回了她的家乡。歌德开始时对葛丽卿充满了内疚和担忧，但是当他听说葛丽卿在法庭上的供词中说她对歌德是姐姐对弟弟的感情时，歌德就对她"由爱生恨"[2]了。

"他憎恨葛丽卿像对待一个傻瓜似的对待一个只比她小一两岁的聪颖而富于热情的真诚少年（指歌德）"[3]，这次失败的初恋在歌德的"内心里留下了一道深深的伤痕"[4]，歌德坦言："我已经死心了，相信一定要抛弃她。"[5]于是歌德抛弃了葛丽卿，于是浮士德抛弃了玛嘉丽特。难怪别林斯基为此评价歌德道："这个艺术家是伟大的，可是这个人是令人憎恶的。"[6]歌德为了成全浮士德，为了浮士德成就更大的事业，牺牲了单纯而无辜的玛嘉丽特。浮士德最初深深爱恋着玛嘉丽特，但当他发现自己能有更高的追求时，他忍痛割爱地抛弃了她。可以说，歌德把他初恋的痛苦注入了浮士德和玛嘉丽特的爱情悲剧。

但是歌德对葛丽卿的感情又是矛盾的，一方面他对她的纯洁和美丽不能忘记，另一方面他对她的无心的绝情难以释怀。于是玛嘉丽特在《浮士德》中先以"疯女人"形象离开了浮士德和尘世，后以"赎罪天使"形象引导浮士德进入天堂。不知是巧合还是作家有意为之，歌德爱慕的葛丽卿和浮士德迷恋的玛嘉丽特竟然用的是同一个名字。然而，有一点可以肯定，

①〔德〕歌德：《歌德自传——诗与真》，刘思慕译，北京：人民文学出版社 1983 年版，第 163 页。
②〔德〕歌德：《歌德自传——诗与真》，刘思慕译，北京：人民文学出版社 1983 年版，第 215 页。
③李大可：《天·地·人——歌德传》，石家庄：河北人民出版社 1999 年版，第 24 页。
④〔德〕艾米尔·路德维希：《歌德传》，甘木等译，天津：天津人民出版社 1982 年版，第 14 页。
⑤〔德〕歌德：《歌德自传——诗与真》，刘思慕译，北京：人民文学出版社 1983 年版，第 217 页。
⑥转引自曹晓青：《试论玛干泪悲剧的成因》，载《湘潭师范学院学报》1995 年第 5 期，第 64 页。

如果葛丽卿曾是歌德心中的天使，那么玛嘉丽特就是浮士德的安琪儿。

歌德把玛嘉丽特安排为《浮士德》中的配角，而哈维沙姆小姐则被狄更斯（1812–1870）处置为《远大前程》中配角的配角。《远大前程》（1861）属于狄更斯创作后期的成熟之作。狄更斯这一时期的作品深刻而生动地描绘了英国寄生的资产阶级的精神面貌，日益腐化的英国社会风尚，以及经济生活的极度不稳定和笼罩在资本主义社会表面繁荣上的阴影，作品的题材范围达到了前所未有的广度和深度。

但是两性的天平却在狄更斯的笔端失去了平衡。虽然彼时的英国，妇女运动已经兴起，女权主义思潮已经发端，对女性处境的关注之人应者云集。然而，有着浓厚顽固的男权中心意识的狄更斯，仍然在津津乐道着以男性为中心的故事中顾影自怜，乐此不疲。因为童年时被迫在鞋油厂当童工的一段伤心而屈辱的经历，重重刺痛了狄更斯幼小的心灵，以致成为他终生逃不出的梦魇。

所以狄更斯特别擅长而且热衷于表现童年生活困苦的小男孩的故事，《大卫·科波菲尔》中的大卫·科波菲尔，《雾都孤儿》中的奥利佛·退斯特，当然还有《远大前程》中的皮普均属此列。他们不仅被封为各自作品的主人公，而且浑身满载着作家对他们的赞美、祝福和偏爱。但是，转到天平的另一边，狄更斯的作品却带给我们一群被美化或被扭曲的非真实的女性形象。恰如法国传记作家安德烈·莫洛亚所言：“特别应当指出的是，狄更斯笔下的女人的性格极为虚弱。只有《大卫·科波菲尔》中的多拉，可能还有加吉瑞太太的形象是真实的。当狄更斯打算描写一个十全十美的女人时，比方说《大卫·科波菲尔》中的阿格尼丝或《小杜丽》中的杜丽，他塑造了一个不可能的人物，一点阴暗面也没有。而他笔下的其他女人几乎是愚蠢的、不堪忍受的。”塑造女性形象爱走极端，与狄更斯的生活经历和创作理念紧密相关。

狄更斯的“亲身经历影响了其感情世界的最深层之潮流，形成了他对妇女及女性的态度和信念，进而在艺术创作中将其展现出来”。[①]在现实中，狄更斯对女性怀有天真的幻想或无理的厌恶而缺乏真正的了解，他初

①〔英〕米·斯莱特：《狄更斯与女性》，麻益民译，天津：百花文艺出版社1990年版，序言第2页。

恋不顺,婚姻失败,终生为爱情所苦。但是狄更斯"很擅长用想象弥补感情上的缺失"[①],所以我们看到,狄更斯把对其姐姐范妮的深情、对两个姻妹玛丽和乔治娜的依恋,以及对情人爱伦·特南的狂热,转化为在作品中对温柔多情的天使女性的歌颂。

作为作家的狄更斯则把他对其冷漠的母亲的积怨、对气质与他相异的妻子凯瑟琳的厌恶,发泄为在作品中对冷酷无情的魔鬼女人的诅咒。在他的笔下,天使女性都是男性的配角,而魔鬼女性则是天使女性的配角,魔鬼女性是配角的配角。《远大前程》中的哈维沙姆小姐就是后者。但是这些女性与现实远得离谱,纯粹体现了男性一意孤行地对女性的妄想。难怪狄更斯的二女儿说道:"我的父亲并不理解妇女。"[②]看来事实的确如此。

当19世纪的女作家夏洛蒂·勃朗特(1816-1855)拿起了文学之笔,我们拥有了"疯女人"——伯莎·梅森——这束在男性霸权世界中熊熊燃起的火焰。伯莎以独特的爆发力和持久力,在漫漫的黑夜燃烧着,熬煎着,呐喊着,以女性那种特有的壮歌悲舞震撼着一批批读者,激励着一代代勇士,她在人类历史的长河中搏击冲杀,掀起一波又一波的惊涛骇浪。伯莎·梅森之所以具有如此之动量,除了她透视出历史的真实之外,其根本之因是作者在她身上注入了自己的灵魂和真情。

英国的维多利亚时期的资本主义社会,是一个男性独霸的世界,妇女地位是无从谈起的。虽然伯莎·梅森拥有三万英镑的陪嫁,但当时的法律规定,女性的财产婚后全归男方所有。所以说《简·爱》中的伯莎·梅森是一个彻头彻尾的无产者。从这一层分析,我们在伯莎·梅森的身上不难看到女性作者夏洛蒂·勃朗特寄人篱下苦难一生的身影。而男主人公罗切斯特也可以在作者的法语教师埃热先生身上发现对应。作为阻碍简·爱和罗切斯特结合的伯莎·梅森,则可以在对作者很不友好的埃热夫人那里找到某些征象。

按起初的构思推演,夏洛蒂·勃朗特很有可能想把伯莎·梅森作为一个反面角色来写。然而,随着故事情节的深入发展,作者不堪回首的身世慢慢地融入作品的构思,人物曲折多舛的命运触动了作者的心灵,于是作

①〔英〕赫斯基思·皮尔逊:《狄更斯传》,谢天振等译,杭州:浙江文艺出版社1985年版,第374页。
②〔英〕米·斯莱特:《狄更斯与女性》,麻益民译,天津:百花文艺出版社1990年版,序言第3页。

者的理念制约了人物塑造的走向。夏洛蒂·勃朗特无意识中的女性意识被蓦然激发，一股热血、一股神圣的历史使命感的激情在她胸中激荡翻滚。孰轻孰重孰大孰小，谁是谁非谁德谁过，夏洛蒂·勃朗特心里已变得越来越清晰、越来越明确。

所以，夏洛蒂·勃朗特笔下的罗切斯特滔滔不绝地历数伯莎·梅森的“罪行”时，同样也是被伯莎·梅森破坏了婚礼的简·爱，却忍不住打断罗切斯特的“控诉”直言道：“先生，你对那位太太（伯莎·梅森）太狠心了，你谈起她的时候，怀着憎恨——怀着复仇的厌恶心理。那是残忍的——她发疯是没有办法的事。”夏洛蒂·勃朗特让主人公简·爱说出了自己心里要说的话。而只有同受压迫的女性姐妹间才有真正深切的理解。

作家夏洛蒂·勃朗特让简·爱做出了离开罗切斯特的决定，也不能说不是因为伯莎·梅森。虽然伯莎·梅森有病，虽然罗切斯特口口声声说最可怜的是他自己，但不可否认的是伯莎·梅森是他的合法妻子。无论从道义还是法律上简·爱都不能置受难受苦的姐妹伯莎·梅森于不顾，自己去占领庄园主夫人的宝座。在夏洛蒂·勃朗特叙述的脉络上，简·爱对伯莎·梅森是同情多于厌恶，而伯莎·梅森对简·爱也是宽容多于嫉妒的。

纵观《简·爱》全书，简·爱从来没有真正地侵犯伯莎·梅森的权利，而伯莎·梅森也从来没有真正地伤害过简·爱。即使伯莎·梅森被罗切斯特说成是“要在夜里把人在床上烧死，用刀捅死，把肉从骨头上咬下来”，她也始终没伤害过日夜看守她的女仆人格莱思·普尔，也没伤害过睡梦中手无缚鸡之力的简·爱，总之她没伤害过任何一个女性。因为伯莎·梅森的心与夏洛蒂·勃朗特的心是相通的，夏洛蒂·勃朗特不让她那么做。这里的问题十分明确，就是她们有着共同的命运和遭遇，她们都是在男性霸权的重压之下苦苦挣扎的人。如果说夏洛蒂·勃朗特让简·爱在作品中构成了一条争取女性权利的明线的话，那么伯莎·梅森则是一条反抗男权摆布的暗线。这一明一暗，遥相呼应，把伯莎·梅森的单刀直入和简·爱的据理力争结合了起来；这疯狂地厮杀和理智地追逼，相辅相成，互为补充。[①]简·爱成

①参见拙文：《犹斗的“困兽” 同声的反抗——伯莎·梅森和繁漪比较研究》，“全国中文核心期刊”载《名作欣赏》2006 年 7 月下半月，第 88 页。

为夏洛蒂·勃朗特光明的代表，伯莎·梅森则是夏洛蒂·勃朗特“黑暗的替身”①。

而在回写伯莎·梅森故事的《藻海无边》中，我们听到了又一位女作家简·里斯（1894–1979）借同一个“疯女人”——安托瓦内特（伯莎·梅森）之口对统治和压迫女性的父权和夫权的声声控诉。《藻海无边》的矛头直指独霸无极的男权中心社会，它的字里行间充满了女性悲苦的控诉和愤怒的反抗，它实际上是一本19世纪末西方男权中心社会对女性蹂躏和迫害的血泪账。

作家简·里斯向我们揭示：正是安托瓦内特同父异母的哥哥理查，把安托瓦内特送上了虚假爱情的刑台，推进了买卖婚姻的坟墓。《藻海无边》故事的背景是加勒比海的西印度群岛，这里也是作家简·里斯的故乡。简·里斯于1894年出生于那里的英属殖民地多米尼加。父亲是威尔士人，母亲是白种克里奥尔人亦即西印度群岛及南美洲的西班牙和法国移民的后裔。简·里斯的童年和少年时代在西印度群岛度过，直到十六岁时才去了英国。“她先在寄宿学校念书，后转入伦敦英国皇家戏剧学院攻读。父亲死后，家境衰落，只得辍学。后来嫁给一个荷兰诗人，随夫辗转到了欧洲大陆，十年中主要在巴黎和维也纳，过着漂泊不定的生活。”②

虽然长期生活在英国，但简·里斯并不认同英国社会和文化。简·里斯的出身和血统使她总是处于边缘状态，出生于西印度群岛的黑人群体中的她却是白人，因此受当地文化的歧视和孤立。而在英国社会她被看成西印度群岛人，因此也被白人世界排斥在外。简·里斯把这种找不到归宿的心态让安托瓦内特在《藻海无边》中替她说了出来：“在你们中间我常常奇怪我到底是什么人，我的祖国在哪儿，哪儿是我的归宿，我干吗要出生在这个世界上？”而简·里斯本人与黑人文化更为亲近，作为女性她尤为深切地关注着克里奥尔妇女的命运。

简·里斯在幼年时就熟读了《简·爱》，多少年来“疯女人”伯莎·梅森的

①程锡麟：《天使与魔鬼——谈〈阁楼上的疯女人〉》，载《外国文学》2001年第1期，第75页。

②陈良廷：《幽禁在顶楼上的疯女人与简·里斯》，见〔英〕简·里斯《藻海无边——〈简·爱〉前篇》，陈良廷、刘文澜译，上海译文出版社1996年版，译者序言第6页。

形象一直像鬼魂附体似的日夜纠缠着简·里斯，“她说：‘当我孩提时阅读《简·爱》时，我就想，为什么她(指夏洛蒂·勃朗特——引者注)居然认为克里奥尔妇女是疯子。把罗切斯特第一位妻子伯莎·梅森变成了一个可怕的疯女人是怎样的耻辱。我立刻想到我要尽力为她写出生命。”[①]于是简·里斯通过《藻海无边》对安托瓦内特(伯莎·梅森)进行了脱胎似的还原和再造，她彻底颠覆了夏洛蒂·勃朗特对这同一个疯女人形象的塑造和定格，使读者由对《简·爱》中“疯女人”的痛恨或嫌恶转变为对《藻海无边》中这同一个人物的理解和同情。[②]不仅如此，“简·里斯维护了伯莎·梅森的人性，实际上是完整地保持了她批评帝国主义的健全的心智。”[③]

用重塑经典的“疯女人”伯莎·梅森，作家简·里斯完成了自己儿时的夙愿，而与之同时代的西尔维娅·普拉斯(1932–1963)则用“疯女人”埃丝特·格林伍德为自己作传。发表于1963年的《钟形罩》自问世以来就被视为作家西尔维娅·普拉斯的“显而易见有所掩饰的自传体作品”[④]。“当时的美国文学处于20世纪50年代保守的社会性别意识形态的主流之中，J.D.塞林格、诺曼·梅勒和菲力浦·罗斯这些男性叙述者占据着主导地位。《钟形罩》一问世，立刻震撼了美国文坛。”[⑤]而实际上，《钟形罩》里埃丝特·格林伍德的经历就是西尔维娅·普拉斯短暂的人生历程的翻版。

如同女主人公格林伍德，作家西尔维娅·普拉斯也是一名才女。西尔维娅·普拉斯很早就展现了写作天赋，十七岁时开始发表诗歌，并以全额奖学金就读于美国著名的史密斯女子学院。“她敏感、聪颖、勤奋，对任何事都力求完美。进史密斯大学时她已经出版了好几本诗集，在大学期间又

---

①转引自孙妮：《苍海茫茫 人归何处——试论琼·里斯〈藻海无边〉主题及艺术风格》，载《外国文学》2001年第6期，第34页。

②参见拙文：《显性的相合 隐性的迥异——中西文学中“疯女人”形象之比较研究》，载“全国人文社科核心期刊”《广西大学学报·哲社版》2006年第4期，第83页。

③加亚特里·查克拉沃尔蒂·斯皮瓦克：《三个女性文本和一种帝国主义批评》，见〔美〕赛义德等著：《后殖民主义文化理论》，陈永国等译，北京：中国社会科学出版社1999年版，第166页。

④〔英〕安妮·史蒂文森：《苦涩的名声——西尔维娅·普拉斯的一生》，王增澄译，北京：昆仑出版社2004年版，第47页。

⑤〔美〕苏珊·S.兰瑟：《虚构的权威——女性作家与叙述声音》，黄必康译，北京：北京大学出版社2002年版，第216页。

完成了 400 多首诗作。”[①]1953 年夏天，西尔维娅·普拉斯被《青年女子》杂志选中而来到纽约，与来自全国各地的十九名才女一起担任客座编辑。

但是令人羡慕的实习没有使西尔维娅·普拉斯满足，反而让她倍感孤独与疲惫。从纽约实习完回到家乡波士顿后，西尔维娅·普拉斯被心仪已久的弗兰克·奥康纳暑期写作班拒之门外。由于对做传统、规矩女人还是做理想、事业女人之间的矛盾无法调和，西尔维娅·普拉斯深感绝望，在自家的地下室中服下大量安眠药自杀。“在小说《钟形罩》中，埃丝特·格林伍德……在她头脑中形成自杀的念头……这其实就是西尔维娅·普拉斯自己的真实写照。”[②]

获救后，西尔维娅·普拉斯被送往精神病院进行治疗，康复后重返学校，于 1955 年从史密斯学院以优等成绩毕业，并得到了富布莱特法案基金奖学金的支持去剑桥大学进修。而《钟形罩》的女主人公格林伍德的主要经历正是如此。因此，西尔维娅·普拉斯不是用真名，而是以维多利亚·卢卡斯的笔名发表了《钟形罩》，目的是以防给作品中的原型——那些生活在自己身边的人带来不便。1970 年，西尔维娅·普拉斯的母亲在给纽约哈泼和罗出版社的责任编辑的信中提到，《钟形罩》的发行会给某些人的个人生活带来痛苦，佐证了这一点。

被自杀困扰的作家西尔维娅·普拉斯在其一生中自杀过多次未遂，她 1963 年 2 月 11 日也是在《钟形罩》发表后不久的一次自杀中终于结束了自己的生命。“西尔维娅·普拉斯肯定是一个内心分裂的女人。内心分裂的人是很多的，普拉斯的内心分裂比别人都严重。她应该是知道生活中应该怎么做是不痛苦的。她其实也想让自己免于痛苦。可是，她内心中疯狂而鬼魅的那部分不能答应她做理性中要求的那个自己。她在这么做与那么做之间一定有着水火不融的心灵纠葛。其实，内心分裂到一定程度，是足以让一个人变疯狂的。”[③]于是，我们在现实中看到了“疯狂”的西尔维娅·

①任秋凌编译:《桂冠诗人的惊世悲情》，见《世界妇女博览》编辑部选编:《世界妇女博览精华本(人物篇)》，桂林:漓江出版社 2001 年版，第 62 页。

②〔英〕安妮·史蒂文森:《苦涩的名声——西尔维娅·普拉斯的一生》，王增澄译，北京:昆仑出版社 2004 年版，第 39 页。

③高伟:《没有一个女人装得出她的眼神》，载《文学自由谈》2006 年第 4 期，第 75 页。

普拉斯,在《钟形罩》中看到了"疯狂"的埃丝特·格林伍德。

随《钟形罩》后不久而来的《浮现》,是被誉为"加拿大文学女王"的玛格丽特·阿特伍德于1972年发表的第二部长篇小说。于20世纪中后期崛起的玛格丽特·阿特伍德是一名女性意识鲜明的作家,她关注妇女问题,对男女平权和妇女如何解放自身的探讨一直是她创作生涯的重头戏。玛格丽特·阿特伍德的第一部长篇小说也是她的成名作——《可食用的女人》就是一部极具女性主义倾向的作品。这仅仅是一个开头,之后的玛格丽特·阿特伍德用创作对女性的处境、女性的命运、女性的未来等等问题进行着持续的思考。

作家玛格丽特·阿特伍德善于捕捉女性的心理,真实深刻地反映女性的生活、成长及不同的命运。尤其是她的小说的主人公,大多为现代消费社会的职业女性,其中不少人颇受女性主义观点的影响。当她们努力实现自我价值的希望破灭时,不得不又踏上重寻自我的征途。对此,玛格丽特·阿特伍德说道:"《可食用的女人》中的玛丽安是原地打转类型的,而不是螺旋式上升型的。因为1956年的社会还未给玛丽安提供出路。《浮现》一书的女性是边缘化了的……我们所知道的只是将来肯定会不同,但不知道如何不同。我的下一本书《预言夫人》也不可能解决这个问题。但我的再下一本书就一定要解决这些问题了,不然就完了。"[①]于是,我们看到随《预言夫人》后的《人类以前的生活》虽然充满了荒凉,但是并非没有希望。小说结尾时,每个人包括饱受沧桑的女主人公都找到了自己希望得到的东西。

具体到《浮现》的创作中,玛格丽特·阿特伍德曾经对帕切尔(阿特伍德的艺术家好友——笔者注)说过,艺术家不一定非得经受痛苦。然而,在这部新写的小说(《浮现》)中,她却刻画了一位内心极度痛苦的女艺术家的形象。玛格丽特·阿特伍德在创作《浮现》的同时,还在构思她的另一本书《在树上》。玛格丽特·阿特伍德曾坦言,"就其痛苦程度而言,《在树上》是我创作得最卖力的一本书。"[②]因为她一时冲动说要给《在树上》亲手绘制插图,所以她手写了整本书,并为其创作了素描插图。这便是她的痛苦

①Nathalie Cooke, *Margaret Atwood: A Biography*, Toronto: ECW Press, 1998, p.222.

②Margaret Atwood,"Production Problems",*Canadian Literature* 78, 1978, p.13.

所在。巧的是,《浮现》中的无名女主人公“我”正是一名插图画家。所以,我们看到了现实中玛格丽特·阿特伍德在创作绘画时的痛苦心理在《浮现》中的“我”身上的投影。

玛格丽特·阿特伍德在创作《浮现》时曾假定这将是一部“鬼魅小说”。《浮现》的故事背景是加拿大北方荒凉的原始森林,而玛格丽特·阿特伍德认为“任何人独自穿行在阴森茂密的原始森林中,总会感到似乎有什么人或什么东西在监视你。所以把这片未被开垦的旷野作为‘鬼魅小说’的背景是再合适不过了”。①于是,我们会发现,《浮现》中的无名女主人公“我”,自从踏上魁北克家乡的土地,就开始处处流露着一个轻度精神病患者的有心理障碍的、情感不稳的、人格分裂的种种征兆。但是,玛格丽特·阿特伍德的“鬼魅”绝非仅仅指她自称的一种超自然的因素。玛格丽特·阿特伍德塑造的这个预言型的“疯女人”——“我”承载着作家更为复杂的理念和深沉的思索。

小说《浮现》是以女主人公“我”的现实中的寻父经历和脑海中的回忆联想为线索而展开的故事。在玛格丽特·阿特伍德笔下,“我”不仅是一个被动的承受“鬼魅”的形象,“我”更是一个有着自己的思考、对策和行动的女性。玛格丽特·阿特伍德通过“我”表达了一个生活在现代的女性对以往的反省、对当今的看法和对未来的探求。在《浮现》中,“我”作为一个加拿大人的忧虑,体现了玛格丽特·阿特伍德对加拿大如何在美国强邻的影响和保持民族个性的夹缝中生存的民族意识。

女主人公“我”作为一个女性的反抗,体现了玛格丽特·阿特伍德对现代女性如何在男权传统观念主导的社会中生存的女性意识。“我”作为人类一员的探询和尝试,体现了玛格丽特·阿特伍德对全人类的家园——大自然应该如何在人类文明的现代化进程的入侵和破坏下生存的生态意识。“因而在西方评论界,有人认为《浮现》是一部女权主义小说,也有人认为它是一篇生态学论文,还有人把它视作一份民族宣言。”②

①傅俊:《玛格丽特·阿特伍德研究》,南京:译林出版社 2003 年版,第 204 页。

②王晓英:《生存 回归 真我——论〈浮现〉的多元化主题》,载《外国文学研究》1997 年第 2 期,第 11 页。

其实《浮现》恰似一个聚宝盆，抱着不同的目的去拿，就可以从中取到需要的东西。

当我们从作家这个入口开凿“疯女人”形象的矿山时，无数令人诧异的火花闪现出来，这群“疯女人”形象无一不沾染了作家的吐纳和气息，或多或少，或浅或深。笔者发现，天使型“疯女人”是作家对女性“疯狂”的美化和弱化；魔鬼型“疯女人”是作家对女性“疯狂”的丑化和强化；颠覆型“疯女人”是作家隐秘的自我，是作家反驳男权的替身；新生型“疯女人”是作家文本中的姐妹，是作家控诉男权的搭档；而预言型“疯女人”已经脱离了作家的管制，拥有了自我存在的意义和不可取代的价值。

第三节　文化含义显露和对此的深深反思

当代美国学者艾莱恩·肖瓦尔特说：“疯狂既是女人的命运，又是女性的本质。最流行的看法是，疯狂是一种女性疾病，因为得这种病的女人要比男人多得多。对精神病人中妇女人数的增加历史学家和心理学家都有很翔实的记录。早在 17 世纪，理查德·拿波尔医生的病例就表明女病人是男病人的两倍。到了 19 世纪中期，病例记录表明，妇女已经变成了公立疯人院的大多数。20 世纪，妇女仍然是私人诊所和公立精神病院、病人健康服务中心及心理治疗所的多数；1967 年的一项研究发现，各种数据都表明妇女中间患精神病的要比男人多。”①

且先不论疯狂究竟是女性病、男性病或是什么病，但有一点可以肯定的是，这些现实中的“疯女人”不仅引起了医学界的关注，而且引起了文学界对她们的青睐。西方文学中“疯女人”形象的壮大即是明证。生活中的“疯女人”刺激了文学中“疯女人”形象的产生，而文学中的“疯女人”形象又显露了怎样的历史与文化的内涵呢？

当文学之“笔”握在男性的手中时，我们听不到女性的声音，我们只看到男性造出的“疯女人”形象。女性与文学创作无缘，被拒斥在文学殿堂的

①〔美〕艾莱恩·肖瓦尔特：《妇女·疯狂·英国文化》，陈晓兰，杨剑锋译，兰州：兰州大学出版社 1998 年版，前言第 2 页。

门外。诚如“在《疯癫与文明——理性时代的疯癫史》中，福柯发现疯人的话语长期以来遭到排斥……因为这些话语被视为没有意义的声音，被排斥在理性话语之外。长久以来，妇女的声音也被视为歇斯底里的、非理性的话语遭到排斥，体现在文学史上，也就是女性诗人和女作家很少被收录和记载的一个重要原因，区别和排斥的原因也许仅仅是因为作者的性别”。①由此得出：女性＝非理性，男性＝理性。而这一观念在文坛的体现是：女性长期处于缺席的位置，男性把握着写作的大权，文学写作＝男性写作，文学史是男性书写的历史。

法国当代最有影响力的小说家、戏剧家和文学理论家埃莱娜·西苏深刻揭示：“男性写作……粗暴地夸大了一切性对立的标志，在这里妇女永远没有她的讲话机会。因为写作恰恰是改变的可能，正是可以用来反叛思想的跳板，正是变革社会和文化结构的先驱运动。”②男性用写作表明优势和权威，用“笔”作为统治女性思想的工具。

然而，人类社会是由两性为根基的，文学创作是以两性为参照的，缺少了女性的社会注定不复存在，缺少了女作家的文坛注定是一场男性孤芳自赏的盛宴，缺少了女作家参与的“疯女人”形象注定是一堆残缺不全的肢体。回眸历史，我们发现，这种局面的造成非一日之“功”。自父系社会以来，“男人始终在主宰着女性的命运。他们不是根据她的利益，而是根据他们自己的设计，出于他们的恐惧和需要，来决定女人应有怎样的命运。”③

所以我们在许多男性作家笔下只能看到单调、片面、“扁平”的“疯女人”形象，无论他们是享誉世界、流芳千古的大文豪还是平凡无奇、默默无闻的小作家。这些男性把温顺听话的“疯女人”捧上天堂奉为天使，把叛逆不羁的“疯女人”打入地狱贬为魔鬼。这印证了著名女权主义批评家凯特·米利特之言：“在整个历史过程中，两性之间的关系就是如马克

①黄华：《权力，身体与自我——福柯与女性主义文学批评》，北京：北京大学出版社2005年版，第26页。

②张京媛主编：《当代女性主义文学批评》，北京：北京大学出版社1992年版，第192页。

③〔法〕西蒙娜·德·波伏娃：《第二性》，陶铁柱译，北京：中国书籍出版社1998年版，第150页。

思·韦伯所定义的那样，是一种支配和从属的关系。在我们的社会秩序中，尚无人认真检验过，甚至尚不被人承认（但又十足制度化了）的，是男人按天生的权力对女人实施的支配。通过这一体制，我们实现了一种十分精巧的‘内部殖民’。”[①]如果说男性是殖民者，那么“疯女人”就是他们的殖民地。

但是，当文学的接力棒终于被女性得到时，我们听到了女性自己的声音，看到了女性自己的故事。“疯女人”形象终于得以真实、自我地表达。最早是在英国的维多利亚时期，“在小说中，疯女人一开始只出现在哥特式小说的次要性情节中——夏洛蒂·勃朗特称为‘第三故事’的叙述与家庭空间，现在也登堂入室，占据了主要地位。”[②]“疯女人”在女性文本中出人意料地大量涌现，遂“疯女人形象成了解开 19 世纪女作家创作心态的关键”[③]。

如《简·爱》中的“疯女人”——伯莎·梅森，即成为发掘作家夏洛蒂·勃朗特的思想的焦点。夏洛蒂·勃朗特等等这些 19 世纪女作家“对女性精神病的叙述所蕴含的精神病学内容，要比维多利亚医生的描述丰富得多。她们的叙述表现了维多利亚疯女人的兴起是历史自身所证实的一个预言。社会不仅把妇女看作孩子气、非理性和性方面不够稳定的人，而且把她们描述为法律上无权和经济上的边缘者。在这样的一个社会里，妇女成为大部分背叛者，是不足为奇的。正是由于她们的偏离正轨，医生们才得以进行一种有利可图的实践，精神病院则招揽来了大部分病人”。[④]现实中的“疯女人”为女作家提供原型和素材，文学中的“疯女人”让女作家进行控诉和反抗。这个文学与现实互动的过程不断地敲打着男权中心文化的大厦，使它的地基开始晃动，摇摇欲坠。“疯女人”形象不再单纯是历史的牺牲品，而是女作家们与父权制社会斗争的利器。

---

①〔美〕凯特·米利特：《性的政治》，钟良明译，北京：社会科学文献出版社 1999 年版，第 38 页。
②〔美〕艾莱恩·肖瓦尔特：《妇女·疯狂·英国文化》，陈晓兰，杨剑锋译，兰州：兰州大学出版社 1998 年版，第 33 页。
③陈惇、孙景尧、谢天振主编：《比较文学》，北京：高等教育出版社 1997 年版，第 523 页。
④〔美〕艾莱恩·肖瓦尔特：《妇女·疯狂·英国文化》，陈晓兰，杨剑锋译，兰州：兰州大学出版社 1998 年版，第 54 页。

19世纪的“疯女人”形象直接影响了20世纪的女性作家对“疯女人”的偏爱和重释。1966年多米尼加出身的英籍女作家简·里斯在《藻海无边——〈简·爱〉前篇》中塑造的安托瓦内特·梅森，使伯莎·梅森的生命完整起来，使这个颠覆型“疯女人”更加丰满而真实，成为一个完全不同于以往的天使型或魔鬼型的“疯女人”。她集天使和魔鬼于一身，她又超越了二者的局限，她不再是简单的推动文本情节的道具，她不再是一个空洞无力的能指。她开始拥有“疯女人”作为一个女性而生存的真实的面目，代表了女性意识强烈的女性作家对男权中心传统的反驳和决裂。因而，她成为颠覆型“疯女人”的代言。

在20世纪，“疯女人”在西方男作家的文本中已经寥若晨星了，但她们依然在女作家的笔下活跃。更进一步的是，“疯女人”形象在此时的女作家的文本中翻身作主人了，她们首次成为了作品的主角，她们使这些作品引来了更大的轰动和更多的品评。而且这些女作家当中有的本身就有曾为“疯女人”的切身的体验。于是，“疯女人”形象在她们的作品中的呈现状态丰富起来，“疯女人”形象被综合了更多的因素，被赋予了更广的涵盖，被注入了更深的内涵。她们或是以新生儿——新生型“疯女人”的表现让我们反省曾经的错失，或是以预言家——预言型“疯女人”的姿态让世人思考应有的举措。

如果说疯癫与艺术难分难解，因为古希腊著名哲学家、思想家、文学家柏拉图的“迷狂说”称：“诗人是个轻而有翼的神物，非到了受了启示，忘了自己的心觉，不能有所发明；非到了这忘形的地步，他是毫无力量，不能说出他的灵咒。”①

如果说疯癫与文学难分难解，因为前苏联著名文艺学家、文艺理论家、批评家巴赫金说：“疯癫与文学都是受到压抑的无意识妥协和变形的结构，只不过前者是一种病态结构，后者是正常结构。但是这两种结构的界限是不稳定的，很难说明正常结构在哪里结束，病态结构又始于何处。”②那么，“疯女人”与女作家难解难分，因为只有“疯女人”形象，才能

---

①转引自朱萍：《中西古典文学中的疯癫形象》，载《中国比较文学》2005年第4期，第125页。
②转引自朱萍：《中西古典文学中的疯癫形象》，载《中国比较文学》2005年第4期，第126页。

最贴切地表达女作家们矛盾痛苦的感受，只有“疯女人”才能最深刻地展示作家们冲破男权樊篱的心经。

选择“疯女人”就是选择痛苦！但是女作家们却说：“给我们痛苦！我们向我们心灵中的天国哭喊——我们宁愿痛苦，也不愿要冷漠；因为从无中产生无，但从痛苦中会产生治愈。痛苦比麻木瘫痪好得多！有一百个人也许斗争过，并且被淹死在小小的水桶里，但有一个人发现了新世界。她宁愿在拍岸的浪涛中九死一生，向人们预示通向新世界的大路，也不愿在海滩上闲逛！个人的痛苦以及与生活的现实——大众的疾病、犯罪、贫穷之间的密切联系，都是治愈妇女生活中精神麻痹的良药。”①

女作家们通过“疯女人”观察世界，女作家们通过“疯女人”挖掘生活。女作家们不断地推陈出新，不断地在独具着丰富内涵的“疯女人”形象身上铸下她们对女性、对社会、对人类前途的叩问的深深印痕。她们使“疯女人”形象成为了浩瀚的文学作品海洋里不容错过的粒粒珍珠，她们使“疯女人”形象成为了广袤的文学批评宇宙中不可小觑的颗颗恒星。

在挖掘“疯女人”形象成因这座矿藏中，笔者发现了它的浩瀚与深邃。每一块“疯女人”矿石的打磨都是艰难而漫长的功夫活。无疑，我们看到了时代运动与社会思潮的条条烙印：17 世纪无性别的人文主义导致了“疯女人”形象是为政治服务的工具；18 世纪男性的启蒙运动导致了“疯女人”形象继续“非女性”的倾向；19 世纪女性意识萌芽了，“疯女人”终于跳出了两极的磕绊，成为表现女性意识的最佳的女性形象；20 世纪女性主义兴盛起来，随着女性主义的繁杂，“疯女人”也开始了多元发展。

无疑，我们还看到了作家经历及其女性观的丝丝倾注：男性作家笔下的天使型“疯女人”，要么是作家观念中女性柔弱一面的体现，要么是作家在现实中爱而不得的女性对象的化身。而男性作家笔下的魔鬼型“疯女人”，要么是作家为突出作品中的男性形象所设的陪衬，要么是作家发泄愤怒或伸张正义的工具。

然而，女性作家塑造“疯女人”的原因则充满隐秘，多元分化。她们与

①〔美〕艾莱恩·肖瓦尔特：《妇女·疯狂·英国文化》，陈晓兰，杨剑锋译，兰州：兰州大学出版社 1998 年版，第 46 页。

"疯女人"的关系也绝非是作家和人物——生产者和产品那么简单,她们与"疯女人"有着千丝万缕的关联。女作家把颠覆型"疯女人"化为另一个自我,一个深藏不露,一个咄咄逼人。女作家把自己苦涩的经历加到了新生型"疯女人"身上,通过诉说自己的故事得到了重生。女作家用预言型"疯女人"质问民族沙文主义,质问男权中心主义,质问人类中心主义,为人类的明天究竟何去何从寻找解答。

当然,仅仅为了研究"疯女人"形象的成因而研究是肤浅的。重要的是,通过研究"疯女人"形象所显露的历史与文化含义,深深反思人类文明的失允和偏执。男权中心社会与"疯女人"形象是相互作用、互为影响的。没有男权中心社会就不会产生"疯女人"形象,没有"疯女人"形象,男权中心社会的存在则少了一个最好的证明。通过时代与作家,我们了解了"疯女人"形象的成因。同样,"疯女人" 形象也为我们反观时代、反观作家、反观人类文明做出了独特的贡献。

第三章 "疯女人"形象的塑造和艺术特色

一场"疯女人"的流星雨,在西方文学的天空下了四个多世纪。从奥菲利娅到麦克白夫人到玛嘉丽特到哈维沙姆小姐,从伯莎·梅森到安托瓦内特到埃丝特·格林伍德到《浮现》中的"我",虽然她们都是"疯女人",但是她们却有着太多的不同之处。

除了作家在"疯女人"形象身上注入的思想内容的相异,作家塑造她们的艺术形式也是精彩纷呈,各有千秋。本章笔者着重分析与"疯女人"形象相关的艺术特色,拟分为不断变化的叙事角度,日益丰富的意象群和推陈出新的艺术技巧三个方面。

第一节 讲述之口:不断变化的叙事角度

"有了人类历史本身就有了叙事",[①]法国文论家罗兰·巴尔特如是说。近几十年来,文论界对叙事的研究和争论可谓空前火爆。尤其自结构主义文学批评兴盛以来,从普洛普的"民间故事分析"到罗兰·巴尔特的"叙事作品结构分析",从托多罗夫的"叙述学"到热奈特的"叙事聚焦模式"……

①〔法〕罗兰·巴尔特:《叙事作品结构分析导论》,张裕禾译,见王泰来等编译:《叙事美学》,重庆:重庆人民出版社 1987 年版,第 60 页。

一系列的叙事理论百家争鸣,莫衷一是。

而笔者本节探讨的是,以上这八部讲述“疯女人”故事的文学作品的“叙事角度”的变化。那么,前提是界定“叙事角度”的内涵:美国的勒伯克把作品的叙述者的讲述方法归结为“叙事角度”,并认为它是文本技巧的关键,“小说技巧中整个错综复杂的方法问题,我认为都要受角度问题——叙述者所站位置对故事的关系问题——调节。”[①]然而热奈特则认为,“角度”的概念太宽泛,他在《叙事话语》中将叙述者对故事的关系区分为“谁看”(或“谁感知”)和“谁说”。热奈特用“视点”来表示谁感知,用“话语”来表示谁讲。因此,笔者要研究的诉说“疯女人”故事的“叙事角度”就从两个部分入手:“叙事视点”和“叙述话语”。

第一部分是“叙事视点”。“叙事视点”是作品叙事的立足点,“叙事视点创造了兴趣、冲突、悬念乃至情节本身。”[②]“叙事视点”包括“叙事视角”和“叙事焦点”两个方面,亦即“谁看见的?从什么位置上?”[③]这两个问题。

先来看“叙事视角”,也就是热奈特所说的“谁感知”,又分为“叙述者视角”和“作品人物视角”。叙述者自由地、全知全能地感知并讲述人物的一切,决定人物的性质即“叙述者视角”。《哈姆莱特》《麦克白》和《浮士德》三部作品都是以叙述者为视角的。在莎士比亚和歌德笔下的“疯女人”的故事,或是推动情节演进的道具,或是男性故事的衬托。而《远大前程》《简·爱》《钟形罩》和《浮现》四个文本则是“作品人物视角”,且都以人物“我”为视角。“我”又是各自作品中的主要人物,因而称为“主要人物视角”。“以主要人物为视角并以第一人称来叙事可以带有强烈的主观性,作者的思想、情感可以透过人物的感知直接抒发出来。”[④]

但是需要注意的是,这四部作品中的“我”有着很大的不同。《远大前程》是男性主人公皮普之“我”为主要人物视角,《简·爱》是以女性主人公简·爱之“我”为主要人物视角,而两部作品中的“疯女人”都是“次要人物

①罗钢:《叙事学导论》,昆明:云南人民出版社 1994 年版,第 159 页。

②〔美〕华莱士·马丁:《当代叙事学》,伍晓明译,北京:北京大学出版社 1990 年版,第 159 页。

③〔美〕华莱士·马丁:《当代叙事学》,伍晓明译,北京:北京大学出版社 1990 年版,第 160 页。

④杨星映:《中西小说文体形态》,北京:中国社会科学出版社 2005 年版,第 79 页。

视角”。《钟形罩》和《浮现》都以“疯女人”之“我”为主要人物视角。而《藻海无边》的叙事视角较为复杂，它的叙事视角拥有多个，既有“疯女人”安托瓦内特的视角，也有“疯女人”的丈夫的视角，还有仆人格莱思·普尔的视角。

综上来看，所有以男性叙述者为视角，叙述“疯女人”的故事的作品，留给读者的是两选一审美期待：天使型“疯女人”上天堂；魔鬼型“疯女人”下地狱。读者似乎没有权利也没有必要为“疯女人”们选择第三种甚至更多的结局。而所有以女性叙述者为叙事视角的作品，字里行间满溢着对“疯女人”恳切的同情和深刻的理解。

叙事视角不同，“疯女人”的结局就不同，呈现出作者加之于“疯女人”的不同的理念和意图。伯莎·梅森是夏洛蒂·勃朗特的反抗男权的一面；安托瓦内特是简·里斯身份焦虑的体现；埃丝特·格林伍德是西尔维娅·普拉斯对自身处境的改写，而《浮现》中“我”是玛格丽特·阿特伍德对人类出路的探索。显然，当作品人物视角为女性时，尤其是“疯女人”作叙事视角时，更容易引发读者对“疯女人”的共鸣与思考。

再来看“叙事焦点”，即“从什么位置上”。笔者仍然选取热奈特的划分之法，把“叙事焦点”再分为“零聚焦叙事”“外聚焦叙事”和“内聚焦叙事”三类。

第一类“零聚焦叙事”又称“非聚焦叙事”，是指叙述人或作为视角的作品人物可以从任何位置上观察感知被叙述的对象，如“上帝的眼睛”一样，可以将各类人物的所思所想、所作所为随心所欲地描写叙述，即叙述者大于人物。《哈姆莱特》《麦克白》和《浮士德》都采用的是零聚焦叙事。叙述者像上帝一样俯视着人物，他居高临下地操纵着“疯女人”的命运。

第二类“外聚焦叙事”，是指叙述人只限于感知人物的外表、言行和客观环境，而不涉及人物的内心活动，即叙述者小于人物。本文分析的八部作品中没有属于此种类别的。而《远大前程》《简·爱》《藻海无边》《钟形罩》和《浮现》五部作品都可归为“内聚焦叙事”。

第三类“内聚焦叙事”，是叙述者等于人物，指严格按照一个或几个人物的感受和意识来叙述，是一种有限制的感知和叙述，只能感知和叙述进入视角人物视野的东西。那么,《远大前程》的叙述者皮普对“疯女人”是恐惧的,《简·爱》的叙述者简·爱对“疯女人”是同情的。只有《藻海无边》、《钟形罩》和《浮现》,由于它们采用了“疯女人”为叙述者的内聚焦,从而有力地表现了“疯女人”的主观感觉,揭示了“疯女人”灵魂深处的波澜起伏,展现了“疯女人”与其他人物之间的感情碰撞,并且使读者感到了叙述的自然而然和真切可信。所以,零聚焦叙事下关于“疯女人”的叙述是高高在上且冷静漠然的,而内聚焦叙事下关于“疯女人”的叙述是平易近人、深入肺腑和感人至深的。

第二部分是“叙述话语”。有了“叙事视点”解决了“谁看”的问题,那么“叙述话语”就要解决“谁说”的问题。“叙述话语”又包括“叙事人称”和“叙事声音”两个方面。

一方面,“叙事人称”分为第一人称叙事、第二人称叙事和第三人称叙事。《哈姆莱特》《麦克白》和《浮士德》都是第三人称叙事。《远大前程》《简·爱》《钟形罩》和《浮现》则是第一人称叙事。

关于“叙事人称”,笔者认为它和“叙事视点”有交叉和重合之处,鉴于上文已作过部分作品的分析,故此不再赘述。所以,这里的“叙事人称”笔者着重分析一部颇具典型意义的作品即《藻海无边》。从某种意义上说,《藻海无边》可以归为第一人称叙事,但是《藻海无边》叙事的第一人称“我”却在不断地变换。“我”一会儿是伯莎·梅森,一会儿是安托瓦内特,一会儿是安托瓦内特的丈夫,一会儿是丈夫的仆人。如此频繁的人称变换,实则有着作家良苦的用心。简·里斯让伯莎·梅森变成安托瓦内特,“变成一个有着自己的历史和逻辑的说话的女人,她就开始讲述一个故事,那个夏洛蒂·勃朗特出于对帝国主义的傲慢不加质疑的信仰而无法听到的故事。”①

在《藻海无边》中,“这种双重乃至多重的声音交替叙述的策略打破了《简·爱》中夏洛蒂·勃朗特设定的那种单一声音,避免了某一方面声音绝对地压倒另一方声音的做法,从而使得《藻海无边》成为巴赫金意义上的对话型小说。另一方面,双重或多重的叙事角度也反映了殖民主义体系中心与边缘之间复杂的交互关系, 凸现了女主人公的文化身份认同危机问

①Howells,Coral Ann. *Jean Rhys*. New York & London: Harvester Wheatheaf, 1991, p.108.

题。”[①] 因而《藻海无边》中“叙事人称”的变换，恰是发掘其作品的女性意识、后殖民意识和文化身份意识的突破口。没有“叙事人称”的变换，作品的多重含义与震撼将不复存在。

另一方面，“叙事声音” 指研究作品中作者、隐含作者和叙述者的关系。作者和叙述者不言而喻，隐含作者是美国叙事学家布斯提出的一个概念，“在他（指作者）写作时，他不是创造一个理想的、非个性的一般人，而是一个他自己的隐含的替身，不同于我们在其他人的作品中遇到的那些隐含的作者。”[②]

隐含作者“仅存在于小说的文本时空之中，他的一切行为特点和心理感情都是被文本的叙述话语所表现的。他永远存在于文本之中，由文本的时空所规范，是一个相对于文本世界而存在的人格系统，是现实生活中的作者的思想感情、理想欲望在某一特定的文学作品中的替身”。[③]简言之，隐含作者就是作者在其作品中的替身。而叙述者有时也可以看作是作者的替身。

如果说叙述者代表着作家在作品中向读者敞露自我，显现着小说形式和叙事策略方面的信息，是作家创作个性和美学旨趣的体现，那么隐含作者则是代表着作家在小说中要让读者持有一个什么样的价值观，或者向读者宣示，作家认为哪一种价值观是正确的。在作品中，作者、隐含作者和叙述者三者时而重合，时而分开，时而近似，时而迥异。

在《哈姆莱特》中，作者莎士比亚也是叙述者，作品一切的一切都以男主人公哈姆莱特为圆心，哈姆莱特是叙事的焦点，哈姆莱特是情节的线索；而“疯女人”奥菲利娅是点缀，可有可无。恰如艾莱恩·肖瓦尔特所言：“我们可以想象一个没有奥菲利娅的哈姆莱特的故事，但奥菲利娅若是离开了哈姆莱特则完全没有任何故事可言。”[④]《麦克白》的情形依然如此。

到了《浮士德》，作者歌德在这部作品中用浮士德和魔鬼靡菲斯特为

①张德明：《〈藻海无边〉的身份意识与叙事策略》，载《外国文学研究》2006年第3期，第80页。

②W.C.布斯：《小说修辞学》，华明等译，北京：北京大学出版社1987年版，第80页。

③祖国颂：《叙事的诗学》，合肥：安徽大学出版社2003年版，第13页。

④转引自傅俊、韩媛媛：《论女性话语权的丧失和复得——解析阿特伍德的短篇小说〈葛特露的反驳〉》，载《当代外国文学》2006年第3期，第97页。

代表来探索人性的善与恶，因而文本中的“疯女人”玛嘉丽特没有被给与完整的性格，她的小故事仅仅是浮士德大故事的插曲。在狄更斯的《远大前程》里，叙述者是成年的皮普，隐含作者不经意间显露了作者依然丑化“疯女人”的落后于时代的女性观。

《简·爱》《钟形罩》和《浮现》，全部采用第一人称的、女性主人公“我”的口吻叙事，叙述者与各自的隐含作者重合，也与各自的作者近似，因而夏洛蒂·勃朗特、西尔维娅·普拉斯和玛格丽特·阿特伍德强烈的女性意识和超前的女性观念得以淋漓尽致地表达。

而《藻海无边》的“叙述声音”最为复杂，它的女性叙述者中有的是隐含作者，有的是作者简·里斯，有的是纯粹的叙述者；它的男性叙述者则是伯莎·梅森的丈夫——一个连名字都没有的“他”。虽然“他”的伯莎·梅森在《简·爱》中被剥夺了说话的权利，但是伯莎·梅森的“他”在《藻海无边》却被隐含作者做出了不缺席的审判。勃发着女性意识的隐含作者把这个男性叙述者的画皮一层一层地揭掉，使“他”原来卑鄙无耻、虚伪堕落的真相大白于读者。

《藻海无边》的隐含作者不动声色的叙述比起《简·爱》的隐含作者激情澎湃的叙述，似乎更有一种冰寒刺骨的、深彻入髓的冷静和睿智。使读者在不知不觉中感染了作者的情绪，了解了作者的理念，而又不会因为作者过多的情绪宣泄而觉得厌烦和不啻。简·里斯叙事声音的变幻魔术拯救了“疯女人”，也征服了读者。

可以说，叙事角度是一部作品艺术形式的核心。有什么样的叙事角度就会产生什么样的艺术效果。叙事角度的选取，确定了作者对作品中所述故事的态度，进而影响到读者对作品尤其是作品中的人物形象的价值判断和情感反应。叙事角度相异，文本的价值倾向和审美蕴涵有所不同，进而读者对之的品评和接受也就千秋各异。

在讲诉“疯女人”形象故事的这八部作品中，笔者发现，叙事角度是不断变化的。只要是以男作家或者男性形象为叙述者的作品，其“疯女人”的故事总是处于边缘的地位，相对于男性故事的存在而存在。没有男性的故事，“疯女人”的故事可有可无，无足轻重。然而，以女作家或者女性形象，尤其是以“疯女人”形象为叙述者的作品，其“疯女人”的故事渐渐由边缘走向了中心，具有了举足轻重的地位，并开始成为独立的个体，不再充当男性故事的佐料。而且，这些作品日益致力于叙事角度的多元化，从而使得“疯女人”的故事扩大了对作家用意的容纳和对读者阅读的挑战。

第二节 描摹之形：日益丰富的意象群体

假如宏观的叙事角度是我们观察“疯女人”故事的窗口，那么微观的意象则是我们打开“疯女人”隐秘的钥匙。维柯言：“意象是实际体验事物的具体形式，是一种思维方式和生存方式，是想象力对真理的投射。”[①]艾拉兹·庞德称：“意象是一种在一刹那表现出来的理智与情感的复合体。”[②]

而苏珊·朗格说：“艺术符号是一种终极的意象——一种非理性的和不可用言语表达的意象，一种诉诸于直接的知觉的意象，一种充满了情感、生命和富有个性的意象，一种诉诸于感受的活的东西。因此它也是理性认识的发源地。”[③]那么，笔者在本节中所要探讨的“意象”，其定义力图综合上述三家之言。简言之，意象即为一种在作品中有着特定含义的具象。而在本文论述的这八部作品中，笔者仅考察与“疯女人”形象相关的意象之群。

在17世纪的《哈姆莱特》中，只有一个与女性关联的“水”的意象。福克斯认为“水是那些善变的女人意义深远的固定象征，她们的眼中很容易就浸满了泪水，正如同她们的身体是血液、羊水和奶汁的容器”。[④]“海因洛特的半宇宙学半人类学的精彩分析认为，疯癫是人身上晦暗水质的表征。水质是一种晦暗的无序状态、一种流动的混沌，是一切事物的发端和归宿，是与明快和成熟稳定的精神相对立的”。[⑤]

①转引自汪耀进编：《意象批评》，成都：四川文艺出版社1989年版，前言第28页。

②转引自李裴：《小说结构与审美》，贵阳：贵州人民出版社2003年版，第161页。

③转引自夏之放：《文学意象论》，汕头：汕头大学出版社1993年版，第212页。

④R. A. Foakes, *Hamlet versus Lear: Cultural Politics and Shakespeare's Art*, New York: Cambridge University Press, 1993, p.225.

⑤〔法〕米歇尔·福柯：《疯癫与文明——理性时代的疯癫史》，刘北成，杨远婴译，北京：生活·读书·新知三联书店1999年版，第10页。

而莎士比亚正是把奥菲利娅这个女性的疯癫继而死亡与“水”的意象结合了起来。奥菲利娅是疯癫之后掉进水中淹死的，莎士比亚并没有直接描写奥菲利娅落水的场面，而是由王后转述给大家：

> 在小溪之旁，斜生着一株杨柳，它的毵毵的枝叶倒映在明镜一样的水流之中……她（指奥菲利娅——引者注）爬上一根横垂的树枝……连人带花一起落下呜咽的溪水里。她的衣服四散展开，使她暂时像人鱼一样漂浮水上；她嘴里还断断续续唱着古老的谣曲，好像一点不感觉处境的险恶，又好像她本来就是生长在水中的一般。可是不多一会儿，她的衣服给水浸得重起来了，这可怜的人儿歌还没有唱完，就已经沉到了泥里。

奥菲利娅的溺水充满了诗情画意，丝毫没有恐怖和惊慌，仿佛她是由水而来，终归还得沉水而去。莎士比亚在她身上寄予了男性的期望：在男性眼中，女性应纯净如“水”，女性应柔情似“水”，“溺水是真正的女性之死，是一种美丽的投入和淹没”[①]。所以天使般的奥菲利娅落“水”而亡，也是男性给女性的最好的选择。

到了18世纪的歌德的《浮士德》，这部作品与玛嘉丽特唯一相关的意象就是“天使”。浮士德从头到尾反反复复地把玛嘉丽特叫作“天使”：他一会儿叫她“非凡的天使”，一会儿叫她“小天使”，一会儿叫她“预感灵敏的天使”。而死去的玛嘉丽特最终真的变成了天使，她把浮士德的灵魂引入了天堂。“天使”的象征是男性对女性最理想之状态的希冀——现实中要为男性舞动纯洁翅膀遮挡他们不敢见天的欲望和卑劣，最后还要驮起男性飞入天堂成全他们灵魂的高贵。因而玛嘉丽特作为浮士德灵魂净化的一个跳板和辅助，其身上具有“天使”的特性就显得至关重要和不容置疑。

跨入了19世纪的狄更斯的《远大前程》，有一个“宅第”的意象与哈维沙姆小姐相连。哈维沙姆小姐所居住的“有余山庄”是一座宅第。“宅第”既

①杨慧林：《诠释与想象的空间：批评史中的莎士比亚与〈哈姆莱特〉》，载《外国文学研究》2006年第6期，第59页。

是哈维沙姆小姐的出生地，又是哈维沙姆小姐的葬身所；“宅第”既记载着她的欢乐，又见证了她的悲伤；“宅第”既是她的父亲留给她得以养尊处优的保障，又是她在未婚夫抛弃她的打击下，囚禁自己终生的监狱；“宅第”既是吸引读者的好奇心的诱饵，又是狄更斯惩罚魔鬼型“疯女人”的法杖。

然而到1847年《简·爱》的出世，与“疯女人”紧密相连的意象就空前繁盛起来了。在夏洛蒂·勃朗特笔下，“四季”“月亮”“阁楼”“火”都是作品中关于女性的意象。其中四季的变化象征着简·爱人生经历的电闪雷鸣和她内心世界的风起云涌。月亮的阴晴圆缺则象征着简·爱的爱情经历的际遇起伏。简·爱的同盟——“疯女人”伯莎·梅森，与“阁楼”和“火”两个意象不可分割。“阁楼”即是男主人公罗切斯特的桑菲尔德庄园的阁楼——“一间没有窗子的屋子里燃着炉火，用又高又结实的围栏围着，一盏灯用链子吊在天花板上”[①]，伯莎·梅森就被当作疯女人囚禁于此。

这个毫无人气的“阁楼”就是罗切斯特关押被他称之为“恶劣的野兽般的疯子”的伯莎·梅森的牢狱。这个狭小封闭的“阁楼”象征着男权对不顺从的女性的限制和压迫。而“火”的意象则象征着“疯女人”伯莎·梅森反抗之无畏和激烈。“在《简·爱》中，火是一个不可或缺的要素，其作用至关重要。如大卫·洛吉所言：‘火’在整部小说中充当了‘统揽全书的支配因素’。”[②]伯莎·梅森放过两次火，第一次放火企图烧死罗切斯特，但没有成功；第二次放火烧毁了桑菲尔德庄园，自己则投身火海而死。这两次放火都是伯莎·梅森为了报复把她逼疯和囚禁的罗切斯特，“火”是她最有力的反抗的武器。这两场“火”是被镇压的女性企图烧毁男权牢笼的愤怒之火，是女性企图摒弃父权制社会诱惑的净化之火。并且，身为女作家的夏洛蒂·勃朗特首次以“火”象征女性，从而对文学史上以往的男作家们用“水”来象征女性进行颠覆，造成了鲜明的对比。如果说“水”寄托了男权对女性温柔的向往，那么“火”即燃起了女性对抗男权独霸的激情。

后来重塑伯莎·梅森形象的《藻海无边》，则发展了有关“疯女人”形象的更多的专有意象，如“藻海”“鲜花”“飞蛾”等等。这些意象都和安托瓦内

---

①〔英〕夏洛蒂·勃朗特：《简·爱》，吴钧燮译，北京：人民文学出版社1990年版，第316页。

②刘振宁：《疯妇欤 天使欤——重释伯莎·梅森》，载《中国比较文学》2005年第1期，第162页。

特密切相连。“藻海”意象是安托瓦内特自身处境的象征。作家简·里斯选取的“藻海”意象来自于北大西洋的一片长满马尾藻的海域。这片藻海隔开又相连了英国和西印度群岛两个地域,简·里斯用“藻海”来象征安托瓦内特和她的丈夫之间,受压女性和男性霸权之间,殖民地和殖民宗主国之间,黑人和白人之间“无边”的对立和隔阂。

而“鲜花”意象贯穿作品始终,作品开头,安托瓦内特就提到了“鲜花”:“我们家的花园又大又美,跟《圣经》里的那个长着生命树的花园一个样。可是花园荒芜了。……我从来不走近它。”安托瓦内特家的花园曾经像伊甸园一样美丽,可是后来凋零了破败了。这正是安托瓦内特大起大落的戏剧性命运的象征。安托瓦内特成年后在修道院时,她刺绣丝线玫瑰花:“我绣的是绿的,蓝的和紫红的。底下写上火红色的名字,安托瓦内特·梅森。”

安托瓦内特喜爱各色各样的鲜花,如同热爱多姿多彩的生活。当安托瓦内特被关押到阁楼上后,对看管她的格莱丝·普尔说:“如果你葬在一棵凤凰木树下,一旦花开了,你的灵魂就升天了。人人都想要这样升天的。”安托瓦内特喜爱火红色的凤凰木,如同热爱激情四射的生命。最后安托瓦内特梦见自己放火烧毁桑菲尔德府时,她“看见了兰花,千金子藤花,茉莉花,还有生命树,都在熊熊烈火中”。安托瓦内特最终明了她只有投身烈火得以重生,她的灵魂才能与“鲜花”象征的充满活力和欢乐的生活相拥。

还有“飞蛾”的意象,也在作品中出现了多次。作家简·里斯用“飞蛾扑火”的场景,构成了令人印象深刻的象征意义:飞蛾扑火——身不由己,象征安托瓦内特被父兄安排了婚姻而无力选择;飞蛾扑火——孤注一掷,象征安托瓦内特曾经为挽救婚姻而做的无谓努力;飞蛾扑火——宁死不屈,象征安托瓦内特从未放弃过为生命和自由而战的恒心铁志。

在几近与简·里斯同时出名的西尔维娅·普拉斯的《钟形罩》中,与“疯女人”——女主人公埃丝特·格林伍德相关的意象的运用则是随处可见了。作品一开始就出现了“电流”的意象,“那个夏天他们把卢森堡夫妇送上电椅”,格林伍德想道:“电流沿着人的一根根神经烧下去,将人就那么活生生烧死，那是一种什么样的滋味。我想那准是世界上最糟糕的事情。”后文中格林伍德屡次想起并说起对卢森堡夫妇处以电刑这件事。这时格林伍德对“电流”是畏惧的，因为“电流”是只能感受无法看见的一种极端性力量，是强权对弱势毁灭的象征。

当格林伍德和自己欣赏的男孩康斯坦丁约会时，康斯坦丁用手指梳她的头发，她感到“一股细微的电流流遍”全身，于是她“僵坐不动”、“全身慵懒、宁静安详”。此时格林伍德对“电流”是迷恋的，象征着格林伍德作为一个未经世俗的少女对男性力量的幻想和臣服。

后来格林伍德被强行执行了电击休克疗法，当她被通上电流时，她只觉得：“不知什么东西扑过来，攫住我使劲摇撼，似乎世界末日到了。……我的骨头架子要散了，骨髓迸溅，像被撕裂的植物一般。我不知道我到底做了什么坏事。”这时格林伍德对“电流”是痛恨的，这里“电流”象征着医院和医生作为病人的绝对权威对病人的蔑视和处罚。再后来，当格林伍德在她信任的诺兰大夫的指导下做电击休克疗法后，“所有的闷热和恐惧都荡涤一清”，她感到了异乎寻常的平和。此时格林伍德对“电流”是感激的，因为“电流”是使她获得新生的苦口良药。

格林伍德对“电流”由畏惧到迷恋到痛恨到感激，一系列态度的变化就是她摆脱曾经摧垮她信念的外在的阻挠，内心逐渐走向成熟，走向坚强的过程。另外，“新生儿”的意象也在文中多次出现。格林伍德每次受到伤害，身心俱疲，都会洗一个热水澡，并在浴盆的热水中泡很久很久。当她泡完澡后，就感觉“自己纯净无比，如同一个出生的婴儿”。

到了作品的后半部分，出现了几次“子宫帽”的意象。格林伍德不想受男人支配，不想因为发生性关系就要孩子。诺兰大夫给她建议是去上一个“子宫帽”，格林伍德因此赢得了自由之身，“我是我自己的女人了。”格林伍德戴上了防止怀孕的“子宫帽”，其实是打开了一把维护女性独立自主的保护伞，因此她再也不必为“必须做贤妻良母”而担忧，可以在自由自主的人生路上大踏步地行进。

紧随其后的《浮现》，与《钟形罩》中使用的众多意象一脉相承而又各具特色，“胎儿”“苍鹭”“鱼”“树木” 等等为我们编织了一个绮丽炫彩的世界。“胎儿”的意象总是出现在女主人公“我”的幻想中,因为我未婚先孕被强迫流产,“胎儿”是“我”悔恨和屈辱的源泉。我拒绝承认自己堕胎,但是“我”又很矛盾,“我”一方面排斥“胎儿”,另一方面又假设自己的“胎儿”长成为孩子后离自己而去。“我”在潜水找到父亲尸体时仿佛看到了自己的“胎儿”,最终“我”决定和男友乔做爱,让“胎儿”重回自己的体内。这里,“胎儿”是人类明天的希望,也是让“我”重新做人的契机。

除了“胎儿”,“苍鹭”也是出现次数较多的意象。“我”和朋友们到小岛上去野营,从独木舟登上陆地时,“我感到什么东西就在身后,……那东西的脚被一根蓝色的尼龙绳缚住,大头朝下地吊在一根树枝上。它的翅膀垂落着张开,被捣碎的眼睛注视着我。……是一只苍鹭。”“我”看到这只惨死的“苍鹭”后内心的激愤之火被一下子点燃,“我”对那些杀死“苍鹭”的人义愤填膺:“他们为什么像滥用私刑处死受害者那样把它挂在那儿? 为什么没有像扔垃圾一样把它扔掉?只是为了证明他们可以这样做,他们有杀戮的权力。”

女主人公“我”总是不由自主地想起“苍鹭”,她甚至产生了她是同谋犯的错觉:“我的手上沾有血迹,像胶水一样粘,好像我站在那儿旁观却一言未发,或采取行动来加以制止……从某种程度上说,一只死鸟所引起的烦恼要比报纸上的战争、暴乱和凶杀等其他事情所引起的烦恼还要强烈,……因为战争和暴乱总有可解释的理由,人们著书论证它们发生的原因,而苍鹭的死却是不折不扣的毫无理由。”

与“苍鹭”相仿的还有“鱼”的意象,在《浮现》这部作品中,“我”和朋友们钓鱼的活动是贯穿始终的。而“我”对钓“鱼”的态度和理念前后却发生了很大的变化:一开始“我”热衷于钓鱼,习惯于杀死活“鱼”,对“鱼”没有任何感情可言。后来,“我”害怕杀“鱼”了,“我”让朋友去杀,“我”对“鱼”萌发了一种愧疚之情。最后,“我” 把钓饵青蛙偷偷放生了,“我” 再不愿钓“鱼”了,“我”觉得“鱼是一个整体,我再也不能杀死它了,我没有权力那样做。……我们一直在干这种事,这是一种侵犯。”

还有一个“树木”的意象也是作家表达思想的重要载体。作品开头,女主人公发现自己阔别多年的故乡路上的“树木”“正在枯萎,它们染上了从南方蔓延而来的某种树病。”当“我”在砍树取路时,“树木”顽固地阻碍着“我”;当“我”和乔在大自然中结合时,“树木”在“我”旁边温柔地呼吸;当“我”最终决定远离文明,重归自然时,“树木围绕着我,它们就不索要也不给予。”

无论是“胎儿”和“苍鹭”还是“鱼”和“树木”,这些相对于人类来说都是弱势群体,虽然它们的地位与人类一样,都是大生物圈的一分子,然而它们却不得不在人类现代文明的控制和侵扰下苟延残喘。《浮现》对这些意象的关注和呈现,深深刺痛了我们业已麻木的神经。只有人类把它们当作与自己平等的一员对待,我们才能在地球母亲的怀抱中继续享受大自然慷慨的赐予。

从《哈姆莱特》到《浮现》,与“疯女人”相关的意象日益丰富、积少成多,形成了一个庞大的意象群。从时间上看,早期塑造“疯女人”的作品中与“疯女人”相关的意象较少,且这些意象的内涵较为简单;而后期的作品中与“疯女人”相关的意象逐步递增,且意象的含义日渐复杂多变。

再从作家性别来看,男作家笔下关于“疯女人”的意象少之又少,而女作家则创造出了一系列“疯女人”专有的意象群,更有意味的是,女作家们创造的意象之间有着惊人的近似。当女作家们要表现“疯女人”的处境时,大都选用表示囚禁和限制的意象,如“阁楼”“藻海”“电流”等。当女作家们要表现“疯女人”的孤立无援时,大都选用表示脆弱无力的意象,如“鲜花”“飞蛾”“新生儿”“胎儿”等。当女作家们要表现“疯女人”的奋起反抗时,大都选用表示破坏力的意象,如“火”“子宫帽”“苍鹭”等。不谋而合地选择了相近的意象,这恰恰证明了一种“显性的相合”,即无论何时何地,“疯女人”受到的男权中心的压迫是类似的;同时也证明了一种“隐性的遥契”,即无论民族和出身,女作家们对“疯女人”理解和关注的心情是一致的。

第三节　表现之彩:推陈出新的艺术技巧

描摹“疯女人”的意象群可谓“疯女人”形象特有的产物,为作家塑造

“疯女人”形象立下了汗马功劳。但是一部作品、一个形象的感染力，仅有意象的表现是不够的，还需要众多的表现手法和艺术技巧的配合。别具匠心的手法和技巧，恰如“八仙过海，各显神通”，使“疯女人”形象更加生动和完满。

《哈姆莱特》《麦克白》都是戏剧体裁，这两部作品亦属莎士比亚举世闻名的四大悲剧之列。二者在描写各自的“疯女人”形象时，都采用了“对比”的艺术手法。《哈姆莱特》中，用哈姆莱特的“佯疯”和奥菲利娅的“真疯”形成对比；《麦克白》中，用“疯狂而杀人”的麦克白和“杀人而疯狂”的麦克白夫人形成对比，凸显男性的刚强和女性的软弱。

《浮士德》也是一部悲剧，是一部诗体悲剧。歌德安排的“疯女人”玛嘉丽特只是浮士德的一个陪衬，她的存在仅仅是为了证明善良的存在。为了表现她的天真和纯洁，歌德较多地运用了抒情诗的形式，以营造一种单纯、轻松的氛围。《哈姆莱特》《麦克白》和《浮士德》这三部悲剧是以各自的男性主人公的名字命名，因此它们是三部男人的悲剧，而对各自的“疯女人”形象着墨甚少。

而《远大前程》作为狄更斯后期的小说，集合了他的艺术成就。在塑造“疯女人”哈维沙姆小姐时，作家采用了“人物形象定性”“内心世界外化”和“感受型现实主义”等表现手法。由于狄更斯刻画人物形象时，往往侧重人物的道德层面，所以他笔下的人物一出场，本质便被确定下来，且终生不再改变，这种单层次和确定化造成了人物性格的单纯和静止，即“人物形象定性”。哈维沙姆小姐是被狄更斯定性为反面角色的人物，因而我们只能看到她人性中恶的一面。

在狄更斯的笔下，哈维沙姆小姐一出场就被描绘成一个乖戾的魔鬼型“疯女人”，从此她背负着这个罪名，直到死去。“内心世界的外化”是指在心理描写时不直接展示人物的内心世界，而是通过人物的外部表现如表情、行动、语言以及作者的叙述等等，把人物的内心世界暗示出来。狄更斯在刻画哈维沙姆小姐时，从不直接写她的心理活动，总是通过她的所作所为表现出来。例如，当皮普第一次见到哈维沙姆小姐时，哈维沙姆小姐指着自己的胸口、心脏的位置说了一句话：“碎了！”这一个简单的动作其实蕴藏着哈维沙姆小姐无限的悔恨和痛苦,她的内心思绪万千、波澜起伏,但是狄更斯让她把那些长长的心理活动全都隐藏在这短短的一句话中。

还有一个方面是“感受型现实主义”,它不同于传统的现实主义的表现手法即严格地按照现实生活的本来面貌进行描写, 而是侧重描写作者自己感受到的生活和自己生活中的感受。因而,我们看到的“疯女人”哈维沙姆小姐既是生活之奇特怪异与生活之原汁原味的混合,又是细节之客观真实和作者之主观介入的融汇。这种作者意志和生活逻辑完美的有机结合,就是狄更斯的拿手戏——“感受型现实主义”。在《远大前程》中,狄更斯为了表达自己的感受常常通过带着褒贬的描写,主观的议论和直接的抒情来表达他对“疯女人”哈维沙姆小姐的嫌恶之意和惩罚之心。

来到《简·爱》,夏洛蒂·勃朗特在这部作品中用“最低的现实主义达到了最高的浪漫主义”[①]。从总体上看,《简·爱》是一部现实主义的力作,但是其中的浪漫主义的因子无处不在。《简·爱》中,夏洛蒂·勃朗特描写了 19 世纪英国社会生活的许多方面, 叙述了一个有着她自己的影子的较为真实的女家庭教师的故事,历来也被归为 19 世纪现实主义的文学之伍。但是,《简·爱》并不在意客观世界的真实,而是注重人物心理的真实。浪漫主义因素体现在简·爱与罗切斯特的曲折离奇的爱情上,也体现在“疯女人”伯莎·梅森的具有异国情调的身世和来历上。

另外,《简·爱》中“哥特式艺术手法”的运用别具特色。哥特一词原本指公元 3 世纪前后,居住在北欧的日耳曼民族的一个部落,罗马人称之为“蛮族”,亦为“凶狠”“粗鲁”的代名词。“中世纪时指一种建筑风格,主要表现在教堂和城堡上:高耸的尖顶,厚重的石壁,狭窄的窗户,染色的玻璃,幽暗的内部,阴森的地道甚至还有地下藏尸所等等。文艺复兴时代的哥特被赋予了野蛮、恐怖、落后、神秘、黑暗时代、中世纪等多种含义。到 18 世纪中后期,哥特成了一种新的小说体裁的名称。”[②]

---

①杨静远选编:《勃朗特姐妹研究》,北京:中国社会科学出版社 1983 年版,序言第 4 页。

②肖明翰:《英美文学中的哥特传统》,载《外国文学评论》2001 年第 3 期,第 91 页。

《简·爱》中关于“疯女人”伯莎·梅森的描写就符合哥特式小说的典型特征：在桑菲尔德这个像古堡一样的住宅里，一个不明来路的“疯女人”被囚禁在暗无天日的阁楼上。她不时发出刺耳的笑声，经常逃出来乱闯还放火，她像野兽一样跑来跑去，用刀子和牙齿袭击过人。夏洛蒂·勃朗特设置了伯莎·梅森这个具有哥特式风格的人物，使整部小说气氛阴郁紧张，充满了疯狂、暴行和复仇的精神。虽然有的人指出，“疯女人”伯莎·梅森的哥特式情节是为了迎合当时读者的口味而添加，从而破坏了小说的艺术价值。但是，不可否认这也是小说造成悬念、引人入胜的重要手段，而且作者夏洛蒂·勃朗特碍于性别身份问题，在情节的设置上难免有些从俗之处。然而也正是因为哥特式艺术手法在伯莎·梅森身上的显露，才把这个人物推向了“疯女人”的“疯狂”极致，因此彰显了夏洛蒂·勃朗特内心抗击和摧毁男权中心意识形态的超前之决心。

而《简·爱》的“前篇”——《藻海无边》，其艺术手法已进入了现代派的领域。简·里斯在《藻海无边》中运用了大量的内心独白、自由联想等意识流的表现手法塑造了“疯女人”安托瓦内特这个形象。

女主人公安托瓦内特出嫁之前在修道院里想：

> 一切不是明的就是暗的。围墙，园里花朵鲜艳的色彩，修女的道袍，都是明亮的。可是修女的头巾，挂在腰际的十字架，树影，都是暗黑的。就是这么回事，光明与黑暗，太阳与阴影，天堂与地狱……有一回我还久久祈祷只求一死呢。随即想起求死是项罪孽。那么多事情都是罪孽，为什么啊？喜爱那个念头，又是项罪孽。话虽这么说，幸亏修女玛丽·奥古斯蒂娜说，要是新生杂念，马上赶走就不算罪孽了。你就说上帝拯救我呀，我堕落了。我完全知道该怎么办了，心里感到非常宽慰。

这一大段女主人公的内心独白没有环境的拘束，也没有人称的转换，完全不同于以往传统的人物心理的描写，它充分体现了现代派的意识流的写法精髓，即直接地展示人物的无序的意识流动，让作者退出文本。安

托瓦内特结婚后不久受到了丈夫无理的冷落:

> 我(指安托瓦内特——引者注)太痛苦了,我心里想,这么痛苦的日子可熬不了,会送掉你的命的。一旦到英国去我就会判若两人,遇到的事也两样……英国在地理书的地图上印成了玫瑰红色……约克郡和林肯郡的丘陵地带。丘陵地带? 那是指山吗? 多高啊?有我们这里的山一半那么高吗?短短的夏天一片凉意,夏天里绿叶也是一片凉意。夏天。……过了夏天树木都光秃秃了,然后就到了冬天,下雪了。下的是白羽毛呢?还是撕碎的小纸片?据说霜在窗玻璃上还凝成花卉图案呢。我所知道的还不多,该知道得更多些。因为我只知道我要去住的那房子会很冷,而且住不惯。

此段对女主人公自由联想的意识流动的呈现,消除了时间和空间的限制,把安托瓦内特内心对家乡西印度群岛的热爱和对英国的陌生和恐惧表现得畅快淋漓。简·里斯的作品不仅在精神上而且在风格上都超越了时代,“她是英国最早运用意识流手法表现人物心理活动的女作家之一”[①]。简·里斯在《藻海无边》中直接描写了人物的意识流动的过程,再现了人物捉摸不定、稍纵即逝、瞬息万变的内心世界。文中意念迭起,行文跳跃,读者必须集中精力,顺着人物的意识之流去思索去想象,才能填补上文的空白,从而越过变异时空意识的非理性流程所构成的理解障碍,达到与审美对象的沟通。简·里斯因之让我们和她一起重塑了安托瓦内特(伯莎·梅森)这个“疯女人”形象。

与《藻海无边》近乎同时的《钟形罩》,这部小说集中体现了“象征艺术”的运用。在作品中,“钟形罩”首先是一个与女主人公——“疯女人”埃丝特·格林伍德紧密相关的意象,但是它不同于作品中的其他意象,它充斥于整部作品,它的影子无处不在。

“作品中出现一次的意象是隐喻,出现多次的意象是象征;表达主题

①陈良廷:《幽禁在顶楼上的疯女人与简·里斯》,见〔英〕简·里斯《藻海无边——〈简·爱〉前篇》,陈良廷、刘文澜译,上海译文出版社 1996 年版,译者前言第 7 页。

意义的意象是象征”[1],并且“象征具有重复与持续的意义”。[2]那么“钟形罩”在文本中不仅出现了多次,而且与作品的主旨水乳交融、密不可分。据此,“钟形罩”就由一个意象上升为象征。我们来看这一轨迹:“钟形罩”在文本中的首次现身是在格林伍德的男友巴迪带她去医院看生孩子的一幕中。医院的大厅“放着巨大的玻璃瓶,里面装着未出生就已死亡的婴儿”,这个盛放死胎的玻璃瓶就是“钟形罩”的原型。格林伍德第一次见到它就被它的窒息、压抑和惨无人道深深震撼。

“钟形罩”第二次出现是在格林伍德自杀未遂之后:

> 不管我(指格林伍德——引者注)坐在哪里……我都是坐在同一个钟形玻璃罩底,在我自己吐出来的酸腐的空气中煎熬。……钟形罩里的酸腐空气像填塞衬料似的将我四周的空气塞得满满实实,叫我动弹不得。

格林伍德觉得她周围的世界如同一个巨大的“钟形罩”困住了她。“钟形罩”再次出现在格林伍德被送入精神病院后,她被护士告知:“你要迁到贝尔沙兹楼去”,这里“贝尔沙兹”是个音译词,中文意为“大小如钟”。“钟形罩”囚禁着死婴,贝尔沙兹楼囚禁着“疯女人”。在文本即将结束时,“钟形罩”又一次出现了。格林伍德埋葬了曾经是朋友,后来是精神病友的自杀的琼之后,再一次陷入心灰意冷:“对于困在钟形罩里的那个人,那个大脑空白、生长停止的人,这世界本身无疑是一场噩梦。”这里,“钟形罩”已成为女主人公格林伍德欲逃不出、欲弃不能的现实困境和心灵枷锁的象征。

最后,当格林伍德得知自己即将被面试可以离开精神病院时,“钟形罩”又横在了她的面前,使她对未来充满疑虑:“我怎么知道有一天——在学院,或者欧洲,某个地方,任何地方——那个钟形罩,还有它那种叫

①季广茂:《隐喻视野中的诗性传统》,北京:高等教育出版社1998年版,第96页。

②〔美〕勒内·韦勒克、奥斯丁·沃伦:《文学理论》,刘象愚等译,南京:江苏教育出版社2005年版,第214页。

人透不过气来的扭曲视像，不会再度降临呢？”“钟形罩”与《简·爱》和《藻海无边》中的“阁楼”的意象相仿，都是男权对女性钳制和压迫的象征。但“钟形罩”在《钟形罩》中不仅象征男权的囚禁，还象征着整个社会对女性的围困。

而在玛格丽特·阿特伍德的小说《浮现》中，其“戏仿”的后现代主义表现手法是作品中最夺目的亮点。关于“戏仿”，加拿大评论家“琳达·哈切恩在《自我的陶醉的叙述：元小说的矛盾性》中对它的定义是：在一个文本中重复另一个熟悉的文本，又不损害其原型。……在《戏仿理论：20世纪的艺术形式的讲座》中，她对戏仿作了进一步解释：戏仿是有变化地重复。在被模仿的背景文本和新的综合作品之间蕴涵着重要的差异性，这种差异通常通过讽刺来传递。但这种讽刺可以是贬低的，也可以是幽默的；可以是极其消极的，也可以是非常积极的。戏仿讽刺的愉悦并不特殊来自幽默，而是来自于读者在同谋和疏远之间参与互文活动的程度”。[①]

具体分来，“戏仿”还包括“对他人作品（主要指经典作品）的戏仿”和“自我戏仿”。而这两点在《浮现》中都有体现：一方面是“对他人作品的戏仿”。在《浮现》中，玛格丽特·阿特伍德故意采用了加拿大作家们普遍热衷的旧的文学类型，即对传统文学中“鬼魅小说”的戏仿。关于“鬼魅小说”，玛格丽特·阿特伍德曾解释说它有三种不同的类型：“首先，是一种直白型，鬼魅脱离于目击者独立存在；其次是原始神话延续型，鬼魅附体穿行于尘世；第三种则是亨利·詹姆斯型，鬼魅对人的心理造成巨大的影响，……玛格丽特·阿特伍德承认自己对第三种类型情有独钟。”[②]

我们看到，《浮现》的女主人公即“叙述者的自我——在这种情况下，她早产的孩子和她的家人都包括在内——那各个分离的部分都在闹鬼，但浮出水面之后就达成了妥协，从潜水中浮出水面，和从天启神意和个人的启示录似的幻象中浮出水面”。[③]玛格丽特·阿特伍德通过对传统文学形

①转引自王丽莉：《文本的浮现——论〈浮现〉中戏仿技巧的运用》，载《外国文学》2005年第3期，第12页。

②傅俊：《玛格丽特·阿特伍德研究》，南京：译林出版社2003年版，第204页。

③〔加〕琳达·哈切恩：《加拿大后现代主义——加拿大现代英语小说研究》，赵伐、郭昌瑜译，重庆：重庆出版社1994年版，第199页。

式的戏仿,使这个表面看起来是一部寻找父亲的侦探小说似的《浮现》,实际上展现出一个女性迷失自我而寻找自我的心理旅程。而这种戏仿的手法也是女作家们热衷的、一种对传统的男性化文学形式的讽刺。

另一方面是“自我戏仿”。“自我戏仿”是指作家重复自己早期作品中某些因素,《浮现》中有关“潜入地下”的主题的运用,就是作家对自己在此之前的作品中反复出现的一个主题的戏仿。“潜入地下这一主题实际上渗透了玛格丽特·阿特伍德的每一部作品,包括她的诗作,如‘这是我的一张照片’、‘内心的旅途’、‘穿过地毯下落’等等。玛格丽特·阿特伍德曾说过,她对这一主题的采用是源于维吉尔的史诗《埃涅阿斯纪》,诗中埃涅阿斯去往地下世界询问他的未来,‘从死人那里获知秘密’。”[①]而《浮现》中的“溺水”和“潜入水中”的主题,实际上就是作家玛格丽特·阿特伍德惯用的“潜入地下”主题的变形。

《浮现》中女主人公“我”的哥哥就是在小时候溺水而死于家旁的河中,“我”的父亲后来溺水而死在白桦湖中。“我”在作品中三次“潜入水中”:第一次潜水“我”什么也没发现,第二次潜水“我”仿佛看到了自己被迫打掉的胎儿,第三次潜水“我”发现了已经溺死在湖底的父亲。就此,玛格丽特·阿特伍德曾在她的《幸存:加拿大文学主题指南》中说:“加拿大作家在处置他们笔下的牺牲者时偏爱的两大‘自然’方式是淹死和冻死,诗人更喜欢淹死——可能淹死可用来暗喻潜入无意识。”[②]

表面上《浮现》中的“我”是“潜入水中”,实际上是潜入自己的无意识和本我。因为“我”“只有通过潜入心灵的深处,重新发现内心与世界的原始和神秘图景,才能实现完整的自我”。[③]总之,在《浮现》中,玛格丽特·阿特伍德凭借“戏仿”手法的神奇效果,不仅使传统文学脱胎换骨,更为自己的作品拓展了新的表现空间。

综上,在 17 世纪到 19 世纪的文学作品中,许多男作家塑造“疯女人”形象采用的是传统的写作方法:人物刻画、情节设置、环境渲染三者并重,

①傅俊:《玛格丽特·阿特伍德研究》,南京:译林出版社 2003 年版,第 342 页。

②Margaret Atwood, *Survival: A Thematic Guide to Canadian Literature*, Toronto: Anansi, 1972, p.55.

③Gilbert, Sandra M. and Susan, Gubar. Eds. *The Norton Anthology of Literature by Women: The Traditions in English*, 2nd ed. New York: Norton, 1996, p.454.

表现手法多用现实主义笔触等等。《哈姆莱特》《麦克白》《浮士德》《远大前程》无一例外。

而在19世纪到20世纪的文学作品中,大多女作家塑造“疯女人”形象的艺术技巧则推陈出新,匠心独运。她们时用现实主义,时用浪漫主义,还有现代主义或后现代主义的诸多表现手法穿插其间。《简·爱》是现实主义和浪漫主义的完美结合,外加哥特式艺术手段。《藻海无边》则使用了内心独白、自由联想等意识流的表现手法。《钟形罩》集中体现了现代主义之象征艺术的运用。而《浮现》的戏仿等后现代艺术技巧的采用尤为突出。

艺术形式就是披在“疯女人”形象身上的一件件五彩斑斓的外衣,没有了它们的“疯女人”形象将是清一色的单调而苍白的躯体。想要探寻“疯女人”形象的隐秘,这“外衣”是不可小觑的凭证。

纵观塑造“疯女人”形象之八部作品的艺术特色,无论是“叙事角度”“意象群”“表现手法”还是“艺术技巧”,从17世纪到20世纪,随着时间的推移,都呈现出愈加纷繁复杂的迹象。作品的叙事视角由“叙述者视角”到“作品人物视角”,叙事焦点由“零聚焦”到“内聚焦”,叙事声音由单一到多个,无一不体现着作家对“疯女人”态度和理念的转变。

许多男作家始终坚持全知全能地、居高临下地肆意操纵着“疯女人”的命运;而大多女作家则尽可能地体会“疯女人”的处境和心态,她们把叙事的权力更多地交给作品中的人物,让人物自导自演,自说自话,从而展现“疯女人”自然真实的存在。如若“叙事角度”是作品宏观抽象的框架,那么“意象群”就是具体可感的砖瓦,二者结合建成了“疯女人”故事的大厦。在塑造“疯女人”的这八部作品中,尤其是《简·爱》之后的女作家的作品中,出现了众多有关“疯女人”的意象,并且这些意象被女作家们有意或无意地代代传承下来,以至形成了“疯女人”专有的意象群,也使后人理解“疯女人”有了具体可感的依托。

但是意象批评只是破解“疯女人”谜团的工具之一,如果不对这八部作品的其他表现手法加以分析,我们仍然无法看到“疯女人”形象的全貌。当我们把目光转向作品众多其他的艺术技巧时,才发现小小的“疯女人”原来有这么大的容量:现实主义、浪漫主义、现代主义、后现代主义,哥特式手法、意识流、象征、戏仿……我们不由得被那些塑造“疯女人”的女作家感动了,因为有了她们,有了她们的作品,有了作品中推陈出新的艺术技巧,我们才看到了种种“疯女人”的种种存在。

余　论

“疯女人”形象是一道看不尽的文学风景,“疯女人”形象是一座挖不完的艺术宝藏。如果说“疯癫是一种文明的产物”①,那么“疯女人”形象就是男权中心文化的“怪胎”。她们曾是男权社会的牺牲品,后为女性主义的冲锋枪。她们曾被男性作家的作品涂脂抹粉、扭曲变形,披上了虚假的面纱;又被女性作家的文本去伪存真、脱胎换骨,还原了真实的面目。

“疯女人”形象容纳了太多男性文学的偏执,“疯女人”形象蕴含了更多女性文学的隐秘。无数的文豪钟情于她们,历代的作品翻新着她们,各国的评论再造着她们。她们是西方文明中夏娃的一群另类的女儿,她们是西方文学史和批评史上一个不老的传奇。

因此,笔者钟情于“疯女人”群体形象的解密。在对跨越四世纪、横贯四国度的八部西方文学作品为代表的“疯女人”形象的考察中发现:有的“疯女人”是真疯,有的“疯女人”是佯疯;有的“疯女人”是被逼而疯的无奈顺从,有的“疯女人”是把疯狂当作一种生存的策略;有的“疯女人”被男性强行扣上了疯狂的帽子,有的“疯女人”是女性主动选择以疯狂为武器;有的“疯女人”是作家避免男性疯狂的替死鬼,有的“疯女人”是作家宣扬女性解放的代言人。

从莎士比亚到歌德到狄更斯,在那些男性作家的作品中,从古至今无一例外,只有“天使”或“魔鬼”两种“疯女人”。从夏洛蒂·勃朗特到简·里斯到西尔维娅·普拉斯到玛格丽特·阿特伍德,在这些女性作家的作品中,自19世纪始,“疯女人”形象爆炸般地涌现,一发不可收拾。她们从颠覆传统,到换面新生,再到预言未来,“疯女人”的方方面面被呈现出来,“疯女

①〔法〕米歇尔·福柯:《疯癫与文明——理性时代的疯癫史》,刘北成,杨远婴译,北京:生活·读书·新知三联书店,1999年版,封底。

人”种种可能被表露出来，她们不再是男作家手下单调刻板的提线木偶，她们成为了女作家笔端挥洒心绪，展示理念的猛将功臣。而且随着时代的更迭，对“疯女人”形象的描写刻画越来越细致入微，对“疯女人”形象的塑造手法越来越丰富多彩。

但是，笔者却不希望再看到更多的现代医学定义上的“疯女人”在文学中出现，毕竟这是人类文明偏颇的代价，这是人类社会失衡的悲哀。虽然“疯女人”形象在文学中大放异彩、激情万千，但是书写“疯女人”的作家却在现实中四处碰壁、呕心沥血。为什么有的男作家写不出真挚感人的“疯女人”形象，不能不说是因为他们没有切身处地的感受；为什么女作家写出了催人泪下的“疯女人”形象，不得不承认她们有着刻骨铭心的体会。

然而，挖掘“疯女人”并不是让“疯女人”和男作家对立，也不是让女作家和男作家对立，更不是让女性和男性对立。人类社会是由两性组构而成的，人类历史是由两性繁衍至今的，少了任何一方都不行。男权对女性的压迫并不表明男女两性的对立，正如中国学者李小江所言：“历史上没有过纯粹的母权，也没有过纯粹的男权。男权不等于父权，父权是建立在父系私有制家庭的基础上，……具体到每一个男人，他其实和女人一样，都不过是这种制度的驯服工具而已。”①

挖掘“疯女人”形象的意义在于明了：“妇女的完全解放和男女平权的确立，是世界上一切所不能阻其实现的一种文化的发展的最终目的。”②但是，“当妇女被男性代言而非妇女为自己而言说时，这种解放的戏剧只能是下一场囚禁戏剧的开场。如果妇女不亲自打碎锁链，这种锁链使疯狂成为妇女病。”③如果“疯女人”被男性代言，那将仍是一种囚禁的周转，只有“疯女人”被女性代言才是这场囚禁的结束。

因为“妇女必须参加写作，必须写自己，必须写妇女。妇女必须把自己写进本文——就像通过自己的奋斗嵌入世界和历史一样”。④因为已是

①李小江：《女人读书》，南京：江苏人民出版社 2005 年版，第 250 页。

②李小江：《女人读书》，南京：江苏人民出版社 2005 年版，第 45 页。

③〔美〕艾莱恩·肖瓦尔特：《妇女·疯狂·英国文化》，陈晓兰、杨剑锋译，兰州：兰州大学出版社 1998 年版，第 243 页。

④张京媛主编：《当代女性主义文学批评》，北京：北京大学出版社 1992 年版，第 188 页。

男儿身的上帝始终难免男性的思维，而他至高无上的权力又岂容质疑呢？可是无数的女性却梦想着——“如弗洛伦斯·南丁格尔所言那样——“下一个基督也许将是一个女性。”[①]因此，这也是笔者进行此研究的决心和动力所在。然而，蕴藏丰硕的“疯女人”形象带给我们的启示远远不止这些。

①徐坤：《文学中的“疯狂”女性：20世纪中国女性写作的演进》（博士学位论文），第57页。

第四章　质疑主流的另类"少女形象"

"少女文学热"已经成为当今世界文学的一个亮点。一批又一批青少年女性形象(以下简称"少女形象")从世界各国文学中奔涌而来。数量之巨,令人惊诧。这些作品的共性在于以少女为主人公形象,围绕少女在青春期这一人生特殊时段的成长经历铺展叙事,重点书写了少女在青春路上撞到的问题、遭遇的挫折、迎接的挑战,以及少女因此发生的变化、产生的顿悟、经历的成长。这些作品主要讲述少女主人公在经历了某次人生转折性事件或某种切肤之痛之后,身心震撼、幡然顿悟,性格和世界观发生改变,从此挥别幼稚迈向成熟、告别童真走向成人。这些作品一经问世就俘获了无数的读者,畅销本土、席卷全球,有的还荣获了各种各样的国内、国际大奖,一版再版、供不应求,甚至创造了人类书籍出版史上的神话。

第一节　全球文学"少女热"及其研究价值[①]

在欧洲,2001 年,旅法作家山飒(中文本名阎妮)以一位少女形象——十六岁高中女生为主人公的法文小说《围棋少女》(*La Joueuse de*

①本节主要观点参见拙文:《风靡全球的少女文学热及其研究价值》,载《世界文化》2015 年第 11 期。

Go,2001)被法国四项文学大奖提名,最终摘取了“中学生龚古尔奖”桂冠,并成为2001至2002年法国最畅销的小说之一,后在英、美、韩、日、中等十七国翻译出版。[①]同是2001年,“哈利·波特的妹妹——佩吉·苏——一个戴眼镜的十四岁女中学生”从法国作家塞奇·布鲁索罗(Serge Brussolo)的《魔眼少女佩吉·苏》(*Peggy Sue et les fantômes*,2001-)系列小说中粉墨登场。[②]法语版魔眼少女佩吉·苏魔幻系列第一部《蓝狗时代》于2001年4月推出,至今已出版六部。前三部在出版不到一年的时间里,销量分别突破了十五万册,总计超过四十五万册,在只有五千多万人口的法国,这是一个令人瞠目的销售业绩。“不仅如此,‘魔眼少女佩吉·苏’还被翻译成英、德、西班牙、葡萄牙、荷兰、韩、日、希腊、挪威、俄、意大利、土耳其、波兰、匈牙利、爱沙尼亚、保加利亚、加泰罗尼亚等三十七种语言,在近五十个国家和地区热销,深受全世界的孩子和家长们的欢迎。在法国各大书店图书畅销排行榜上,‘魔眼少女佩吉·苏’始终名列前茅,并且曾经多次超过《哈利·波特》(*Harry Potter*,1997-2007),雄居销售排行榜第一名。法国的孩子们骄傲地说:‘我们喜欢哈利·波特,但更喜欢佩吉·苏。’”[③]

在日本,2004年1月,日本文学第130届“纯文学最高奖项”芥川奖揭晓,获奖者是两位少女——绵矢莉莎和金原瞳,年龄分别为十九岁和二十岁。她们在年龄和性别的双重意义上刷新了芥川奖的纪录,因为在此之前,该奖的获得者最小为二十三岁且全部都是男性。其获奖作品——绵矢莉莎的《想踹他后背》和金原瞳的《裂舌》都是以少女形象为主角的长篇小说[④]。近些年,加上之前获奖的“超龄少女作家”吉本芭娜娜,算上2001年红火的少女作家“83年组”,还有在2005年同年依次获奖的三位少女作家——河崎爱(十六岁)、三并夏(十五岁)、水田美意子(十三岁)……日本的少女作家层出不穷,有日本媒体宣称“日本文坛从此步入了美少女作家

①参见徐国红:《女权神话:〈围棋少女〉的性别策略》,载《贵州社会科学》2007年第12期,第56页。

②参见钱林森:《从凡尔纳到布鲁梭罗:幻想文学谈片——写在〈魔眼少女佩吉·苏〉中译本出版之际》,载《当代外国文学》2004年第2期,第164页。

③原载“新浪读书”,详见 http://book.sina.com.cn/new/n/2003-09-03/3/16869.shtml

④参见于长敏:《“少女文学”获日本纯文学最高奖》,载《作家》2004年第10期,第2页。

的时代”[①]，还有学者称这是日本“少女文学的大爆发”[②]。

在中国，2004 年 2 月，因十九岁时写出小说《北京娃娃》而一举成名的中国少女作家春树，登上了美国《时代》周刊亚洲版的封面，与韩寒等人被认定为中国“80 后”的代表，并与美国 20 世纪 60 年代“垮掉的一代”相提并论。[③]2004 年 8 月，九岁出书至今已出版了九部作品的“美少女作家”蒋方舟，拿下了“中国少年作家杯”一等奖，并于 2005 年 10 月 1 日当选为中国少年作家学会主席。[④]2008 年 5 月 4 日，美国《纽约时报》以《中国流行小说》(*China's Pop Fiction*)为题报道了郭敬明，文章称年仅二十五岁的郭敬明是“当今中国最成功的作家”。[⑤]2010 年，在国内“2008-2009 年度中国出版机构暨文学刊物十强”评选中，由郭敬明主编以刊登青春题材小说为主的期刊《最小说》以 6835 票高登榜首，独占 40%以上杂志份额。由一代文学大师巴金所创办的《收获》以 459 票名列第六，而另一本老牌文学期刊《人民文学》位列第七，前十强中还有同为“80 后”“美女作家”——张悦然担任主编的杂志《鲤》(第九)。[⑥]……近年来，中国文学界的少年作家和青春文学异军突起，名利双收，虽受人诟病，然其发行量和影响力至今势不可挡。

在美国，2004 年，以少女形象“初中女生柯洁美”为主角的、由美国作家吉姆·班顿(Jim Benton)创作的系列作品《亲爱的蠢日记》(*Dear Dumb Diary Series*, 2004-)荣登《纽约时报》畅销书榜，全球累计销量已逾二百五十万册，在十多个国家出版，迅速俘获大小读者，引起全球瞩目。[⑦]2006 年 4 月，由美国华纳书局(Warner Books)出版的《女孩日记》(*The Notebook*

①唐先容：《文学奖·少女作家·少女感性》，载《外国文学动态》2006 年第 2 期，第 11 页。

②宋协议，张美蓉：《少女文学的大爆发——浅析日本第 130 届芥川奖获奖作品》，载《日语知识》2004 年第 5 期，第 27 页。

③原载《中国青年报》2004 年 7 月 9 日，参见 http://cul.beelink.com.cn/20040709/1624527.shtml

④原载《楚天都市报》2005 年 10 月 9 日，参见 http://www.cnhubei.com/200510/ca887801.htm

⑤原载《纽约时报》2008 年 5 月 4 日，参见《纽约时报》官方网站 http://www.nytimes.com/2008/05/04/books/review/King-t.html?_r=2&pagewanted=1&partner=rssnyt&emc=rss

⑥原载《文汇报》，2010 年 1 月 5 日，参见 http://www.news365.com.cn/xwzx/whyyyl/201001/t20100105_2580170.htm

⑦原载《文汇读书周报》，2008 年 10 月 31 日，参见 http://www.news365.com.cn/wxpd/ds/sjdt/200811/t20081103_2081191.htm

Girls,2006)占据了《纽约时报》畅销书榜三个星期,亦使该书的作者们(即书中的四名高中女生)从此加入了人数日益增长的美国少年作家的行列。《女孩日记》的出版也在美国文学界引起了强烈反响,评论家们对青少年出书的现象表示忧虑。但是少女作家已经成为美国文坛一股不可忽视的力量,其作品则被认为正在成为美国出版界最赚钱的领域之一。[①]从2006年起时至今日,美国作家斯蒂芬妮·梅尔(Stephanie Meyer)以少女形象"中学女生贝拉"为主角的、席卷全球多项荣誉的、当今世界文学最热门话题的《暮光之城》(*Twilight Series,* 2005-2010)系列小说,仅在美国本土销量就超过五千万册,全球销量已突破八千五百万册,缔造了继J.K.罗琳的《哈利·波特》之后最卓越的出版奇迹。[②]

这些少女文学作品,头顶青春无敌的光环,裹挟毁誉参半的评价,承载着人们对青春的好奇与留恋,已经排山倒海般地占据了大片的文学领地和市场份额,并且穿越时空、跨越文化地涌进了全球各地的读者的家门。

为什么"少女文学""少女作家"火爆于当今世界?这是一个值得思考的全球性的文化现象,也是关乎人类发展和文明走向的文化问题。这是一个值得研究的世界性的文学现象,也是一个必须重视亟待解决的社会科学论题。在学科分类日趋精细的大背景下,今后的研究可以"少女文学"为对象,让此研究在"文化与文学如何互动""文学如何反察社会"两层意义上有所阐发。而在这其中,选择从"少女形象"的视角切入,研究"当代美国的少女文学"则更有典型性的价值和意义。

首先,从历史看,美国是一个建国不足三百年的年轻国家。美国作家认为关注青少年的成长就是关注自己国家的发展。如美国著名学者菲利普·扬(Philip Yang)在评价海明威所塑造的一系列青年主人公时说:"这个出自美国人民经历的神话告诉我们的人民说,我们启程时,满面春风,对世界与所有伙伴抱着与人为善的态度。我们自己的形象就是这位天性

---

①原载〔新加坡〕《联合晚报》,2006年6月5日,参见http://www.zaobao.com/special/newspapers/2006/06/lhwb060605c.html

②原载《千山晚报》2009年6月16日,参见http://www.qianhuaweb.com/qswb/html/2009-06/16/content_43341.htm

善良、单纯、天真、满怀希望的少年。”[1]美国人把自己看成是一个成长中的少年形象。

而从文学史看，美国一直是一个青少年文学发达的国家。对此，美国著名文学评论家莱斯利·费德莱尔（Leslie Fiedler）在其《好哈克，再回到木筏上来吧！》（*Come Back to the Raft Again, Huck Honey*！）[2]一文中指出：“美国历代最著名的小说家中，只有亨利·詹姆斯（Henry James）一个人可以不算在儿童作家之列，即使是霍桑（Nathaniel Hawthorne），虽然不同于马克·吐温（Mark Twain）和麦尔维尔（Melville），其声誉也建立在他们那些以青少年为题材的儿童所喜爱的小说上。”[3]美国学者威廉姆·科伊尔（William Coyle）也认为：“美国文学，尤其是小说中，青少年形象占压倒性优势，因为美国人把自己看作是一个年轻的民族。”[4]中国学者虞建华同样指出：“青年人走向成熟的成长故事，是美国作家们钟爱的母题。我们发现，一方面，深受读者喜爱的美国小说家笔下的主人公大多是青少年。”[5]

青少年文学在美国文学史上占据了大半江山，比如中国读者熟悉的马克·吐温的《汤姆·索亚历险记》（*The Adventures of Tom Sawyer*，1876）和《哈克贝利·费恩历险记》（*The Adventure of Huckleberry Finn*, 1884）、路易莎·梅·奥尔科特（Louisa May Alcott）的《小妇人》（*Little Women*，1868）、弗朗西丝·霍奇森·伯内特（Frances Hodgson Burnett）的《秘密花园》、简·韦伯斯特（Jean Webster）的《长腿叔叔》（*The Secret Garden*，1911）、埃莉诺·霍奇曼·波特（Eleanor Hodgeman Porter）的《波利安娜》（*Pollyanna*，1913）、理查德·赖特（Richard Wright）的《土生子》（*Native Son*，1940）、弗拉基米尔·纳博科夫（Vladimir Vladimirovich Nabokov）的《洛丽塔》（*Lolita*，1955）、杰

①菲利普·扬：《世界和一个美国神话》，见董衡巽编：《海明威研究》，北京：中国社会科学出版社1985年版，第408页。

②莱斯利·费德莱尔：《好哈克，再回到木筏上来吧》，见叶舒宪选编：《神话-原型批评》，西安：陕西师范大学出版社1987年版，第340–341页。Originally published in the Partisan Review (June 1948).

③转引自芮渝萍：《美国成长小说研究》，北京：中国社会科学出版社2004年版，第15页。

④William Coyle (ed.), *The Young Man in American Literature*, NY: The Odyssey Press, 1969, p. vii.

⑤虞建华：《经历成长，书写成长，见证成长》（序），见《美国成长小说艺术与文化表达研究》，孙胜忠著，合肥：安徽人民出版社2007年版。

罗姆·大卫·塞林格（Jerome David Salinger）的《麦田里的守望者》(*The Catcher in the Rye*,1951)等。

另一方面，青少年文学在文学批评史上作为一个独立的文学类型其地位重要无比。因而迄今为止对美国文学中的“青少年形象”的研究论述早已汗牛充栋。可是,这些研究中的多数都围绕着“男性青少年形象”(即少年形象)展开,其研究选取的也都是描写这些男性形象的文学作品,而对“女性青少年形象”(即少女形象)的研究与前者相比则是寥寥无几。

其次,当代美国文坛的现实情况是:一方面,自 20 世纪 60 年代美国风起云涌的女权主义运动、性解放运动以来,美国文学中出现了大量的少女文学。

如西尔维娅·普拉斯(Sylvia Plath)的《钟形罩》(*The Bell Jar*, 1963)、托妮·莫瑞森(Toni Morrison)的《最蓝的眼睛》(*The Bluest Eye*, 1969)、玛雅·安吉罗（Maya Angelou）的《我知道笼中鸟为何歌唱》(*I Know Why the Caged Bird Sings*, 1969)、艾瑞卡·琼(Erica Jong)的《怕飞》(*Fear of Flying*, 1973)、汤亭亭(Maxine Hong Kingston)的《女勇士》(*The Woman Warrior*, 1976)、艾丽斯·沃克(Alice Walker)的《紫色》(*The Color Purple*, 1982)和《父亲的微笑之光》(*By the Light of My Father's Smile*, 1998)、乔伊斯·卡罗尔·欧茨(Joyce Carol Oates)的《狐火:一个少女帮的自白》(*Foxfire: confessions of a girl gang*,1993)、杰弗里·尤金尼德斯(Jeffrey Eugenides)的《处女自杀》(*The Virgin Suicides*, 1993)和《中性》(*Middlesex*,2002)、布雷克·尼尔森(Blake Nelson)的《女孩》(*Girl*, 1994)、玛丽·卡尔(Mary Karr)的《樱桃:回忆录》(*Cherry: A Memeir*, 1995)、艾丽斯·西伯德(Alice Sebold)的《幸运》(*Lucky*, 1999)和《可爱的骨头》(*The Lovely Bones*, 2002)、苏·蒙克·基德（Sue Monk Kidd）的《蜜蜂的秘密生活》(*The Secret Life of Bees*, 2002)、图姆斯等的《女孩日记》、卡罗琳·帕克丝特(Carolyn Parkhurst)的《伊甸园的鹦鹉》(*Lost and Found*, 2006)、科蒂斯·希登费尔德(Curtis Sittenfeld)的《奥尔特校园手记》(*PREP*, 2005)等。

而在作品中被着力塑造的少女主人公形象,既是美国文学中一类特别的人物形象,也是特殊的美国社会发展及历史进延的产物,同时还是展现美利坚民族情感意志的一种文化载体。这些作品一经出版，有的引起了极大的文坛反响，有的一举夺得了重要的文学奖项，有的风靡美国乃至最终成为了全球的畅销书。作品的热销令它们不再是一堆纸质的单纯的文学产品，而成为了一连串既令人匪夷所思又令人艳羡不已的文化事件。

另一方面，与此类作品在读者中昌盛热销形成对比的是文学研究领域的相对冷清和非议居多。虽然在国内外研究“美国文学中的女性形象”有了一定的气候，但是至今罕见专门地系统地论述“美国文学中的少女形象”的著作，除了笔者的论著《探秘青春岁月——当代美国成长小说少女形象研究》（天津教育出版社 2014 年版）一书，而此类研究的论文也较少。

再者，在已有的对美国文学的研究中，确实有很多关于“美国文学中的女性形象”“美国女性文学”之类的研究。其中不乏从女性主义、性别研究、种族差异等角度入手的成果。

比如，在国外有美国学者芭芭拉·怀特（Barbara Ann White）的论著《长成女人：美国小说中的青春期少女》（*Growing Up Female: Adolescent Girlhood in American Fiction*, 1985）、凯瑟琳·达西梅尔（Katherine Dalsimer）的论著《女性青少年：对文学的心理分析》（*Female Adolescence: Psychoanalytic Reflections on Literature*, 1986）、克里斯蒂·日什（Christy Rishoi）的论著《从女孩到女人：美国女性成长叙事》（*From girl to woma : American women's coming-of-age narratives*, 2003）、布莱福德（Holly Virginia Blackford）的论著《在这个世界之外：为什么文学总是与少女有关》（*Out of this world: why literature matters to girls*, 2004）、德国学者加布瑞尔·维基（Gabriele Wittke）的论著《美国小说中的女性成长》（*Female Initiation in the American Novel*, 1991）等。

在国内，此类研究论文有笔者的《试论消费社会中的“外貌主义”少女形象》《女性成长的难关：当代美国小说中的守节与失贞》《弱势群体的呐喊：当代美国成长小说中的少女成长》等，相关研究的论文有芮渝萍的《美国文学中的成长小说》和《成长在两个世界之间——当代美国成长小说研究概论》、孙胜忠的《德国经典成长小说与美国成长小说之比较》和《成长的悖论:觉醒与困惑——美国成长小说及其文化解读》等;此类研究专著有笔者的论著《探秘青春岁月——当代美国成长小说少女形象研究》①,相关研究的论著有芮渝萍的《美国成长小说研究》和《成长的风景——当代美国成长小说研究》、孙胜忠的《美国成长小说艺术与文化表达研究》、许德金的《成长小说与自传——成长叙事研究》、王卓的《投射在文本中的成长丽影——美国女性成长小说研究》等。

但是这些研究中的多数都忽略了女性与女性间的年龄差异。虽然有些研究注意到了女性因种族、阶级、地域、身份等因素造成的女性之间的差异,但是很少有研究去关注女性因年龄不同而造成的差异。实际上,作为一个整体的女性按年龄也可以分为很多部分,比如分为“女童”“少女”“妇女”“老妪”等。面对着文学作品中浩如烟海的女性,在文学研究中一概而论的女性形象,很容易掩盖和忽略属于不同年龄阶段的女性的不同特点。所以,接下来的研究应该把从女性形象中单独剥离出来的“少女形象”(主要指少女主人公形象),看作是一类有着自身特色和重要价值的形象。因为所谓的少女是指正处于其生命成长旅程中一个特殊时期——青春期的女性,青春期是一个少女发生问题最多、产生变化最快、性格形成最易受影响的时期,是一个少女在成长旅程中最光怪陆离变幻莫测的时期。因此,书写少女的成长天然就具备了无限广阔的艺术表现空间和丰富多彩的人生剧目。

最后,从某种意义上说,正是这些多姿多彩、绚烂缤纷、青春无敌、魅力独特的“少女形象”为许多美国文学的热销、受赞和成功添加了最重要的砝码。比如近些年来的畅销书:玛丽莲·威卢斯(Marilyn Reynolds)的“汉密尔顿中学系列”小说(*Hamilton High Series*, 1989–2008)、安德鲁·克莱门斯(Andrew Clements)以《我们叫它粉灵豆》(*Frindle*, 1996)为发轫之作的系列小说、雷切尔·韦尔(Rachel Vail)的“友谊指环系列”小说(*Friendship Ring Series*, 1998–2000)、吉姆·班顿(Jim Benton)的《亲爱的蠢日记》系列小说(*Dear Dumb Diary*, 2004–2015)、时下最有影响力的斯蒂芬妮·

①参见拙作:《探秘青春岁月——当代美国成长小说少女形象研究》,甄蕾著,天津教育出版社2014年出版。

梅尔（Stephanie Meyer）的“暮光之城系列”小说（*Twilight Series*, 2005–2010）、目前颇具号召力的塞西莉·冯·齐格萨（Cecily von Ziegesa）的《绯闻女孩》（*Gossip Girl*, 2002–2009）系列小说、萨拉·谢泼德（Sara Shepard）的《美少女的谎言》（*Pretty little liars*, 2006–2014）系列小说，这些少女形象则具有独特的美学价值和艺术魅力。

值得注意的是，美国文学中的“少女形象”是由美国独有的移民历史、种族主义、消费主义和性解放运动等史实相互撞击、渗透、酝酿而成的，这些栩栩如生的少女形象，充分显示了美国作家对伴随文明发展的种种问题的独到分析和精辟见解。一些上乘作品从人类学角度提出了一个颇具震撼的观点：“少女是将来的母亲，母亲孕育了人类，是她们在孕育滋养着大地，少女是一个博大的存在。”我们研究文学中的少女就是在关心人类的过去、现在和未来。所以，本章对少女形象的解析，不仅将发掘美国文学所承载的独特的文化内涵，还将探索少女形象对美国文化的巨大的反作用力。同时，有助于我们反观中国社会的少女问题，反思我们的所为，以达到清源涤流弃秽纳新，推动中国青少年文学向更深的层次开拓，为中国少女问题的研究以及她们的健康成长做出贡献。

需要强调的是，本章所研究的“少女形象”，其全称应叫做青春期少女形象。而本文对“青春期”范围的界定，依据的是当今美国权威心理学家劳伦斯·斯滕伯格等在心理学学科领域对青春期的界定。“青春期在英文中是‘adolescence’，这个单词的词源来自拉丁文，由动词‘adolescere’而来，‘adolescere’意味着‘成长为成年人’（grow up into adulthood）。”[①]“在所有的社会中，青春期都是一段由不成熟的儿童期进入成熟的成人期的成长阶段，在该阶段中要为将来做准备。”[②]“青春期是一个生理的、心理的、社会的和经济上的过渡阶段。因此我们把青春期粗略地定义为生命过程中第二个十年这一阶段。尽管‘青春期’一词一度被视作 13 岁到 19 岁这一时

①Lerner, R., & Steinberg, L. The Scientific Study of Adolescence: Past, Present, and Future. In R. Lerner and L. Steinberg (Eds.), *Handbook of Adolescent Psychology*. New York: Wiley. 2004, p.6.

②Larson, R., & Wilson, S. Adolescence across Place and Time: Globalization and the Changing Pathways to Adulthood. In R. Lerner and L. Steinberg (Eds.), *Handbook of Adolescent Psychology*. New York: Wiley, 2004, p.78.

期的同义词，但是在过去的一个世纪中，青春期的阶段已经大大延长了，这既是由于年轻人生理上更加早熟，也是由于很多人把工作和结婚的年龄推迟到了25岁左右。因为这些原因，把青春期看作从大约10岁到20岁出头这样一个阶段更合理些。”①

许多中国学者都把“青春期”称为“青少年期”。具有代表性的观点如：“青少年期则是个体从不成熟走向成熟、从儿童走向成人的一个过渡时期。”②“青少年期是一个介于儿童期和成年期之间的生理和心理发展的转换阶段。‘青少年’的概念并非是天经地义的，并非如今天很多人认为的‘生理上’必然的、固定不变的，实际上这个概念只是在进入20世纪后才出现，而且关于它的理解一直在变化。……目前，人们广泛采用世界卫生组织关于青少年期的定义，其年龄范围是指‘10余岁’这个时期，即10~19岁。然而，如果考虑到社会实际状况，那么10~24岁都属于青少年期。”③所以，在综合考虑了少女形象所处的青春期时间阶段的特点，以及美国文学中的少女形象的实际情况等因素后，本书选择研究的“少女形象”，主要指的是在作品中处于青春期成长中的十三岁到十九岁的少女形象，但也不排除极少数的十岁至十二岁就进入青春期的早熟少女形象，以及二十岁至二十四岁其青春期仍然没有结束的大龄少女形象。

所以，当把少女形象单独提出来的时候，我们将发现这些作品中所呈现的少女形象，是一个中间地带，一个过渡阶段，一类介于儿童与成人之间、男性与女性之间的谜一样的人物形象。她们正经历着由不成熟向成熟的突飞猛进，可谓多样矛盾的统一体和多种因素的化合物。她们既可以彰显鲜亮特殊的文学—文化理念，又可以承载深刻厚重的社会内涵。她们既属于青少年形象，又属于女性形象，却不是通常理解或完全意义上的女人。她们既有孩子气的一面，又有成人的思维与行动。她们与传统研究中的少男形象有不少相通之处，然亦有本质的区别。她们既经常流露出女性的温柔，又羡慕渴望甚至模仿男性的豪爽。她们既俘获了少男少女读者对

①〔美〕劳伦斯·斯滕伯格：《青春期：青少年的心理发展和健康成长》，戴俊毅译，上海：上海社会科学出版社2007年版，第6页。

②张文新主编：《青少年发展心理学》，济南：山东人民出版社2002年版，第4页。

③辛自强、池丽萍：《社会变迁中的青少年》，北京：北京师范大学出版社2008年版，第2至3页。

同龄人的感同身受，又紧紧抓住了成年读者对青春的留恋与好奇。事实上，具有无限可能性、丰富变化性、时代敏锐性、迷翻了无数读者的少女形象已经给美国文学大花园增添了一抹无可替代的奇异色彩，也就从某种程度上决定了此研究的价值所在。

第二节　弱势群体的呐喊：创伤少女形象①

20 世纪 60 年代风起云涌和改写了历史的女权运动和性解放运动，触动敏感的美国作家以凌厉的手法把一个被主流社会忽视的弱势群体、一个在许多人眼中是异类的群体——“创伤少女形象”——推进了世界文学的经典之列。这些少女形象主要有三类：被强暴的少女、未婚妈妈少女和同性恋少女。虽艺术手法各异，但作品叙事模式惊人相似，其叙述的既是文学所独有的表现主人公由“天真到迷茫再到顿悟”的正常成长，也是叙述少女形象由“受伤到觅伤再到疗伤”的异常成长。作家把美国特殊的移民历史和过度消费的现实所诱发出来的社会问题，用创伤少女的故事作了别样视角的阐释，不仅呈现了文学所承载的独特的美国历史与文化，也是警醒人们如何关心少女成长的一记呐喊。

在传统的美国文学中，主人公多为少男，从汤姆·索亚到哈克贝利·费恩，从《白鲸》(*Moby Dick*, 1851)到《麦田里的守望者》(*The Catcher in the Rye*, 1951)……在这些被准入经典殿堂的作品中，少女基本上是配角或者是缺席。20 世纪 60 年代洪涛巨浪般的女权运动震动了美国创作界，一大批作家尤其是女作家奋笔直书把或惊慌失措、或泪流满面、或自暴自弃的各种式样的少女典型送到了人们面前。女性自母系社会解体以后就沦为了弱势群体，而当今时代的少女已经成了弱势中的弱势。

在这其中，被强暴少女、未婚先孕的少女、受歧视的同性恋少女、自伤自残甚至自杀的少女等一系列成长遭遇严重创伤问题的少女已构成了一个连锁式、放射性的社会威胁。敏感的政治学家、历史学家、教育学

①本节主要观点参见拙文：《弱势群体的呐喊：当代美国成长小说中的少女成长》，载“全国中文核心期刊”《河北师范大学学报》(哲社版)2013 年第 6 期。

家、心理学家、社会学家们齐把目光转向了这里。在美国,应该说文学家的贡献非常突出，他们及时准确地塑造出一批批形形色色的少女形象，已经造成了巨大的轰动效应,引起了官方和民间的关注。本文把目光投向了其中受到性伤害的一群创伤少女,集中研究在这些作品中出现频率最高的三类少女形象,笔者归之为被强暴的少女、未婚妈妈少女和同性恋少女,同时发掘作品描绘此类弱势少女异于常人的艰难的成长历程的叙事结构与特点。

一

书写遭遇了性伤害的创伤少女形象的美国文学作品对于少女被强暴的问题一直情有独钟。其实,从被誉为“影响了整个西方文学对女性成长的描写”[1]的英国作家塞缪尔·理查森(Samuel Richardson)的小说《帕梅拉》(*Pamela*, 1740)中塑造的少女形象帕梅拉算起,以及作品所呈现的帕梅拉所遭遇的强暴事件、随之而来的一系列问题、还有这些问题如何改写了帕梅拉的命运算起,可以说,这是在所有时代的社会中一个看似平常实则棘手的问题,也是文学中从古至今、跨越时空的一个古老又常新的问题。

1969年美国黑人女作家玛雅·安吉罗(Maya Angelou)凭借着即使今天看来也需要的莫大勇气在她的自传体小说《我知道笼中鸟为何歌唱》(*I Know Why the Caged Bird Sings*, 1969)中,书写了少女“我”被父亲(继父)强暴的故事。无独有偶,另一位杰出的美国黑人女作家托尼·莫里森(Toni Morrison)也注意到了黑人少女被父亲(亲生父亲)强暴的问题,并把它写入了自己1969年的小说《最蓝的眼睛》(*The Bluest Eye*, 1969)。

一个十分醒目的现象是，当代美国文坛的黑人女作家们对黑人少女被强暴的关注和书写既是不约而同又是持续不断的。1982年,又一位著名黑人女作家艾丽斯·沃克(Alice Walker)的书信体小说《紫色》(*The Color Purple*, 1982)涉及同一题材。《紫色》中的黑人少女西丽可谓综合了玛格丽特和佩科拉两个角色的不幸，同时肩负了多重苦难——她既被父亲（继父)强暴多次又被迫生下了两个孩子,而且她的孩子们在襁褓中就被卖给

①Gabriele Wittke, *Female Initiation in the American Novel*, Peter Lang, 1991, p.105.

了别人从此不能相见，西丽自己在无法生育后也被父亲卖给了一个只知虐待她的男人做牛做马。

在作品纷纷关注少女被强暴问题的同时，与之相伴相生的另一种现象的描写也在作品中慢慢地浮现出来，即未婚的少女就怀孕生子当了妈妈的现象。我们发现，在塑造未婚妈妈少女形象的作品中，少女对未婚先孕的恐惧与少女被强暴后的恐惧十分相似，它足以彻底颠覆少女的正常成长，压到少女生活中原有的一切，同时对这种恐惧的展示、溯源和化解往往是作品叙述的重中之重。

如小说《我知道笼中鸟为何歌唱》中的黑人少女玛格丽特，好不容易才走出了八岁时被继父强暴的阴影，但是十六岁的她又跌入了未婚先孕的深渊。为了证明自己是个女人，玛格丽特单刀直入地问与她住在同一条街上的英俊男孩：“你愿意和我性交吗？”[①]和男孩发生关系之后，她不敢也没有把意外怀孕的事情告诉男孩和其他任何人。

> 世界崩溃了，这只有我知道。人们顺着马路向前走，好像脚下的路面还没有完全塌陷。他们假装吸进气又呼出来，而我一直都很清楚上帝那可怕的一吸早已吸光了所有的空气。只有我正在噩梦中窒息。[②]

但是，当孩子生出来之后，少女玛格丽特的恐惧和罪恶反而烟消云散了。

> 我的儿子出生了。在我的脑中的爱和感激混杂在一起。……孕育这孩子有我一份责任，但谁也不能否认这受孕是纯洁的。[③]

①〔美〕玛雅·安吉罗：《我知道笼中鸟为何歌唱》，杨玉功、陈延军译，北京：十月文艺出版社2000年版，第294~296页。

②〔美〕玛雅·安吉罗：《我知道笼中鸟为何歌唱》，杨玉功、陈延军译，北京：十月文艺出版社2000年版，第297页。

③〔美〕玛雅·安吉罗：《我知道笼中鸟为何歌唱》，杨玉功、陈延军译，北京：十月文艺出版社2000年版，第301页。

看到自己的孩子的那一刻，玛格丽特的身份被她的孩子改变，她由一个孩子变成了一位母亲。她心中神圣的母爱驱走了她是未婚少女就做了妈妈的耻辱感。《我知道笼中鸟为何歌唱》的最末一句刻意营造出一个温馨安谧的氛围驱走了笼罩着整部作品的阴郁气息——未婚妈妈少女玛格丽特抱着她的孩子安然地睡去。

二

安排一个让创伤少女形象由孩子身份转变到母亲身份的叙事历程，是塑造未婚妈妈少女形象的美国文学作品中必不可少的情节元素。同时，经由千辛万苦、百转千回的叙事情节而刻画出的未婚妈妈少女形象，如何能够把少女和妈妈两种看似矛盾的形象融合为一体并呈现在读者眼前，则是叙事必须完成的核心任务。

2006 年美国作家卡罗琳·帕克丝特（Carolyn Parkhurst）的小说《伊甸园的鹦鹉》（*Lost and Found*, 2006）遵循的也是上述的叙事套路。这部作品描写的是一位当今时代美国未婚妈妈少女形象——十七岁的白人少女凯西，她未婚先孕的原因经过与黑人少女玛格丽特相比有着太多的不同，但是在面对怀孕这件事和私生子的时候，她们却有着惊人的相似。

在这些作品中，不论少女经历了怎样的不堪回首的受孕，也不论少女承受了怎样的痛苦挣扎的怀孕，少女在生下孩子的一刻，在看到一个鲜活的生命来自自己体内的一刻，她的命运就被孩子彻底改变并和孩子紧紧相连了。孩子把少女经历的一切仇恨、愤怒和屈辱统统化为乌有，孩子的纯洁无辜融化了少女一度负罪而冰封的心灵。从此少女不再是个孩子而成为了另一个孩子的妈妈，即使是个不成熟的未婚少女妈妈。

小说《伊甸园的鹦鹉》的最后一段文字为萦绕整部作品的紧张、压抑、苦闷的色调调配出一抹光明与希望：

> 这夏日空气的滋味是如此独特，与其他地方截然不同。我深深吸了一大口，踏进屋里，接纳过往和至今属于我的整个生活。①

①〔美〕卡罗琳·帕克丝特：《伊甸园的鹦鹉》，张琰译，海口：南海出版公司 2007 年版，第 280 页。

主人公少女凯西决定去寻找她已经送给别人收养的自己的孩子，她不再选择逃避，而是勇敢地面对自己的未婚妈妈少女的新身份。另一个引人注目的现象是，近年来美国异常火爆的大众文化领域，出现了越来越多的关于未婚妈妈少女的影视作品，比如热门的电影《少女朱诺》[①]（*Juno*, 2007）、电视剧《青春密语》[②]（*The Secret Life of the American Teenager*, 2008）……实际上，只要看看当代美国社会的未婚妈妈的数量[③]，就能明白为什么有这么多的文艺作品对这个话题趋之若鹜。

美国心理学家玛丽·皮福（Mary Pipher）在其“引发全美讨论热潮”[④]的研究少女问题的专著《复活的奥菲莉亚：挽救少女的自我》（*Reviving Ophelia: Saving the Selves of Adolescent Girls*, 1995）中感慨道：“现在（指20世纪90年代末期——引者注）的女孩比30年前当我还是一名女孩的时候遇到了更多的问题，而且甚至比10年前遇到的问题也更多。新问题不断出现。”[⑤]这些新问题里面当然包括了当代美国少女遭遇的性伤害，而且新问题出现的速度和数量正在令人忧惧地增长。

于是，在现实社会中的美国少女不断出现新问题的情况下，我们看到了美国当代文学作品对少女形象遭遇性伤害的展示和讨论也在不断更新。除了少女被强暴等老问题，还有未婚妈妈少女等新问题屡屡进入到当代美国文学之外，同性恋问题也作为一个新问题（或称之为被翻新的老问

①美国电影《少女朱诺》拍摄于2007年。主要内容为：外形不算出众、平素默默无闻的少女朱诺，因被同班的男生搞得一夜大肚，而瞬间成为焦点人物。全校师生质疑的目光、小男生父亲推脱责任的无赖行为均未动摇独立的朱诺要把孩子生下来的决心。最终在家人的帮助之下，朱诺为即将降世的孩子找到一对几近完美的抚养人，将孩子生下。

②美国电视剧《青春密语》拍摄于2008年，主要围绕少女怀孕这一话题展开。凭借“秘密生活”以及“青少年怀孕”两个热门单词，以一个十五岁的未成年少女艾米意外怀孕为中心，探讨当代美国青少年的性观念，剧中涉及到早孕、偷情、一夜情、儿童性犯罪等禁忌话题。

③近期数据表明，在美国的年轻女性中，有将近1/4的人在十八岁之前怀孕过，而到了二十一岁时，这一数字上升到了45%。这其中有略超过一半是以分娩告终的。（此数据来源于《青春期》，〔美〕劳伦斯·斯滕伯格著，戴俊毅译，上海社会科学出版社2007年版，第497~498页。）

④〔美〕玛丽·皮福：《复活的奥菲莉亚：挽救少女的自我》，何吉贤、于卉芹译，北京：作家出版社，1998年，封面。

⑤〔美〕玛丽·皮福：《复活的奥菲莉亚：挽救少女的自我》，何吉贤、于卉芹译，北京：作家出版社1998年版，第23页。

题更适宜)被提上了少女遭遇性伤害的日程。虽然同性恋问题并不是美国文学中的新问题,同性恋形象也不能算美国文学的新形象。但是,少女同性恋和同性恋少女形象却是当代美国文学中的一个新的现象,而且它们在当代美国文学中露面的次数之多和频率之快也应当引起人们的关注。

21世纪出版和热销的几部美国小说都写到了同性恋少女形象:杰弗里·尤金尼德斯(Jeffrey Eugenides)的《中性》(*Middlesex*, 2002),科蒂斯·希登费尔德(Curtis Sittenfeld)《奥尔特校园手记》(*PREP*, 2005),卡罗琳·帕克丝特(Carolyn Parkhurst)的《伊甸园的鹦鹉》(*Lost and Found*, 2006),考特尼·图姆斯(Courtney Toombs)、索菲亚·科亨(Sofia Cohen)、茱莉娅·巴斯金(Julia Baskin)和林赛·纽曼(Lindsay Newman)合著的《女孩日记》(*The Notebook Girls*, 2006)。

然而实际上,在此类作品当中,有的同性恋少女形象还不能归结为完全意义上的女性同性恋形象。从严格意义上讲,同性恋少女只能算是有同性恋倾向的少女,因为少女在青春期的性取向还没有完全定型,同性恋倾向的少女之间存在的,可能不完全是爱情,而是一种“激情友谊”,或者是一种少女自己也无法解释的具有极大可塑性的情感。

比如《中性》中的少女卡利俄珀和少女“那人儿”,《奥尔特校园手记》中的少女欣君和少女克拉拉,以及《伊甸园的鹦鹉》中的少女凯西和少女米亚等等。少女形象当中有的做出了同性恋的行为,有的发生了同性之间的爱情,有的只是单相思式的同性恋,有的感情无法定性…… 然而可以肯定的是,这些作品塑造出一批鲜活生动的当今时代美国的同性恋少女形象,从少女的视角看待同性恋问题,写出了同性恋和由此引发的诸多事件对少女成长的影响,这些都成为美国文学史上不可替代的一笔。

三

虽然遭遇性伤害的创伤少女形象(被强暴少女形象、未婚妈妈少女形象和同性恋少女形象)被塑造成千秋各异、千奇百怪的形态,但是作品在塑造她们的时候却选取了相似的叙事结构。即把受到性伤害的创伤少女成长的过程呈现为“受伤—觅伤—疗伤”(三者的顺序在不同的作品中略有不同,但基本都被三者涵盖)的一个叙事模式。

与此同时，作家把美国特殊的移民历史和过度消费的现实所诱发出来的社会问题，用不同于常人的创伤少女艰难的成长历程作了别样视角的阐释,不仅呈现了文学所承载的独特的美国历史与文化,更让人们深省与反思到底应该如何关心少女的成长。

首先，作家们都致力于忠实地记录或逼真地描绘少女形象受伤而痛苦的经历,本书称之为“受伤叙事”,即叙述少女形象被什么样的性问题伤害以及这些问题带给少女的肉体或精神上的痛苦如何。但与新闻报道、刑讯笔录、侦探小说等不同的是,本书所研究的文学作品通常不会事无巨细地在是谁伤害了少女、怎样伤害少女的,以及伤害的时间、地点、环境等问题上大做文章。诚然这些文学作品也会有诸如此类的交代,然而一般情况下都是一笔带过。它们所着重描绘的是遭遇性伤害的少女形象在受伤之后的痛苦状态——包括少女形象受伤后的肉体伤痛和精神伤痛，而精神的伤痛(或称心灵的受伤)是作品叙事的聚焦之处。

这方面的典型作品比如《我知道笼中鸟为何歌唱》。该作品在描述少女玛格丽特被强暴的肉体的伤痛时，只用了很少的叙事篇幅和非常简洁的叙事语句——

> 接着就是疼痛。那种破裂和侵入甚至把我的感觉都撕成了碎片。对一个八岁的身体实施强暴是一个针眼容让而骆驼肆虐的问题。①

作品写到了玛格丽特受伤害的肉体痛苦巨大却是暂时的,被强暴后的身体很快就得到了痊愈。但是作品浓墨重彩地描绘了强暴带给玛格丽特的精神痛苦扭曲了她日后的成长。从玛格丽特被强暴(八岁)一直到十六岁,她曾拒绝开口说话达两年之久,她不再相信任何人,她越来越孤僻自卑,她极度渴望被人爱,她竟然随便找了一个男孩做爱,她意外怀孕未婚生子……少

①〔美〕玛雅·安吉罗:《我知道笼中鸟为何歌唱》,杨玉功、陈延军译,北京:十月文艺出版社 2000 年版,第 95 页。

女精神上的伤痛及其影响被叙事散布到了作品的各个角落娓娓道来，接下来占据了作品五分之三的内容从此几乎围绕着少女受伤的心灵展开叙述，后文多次提到了少女回想起强暴这件事以及它对她生活的改变。

诚然，作品所描述的少女形象受伤害的经历是催人泪下和发人深省的，这也是遭遇性伤害的少女形象感人动人、引人注目的一个重要原因。但是，这些作品没有停留在受伤叙事的阶段，也没有满足于为了赚取读者同情的眼泪，描述少女形象的受伤与痛苦更是为了寻找伤痛的原因，故此笔者把作品叙事历程中的“寻找伤痛原因”部分称之为“觅伤叙事”。觅伤叙事在作品中仿佛一名卧底，担当着潜伏到敌人的内部、千方百计地伺机找出少女形象受伤的原因以及这种伤痛是如何作用于少女形象的重要使命。

觅伤叙事对少女形象受伤原因的寻找是谨慎又严肃的，这种寻找悄无声息地流连在作品的犄角旮旯，经常看似无意实则早有预谋地揭露出事情的真相，而真相有时让人不敢相信又不得不相信，文字的魔力和语言的多义让人无所适从，却不得不臣服于此刻的觅伤叙事所给予的解释。这些作品不是把少女受伤的原因简单地归结为通常人们所认为的是当事人的过错，包括直接伤害到少女的人（如强暴少女的人、使少女怀孕的人、使少女变成同性恋的人等）的过错和少女本人的过错，而是试图寻找造成这种伤痛的更深层、更根本或者为人忽略、不被人知的那些并非显而易见的原因。

比如在《最蓝的眼睛》中，少女佩科拉是被亲生父亲强暴后生下死婴而发疯的。受伤叙事的矛头指向了她的父亲——乔利，佩科拉没有做错什么，是乔利一手摧毁了她。对乔利的谴责和愤怒通过作品对佩科拉疯后悲惨状况的描写彰显出来。但是，作品没有止步于此，觅伤叙事带领我们走进了乔利的少年生活和内心世界。原来乔利的“堕落和变态，缘起于他十四岁那年姨婆去世后被两个白人用枪逼着为他们‘表演’”①的悲惨经历。当几乎所有的指责都对准乔利的时候，觅伤叙事把矛头慢慢地转向了幕后那看不见的黑手，少女形象的受伤更深层、更根本的原因是美国社会的

①胡允桓：《从祈求到反抗》，见《最蓝的眼睛》，〔美〕莫瑞森著，陈苏东、胡允桓译，海口：南海出版公司 2005 年版，译序。

种族压迫与歧视，这才是制造出伤痛的罪魁祸首。

在1999年美国作家艾丽斯·西伯德（Alice Sebold）的回忆录《幸运》（*Lucky*, 1999）中，作者讲述的是她自己在少女时代被强暴以及之后若干年的真实生活经历。强暴犯和强暴本身带给西伯德的伤害是不言而喻的，受伤叙事逼真地再现了那段悲惨的遭遇。例如作品第一章非常详细地叙述了西伯德在公园里突遭袭击，并被长时间暴打和奸污的情节。

但是，觅伤叙事所做的工作更有技术难度，它找到了伤痛背后为人忽略、不被人知的原因。《幸运》中少女西伯德的伤痛不仅仅来自强暴本身，还有很多看似不会或不该伤害西伯德的人有意无意中带给了她更大的伤痛。西伯德被强暴后来到警局报案，警察于午夜时分详细地询问当时已是满身伤痕、筋疲力尽、服了镇静剂才稳定下来的西伯德，然后在他做出的初步报告中，他得出了一个毫无根据的结论：西伯德所说的不都是事实，因此不予立案。

因此《幸运》中的少女西伯德在法庭庭审的时候，为了让别人相信自己的话，她必须扮演规定的受害者角色，穿衣打扮也须仔细，就像在舞台上表演一样，最重要的还必须使自己看起来很无辜、很谦恭，甚至面对他人的质疑时，要表现出忏悔和歉意。对此，美国作家欧茨（Joyce Carol Oates）曾在她的论著《直言不讳：观点和评论集》（*Uncensored: Views &* (*Reviews*）中不无讽刺地指出：“《幸运》中有好些并非有什么恶意、但却没有头脑的人说给西伯德的话令人震惊，其中包括西伯德的父亲。他曾说：‘如果你不愿意，他怎么可能强暴得了你？’他又拿他认为比西伯德有头脑的妹妹相比，‘如果这事一定要发生在你们俩其中一个人身上的话，我很庆幸这件事发生在你身上，而不是你妹妹。’一位女权主义精神病专家的话更为经典：‘我猜这下你在性方面不会那么拘谨了吧，啊？’”①

《幸运》中的觅伤叙事向我们揭示，少女西伯德被强暴后心灵上的伤痛有些是来自强暴本身，但是更多的更持久的伤痛竟然是来自那些不是罪犯也不能算是坏人的普通人、陌生人甚至朋友和亲人那里。觅伤叙事尖锐的揭示让我们毛骨悚然，在午夜梦醒时分不禁扪心自问：我们是否也充

①〔美〕欧茨：《直言不讳：观点和评论集》，许颖果译，武汉：长江文艺出版社2006年版，第110页。

当了其中的一员?《幸运》写的是一个少女被强暴的极其悲惨痛苦的故事,然而西伯德却为这部自己写自己的作品取名为“幸运”,这个原因西伯德在她作品的开头写了出来:

> 警察告诉我,在我被强暴的那个隧道里,一个女孩在曾经的地下入口处被杀害,并且被肢解。他们说,相比之下,我还是幸运的。①

四

在描写创伤少女形象遭遇性伤害的作品中,我们发现叙述受伤是为了引出觅伤,然而觅伤叙事的过程实际上还是一个疗伤的过程,或者说觅伤的最终是要走向疗伤。虽然伤得重伤得深,但少女形象的人生历程才刚刚开始了一小段,只要没有死亡,生命还在继续,少女形象在作品中还是得坚强地活下去,同时这也是多数塑造遭遇性伤害的少女形象的作品所选择的叙事结局。

于是,“疗伤叙事”在作品中的出现就显得合情合理且很有必要了。无论受伤叙事和觅伤叙事多么精彩绝伦,它们都是在伤痛中的徘徊与呐喊,作品还是需要疗伤叙事来告别伤痛,走出伤痛,做好继续生活的准备。

美国作家艾丽斯·西伯德(Alice Sebold)的小说《可爱的骨头》(*The Lovely Bones*, 2002),从一个14岁的少女苏茜被强暴后肢解的事件写起。作品一开篇,主人公也是叙述者之一的少女苏茜叙述了自己被邻居哈维先生骗到一个地洞里强暴然后被肢解秘密杀死的经过。这部小说“从一个突发的惨剧切入”②,异想天开地采用了死者苏茜的叙事视角展开故事,让死后的苏茜从天堂俯瞰人间,讲述一家人在她死后的十年怎样生活。

当然作品在对被强暴的少女形象的受伤叙事和觅伤叙事中也花费了不少笔墨,但是《可爱的骨头》把重点放在承受了强暴事件伤害的少女苏

①转引自〔美〕欧茨:《直言不讳:观点和评论集》,许颖果译,武汉:长江文艺出版社2006年版,第108页。

②胡允桓:《刻骨亲情 感人至深——〈可爱的骨头〉中译本序》,见《可爱的骨头》,〔美〕艾丽斯·西伯德著,施清真译,北京:作家出版社2004年版,第2页。

茜以及她的家人、亲属和朋友如何疗伤、如何走出伤痛的叙事部分。在苏茜死后，全家人被悲痛的巨浪打得东倒西歪：爸爸为了寻找凶手被他人误伤致残后来中风，妈妈为了逃避痛苦与警长偷情后来离家出走，妹妹潜入了凶手的家里寻找罪证差点遇害，小弟被家人忽略后用恨意把自己层层包裹……直到十年之后，全家人才一个个地恢复正常而重新团聚在一起。

《可爱的骨头》用了十年的物理时间、近作品五分之四的叙事篇幅来展示所有的人是怎样步履艰难地走出了伤痛，继续过着没有苏茜的生活。而在天堂的苏茜同样也用了十年的时间跟踪活着的家人，来缓解自己的悲伤和思念，慢慢地让自己放弃了对人间的执着依恋，从而勇敢面对自己已经死亡的事实。临近作品末尾，苏茜感慨道：

> 我终于开始认清：没有我，他们依然可以活得很好。我的死最终造就了家庭的融溶和合，犹如身体上的骨骼，尽管有了缺失，但在不可知的未来终将长出新的骨干，变得圆满完整。我现在明白了，我以性命的代价换来了这一神奇的生命循环。①

这也是以一个被强暴杀害的少女形象为主人公的小说为什么起名叫“可爱的骨头”的原因所在——苏茜就是那块可爱的骨头。

在《伊甸园的鹦鹉》中，凯西回忆到她因为突然亲吻了米亚从此被米亚抛弃了的那个晚上是她最难过的时刻：

> 但是在购物商场外头的那个晚上……不知道为什么，我始终无法忘怀。这不是很奇怪吗？一件事既痛苦又珍贵？我从没有比那个晚上更悲伤或更害怕，但我却珍惜每一个细节。十二月里的星星。冻结的泥土。在黑暗中等候汽车。内心的苦楚。空气的干燥。我看得到她呼吸的气息。这些都让我留存。②

---

①〔美〕艾丽斯·西伯德：《可爱的骨头》，施清真译，北京：作家出版社 2004 年版，第 336 页。

②〔美〕卡罗琳·帕克丝特：《伊甸园的鹦鹉》，张琰译，海口：南海出版公司 2007 年版，第 188 页。

这段疗伤叙事细腻敏感而又简洁内敛地再现了少女受伤当时的“每一个细节”——每一处景物、每一个动作、每一丝心理微妙的涟漪……受伤的点点滴滴弥散在少女记忆中的每一个角落，只需一阵轻轻吹拂的微风，那些伤感的碎片就会在叙述的卷带下，如雪花般地重新飘落到用回忆和诉说来疗伤的少女的面前。作品中疗伤叙事的魔力就在于把受伤的经历转变为疗伤的养分，而遭遇性伤害的少女形象在充分消化吸收了这些养分之后才能继续前行。

被强暴的少女形象、未婚妈妈少女形象、同性恋少女形象，这些遭遇性伤害的创伤少女形象，她们遭遇的性伤害比其他少女形象面对的普通的性问题更加棘手、残酷乃至致命，她们伤痕累累的成长显得异常艰难，因而作品纷纷致力于书写性伤害给少女所带来的伤痛是如何地影响了少女的成长。于是，我们看到了“受伤—觅伤—疗伤”叙事模式在作品中的运用。受伤叙事描绘的是遭遇性伤害的创伤少女形象在受伤之后的痛苦状态，而精神的伤痛（或称心灵的受伤）是作品叙事的重点。

不过，许多作品描述创伤少女形象的受伤与痛苦只是起始，下一步将进入到寻找伤痛原因的觅伤叙事。觅伤叙事不停留在对表层现象的展示，而是试图寻找造成这种伤痛的更深层、更根本或者为人忽略、不被人知的那些并非显而易见的原因。同时，觅伤叙事的过程也是疗伤的一个前奏，或者说觅伤最终指向疗伤。因为无论受伤叙事和觅伤叙事多么精彩绝伦，它们仍是在伤痛中的徘徊与呐喊，属于作品灰暗阴冷的一面。创伤少女还是需要用疗伤叙事来走出伤痛、走出阴霾、走向明天，而作家如此的安排也因之让读者于阅读结束后在合上作品的那一刻感受到了一丝光明、温暖和希望。

第三节　社会学越轨透析：边缘少女形象[1]

两度进入诺贝尔文学奖最后提名的美国当代作家乔伊斯·卡罗尔·欧

①本节主要观点参见拙文：《〈狐火〉少女帮中的“长腿”形象刍论》，载《外国问题研究》2013年第4期。

茨(以下简称欧茨),在其长篇小说《狐火:一个少女帮的自白》中,塑造了一位以“越轨”的极端方式对抗社会弊痼的少女帮头领形象——“长腿”,并称她为“我的哈克贝利·费恩”。因这个边缘少女“长腿”如马克·吐温笔下那个远离文明社会的少男哈克一样叛逆不羁。但“长腿”的越轨有着十分复杂的社会和心理原因,不能简单地等同于违法乱纪。

从社会学角度归类此乃属“不遵从越轨”。欧茨以一种既谴责又同情、既赞扬又惋惜的矛盾心理，展开了一场细致入微的少女心灵剖析和鞭辟入里的社会学盘点。用青少年本位的叙事口吻,把以“长腿”为首的少女帮故事赤裸裸地展演，并在作品的结尾采取了一个不写明主人公命运结局的模糊美学模式,从而把评判“长腿”少女帮及其越轨的是非曲直的认知权杖移交给了她敬重的读者。

欧茨曾在她的长篇小说《狐火:一个少女帮的自白》第一版序言中说:“在创作这部小说的那几个月里，在我心里的书名是‘我的哈克贝利·费恩’。我以前从未写过在叙述上如此充满传奇性和冒险精神又直面现实的小说;我以前从未写过像日记那样重现一个故事的小说,也从未写过青少年在其中表达的如此坦白、如此诙谐、至少在我听来如此富有诗意的小说。”①

如果说马克·吐温的《哈克贝利·费恩历险记》(1884)的魅力在于呈现出了一个“心地善良而道德心被损坏了”②的哈克,这位美国少男形象被尊为“揭穿了美国式文明虚伪性的时代勇士”③;那么 109 年后,欧茨的《狐火:一个少女帮的自白》则塑造出了一个反抗世俗、不断“越轨”的“长腿”——美国当代的少女版哈克贝利·费恩。

一

不按常规运作的事物总有一道独特的轨迹。《狐火:一个少女帮的自

①转引自闻礼华:《狂放的恶之花》,见《狐火》:〔美〕欧茨著,闻礼华、金林鹏译,武汉:长江文艺出版社 2006 年版,第 1 页。

②赵太和:《略谈〈哈克贝利·费恩历险记〉》,《国外文学》1989 年第 1 期。

③王妮娜、高黎娜:《马克·吐温笔下的“哈姆雷特”——〈哈克贝利·芬历险记〉人物探讨》,《陕西师范大学学报》(哲学社会科学版)1998 年第 3 期。

白》问世，一波三折，长期扭动在毁誉之间。1993 年在美国首版的时候，读者、学界都一片喊好。此书的出版者更是予以高度评价，说："欧茨的作品具有一种坚忍不拔、目的明确的亲切感和巨大的动力，将我们彻底地带进那些让人迷惑的场景中，而那些戏剧性地表现了女性的力量、挑衅的狂喜以及由自由下落回到世俗的漫长过程。在她的第 22 部小说《狐火：一个少女帮的自白》中，欧茨，这位多产作家女皇，充满了清新的激情和惊人的创意——而这一切都源于她光芒四射、无穷无尽的活力。"①然而三年之后，《狐火：一个少女帮的自白》在加拿大却撞上了冰山，差点颠覆沉没几近被定为禁书。

起因是 1996 年一名加拿大高中男生，把他在英语课上用到的《狐火：一个少女帮的自白》带回了家。他循规蹈矩的父亲——杰克·休伊斯曼，捧着这本书看着看着，忽然情绪亢奋惊恐不已，仿佛是在捧着一条毒蛇，顿觉事态非常、不可等闲。于是乎他很快地组织起了一个名叫"父母反对有伤风化教育"的团体，向当地家庭派发了 6000 份、长达 16 页的传单。这 6000 份传单像迫击炮机关枪喷发出辛辣狠毒的子弹，横扫这本被他们认为是"美国进口之廉价性交手册"②的"大逆不道"之书。

虽然休伊斯曼及其团体在宗教力量的支持下确也搅动起几圈波浪，然而教育界却冷静异常，其表现是不愠不火。既没有针锋相对，也没有组织批判，更没有掀起什么运动。极令这位父亲及其团体成员气愤和失望的是，最后校方居然郑重地"指出该小说适合 12 年级学生，应该继续作为该校高级英语计划的一部分。专门为此争端成立的由当地教育工作者和另外一所中学管理人组成的地方评论委员会 1997 年初发布评判结果，裁定支持该书"。③

小说《狐火：一个少女帮的自白》叙述的是 20 世纪 50 年代，在美国东

①转引自闻礼华：《狂放的恶之花》，见《狐火》：〔美〕欧茨著，闻礼华、金林鹏译，武汉：长江文艺出版社 2006 年版，第 2 页。

②王理行：《一位世界性的杰出作家——从诺贝尔文学奖说起》，见《狐火》：〔美〕欧茨著，闻礼华、金林鹏译，武汉：长江文艺出版社 2006 年版，第 19 页。

③王理行：《一位世界性的杰出作家——从诺贝尔文学奖说起》，见《狐火》：〔美〕欧茨著，闻礼华、金林鹏译，武汉：长江文艺出版社 2006 年版，第 19 页。

海岸纽约州的一个蓝领聚居的小镇上，五个十几岁的穷白人少女拉起了一个小小帮派(主要成员五个,后增加到十几个),取名“狐火”。五人小组是狐火帮的创立者,她们分别是“长腿”(狐火帮司令)、戈尔迪(狐火帮中尉)、兰娜、丽塔和马迪·沃尔茨(狐火帮秘书、小说《狐火》的叙述者)。这个小帮没有明确的纲领,没有严密的组织。她们以自信、力量和进击为宗旨,以忠诚信誉为组织原则,以当机立断出手如飞为行动准则。她们坚定地认为成人社会正在毁灭她们,为了保卫自己,必须采取非常的方式和手段予以痛击。

少女帮第一次出击的原因是帮中成员丽塔受到了性骚扰。十四岁的丽塔常常被四十七岁的数学老师——巴亭金尔借放学后的补课为名施行性骚扰。狐火帮选了一个无月之夜,在巴亭金尔的汽车后面涂上了一组奇特的杀伤力极强的文字:

> 我是黑人嘴唇巴亭金尔,是个肮脏的老东西玩弄少女!教授数学搔弄乳头,我是巴亭金尔我吃女阴![1]

蒙在鼓里的巴亭金尔，第二天开着车一如往常，在镇上荡来逗去无事一般,对大街上的人交头接耳指指点点毫不知情。绝人绝活绝效果,当巴亭金尔再次出现在学校的时候,风云骤变,其教授形象已经斯文扫地,所有的人都知道了他的丑恶行径。这位传道授业者“再也没有回到佩里中学,并且从此告别了他的教师生涯,从哈蒙德市搬走消失了”[2]。少女帮首战告捷,痛快淋漓地“干掉了”这个道貌岸然的色鬼。这场源于反侵害、抗邪恶、保自己的反击战,大大鼓舞了少女们的斗志,使她们后来的行动像高山滚石般轰然而下隆隆作响。

狐火帮每人胸中都燃烧着一团火,一团报复之火。少女们像一个个带着火焰的滚石借着陡峭的山坡,以势不可挡之态奔腾而下。当她们的小姐妹马迪差点被她的远房叔叔——温陂猥亵的时候，少女帮一拥而上砸烂

①〔美〕欧茨:《狐火》,闻礼华、金林鹏译,武汉:长江文艺出版社2006年版,第22页。
②〔美〕欧茨:《狐火》,闻礼华、金林鹏译,武汉:长江文艺出版社2006年版,第34页。

了温陂的店门,扒光了温陂的衣裳,边打边骂边羞辱,而且不准他呼喊救命,直打得他遍体鳞伤。最后温陂只得闭嘴闷声,俯首认罪,跪地求饶。当一个少男企图挑衅侮辱一名狐火帮成员的时候,“长腿”抽出匕首,直抵挑衅者的喉结。当“长腿”找工作遇到一个对她动手动脚的人时,她蓦然挺立,双腿叉开,亮出匕首,接着右手一撩,特意叫匕首在空中翻了个个。此人一见此道号,大惊失色,知道是撞上强人了,赶快央告饶命,并主动让“长腿”拿走他房间里所有的钱。

少女们的激情是澎湃的,认识是直觉的,行动是狂躁的。挥刀得钱这件事使她们悟出:胆大不仅可以避难,而且可以获益。于是少女们开始了以性为饵、引诱好色之男上钩然后骗钱的“勾引行动”。这一越轨行动从简单到复杂、从低级到高级。其策划越来越精密,其方法越来越巧妙,其手段越来越残忍。这帮花季少女把弄到手的男人玩得团团转,个个云里雾里找不到北。而被她们俘获的男人则自知理亏无一敢去报警。

最后少女们策划了一起骗取一百万美元的行动——绑架勒索。可惜高山滚石般的狐火帮开始失控了,像刹车失灵的快车,似脱缰狂奔的烈马,顺势而去,无法回头,终于滚进了犯罪的深渊。绑架后因赎款迟迟不能到手,少女帮分裂成了两派——有的主张用酷刑威逼杀死被绑架的人,有的不想虐囚也不想杀人。就在这犹豫不决之际,团伙中一名成员因枪走火打中了被绑架者的胸膛。这下炸了锅,帮伙乱成一团,个个六神无主,谁也拿不出个像样的章程。战斗无法继续,只好散伙逃窜。风风火火的狐火帮,像满树嘈杂的麻雀被一声枪响扫得无影无踪。

二

世间任何事情的出现自有它出现的原因和理由。小说《狐火:一个少女帮的自白》的魅力与争议恰恰在于作品塑造出了一群引起人们关注和热烈讨论的社会学意义上的“越轨”(deviance)少女形象,即狐火少女帮。作家欧茨在这个少女帮身上倾注了自己极度的愤怒、真挚的同情和殷切的祈望。可以看出,《狐火:一个少女帮的自白》中少女帮的特立独行,就在于其“越轨”的种种表现与行径。少女帮的所作所为即使不算最后的这次绑架，其实也早已超出了世俗的道德和规则，她们是一群有着十分明显的“越轨行为”的问题少女。

“越轨”(deviance)二字的原意是火车偏离了轨道，现多指超越国家和世俗的规范。美国社会学家杰克·D.道格拉斯和弗兰西斯·C.瓦克斯勒认为：“越轨是被社会集团成员们判断为违反他们的价值观念或社会准则的任何思想、感情或行为。”[①]美国社会学家戴维·波普诺说：“违反某个群体或社会的重要规范的行为，就是社会越轨(social deviance)。不过有时行为越轨了，但由于所违反的规则并未被广泛接受，人们就不会认为这种越轨是不道德的。”[②]学者萨格林也认为：“越轨行为未必就是坏的或不可接受的行为。越轨这个术语意味着不遵从。”[③]法国社会学家E.涂尔干则指出：“越轨行为虽不被赞同，却是一种普遍的文化现象。越轨是任何健康社会不可或缺的一部分。”[④]

关于“越轨”的定义，至今在社会学领域没有定论。实际上，越轨社会学已成为社会学的一个分支，主要从社会学的角度来研究人的越轨行为。越轨社会学来自西方，最初的具有较大影响力的研究是法国社会学家E.涂尔干的《自杀论》(1897)。“从20世纪60年代起，西方学界和政府部门高度重视这门学科，投入了大量的资金和人力，使得越轨学社会学成为社会学中发展得最成熟的学科之一。”[⑤]

但社会学家们所使用的理论框架、研究方法和具体措施各不相同，因而形成了不同的流派，而且至今没有一个权威的公认的关于“越轨行为”的定义。但是小说《狐火：一个少女帮的自白》所描绘的这群少女帮，她们在别人车上涂字谩骂、打砸商店、软禁打人、实施性勾引、骗钱、抢车、绑

①〔美〕杰克·D.道格拉斯，弗兰西斯·C.瓦克斯勒《越轨社会学概论》，张宁，朱欣民译，石家庄：河北人民出版社1987年版，第445页。

②〔美〕戴维·波普诺：《社会学》(第11版)，李强等译，北京：中国人民大学出版社2007年版，第230页。

③〔美〕戴维·波普诺：《社会学》(第11版)，李强等译，北京：中国人民大学出版社2007年版，第230页。

④〔美〕戴维·波普诺：《社会学》(第11版)，李强等译，北京：中国人民大学出版社2007年版，第231页。

⑤欧阳马田：《当代西方越轨社会学的基本流派》，《国外社会科学》1989年第12期。

架、勒索……虽然少女帮声称她们这是一系列的报复行动，但实际上这也是一系列的“越轨行为”，而其中有的已经滑向了犯罪的深渊。

可以说在这群“越轨少女”形象之中，最引人注目又最难以捉摸的要数少女帮的首领——“堪称现代小说中最为生动、最为重要的女主人公之一”[①]——“长腿”。小说《狐火：一个少女帮的自白》浓墨重彩地描绘了越轨少女“长腿”的“越轨”经历。

“长腿”是一个非常特殊、极为复杂而又不断变化的少女形象。她是一个经济没有独立的正在读书的中学学生，挑头组建了一个以复仇为宗旨的无视法纪的少女帮派。当学校的一个少男帮的头头欺负狐火帮的姐妹时，“长腿”用匕首抵住肇事者的喉咙，即使校长前来调解，“长腿”也仍然是理直气壮没有半点退缩。不按常规出牌的“长腿”，对丑恶的憎恨使她的报复在所有的“越轨少女”中显得尤为彻底和坚决。

然而，攻击和报复不是“长腿”的全部，她身上同时流动着一股善良、自尊、同情他人的热血。“长腿”自己掏钱建立了一个“狐火慈善基金会”，当然她也要求狐火其他的姐妹给这笔钱增添几个。

> 她们要做点值得的事情给街坊邻居们瞧瞧：比如帮助70岁的帕克斯顿夫人，因为她被半疯的女儿毒打了；还有帮助16岁的威尔玛·伦德特，她被中学开除了，因为她怀孕了且一个人独自住在外边；还有资助一个残废的美国退伍大兵；她们还帮助一位30多岁从精神病院释放出来的女人。还有，不是正式的，帮助一位年老的前牧师……可是‘长腿’从不显示从不谈论这件事，甚至不与她最要好的朋友马迪·沃茨谈论这件事。[②]

这是“长腿”的另一面，虽对邪恶权势疾恶如仇，但对弱小和无助却同情备至。少女“长腿”的身上可谓兼具了“霸气”与“侠气”的双重气质。在骗财打

①闻礼华：《狂放的恶之花》，见《狐火》：〔美〕欧茨著，闻礼华、金林鹏译，武汉：长江文艺出版社2006年版，第2页。

②〔美〕欧茨：《狐火》，闻礼华、金林鹏译，武汉：长江文艺出版社2006年版，第72页。

人的时候,像一个无所不敢的凶神;在劫富济贫的时候,又像一个豪爽无私的侠客。

人类由愚昧走向文明，由文明走向复杂。在复杂多极多元的当今世界,惯行于非甲即乙非善即恶的思路,难以揭示少女帮的成因及其所思所为。所以,少女“长腿”的“越轨”不能简单地看作是违法乱纪或者是犯罪。究其实质这是一种社会学意义上的“不遵从越轨”(nonconforming deviance)。

美国社会学家罗伯特·默顿认为:“不遵从越轨者（nonconforming deviant)坚信规则是坏的,以至于有必要通过蓄意地和集体地违犯它而向它进行道义上的挑战。这同希望隐瞒其行为的反常越轨者(aberrant deviant)不同,不遵从越轨者吸引人们对其行为的注意。他们的目标不是个人得失而是改变规则,这是一种良知未泯的行为,其良知基于一定的社会理想。不遵从的越轨者常常被他们的支持者当作英雄,而且,如果他们的努力取得成功,他们就会最终得到全社会的支持。”①

《狐火:一个少女帮的自白》中的“长腿”就是一个不遵从越轨者,她的身上一直洋溢着一股浓烈的惩恶扬善的救世情结。她也被狐火少女帮的姐妹们以及那些她曾经帮助过的人当成了英雄。她在自己租下的房子里,建起了“狐火基地”,并倡导狐火“应该对所有需要保护的女孩和女人开放,或者在她们倒霉的时候给予姐妹情谊”②。有一次“长腿”想吸纳几个黑人女孩到她们白人狐火中来,但是少女帮里的多数姐妹不同意,尤其不能同意接纳黑人入伙。

“长腿”是否已经超越了种族歧视而具有了某些平等的人权意识,书中没有描述，但为此事她和姐妹闹得翻了脸倒是有所记载。“长腿”对社会黑暗的报复有着她自己的理念：所有处于弱势的女孩子都应该义结金兰,惩奸除恶,不是通过法律,而是通过少女帮自己的改变世界的方式。

---

①〔美〕戴维·波普诺:《社会学》(第11版),李强等译,北京:中国人民大学出版社2007年版,第230页。

②〔美〕欧茨:《狐火》,闻礼华、金林鹏译,武汉:长江文艺出版社2006年版,第167页。

三

《狐火:一个少女帮的自白》中最重要的“越轨”少女形象是少女帮的头领“长腿”,但小说的叙述者是少女帮的二把手——马迪·沃尔茨。在作品中,马迪是“长腿”最要好的朋友,是一个擅长写作并一直在记录狐火历史的少女形象。作家欧茨曾写道:“马迪·沃尔茨,马迪·猴子,我的年轻的替身,是个正直可靠的叙述者。

就像哈克贝利·费恩叙述自己的故事那样,马迪会得到读者的充分信任——她说的是真话,她对待自己和对待别人一样毫不留情。小说里发出的是青少年的声音——有充足的理由对大多数成人,对一切既定制度都不信任。狐火帮的马迪和她的姐妹们在她们的头领‘长腿’·萨多夫斯基的魔力感召下,凭其少年的未经检验的乐观主义——她们的美国性——类似于哈克贝利·费恩。”①

实际上,19 世纪 80 年代在马克·吐温的《哈克贝利·费恩历险记》中,主人公哈克贝利·费恩最大的特点也可以归为“越轨”(其行为也含有违法行为),因为他的流浪和帮助黑奴逃亡也同样是违背了彼时世俗和法律的“不遵从越轨”。在美国文学经典中,如果说哈克是一个不遵从越轨的“少男形象”,那么《狐火:一个少女帮的自白》中以“长腿”为首的少女帮就是一群不遵从越轨的“少女形象”。

值得注意的是,在美国二百余年来的文学典型中,越轨之少男形象可谓比比皆是一抓一大把。比如汤姆·索亚、哈克贝利·费恩、霍尔顿(《麦田里的守望者》的主人公——笔者注)等,然而越轨之少女形象相对而言就少得多。任何事物的出现和存留,实乃依势而生顺势而趋。《狐火:一个少女帮的自白》的出现使得“越轨少年”这个特殊的群体确是增加了几许新意。

人,任何时段的人每时每刻都在用各种方式显示和证明着自己的存在,特别是在儿童延至少年、青年的这段成长岁月中尤为强烈。当 20 世纪 90 年代末,《狐火:一个少女帮的自白》在加拿大闹得沸沸扬扬时,“欧茨

①转引自闻礼华:《狂放的恶之花》,见《狐火》:〔美〕欧茨著,闻礼华、金林鹏译,武汉:长江文艺出版社 2006 年版,第 1 页。

和美国首都华盛顿某中学学生们讨论《狐火：一个少女帮的自白》。男女学生对此小说反响积极而热烈，说它尽管置景于20世纪50年代，但对当前的生活来说仍然显得很真实，对当时青少年文化生活而言，所缺的只是毒品的泛滥。这次讨论对欧茨而言是感情上的巨大回报，令她兴奋无比。”[①]所谓加拿大的那个“父母反对有伤风化教育的团体”所说的《狐火：一个少女帮的自白》中的性交和色情问题，并不是狐火的主要问题。

纵观《狐火：一个少女帮的自白》全书，没有着意的性描绘，除了“长腿”发现一个女侏儒被轮奸的那个场面——即便是在这一段，小说也只是用了三言两语一掠而过。倒是《狐火：一个少女帮的自白》中确实存在许多骂人脏话，像类似于“他妈的”这类的言辞遍地可寻。但是，如果把这些骂人脏话放在具体的语境中，如果联系“越轨少女”形象的特点看，如果从小说的用意和主旨出发，就会发现，《狐火：一个少女帮的自白》实际上是一部以少女激情流动为主脉、指控社会对女性暴力肆虐的抗争史。

作品细数了成长中少女之激情在细微的不同阶段的喷发规律及其表现的种种方式，意在阐明社会与人性之关系，继而进一步揭示关心人、关照人之激情的重要性。就像欧茨那穿透一切的洞察力和不断用文学来探险一样，小说《狐火：一个少女帮的自白》提出来的关于社会、关于人性、关于激情、关于成长、关于反抗的信息不能不令我们敬畏和深思。

作家欧茨在小说《狐火：一个少女帮的自白》结尾对少女主人公“长腿”结局的安排颇为模糊不清。它很像另一位美国当代作家杜鲁门·卡波特在小说《蒂凡尼的早餐》(1958)的结尾对其少女主人公郝莉·戈莱特利的处置。细究起来，“长腿”和郝莉很有几分相像。少女郝莉混迹美国上流社会，但是她特立独行，爱憎分明，性方面极为开放，也不在乎被人称为“高级娼妇”和“同性恋”。郝莉后来被冤枉入狱，但是她成功地越狱逃走。在《蒂凡尼的早餐》中，即使是不屑与世俗为伍的卡波特也不知道该怎么处理他的主人公形象——少女郝莉的结局。

安排她逍遥法外、一如既往地奔放不羁并且安然无恙，这会被判定为

①王理行：《一位世界性的杰出作家——从诺贝尔文学奖说起》，见《狐火》：〔美〕欧茨著，闻礼华、金林鹏译，武汉：长江文艺出版社2006年版，第21页。

是对现存道德的公然挑衅；安排她赎罪般地死去或者改邪归正嫁为人妇，从此做贤妻良母，这会被认定是对传统道德的妥协。然而，主人公郝莉和作者卡波特都不肯妥协。郝莉可以在作品中继续颠覆世界的秩序，但是卡波特不敢在现实中叛逆的路上走得太远。卡波特始终没有写出郝莉确切的结局——人在哪里，是死是活。即使作品的最后，卡波特也只能借叙述者——“我”之口对读者说出了他对郝莉模糊的结局安排与评价：

> 不管是在非洲的茅屋还是别的什么，我希望郝莉也找到了她的归宿。①

我们发现，少女郝莉被制造出来的时代处于美国20世纪50年代末，而少女“长腿”问世的时间已经是20世纪90年代了。历史有了新的进展，社会有了更多的变数，然而相比郝莉而言，“长腿”的越轨却显得更猛烈更极端，很显然《狐火：一个少女帮的自白》对所谓常规的颠覆更为彻底。在《狐火：一个少女帮的自白》中，“长腿”最终的结局也没有直接的描述，她在绑架案逃跑之后就杳无音讯了。

作品写到，多年后狐火帮的成员丽塔发现了一张报纸上的新闻照片，把它拿给另一名成员马迪看，二人由此推测起了“长腿”的下落。这张照片是菲尔德·卡斯特罗站在古巴哈瓦那一个广场上演讲：

> 在照片的一侧边缘有一个人，从模糊轮廓和形象看，很明显的可以看出是美国人，高挑的个子，金发；是男人？还是女人？……只见此人正在扫视着愤怒听演讲的观众：是‘长腿’·萨多夫斯基？或者是跟她长得很像的一对双胞胎的某个人？……我（指马迪——引者注）不能回答。②

但究竟那人是不是“长腿”呢？“长腿”真的还活着吗？她在古巴干什么呢？

①〔美〕杜鲁门·卡波特：《蒂凡尼的早餐》，董乐山等译，海口：南海出版公司2008年版，第240页。
②〔美〕欧茨：《狐火》，闻礼华、金林鹏译，武汉：长江文艺出版社2006年版，第243页。

——作品都没有回答。

耐人寻味的是，小说《狐火：一个少女帮的自白》的结尾，是叙述者马迪回忆她和“长腿”在狐火少女帮蒸蒸日上的时候的一次对话：

> 我说，试图掩饰我内心不安的感觉，“这么说你不相信我们有灵魂，我想？”“长腿”笑了，说，“是，或许我们有，但是，那为什么说我们会永恒呢？就像火焰，当它燃烧的时候，它是真真切切的，是不是？——哪怕只灿烂一时？”①

《狐火：一个少女帮的自白》结尾就是这样，就是在“哪怕只灿烂一时”之后戛然而止。很显然，这是一个无果之尾，一个开放式的充满着无限可能的结尾，一个让人们思索无穷浮想联翩的结尾。可以不含糊地说，这是一个决不逊于当年的《哈克贝利·费恩历险记》给美国传统文明敲响了警钟的结尾。

她——少女“长腿”在对抗所谓的现代文明社会而帮助弱势群体的“越轨”路上，比少男哈克走得更加洒脱更加有力。尽管《狐火：一个少女帮的自白》给了读者一个没有结局的结尾，但我们在主人公“长腿”这个文学典型身上已经获得了一种模糊的朦胧的美学感受。我们仿佛在这朦胧模糊的美学幔帐里，依稀看到了经由少女“长腿”点燃的这团抵御现实的残酷、虚伪、贪婪、色情、暴力的“狐火”在诸多阶层读者胸中的那片积蓄已久、寻求变革的心际莽原上燃烧了起来……

第四节 处于不幸家庭环境中的少女形象

家庭是少女成长的起点，是少女所在的最早、最持久的环境。事实上“不考虑年轻人成长的周围环境的话，是不可能概括出青春期的本质的。青春期的成长环境嵌套于由文化、地理情况和历史年代所限定的一个更

①〔美〕欧茨：《狐火》，闻礼华、金林鹏译，武汉：长江文艺出版社 2006 年，第 245 页。

加宽泛的环境之中”,[①]这些或远或近的外部环境的性质和结构,都会对少女经历青春期成长的方式产生巨大的影响。在这些外部因素的影响里,以“家庭”对少女成长的影响最为原初与深刻。

家庭为少女的成长提供游戏和探索外界事物的机会，使少女一步一步地走向和认识外部世界。家庭中的人际关系,尤其是少女与父母以及兄弟姐妹的关系，是少女今后在更广阔的社会环境中人际关系形成和发展的原型。在家庭中,少女还逐渐学习一些社会规则和道德规则,与家庭成员的冲突使少女逐渐学会如何适应与影响他人的行为。这些在家庭中获得的早期经验对少女的情感、人格、智力发展、社会性和道德成熟有重要影响。因此,“我们把家庭视作少女社会化的首要动力。当然,其他社会环境(如学校、社区等)也影响着少女的发展,但就其影响的深度和广度来说,没有能与家庭相提并论的”。[②]更重要的是,“青春期是一个家庭关系和成员的日常交往活动发生变化和重组的时期”[③],而且“家人间关系的变化在家庭成员或者家庭状况发生转变的时候表现得最为明显，这是因为此时家庭先前建立起来的平衡状态会被打破。毫不奇怪的是,往往青春期正是这样的一个家庭关系发生巨大改变的时期”。[④]

实际上,即使没有心理学家实证调研的结论,普通人也能直观而强烈地感受到家庭伦理环境对少女青春期成长的影响之深。若从美国文学的经典之作 19 世纪的《小妇人》(1869)算起,到 20 世纪中叶震撼文坛的《洛丽塔》(*Lolita*, 1955)，再到风靡今日美国的《姐姐的守护者》(*My Sister's Keeper*, 2004)……书写少女形象的家庭伦理问题或者说在家庭伦理视域中刻画少女形象,早就是诸多美国成长小说的不二选择和成功之道。

①〔美〕劳伦斯·斯滕伯格:《青春期:青少年的心理发展和健康成长》,戴俊毅译,上海社会科学出版社,2007 年,第 10 页。

②Blum,R., & Rinehart, P. *Reducing the risk: Connections that make a difference in the lives of youth*. Minneapolis:Division of General Pediatrics and Adolescent Health , University of Minnesota. 2000. p.31.

③Collins, W.A., & Laursen, B.(2004). Parent adolescent relationships and influences. In R. Lerner and L. Steinberg (Eds.), *Handbook of adolescent psychology*. New York: Wiley. p.32.

④〔美〕劳伦斯·斯滕伯格:《青春期:青少年的心理发展和健康成长》,戴俊毅译,上海社会科学出版社 2007 年版,第 157 页。

在塑造少女形象的西方文学的家庭伦理叙事中，最常见的莫过于对家庭不幸的书写。也许是不幸的家庭特别能够体现家庭对于少女的重要、触动读者的神经和引起更多人的反思，所以众多作家都争先恐后地致力于书写少女形象与不幸家庭及其所带来的一系列问题是怎样在文学舞台上演着恩怨情仇的剧目。在一般意义上，家庭的不幸包括了许多方面，诚如列夫·托尔斯泰在《安娜·卡列尼娜》(*Anna Karenina*, 1873–1878)中所揭示的“幸福的家庭是相似的，不幸的家庭却各有各的不幸”[①]那样，在当代美国文学里，不幸家庭中的少女形象的不幸也是各式各样五花八门的。

但值得注意的是，这些少女形象面对家庭不幸时的反应却有着共同的规律及其相似的叙事模式可循，表现为少女们基本上都可以收纳在本节要探讨的三种类型当中——即逆来顺受型少女形象、离家出走型少女形象和“波利安娜”型(又名积极改造型)少女形象。

逆来顺受型少女形象是当代美国文学里较早出现的不幸家庭叙事中的少女形象类型。她们的主要特点是在家庭不幸发生的时刻无能为力，或者是采取了一定的措施弥补家庭的不幸但没有成功，最终还是无奈顺从地承受了不幸及其滋生的一系列家庭问题的事实存在。

典型如《最蓝的眼睛》(1969)中的少女佩科拉。佩科拉出生于一个贫穷的黑人家庭，家境的困苦和社会地位的低下让全家每一个人都活得十分艰难。佩科拉的父亲乔利是个无业游民和酒鬼，对家庭和子女不闻不问，每天只知道喝酒、睡觉以及与老婆打架。佩科拉的母亲布里德洛夫太太是个瘸子，她在一户白人家里做女佣，她对白人主子家里每一个人都非常温柔和恭敬，但对自己的家人却总是埋怨和打骂，她更喜欢待在主人家里，而对自己的家几乎没有感情。佩科拉的哥哥山姆是个性格暴躁的孩子，当父母争吵和打架的时候，他“总是先骂上一会儿或是出走或是加入战斗。据说，到他十四岁时他已离家出走不下二十七次”。[②]

少女佩科拉就生活在这样一个家人互相之间几乎没有任何温情和爱意的家庭里面。在父母打架的时候，佩科拉“只能试着用各种办法忍受这一切。

①〔俄〕列夫·托尔斯泰:《安娜·卡列尼娜》,草婴译,上海:上海文艺出版社 2008 年版,第 1 页。
②〔美〕托妮·莫瑞森:《最蓝的眼睛》,陈苏东、胡允桓译,海口:南海出版公司 2005 年版,第 27 页。

尽管方法不同,感受的痛楚是深刻与长久的。她常在两种愿望之间徘徊,或是父母其中一个被对方打死,或她自己死了算了”。[1]但实际上佩科拉什么也不敢做,这种时候她总是缩在一边,收紧腹肌,不敢大声出气。面对家庭的不幸,佩科拉不能理解父母为什么打架,她从自己身上找起原因来。

> 有一段时间,佩科拉意识到如果她的眼睛——目睹那些画面和场景的眼睛——不同的话,就是说,她有双美丽的眼睛的话,她本人也会不同。……如果她长相不同,长得漂亮的话,也许乔利就会不同,布里德洛夫太太也会不同。也许他们会说:“看看佩科拉美丽的眼睛。在这双美丽的目光下我们不能做坏事。”[2]

但是除了忍气吞声和怪罪自己,佩科拉对着整天硝烟弥漫的家庭拿不出更好的办法。甚至在面对亲人对她的直接伤害时,佩科拉仍然逆来顺受。父亲第一次强暴佩科拉,她告诉了母亲,但母亲不相信她。被父亲第二次强暴后,她干脆不和母亲说而选择默默地承受。直到父亲和哥哥相继离家出走,佩科拉因此而怀孕的孩子早产死去,佩科拉弱小的身躯再也承受不住层层叠叠的家庭不幸,她的精神终于被压垮并且疯了。

类似的情形还出现在《我知道笼中鸟为何歌唱》(1969)中的少女玛格丽特身上。玛格丽特的父母在她三岁的时候离婚了,父亲把玛格丽特和她哥哥贝利托运到她的祖母家寄养。玛格丽特八岁的时候,父亲又把玛格丽特和她的哥哥送回了他们的母亲那里。玛格丽特不愿意离开祖母,但是她不敢不服从父亲的安排。和母亲在一起的日子里,玛格丽特受到了母亲男友弗里曼先生的多次性骚扰,但是她没有说出来。

一方面玛格丽特因为弗里曼威胁她若说出来他会杀死她的哥哥贝利,另一方面因为从小缺乏父爱,当弗里曼抱着她的时候,玛格丽特产生了一种错觉——“他那么温柔地抱着我,我真希望他永远不要放开我。我

①〔美〕托妮·莫瑞森:《最蓝的眼睛》,陈苏东、胡允桓译,海口:南海出版公司2005年版,第27页。
②〔美〕托妮·莫瑞森:《最蓝的眼睛》,陈苏东、胡允桓译,海口:南海出版公司2005年版,第29页。

感觉到我到家了”[1]。甚至弗里曼终于有一天忍不住强暴了玛格丽特，而玛格丽特因为不想给任何人添麻烦，竟然没有把这件事告诉任何人。

直到她昏倒在地被送进医院之后，在妈妈、哥哥、法庭等的多方逼问下，玛格丽特才战战兢兢地说出了部分的实情（说出了最后一次的强暴，但始终没敢说出之前多次的性骚扰）。玛格丽特十五岁的时候被父亲接去度暑假，但是父亲的新女友德洛丽丝并不喜欢玛格丽特。在一次争吵中，德洛丽丝用剪刀刺伤了玛格丽特，玛格丽特跑进父亲的汽车躲了起来。当父亲赶过来时，德洛丽丝反咬一口竟说玛格丽特袭击她想杀死她。玛格丽特躲在车里耐心地看着父亲把大喊大叫的德洛丽丝安抚下来护送回了房间。

> 如果爸爸在屋里呆得太久，我不会到房门那儿去叫他，因为我很害怕，而且，我学到的女性礼仪，不会允许我衣服上带着血迹走上哪怕是一两步。我一直害怕，……我无法行动。我成了一个木偶，等待着命运牵线决定我的动作。[2]

然而当父亲来到车里坐下之后，她还是没有告诉父亲自己受伤了。直到父亲忽然发现座位上的血迹并问是怎么回事时，玛格丽特才说是她正在流血。玛格丽特喜欢在祖母家住，但是当离婚的父亲和母亲当中任何一个来接她的时候，她不敢主动要求留下来。在母亲家里，玛格丽特不敢得罪母亲的男友；在父亲家里，玛格丽特尽量回避父亲的女友。

玛格丽特就像风箱里的老鼠过来过去两头受气。她不敢动作，不能声张，消极地承受着家庭不幸给她带来的苦楚。实际上，逆来顺受型少女形象不仅包括佩科拉和玛格丽特两个著名的人物，艾丽丝·沃克《紫色》(1982)中的少女西莉亚、托尼·莫里森《秀拉》(1973)中的少女奈儿等人也在这个队伍的行列。

---

①〔美〕玛雅·安吉罗：《我知道笼中鸟为何歌唱》，杨玉功、陈延军译，北京：十月文艺出版社 2000 年版，第 74 页。

②〔美〕玛雅·安吉罗：《我知道笼中鸟为何歌唱》，杨玉功、陈延军译，北京：十月文艺出版社 2000 年版，第 257 页。

总之，逆来顺受型少女形象年纪轻轻就必须背负起不幸家庭的沉重包袱，在人生路上艰难地踽踽前行，她们无法走出这阴暗污秽的家庭隧道。她们在这里被摧残被压垮乃至被屠杀。花枝青艳的少女，本应该在家庭这棵能遮阴避雨的大树下蜂飞蝶舞般地成长，然而暴虐的风雷急雨击毁了家庭，荡尽了亲情，冲走人性融融的天伦之乐，尚不能自立的少女像被遗弃的雏驹。

她们在彷徨无奈的泥沼中艰难跋涉，在这条凶多吉少的路上，留下多少幽怨无奈的魂灵。当然，作品中的家庭伦理叙事不满足于仅仅展现出她们悲惨的境遇，更意在触动读者正义的良知，震颤读者同情的神经。由此塑造出的逆来顺受型少女形象特别能使人关注到家庭不幸对少女的摧残，进而追问不幸的缘由和反思造成不幸的根源，这可以说是此类少女形象文学与历史的双重价值的指向所在。

尽管少女形象的年龄、身份和社会地位都从客观上决定了少女对家庭的依赖，但是在不幸的家庭中逆来顺受不是少女唯一的选择，还有一部分少女选择离家出走。虽然这仍是一种消极逃避的做法，但是从某种角度来看似乎比在家逆来顺受要激进一些。她们就是在面对家庭不幸时的离家出走型少女形象。

典型如苏·蒙克·基德的小说《蜜蜂的秘密生活》(2002）中的少女莉莉。小说开篇就描绘了白人少女莉莉悲惨的成长经历：在莉莉四岁的时候，母亲黛博拉无法忍受父亲狄瑞和农场生活而独自一人离家出走，还差一点精神崩溃。几个月后的一天，复原了的黛博拉潜回家中准备带莉莉离开农场并和狄瑞离婚，但是被恰巧回家的狄瑞撞见。狄瑞打起黛博拉来，黛博拉从架子上拿下一把手枪，争打之中枪掉到地上，莉莉弯腰捡起枪，枪走火了，打死了黛博拉。

从那之后的十年间，莉莉每一天都活在对已经去世的母亲黛博拉的内疚和思念以及父亲狄瑞对她冷漠无情的无休无止的惩罚和暴虐之中。一直生活在如此可怕的阴影里的十四岁的莉莉甚至想到用死来解决这一切的家庭的不幸。

那天夜晚，我躺在床上，想到了死，想到上天堂与我母亲团聚。见到母亲，我会对她说：“妈妈，原谅我，请原谅我。”她会亲吻我的皮肤，亲得皮肤发红，并劝我不必自责。头一万年里，她会一直这样安慰我。……我想，我得花四五百年的时间才能向母亲倾诉完我和狄瑞（指莉莉的父亲——引者注）一道生活时所遭受的非凡痛苦。……我曾无数次地祈求上帝惩罚惩罚狄瑞。①

莉莉 10 年来默默地承受着这一切的不幸，但是，当一直像母亲般地照顾着莉莉的黑人保姆罗萨琳被冤枉入狱而狄瑞不肯相救的时候，莉莉毅然决定离家出走，靠自己把罗萨琳救出来。

一刹那间，我完全明白了我必须采取的行动——离家出走。我必须离开狄瑞，此刻他也许正在回家的路上，还不知要用什么方法惩罚我呢。不用说，我还得把罗萨琳救出牢房。……我边走边想，十四岁使我成熟了许多。几个小时之内，我仿佛像四十岁的人一样老练。②

靠着要离开没有温情的家庭去寻找一个新的屋檐过一种新生活的强烈意愿，莉莉成功地救出了罗萨琳，然后踏上了逃亡之路。

幸运的是，莉莉靠着母亲的遗物上的线索找到了母亲生前的好友（莉莉后来才得知——笔者注）——八月的家。八月毫无条件地收留了莉莉和罗萨琳。在这里，莉莉不仅找到了一个新的家庭（八月三姐妹组成的家——笔者注），还得到了一群宠爱她的黑人母亲（玛利亚的女儿们——笔者注），后来得知自己的亲生母亲也曾在这里生活过。更重要的是，白人少女莉莉让自己完全融入了这个黑人大家庭中，她真挚地爱着这群黑人母亲，黑人母亲们也毫无保留地爱着她。父亲狄瑞后来发现了莉莉藏身于此并上门准备强行把

①〔美〕苏·蒙克·基德：《蜜蜂的秘密生活》，侯萍、宋苏晨译，南京：译林出版社 2007 年版，第 5 页。
②〔美〕苏·蒙克·基德：《蜜蜂的秘密生活》，侯萍、宋苏晨译，南京：译林出版社 2007 年版，第 46~47 页。

她带走时，八月一家人和玛利亚的女儿们坚决要让莉莉留下。莉莉在众人的保护下如愿以偿地留在了八月家。莉莉看着父亲狄瑞缓缓地驱车离去。

> 我朝车道上看了最后一眼。我记得，我当时在想，他也许是爱我的，只不过他爱的方式有些缺憾。①

莉莉最终原谅了父亲的暴虐，但是她选择了在另一个屋檐下的新生活。在这些叙述中，使人很容易联想到纳博科夫的《洛丽塔》。两部作品同样是少女为了逃离父亲的控制而离家出走，不过，洛丽塔远远没有莉莉的好运。洛丽塔在其继父亨伯特的乱伦性侵犯之下离家出走，遭遇了无数的磨难之后，洛丽塔找到了真爱、怀上了孩子、憧憬着未来……似乎幸福已经向洛丽塔招手，然而最终纳博科夫还是让她难产而死。纵然洛丽塔主动引诱了貌似非常爱着她的亨伯特，可是用得着给一时失足的少女安排一个如此悲惨的结局吗？

离家出走对于少女形象莉莉来说是成功的也是正确的。正如莉莉自己所说的那样，她和父亲肯定永远也不会像和那些黑人母亲在一起那样健康成长。因而莉莉的离家是一劳永逸的离家出走，一朝离家就永不回头，且也没有回头的必要。破碎的家庭和执拗的父亲永远也无法改变，少女只能改变自己的生存环境。但是，还有的少女形象虽然也是离家出走，但是她们的离家出走不是永久的，而是一种寻求改变的策略。

比如美国作家杰弗里·尤金尼德斯在他于2003年获得了普利策小说奖的作品《中性》(*Middlesex*, 2002)中塑造的双性青少年形象——少女卡利俄珀兼少男卡尔。小说以第一人称内视角展开叙事，一开场就点明了聚焦人物也是主人公“我”的双性人的特殊身份。

> 我出生过两次：第一次是一九六〇年一月，出生在底特律的一个丝毫没有烟雾的日子，那时我是一个女婴儿；第二次是一九七四年八月，出生在密执安州皮托斯基附近的一个急诊室里，那

①〔美〕苏·蒙克·基德：《蜜蜂的秘密生活》，侯萍、宋苏晨译，南京：译林出版社2007年版，第327页。

时我是一个十几岁的男孩子。①

整部作品“《中性》实际说的是一个先天有生理缺陷的青少年成长的故事，也是一个由两性人讲述的家庭故事”。②在小说里，这个希腊移民美国的家庭的畸形与不幸从卡利俄珀的祖父母一辈埋下了种子。卡利俄珀的祖父和祖母是亲生兄妹，在其父母意外死亡之后，二人不顾家庭伦理等等的阻挠而疯狂地爱上了对方，然后一路从希腊私奔到美国结了婚，还生下了卡利俄珀的父亲米尔顿。米尔顿几乎重演了家族乱伦的历史，他爱上了自己的表姐特茜，冲破了双方父母的极力反对而结婚，家庭的不幸在父辈萌芽，终于在卡利俄珀出生的一刻开花结果。

不幸的卡利俄珀一生下来就是个畸形儿——同时具有男女两套生殖器官，但是其男性生殖器比较隐蔽。更不幸的是由于接生的医生在检查新生儿时走了神，于是卡利俄珀被医生错误地宣布为“一个女孩”。虽然在十几年的岁月里卡利俄珀一直被家人当作女孩抚养长大，虽然卡利俄珀的成长过程尤其是青春期发育过程中，出现了许多异常的情况。比如“她”总不来月经、女性第二性征也迟迟没有出现，更令卡利俄珀充满负罪感却难以自持的是，“她”对男性丝毫不感兴趣，却爱上了一位女同学，并且卡利俄珀总是幻想或试图与这个女生发生肉体上的亲密接触。

但是，包括卡利俄珀自己在内的所有人都没有发现“她”其实是个双性人，一直到卡利俄珀十四岁遭遇车祸的那天，其双性人的身份才首次被暴露。于是米尔顿和特茜带着卡利俄珀来到纽约的一家“性功能障碍及性别认同医疗中心”，接受“世界上研究人的两性畸形的权威”卢斯医生的治疗。然而卡利俄珀并不信任这个仅仅把“她”看作是一个难得的“令人着迷”的研究病例的医生卢斯，“她”表面上配合他的实验和研究，但却没有如实地回答卢斯的询问。

最不幸的是，尽管卡利俄珀的检测结果是男性染色体组型，但是自以

①〔美〕杰弗里·尤金尼德斯：《中性》，主万、叶尊译，上海：上海译文出版社2008年版，第3页。

②叶尊：《〈中性〉·后记》，见《中性》，〔美〕杰弗里·尤金尼德斯著，主万、叶尊译，上海：上海译文出版社2008年版，第643页。

为是的卢斯认为“她”一直被当做女性抚养而且“她”也认为自己是女性，所以卢斯欺骗了卡利俄珀和“她”的父母。卢斯隐瞒了卡利俄珀是个双性人的事实，而是直接地对急切想知道真相的卡利俄珀的父母做出了他自己对卡利俄珀的宣判：“卡利是一个身上的雄性激素有点儿过多的女孩。我们要把这一点矫正过来。”[①]卢斯坚持认为应该给卡利俄珀做外科整容手术，把卡利俄珀变成一个实际上不是女人但“会看上去像个正常的女孩”的人。不过，当卡利俄珀偶然看到卢斯医生隐藏起来的关于“她”的“作为女性抚养的遗传男性染色体型”研究报告时，卡利俄珀得知了自己从生理上讲更多地属于男性的实情。

卡利俄珀毅然决定离家出走，“她”不想受别人摆布，“她”要自己掌舵自己命运的航行。卡利俄珀给父母留了一封信后只身一人逃到了美国西部，“她”彻底改变了自己的外貌和身份，给自己取名为“卡尔”，变成了一个男孩的“他”。在经历了几个月的流浪乞讨、在夜总会和几个双性人一起表演同吃同住的生活之后，卡尔终于能够坦然地看待自己的双性人身份，并决定按自己的意愿从此做一名男性。在得知了父亲的死讯之后，卡尔回到了家中，说服了母亲接受“他”是男性的新身份，从此开始了新生活。

虽然同样叙述少女形象的离家出走，但是作品为其行动安排的原因和结局不同。《蜜蜂的秘密生活》中的少女莉莉的离家是因为至亲的虐待，她出走是想通过改变自己的处境来摆脱家庭的不幸对她的影响，结果莉莉成功地找到了另一个容纳她的家庭。而《中性》里的“少女”卡利俄珀在父母非常疼爱和关心“她”的情况下离家出走，因为“她”发现自己的两性人身份之后不想成为父母的负担，不想再做“她”而把自己改变为“他”（即卡尔）。出于对父母的思念，“少男”卡尔不久又返回家中，以“儿子”的新身份重新成为家中一员。卡利俄珀 / 卡尔的离家出走不是一走了之，而是想通过改变自己的身份重新发现自我。

实际上，作者尤金尼德斯在《中性》里不仅通过卡利俄珀 / 卡尔的“离家—归家叙事”讨论了畸形家庭的伦理问题对少女 / 少男形象的影响，而且在性别形成、性别选择、性别角色等问题上提出了自己独到的看法。正

①〔美〕杰弗里·尤金尼德斯：《中性》，主万、叶尊译，上海：上海译文出版社 2008 年版，第 516 页。

如他在接受一次访谈时所说的:“卡尔是当作女孩养大的,但是,由于她在青春期的男性化,使她接受了男性身份。卡尔在社会上以男性出现,但这并非意味着他当真属于男性。而任何男性也均不完全等同于别的男性。在先天和后天两者之间,我主张中间道路。这显然是小说标题的意义所在。……‘中性人’不仅是一个第三性范畴,也表示出性别概念的某种灵活性。这倒是一个非常美国式的概念,是对个性认可和对自由的张扬。《中性》就是卡尔对自己的成长,对自我发现历程的叙述”。[①]

又如在美国作家沙伦·克里奇(Sharon Creech)的小说《少女苏菲的航海故事》[②](*The Wanderer*, 2000)中,叙述了从小怕水的少女苏菲不顾养父母的反对坚持参加跨海之旅。在惊险神奇的航海中,苏菲修复了自幼父母双亡给她带来的创痛,摆脱了对夺去父母性命的大海的惧怕与痛恨,领悟到养父母对她的照顾与关爱,同时完成了自我发现的成长之旅。

在上述这些作品中,少女形象的离家出走是为了摆脱家的桎梏,可是她们在离家的过程中发现家仍是她们难舍的牵挂,因而最终又选择归家。但是这次回归的家不一定是原来的家,少女形象也发生了改变,她寻找更美好的家的过程也是一个自我发现的成长过程,因而作品采用了把少女形象离家出走和少女形象寻找自我的两条叙事线索并置的结构模式。

最后的这类叫作积极改造型的少女形象,是在面对家庭不幸和处理家庭伦理问题时表现得最为积极与乐观的一种类型。她们的主要特点几乎都可以在美国文学的一个著名的少女形象身上找到踪迹,可以说这个少女形象是此类少女形象的模型和鼻祖,她就是“波利安娜”。

波利安娜诞生于美国作家埃莉诺·霍奇曼·波特(Eleanor Hodgman Porter)自1913年始创作的系列儿童小说《波利安娜》(*Pollyanna*,1913)。

---

①〔美〕乔纳森·萨福伦·弗尔、杰弗里·尤金尼德斯:《杰弗里·尤金尼德斯访谈录》,李自修摘译,见《当代外国文学》2004年第1期,第158页。

②〔美〕沙伦·克里奇:《少女苏菲的航海故事》,王玲月译,石家庄:河北教育出版社2008年版。小说原著荣获了2001年国际纽伯瑞儿童文学大奖。这个奖项是由美国图书馆协会于1922年为纪念“儿童文学之父”纽伯瑞而创设的奖项。“纽伯瑞奖”每年颁发一次,评选对象为上一年度出版的全球优秀英语儿童文学作品。该奖的获奖作品的水准已为世人所肯定,对美国以及世界的儿童文学有着极大的影响。

此书“几乎是在一夜之间畅销全美——第一次发行就超过百万册。而且，它不仅影响了美国民众的生活，它也影响了世界各国民众的生活。它带来的不只是一些关于波利安娜这个小姑娘的小故事，更重要的是它向我们展示了一种非常乐观的人生观——正像作者埃莉诺所说：‘我从不否认自己所经历的挫折和灾难，我只是不气馁，我想比起那些未知的不幸，这些肯定好得多！’”这部小说的影响是如此的巨大，以至于波利安娜一词“被收录在美国韦伯斯特词典中，单词的解释为‘乐观昂扬得无法压抑，万事万物都能看出乐子来的一类人’”[①]。

在小说《波利安娜》中的少女“波利安娜从小到大性格基本上没有变化，总是乐呵呵的，一直以童心看待一切”[②]，即使她遭遇了那么多的家庭变故和打击。波利安娜总是积极地迎接不幸的挑战、削弱不幸的影响：失去双亲时她慰藉自己还有姑妈；被姑妈讨厌时她依然感恩姑妈的收留；她努力改变姑妈家里阴郁沉闷的环境；缓解姑妈和母亲以前的追求者（波利安娜最后才得知——笔者注）之间的矛盾；促成姑妈及其老情人冰释前嫌终成眷属；帮助她在小镇上遇到的每一个有困难的人；小小年纪就遭遇车祸失去双腿后她庆幸有那么多人关心她……

总之，波利安娜的魅力已经超越了文学，今天的“波利安娜”不仅指的是美国文学上的一位人尽皆知的少女形象，而且普及为美国社会通用的一个语言词汇和一种文化符号。本文所借用的“波利安娜”型少女形象就是取其褒义的一面，即在面对家庭不幸的时候能够积极改造身边的一切却不盲目乐观的少女形象。

摩根也是这样一位少女形象，她来自美国作家雷切尔·韦尔[③]（Rachel Vail）的小说《我可不在乎》（*Not That I Care*，1998）。小说以美国中学里一

①黄慧慧：《论〈波利安娜〉中的儿童本位意识与成人阅读》，见《电影文学》2009 年第 8 期，第 108 页。

②曾庆茂：《由作品人物演变而成的词汇》，见《江西师范大学学报（哲社版）》1997 年第 4 期，第 149 页。

③雷切尔·韦尔（Rachel Vail）：美国一位年轻的优秀儿童文学作家，专为青春期的少年写小说，同中国作家秦文君一样，是中学生的亲密朋友。《我可不在乎》（*Not That I Care*，1998）是她的系列校园小说“友谊指环”（Friendship Ring）中的一部。这套书在美国儿童文学界享有很高的知名度，曾被《出版商周刊》列为年度最佳小说。

堂奇特的作文课开头，以“我”的口吻展开叙述，叙述者是一位十三岁的少女名叫摩根。“没有办法，我原不知道我们都将不得不站在整个班级面前。”摩根在作文课一开始就如坐针毡，因为她的作文老师谢泼德夫人上周布置的作业是“把你们自己装在口袋里带来，……将十样最能代表你们各个面貌的东西装进口袋”。①摩根虽然觉得这个作业很酷，但是现在的她却不想走上讲台向大家展示真实的自己。

因为自从摩根的爸爸抛弃家人时起，摩根就把自己放进了一个与世隔绝的自我保护的硬壳中。爸爸在摩根十岁的时候离家出走，他给女儿摩根和儿子耐德的解释是他认不清自己是谁，他必须找回他自己，他要去远方实现他一直梦想成为一名电影演员的理想。尽管摩根大哭大闹恳求爸爸留下，并且偷偷把爸爸最珍贵的随身携带的圣克里斯托弗圣牌藏起来，但爸爸还是离开了家。虽然还有妈妈、哥哥爱着她，但是摩根无法抑制对爸爸的思念。这个装有摩根自己的口袋里正装着那张圣克里斯托弗圣牌。

在小说中，少女摩根选择装在口袋里的每一样东西都与她深受婚姻破裂的家庭不幸的影响相关。比如选择圣克里斯托弗圣牌是摩根难舍爸爸的象征；选择芭比娃娃的头是因为摩根失去父亲后没有钱买玩具，只能自己攒钱买了一个廉价的芭比，但她发现芭比不能让她快乐，于是拧下了它的头；选择一块树胶橡皮是因为那天摩根得知了父亲离家的真正原因不是为实现理想，而是因为另一个女人。摩根在日记里写下了这一切，但她又用橡皮擦去这些字——她想擦去发生的一切不幸。但是小说《我可不在乎》中的家庭伦理叙事，没有让少女摩根一直滞留在悲伤的过往。

从父亲离开家的一刻，十岁的摩根在巨大的打击面前突然长大，她帮助母亲挑起了家庭的重担，积极努力地清除着残留在家庭中的不幸的碎片。发现曾经喜爱和父亲玩牌的母亲十分落寞，摩根主动要求陪母亲玩牌。偶然听到她的母亲向别的母亲诉苦经济拮据，摩根决定为了减轻妈妈一人养家的负担而忍痛放弃芭蕾舞课。为了驱走家庭不幸的阴影的笼罩，为了给身心俱疲的母亲增加生活的信心，在小说中最令人感动的是摩根假造樱桃树结果实的一幕。

这棵樱桃树是当年爸爸因为妈妈生出了摩根才在自家院子里种下

①〔美〕雷切尔·韦尔：《我可不在乎》，柳闻莺译，上海：上海译文出版社2002年版，第2页。

的。樱桃树和摩根一起长大,每年生日父亲都让摩根和樱桃树合影,父亲走后母亲独自完成这件事。虽然这棵樱桃树枝繁叶茂，但是它从来不结果。母亲年年盼望却回回失望。在摩根十二岁生日的时候,摩根用攒了很久的零用钱买了“能买得起的所有樱桃,足有 4 磅半重”[①]。清晨四点半,摩根就爬起来把所有的樱桃用胶带一个一个缠绕在每一根树枝上。

> 六点十五分,我终于完成了。我爬下树,……看我的成果。我挂得太多了。……差不多有一百个樱桃粘在那儿,可在我眼里,那里几乎有一千个。……她(摩根的妈妈——引者注)会看见的,我希望她会喜欢。她值得拥有好东西,她真的喜欢樱桃。[②]

果然妈妈在看见樱桃那一刻非常激动和开心,摩根让她感到了生活的美好。在小说的最后,摩根勇敢地站到讲台上向大家展示了真实的自己,而且当老师因此表扬她的时候，摩根也终于把家庭不幸的阴云从自己的内心吹散——“我耸耸肩。她(摩根的作文老师——引者注)从来没有对耐德(摩根的哥哥——引者注)说过‘有趣’。不是说我在乎,可那一刻我真的在乎了”。[③]

与之类似,桑德拉·希斯内罗丝(Sandra Cisneros)《芒果街上的小屋》(*The House on Mango Street*, 1984)中的少女埃斯佩朗莎使贫困家庭摆脱贫困；沙伦·克里奇（Sharon Creech)《印第安人的鹿皮靴》[④]（*Walk Two Moons*, 1994)中的少女莎儿勇敢寻找失踪的母亲;格洛丽亚·惠兰(Gloria Whelan)的小说《无家可归的小鸟》(*Homeless Bird*, 2000)中的少女科丽在排除万难后重建了家庭的幸福;艾丽斯·西伯德(Alice Sebold)的小说《可爱的骨头》(*The Lovely Bones*, 2002）中的少女琳茜让痛失亲人的家庭走出创伤;杰里·斯皮内里(Jerry Spinelli)的小说《星妞》(*Stargirl*, 2000)中的少女星妞用无私无畏的热情与博爱让所有人都开始反省自己……这些都

---

①〔美〕雷切尔·韦尔:《我可不在乎》,柳闻莺译,上海:上海译文出版社 2002 年版,第 65 页。

②〔美〕雷切尔·韦尔:《我可不在乎》,柳闻莺译,上海:上海译文出版社 2002 年版,第 65 页。

③〔美〕雷切尔·韦尔:《我可不在乎》,柳闻莺译,上海:上海译文出版社 2002 年版,第 133 页。

④〔美〕沙伦·克里奇:《印第安人的鹿皮靴》,王玲月译,石家庄:河北教育出版社 2008 年版。小说原著荣获了 1995 年国际纽伯瑞儿童文学大奖。

可谓积极改造型少女形象的典型。

通观塑造了不幸家庭中少女形象的文学作品可以发现：逆来顺受型少女形象其实是含辛茹苦的传统女性角色的一种变体，作品的目的在于通过一种控诉式的叙事，展示少女形象的悲惨命运，从而最大限度地刺痛人们有时麻木的同情心。与一味地忍受不同，逃离是面对家庭不幸时离家出走型少女形象的选择。这些作品更多地在少女为什么离家和离家后怎样等方面深入探讨和描绘，力图展现少女形象和家庭不幸的矛盾与对立。最后一种“波利安娜”型或称积极改造型少女形象是作品叙事笔调从阴暗转向阳光的一类人物形象，虽然作品也叙述了家庭不幸对少女的创伤性影响，但是作品更乐于呈现少女形象的积极改造、化解难题的能力，且作品结局呈现的都是一个光明的场景，即历经磨难而完成成长的少女最终驱散了家庭的不幸，再建了家庭的美好。

第五节 “同一性危机”与“自杀的少女”

“在20世纪最为重要的小说作品中，有许多都是围绕着青少年的同一性①危机而展开的，从詹姆斯·乔伊斯(James Joyce)的《年轻艺术家的画

①同一性(Identity)几乎是当代社会科学中无所不在的概念，被认为是20世纪系统描述人类发展的最有影响的概念之一，且已被广泛应用到哲学、心理学、精神分析学、社会学、人类学等许多学科。美国精神分析理论家埃里克·H.埃里克森(Erik H Erikson，1902-1994)于1946年将“同一性”概念引入心理学，于1963年在其临床实践中首创了“自我同一性”(Ego Identity)概念。埃里克森在1968年出版的《同一性: 青少年与危机》(*Identity: Youth and Crisis*, 1968)一书中，将他20年来所写的有关同一性的文章进行汇编，认为自我同一性的概念可以从不同的角度来定义，在不同的层面上使用以强调不同的问题。从主观的方面用“同一感”来界定同一性为“一种熟悉自身的感觉，一种知道个人未来生活目标的感觉，一种从可信赖的人那里获得所期待的被认可的内在内信”。从功能的层面界定“自我同一性”概念，指出它是最佳的心理功能的一个方面，是同一性危机解决了的精神和谐状态。即如果躯体、自我和社会都运行良好，个体将有一种心理的幸福感(Well-being)，并伴随有一种内在的把握感、一种何去何从的方向感和确定的预期感以及自我的整体一致和连续之感。从社会、文化、历史环境的角度考察“自我同一性”概念，把自我同一性扩展为一个心理社会现象，认为同一性植根于个体和其共有的文化之内，注意到同一性的性质是由三部分组成，即生物学状态、个体的经验组织和社会文化背景都共同给予一个人独特的意义、形式和持续性的存在。而本文的研究所借用的同一性概念，主要指的是自我同一性，有的时候也指性别同一性和种族同一性等，具体情况将在后文论述中注明。

像》(*A Portrait of the Artist as a Young Man*, 1916) 到 J.D. 塞林格 (J. D. Salinger)的《麦田里的守望者》(*The Catcher In The Rye*, 1951)都是如此。在卡森·麦卡勒斯(Carson McCullers)的小说《婚礼的成员》(*The Member of the Wedding*, 1946)中,讲述了一个与一位青少年努力寻找她的同一性有关的最为奇妙也最为难忘的故事。……实际上,与年轻的成年人有关的小说,构成了一种经典的文学类型。”[①]这是美国当代著名心理学家劳伦斯·斯滕伯格的心理学专著《青春期: 青少年的心理发展和健康成长》(第 7 版)(*Adolescence*,2005)论述青少年“同一性危机”[②](Identity Crisis)的一段话。

身为心理学家的斯滕伯格文学素养也相当了得，他发现并借用了这个重要的文学现象来支撑他的心理学观点——“如果要求你写一部关于你自己的同一性发展的小说,你会提到哪些事情呢? 也许,你会谈到目的感的发展过程,或者你的长期计划和价值观逐渐清晰化的过程,或者是你对自己到底是谁,以及将往何处去的感受的变化。如果这些是你在思考青春期同一性发展时在脑中显现的事件类型的话，你所思考的正是心理学

①〔美〕劳伦斯·斯滕伯格:《青春期:青少年的心理发展和健康成长》,戴俊毅译,上海:上海社会科学出版社 2007 年版,第 345 页。

② 同一性危机(Identity Crisis),按照埃里克森在其《同一性: 青少年与危机》(*Identity: Youth and Crisis*, 1968)一书的引论中的说法:“同一性危机这个词,是在第二次世界大战期间的齐昂山退伍军人健康诊所,为了一种特殊的临床目的而首次使用的。当时诊断的大多数病人,既不曾患有弹震症,也不是装病者,而是在战争的紧张状态中失去了个人同一性和历史连续性之感。他们失去了对自己的中枢控制。就精神分析的图式而言,这种控制只有在自我(Ego)的内部机构能为之负责。所以我才说失去了自我同一性(Ego Identity)。自那时以来我们已经认识到，在具有严重冲突的青少年身上……在具有破坏性的少年犯罪者身上……同一性混乱(Identity Diffusion)一词具有某种诊断的重要意义……我们因此才知道把一种规范性的同一性危机归属于青春期和年轻成人期的这一年龄。”后来,埃里克森把“同一性危机”作为其心理社会发展理论中的一个重要概念。这种理论是将个体的发展视作由一生中要经历的八个阶段心理社会危机所组成的一系列过程。尽管每一种危机在所有的年龄段中都会以这样那样的形式有所表现,但是每一种危机在生命周期的某一特定阶段中会具有特殊的重要性,因为生物和社会因素的共同作用会在此阶段将此危机引向前台。其中的第五个阶段即青春期,它的主要任务是解决“同一性”对抗“同一性混乱”的冲突。在这一过程中,可能出现“同一性危机”。而埃里克森倾向于把同一性看作是青少年自我发展的最重要的因素。因此,在本章对“同一性问题”的研究中,同一性问题将包括“同一性”“同一性混乱”“同一性危机”等问题,具体情况见后文论述。

家称之为同一感(sense of identity)[①]的一个方面,而同一感的发展则是个体发展中的一部分”。[②]

有意思的是,斯滕伯格为了说明现实世界中青少年同一性问题的普遍性和心理学学科重视这个问题的合理性,他采用了文学作品作为心理学研究的佐证。这位心理学家的逻辑是:因为“同一性问题”对于美国青少年来说是那么的重要,所以塑造青少年形象的美国经典文学几乎都围绕着这个问题来书写。

事实上,反之亦然。上述二者是互为因果的关系。因此本文的逻辑是:因为塑造青少年形象的美国文学经典是如此地关注同一性问题,所以我们在研究青少年形象的时候必须重视这个问题的呈现、反作用及其影响。虽然“源于美国精神分析理论家埃里克·埃里克森1963年的临床记录”[③]的青少年同一性概念最早出现已经是在20世纪60年代了,但是青少年同一性问题的存在其实与人类这个物种的存在同寿。因此,尽管许多经典文学作品并没有声明其书写了青少年同一性问题,但是它们所塑造出的青少年形象以及围绕人物形象的叙事的确关注了这个问题——无论是有意为之还是无意之举,无论是这个概念被提出还是没有被提出。

本书所研究的处于同一性危机下的少女形象也在此之列。一方面“因为在青春期中,年轻人看待和感受他们自身的方式会发生或者渐进或者突然的转变,所以同一性的发展一直是针对青少年的理论和研究的主要关注点”。[④]另一方面,在当代塑造少女形象的美国成长小说中,对少女同一性问题的呈现和思考正是作品最重要的主题之一。

---

①同一感(sense of identity):埃里克森曾把“同一性”定义为“一种熟悉自身的感觉”“一种知道自己将会怎样生活的感觉”“一种从信赖的人身上获得所期待的被认可的内在自信”,即同一感。在埃里克森的研究中,同一性、同一感、自我、自我同一性等概念经常混同使用,表达相同的含义。因此在本文论述中的这几个概念也是等同的,例外情况本文将予以注明。

②〔美〕劳伦斯·斯滕伯格:《青春期:青少年的心理发展和健康成长》,戴俊毅译,上海:上海社会科学出版社2007年版,第345至346页。

③安秋玲:《青少年同伴群体交往与自我同一性发展研究》,上海:华东师范大学出版社2007年版,前言第1页。

④〔美〕劳伦斯·斯滕伯格:《青春期:青少年的心理发展和健康成长》,戴俊毅译,上海:上海社会科学出版社2007年版,第325页。

所以，当我们面对着由此类作品构筑的城堡时，只有想方设法攻破文本中呈现出来的少女同一性问题的迷魂阵，才能看清楚在同一性问题叙事遮掩下的少女形象的真面目。一个有效的办法就是把心理学对青少年同一性的研究方法引入文学，借此理清同一性问题与少女形象在文学文本中的关联，进而探明同一性问题叙事塑造出了怎样的少女形象，少女形象在同一性问题叙事中呈现出了怎样的特点，其原因和价值如何，以及它们的互生互映为每一个文本乃至文学史做出了怎样的不可替代的贡献。

在塑造少女形象的当代美国成长小说中，凡是书写精神成长和自我形成的作品几乎都或多或少地涉及了少女的"同一性问题"。我们发现，若借用心理学研究青少年同一性的理论方法，将发现成长小说一直以它们独有的方式关注了少女的精神与自我成长，因而形成了不同的"同一性状态"中的少女形象。

所谓"同一性状态"，指的是在同一性发展过程中的某一时刻一个青少年所处的位置。为了确定青少年的同一性状态，美国当代心理学研究人员使用了心理学家詹姆斯·玛西娅(James Marcia)在埃里克森的研究基础上发展出来的一种方法——"该方法关注的主要是在三个领域中的同一性探索过程——职业、意识形态(价值观和信念)、人际关系"。[①]

这些心理学家在玛西娅的研究基础上结合了个体访谈和问卷反映的实证调查，提出了"青少年同一性状态"学说，即"把青少年分为四类：处于同一性达成[②](identity achievement)状态、处于同一性缓冲[③](identity moratorium)状态、处于同一性阻滞[④](identity foreclosure)状态和处于同一性混

①Marcia, J.(1976). Identity six years after: A Follow-up Study. *Journal of Youth and Adolescence*, 5, p.145.

②同一性达成(identity achievement)：个体已然建立了一种和谐的同一感，即在经历了危机和探索阶段之后做出了抉择，并实践了选择。

③同一性缓冲(identity moratorium)：也译作同一性延期偿付，指的是个体正处于危机和探索时期。埃里克森认为，在一个复杂社会，在这个"延期偿付"的阶段，青少年势必会经历自我同一性危机。而今，这一阶段不再称为危机了，因为对大多数人来说，自我同一性的达成是一个逐渐缓慢的探索过程，而不是外在的急剧变化。延期选择很正常，而且是健康有益的。

④同一性阻滞(identity foreclosure)：也译作同一性拒斥，是指个体已经做出了抉择，但未经历一个危机和探索时期。即个体过早地将自我意象固定化，没有考虑各种选择的可能，而停止了同一性的探求。

乱[①](identity diffusion)状态”。[②]在心理学领域,此学说实际是对埃里克森“同一性危机”的补充和拓展,尤其在方法论层面。同一性达成和同一性缓冲都是选择正面迎战同一性危机,前者成功地克服危机并建立了同一性,后者则正在探索与克服危机。同一性阻滞和同一性混乱则是对同一性危机的回避和投降,前者逃避面对危机而过早地确定了同一性,后者在克服危机的过程中败下阵来而没有建立同一性。

心理学认为“在青春期之前,儿童的同一性就像是还未被编织在一起的一块块碎布。但是到了青春期结束的时候,这些碎布将会被织成一整块对于个体而言独一无二的布料。这种整合的过程,就是埃里克森所描述的第五个心理社会危机——同一性对抗同一性混乱的危机——中的核心过程”。[③]少女在青春期遭遇同一性危机的时候,如果能够化解危机就算是同一性达成,即使她达成的是负面同一性。但是,如果少女不能化解危机,那么同一性就不能达成,这时“同一性混乱”(identity diffusion)[④]就会占山为王、为所欲为,乃至主宰少女的整个生活与生命。在同一性混乱状态的少女之中,最极端的情况是自杀的少女。

虽然说自杀的少女是少数,但是她们的数量其实比我们想象得要多,更可怕的是时至今日其增长的速度呈现越来越快的趋势。“根据近期的

①同一性混乱(identity diffusion):有时用作 identity confusion,也译为同一性分散、同一性紊乱等,是指个体没有做出坚定的选择,而且目前也不试图去做这样的选择。即个体很少“发现自己”,不知道自己是谁,不知道想做什么,没有明确的发展方向。经历着同一性分散的青少年无法成功地做出选择,或者他们会逃避思考问题,缺乏兴趣,孤独,对未来不抱希望,或者可能很叛逆。

②Kroger, J. (1995). The Differentiation of “Film” and “Developmental” Foreclosure Identity Statuses: A Longitudinal Study. *Journal of Adolescent Research*, 10, p.317.

③〔美〕劳伦斯·斯滕伯格:《青春期:青少年的心理发展和健康成长》,戴俊毅译,上海:上海社会科学出版社 2007 年版,第 347 页。

④同一性混乱(identity diffusion):有时也称为同一性紊乱或同一性分散。它以一种不和谐的、间断的、不完整的自我感为特征。个体出现同一性混乱的程度各异,较为轻微的情况是在同一性危机的过程中不知道自己是谁,而较为严重的情况属于心理病理的范畴,此时个体会进行长时间的持续探索,所用的时间会超过正常的水平。个体很少发现自己,不知道自己想做什么,没有明确的发展方向。经历着同一性混乱的青少年无法成功地做出选择,或者他们会逃避思考问题,缺乏兴趣,孤立孤僻,也可能很叛逆。或者他们经常放弃,对未来不抱任何希望,把自己的生活归结为命运,有的会选择自杀。

(此处指2000年左右——引者注)一项美国全国范围的调查所得的结果,在任何一年中,都有超过5%的美国女性青少年,和超过2%的男性青少年试图自杀。”[①]“有高达10%的美国青少年在以往的人生旅程中曾试图自杀……自杀是导致年轻人死亡的一个主要的原因。青少年的自杀率在青春期中上升得很快……自杀尝试在女性青少年中要比在男性青少年中普遍得多。”[②]实际上,不仅心理学注意到了自杀的少女,文学也在以自己的方式关注她们,其中不乏或经典或畅销或引发争议的诸多作品。在塑造少女形象的当代美国文学中,自杀少女形象其意义的不可替代和引起的轰动效应也不容小觑。

1963年,美国自白派著名诗人西尔维娅·普拉斯(Sylvia Plath)出版了其唯一的一部小说——《钟形罩》(*The Bell Jar*, 1963)。这部小说的主人公就是一位自杀少女形象,名叫埃丝特·格林伍德。在《钟形罩》中,成绩优异、理想远大的少女埃斯特出场于1953年的美国。由于出色的写作才能,她被纽约一家全国性时装杂志社邀请担任实习编辑。埃斯特自述道:

> 按说那该是我一生中最春风得意的时候。按说美国各地数以千计的像我一样的大学生都应该羡慕我的好运。……一个在某个犄角旮旯的小镇上生活了十九年的女孩,穷得连一份杂志都买不起,拿着奖学金上了大学,然后这儿得个奖,那儿又得个奖,最后呢,把纽约玩得滴溜溜转,跟玩她的私家车似的。[③]

但是,埃斯特觉得自己什么都玩不转,甚至驾驭不了她自己。一方面埃斯特发现这个杂志社根本不在乎她的写作才能,而是利用她为杂志社做宣

①Blum,R., & Rinehart, P. *Reducing the risk: Connections that make a difference in the lives of youth.* Minneapolis:Division of General Pediatrics and Adolescent Health , University of Minnesota. 2000 , p.33.

②Lewinsohn, P., Rohde, P., Seeley, J., & Baldwin, C. (2001). Gender differences in suicide attempts from adolescence to young adulthood. *Journal of the American Academy of Child and Adolescent Psychiatry*, 40, 427-434.

③〔美〕西尔维娅·普拉斯:《钟形罩》,杨靖译,南京:译林出版社2003年版,第2页。

传打广告，她十分厌恶却又不得不接受这样的安排。另一方面，埃斯特发现在这群与她同样因为出色的写作才能被邀请的少女中间，没有一个人是为了实现工作和事业上的理想而来的。

在实习期间，有三位女性引起了埃斯特的注意——多琳、贝特西和杰·西。多琳与贝特西是与埃斯特一起实习的同龄少女，两者的性格大相径庭。少女多琳少年老成、机敏尖刻，社交经验丰富，虽然经常针砭时弊，但是让埃斯特不可理喻的是多琳的心思全在引诱不同的男性，过着“今朝有酒今朝醉”的生活。少女贝特西头脑简单、温顺乐观，人生的最大目标就是成为贤妻良母，其乖乖女的形象完全符合当时社会对女性的要求，但是这种理想与埃斯特追求独立的个性格格不入。唯一让埃斯特有些敬佩的是她的实习老师也是她的顶头上司——杰·西，这是个行业里公认的成功人士。她博学睿智、成就骄人，但是她为此几乎丧失了所有的女性特征——言语苛刻、“丑得像个母夜叉”[①]，让人望而生畏，敬而远之。

无论是前卫的多琳、传统的贝特西，还是以杰·西为代表的“二战前成长起来的为事业鞠躬尽瘁的新型女性”[②]，都让埃斯特找不到奋斗的目标和方向。三个女人代表了美国现代女性发展的三种典型的模式，但是埃斯特无法认同她们中的任何一个。埃斯特的成长“面临着严重的榜样缺失”[③]。埃斯特选择中途退出实习而回到了家乡小镇，然而没想到的是小镇落后保守的气氛更加让她窒息。她被自己一直寄予厚望的小镇的写作研习班拒绝，在母亲为之规划的生活只剩下柴米油盐酱醋茶的家庭主妇的未来中看不到一丝希望，突然发现她暗恋了五年才等来的男友——耶鲁大学的英俊聪明、人人称赞的巴迪·威拉德竟然是个彻头彻尾的伪君子——根本瞧不起她想成为作家的理想，对她的写作嗤之以鼻。少女埃斯特愤愤感慨道：

①〔美〕西尔维娅·普拉斯：《钟形罩》，杨靖译，南京：译林出版社2003年版，第5页。
②〔美〕贝蒂·弗里丹：《女性的奥秘》，程锡麟等译，北京：北方文艺出版社1999年版，第66页。
③〔美〕贝蒂·弗里丹：《女性的奥秘》，程锡麟等译，北京：北方文艺出版社1999年版，第72页。

> 我看见我的人生像小说[①]中的那颗无花果树一样，枝繁叶茂。在每一个树枝的末梢，仿佛丰腴的紫色无花果，一个个美妙的未来向我招手，对我眨眼示意。一枚无花果是丈夫、孩子、幸福的家，另一枚是名诗人，又一枚是才学出众的教授，一枚是埃·格，了不起的大编辑……在这些无花果的上上下下还有许许多多我不大辨认得出的无花果。我看见自己坐在这棵无花果树的枝桠上，饥肠辘辘，就因为我下不了决心究竟摘取哪一枚果子。我哪枚都想要，但是选择一枚就意味着失去其余所有的果子。我坐在那儿左右为难的时候，无花果开始萎缩、变黑，然后，扑通，扑通，一枚接着一枚坠落地上，落在我的脚下。[②]

埃斯特既想实现事业与理想，又不想完全放弃爱情和家庭，但是她觉得若她成长为女人之后许多选择就身不由己了。少女埃斯特拒绝这种情形的出现，于是选择了自杀。幸运的是埃斯特被救了回来，而且在文本中继续活了下去。然而令人困惑不解的是，《钟形罩》作者西尔维娅·普拉斯这位年仅三十一岁的传奇女性，却在1963年2月11日这天，也就是在《钟形罩》发表后不久，在伦敦她的寓所用煤气结束了自己的生命。

实际上，小说《钟形罩》自出版以来就一直被视为作家西尔维娅·普拉斯的“显而易见有所掩饰的自传体作品”[③]，而少女埃丝特·格林伍德的经历其实就是作家西尔维娅·普拉斯短暂人生历程的一个缩影。西尔维娅·普拉斯在其一生中自杀过多次，为学业、为爱情、为事业、为理想……“西尔维娅·普拉斯肯定是一个内心分裂的女人。内心分裂的人是很多的，普拉斯的内心分裂比别人都严重。她应该是知道生活中应该怎么做是不痛

①这里的小说指的是埃斯特在实习期间偶然看到的一篇小说，小说讲的是关于无花果树的故事。埃斯特觉得这个故事很有意思，特别是描写冬雪下的无花果树以及春天到来、树上挂满绿色果实的部分。读到最后一页的时候，她意犹未尽——“我真想从这些黑色铅字的字里行间钻进去，就像人们钻过栅栏缝隙那样，在那棵美丽、苍翠的大无花果树下悠然睡去。”

②〔美〕西尔维娅·普拉斯：《钟形罩》，杨靖译，南京：译林出版社2003年版，第73页。

③〔英〕安妮·史蒂文森：《苦涩的名声——西尔维娅·普拉斯的一生》，王增澄译，北京：昆仑出版社2004年版，第47页。

苦的。她其实也想让自己免于痛苦。可是,她内心中疯狂而鬼魅的那部分不能答应她做理性中要求的那个自己。她在这么做与那么做之间一定有着水火不相融的心灵纠葛”。[①]

具有戏剧意味的是,西尔维娅·普拉斯在美国文坛本来没有那么大的名气,凭借惊世骇俗的《钟形罩》,以及她主观不想凭借、客观却已成为一种凭借的她本人的自杀,西尔维娅·普拉斯及其作品在死后被美国学界重视有加,赞赏不断。不知西尔维娅·普拉斯泉下有知,做何感想?

在西尔维娅·普拉斯创作《钟形罩》的年代,“当时的美国文学处于50年代(指20世纪50年代——笔者注)保守的社会性别意识形态的主流之中,J.D.塞林格、诺曼·梅勒和菲力浦·罗斯这些男性叙述者占据着主导地位。《钟形罩》一问世,立刻震撼了美国文坛。”[②]可以说,20世纪60年代横空而出的《钟形罩》的震撼在于其采用了女性叙述声音叙述女性自己的故事,在于小说揭示了“保守的社会性别意识形态主流”对女性追求自我实现的多种可能的抹杀,并把这些抽象的、前卫的意念具体表现为一位叫埃斯特的少女形象在面对同一性危机的同时还不得不迎接“性别同一性”危机对她的挑战。

按照心理学家研究青春期的结果,性别也是一个人的同一性中的关键组成部分。“从出生开始,男孩和女孩所接受的社会化过程就要求他们以与性别相称的方式行事——也就是说,要遵循社会为可接受的男性行为和女性行为制定的标准。对于美国社会来说,在儿童、青少年和成人中普遍存在着明显的性别角色世俗规范。像逻辑性、独立性、进取心和攻击性这样的特质都被认为是男性化的,而优雅、合群、体贴以及温柔则被认为是女性化的特征”。[③]

特别是“在青春期中,要求个体以与性别相称的方式去行事的压力会进一步增强,尤其是对于女孩子而言更是如此。这一观点称为性别强化假

①高伟:《没有一个女人装得出她的眼神》,见《文学自由谈》2006年第4期,第75页。

②〔美〕苏珊·S.兰瑟:《虚构的权威——女性作家与叙述声音》,黄必康译,北京:北京大学出版社2002年版,第216页。

③Broverman, I., Vogel, S., Broverman, D., Clarkson, F., & Rosenkrantz, P. (1972). Sex-role stereotypes: A current appraisal. *Journal of Social Issues*, 28, 59-78.

设”。[①]虽然性别自一出生已成定论,但是性别角色不同于性别,性别角色是关于男性或女性应该怎样按性别行事，人类社会对此已然形成了一套完整的性别角色世俗规范。“在处于青春期中的男孩和女孩身上所观察到的许多性别差异,都是性别角色社会化过程加速的结果,而这样的过程要求个体以符合世俗规范的方式去表现男性化或者女性化的一面。即便个体关于性别角色的看法在青春期中会变得更具灵活性，但社会的压力会迫使青少年去以更为满足性别世俗规范的方式行事”。[②]

比如美国20世纪初经典的少女文学凯特·道格拉斯（Kate Douglas Smith Wiggin）的《太阳溪农场的丽贝卡》(*Rebecca of Sunnybrook Farm*, 1903)中的少女主人公丽贝卡。丽贝卡在是个小女孩时颇为抱怨自己的女性身份,但随着进入青春期和经历了一系列的家庭变故,她在基督教教义的照耀下逐渐完善了自己的性格,并因此获得了众人的尊敬、赢得了出色的恋人。这时候的丽贝卡不再抱怨自己的女性身份了,相反她非常满意自己变为了弗吉尼亚·伍尔夫(Virginia Woolf)要杀死的“家中的天使”(the Angel at the Hearth)。实际上,丽贝卡是那个时代的理想少女形象,即成为一个符合传统社会对女性性别身份期许的“淑女形象”。直到20世纪60年代,整个社会的这种对女性性别角色的期待依然非常强烈。所以,如果想在规范之外行事,就要承受巨大的压力,《钟形罩》中的少女埃斯特就处于这种压力之下。

像许许多多的青春期少女一样，少女埃斯特在寻求自我与追求理想的过程中遭遇了同一性危机的拦截。“青春期是女性心理发展的一个关键转折时期，而青春期少女所得到的和适当行为有关的多种复杂信息会令人困惑而且难以调和。在青春期中,随着社会认知能力的增长,女孩们开始意识到，社会化过程在她们身上所造就的多种特质在一个男性占主导地位的更为宽泛的社会环境中是不被看重的。

①Hill, J., & Lynch, M.(1983). The intensification of gender-related role expectations during early adolescence. In J. Brooks-Gunn and A. Petersen (Eds.), *Girls at puberty*. New York: Plenum, pp. 201-228.

②Alfieri, T., Ruble, D., & Higgins, E.(1996). Gender stereotypes during adolescence: Developmental changes and the transition to junior high school. *Developmental Psychology*, 32,pp.1129-1137.

因此，女孩们觉得她们处于一种两难境地之中，一边是别人告诉她们的同她们的性别相称的行为方式（比如说懂得关心和照顾），另一边则是她们能够意识到的被更大的社会环境所认同的行为方式（比如说要坚定而且独立）”。[①]《钟形罩》的突破与贡献正在于小说不仅描绘了少女埃斯特如何在“自我同一性危机”之下的挣扎，并且注意到了“性别同一性危机”因素的作用——这对于塑造一个完整丰满的处于同一性混乱的少女形象至关重要。少女埃斯特想摆脱世俗规范对女性角色的规定，为了实现自我与理想，不惜拿最宝贵的生命与世俗进行抗争，哪怕采用最极端的方式——自杀。

《钟形罩》的出版和西尔维娅·普拉斯的自杀震撼了20世纪60年代的美国文坛，自杀少女形象埃斯特也成为了一名美国文学经典人物形象，但关注自杀少女形象的经典作家和作品可不止西尔维娅·普拉斯一个。20世纪90年代，美国作家尤金尼德斯（Jeffrey Eugenides）出版了他的处女作——《处女自杀》（*The Virgin Suicides*, 1993）。这部长篇小说不仅塑造出了一群自杀少女形象，而且用这群“当代版美国（中产阶级家庭、小康家庭）的姐妹少女形象”颠覆了19世纪的美国文学经典《小妇人》（*Little Women*, 1869）中的那群家喻户晓的“古代版美国小康家庭的姐妹少女形象”。

给无数美国人带来了安稳和自豪的《小妇人》，正如美国作家兼学者艾莉森·卢里（Alison Lurie）所言，“因为宣扬了所谓的‘基督教家庭观’备受欢迎。毕竟，这个关于新英格兰一个小镇上相亲相爱、齐心协力的一家的故事已经成了美国神话的一部分。它刻画了一对善良、智慧、慈爱的父母，对儿女们总是循循善诱，温情哺育；而四个十几岁的女儿则都是从未听说过朋克摇滚、可卡因的乖乖女。还有，这本书可算得上是兼具美国历史和神话的特性：它是奥尔科特自己的童年和少年的亲身经历”。[②]

---

①Gilligan, C.(1993). Joining the resistance: Psychology, politics, and girls. In L. Weis & M. Fine (Eds.), *Beyond silenced voices. Albany*: SUNY Press, pp. 143-168.

②〔美〕艾莉森·卢里：《永远的男孩女孩：从灰姑娘到哈里·波特》，晏向阳译，南京：南京大学出版社2008年版，第13页。

很久以来,“安静和谐的街区,一栋房子里装一个完美的核心家庭,是美国人的梦想”。[①]然而《处女自杀》及其塑造出的生活在当代美国的中产阶级家庭的一群自杀少女形象，在美国这一天堂的背景上戳了一个硕大的窟窿,摧毁了这个完美的核心家庭,击碎了一条街,一栋房,安静和谐、温情脉脉的美国梦。

《处女自杀》的主人公是20世纪70年代美国中西部(底特律近郊)的一个小镇上的中产阶级家庭的五位姐妹少女形象。她们分别是:十三岁的圣徒般的塞西莉亚,十四岁的早熟叛逆的露卡丝,十五岁的虔诚单纯的邦妮,十六岁的孤僻爱美的玛丽和十七岁的聪明好学的特丽莎。五位花季少女身体健康、生活富裕、家庭和睦,父亲李斯本先生在中学教授数学,母亲李斯本太太在家做全职太太，每周日全家人驱车去圣保罗天主教堂做礼拜。就是生活这样一个看起来安静和谐、惹人艳羡的家庭里的五位姐妹,竟然在短短一年多的时间里相继自杀死去。先是排行老么的塞西莉亚在洗澡的浴缸里割腕自杀,但被医生救活了过来。当医生对她说:

> 你这是干嘛呢,宝贝?你还小着呢,根本不知道人的一生会有多么坎坷。……就是那会儿,塞西莉亚说出了自己的遗言:“大夫,看来,你从来没做过13岁的女孩。”[②]

在塞西莉亚出院回家两个星期之后,按照医生的建议,李斯本夫妇决定为女儿们——特别是小女儿塞西莉亚举行一个青少年人的派对。就在位于家中地下室的派对刚刚开始的时候，塞西莉亚趁机回到她在二楼的房间从窗户上纵身跳下,被灌木丛的栏杆头刺穿了左胸,当场死亡。在这之后,死神一直在李斯本家徘徊,直到塞西莉亚的四位姐姐也被它俘虏而去。一年后塞西莉亚自杀而亡的忌日,李斯本家剩下的四位少女相约集体自杀——大姐特丽莎吞下了大量的安眠药,二姐玛丽把头伸进了烤箱(她也是第一次自杀被救活,第二次吞安眠药才自杀成功),三姐邦妮在地下

①柴妞:《处女自杀》,载《书城》2008年第6期,第69页。

②〔美〕杰弗里·尤金尼德斯:《处女自杀》,李卉译,上海:上海译文出版社2003年版,第6页。

室上吊，四姐露卡丝在自家密闭的汽车里用打火机释放一氧化碳自杀。实际上，《处女自杀》的书名和小说的开篇就点明了故事的结局和主人公的命运——

> 李斯本家的最后一个女儿在清晨结束了自己的生命——这次是玛丽，服的是安眠药，和特丽莎一样……塞西莉亚，排行老么，只有13岁，是最先走的。①

可是，太平盛世、衣食无忧、肢体健全的花季少女，为什么要自杀呢？《处女自杀》就是要和读者一起找出这群少女自杀的原因。小说采用了“第一人称回顾性叙述”②策略，即小说的叙述者是一群成年男性——“我们”，而历事者则是青春期时的他们，小说让“我们”用回忆的方式讲述了原是他们的邻家少女们的故事。“小说的叙述便从这群男孩的视角展开，男孩们与李斯本家姑娘短暂的交往以及对她们命运的关注、惊诧、追寻成了整部小说的主要内容”。③

在《处女自杀》中，这群少年曾经和李斯本家的姑娘们住在同一条街上，他们对李斯本家的五位少女充满了好奇，他们在暗恋思域中钟爱着自己的心中人。在李斯本少女们在世的时候，这群情窦初开的少年绞尽脑汁地与少女们接触。她们第一次接到少女们的派对请帖的时候，个个“兴奋得直打哆嗦”。第一次被允许带领少女们去参加校园舞会的时候，他们争先恐后差点打起来。后来在少女们被关在家里时候，他们白天和少女们通过电话机你来我往地放唱片，晚上轮班不睡觉观察少女们在屋里用灯光打着不明不白的暗号。最后当他们收到少女们的信——“今晚有灯光，你

①〔美〕杰弗里·尤金尼德斯：《处女自杀》，李芹译，上海：上海译文出版社2003年版，第1页。

②此说法的理论依据来自中国学者申丹，她在著作《叙述学与小说文体学研究》中，区分了四种不同类型的叙述视角：零视角、内视角、第一人称外视角、第三人称外视角。其中，第一人称外视角又包括第一人称回顾性叙述和第一人称旁观者外视角。第一人称回顾性叙述指第一人称的主人公在小说主要情节发生后回忆当时的经历并发表一些评述性观点。第一人称旁观者外视角指第一人称的叙述者并不是故事的主人公，在故事的边缘完全从旁观者的角度叙述。

③王宏图：《死亡，不需要理由》，见《处女自杀》，〔美〕杰弗里·尤金尼德斯著，李芹译，上海：上海译文出版社2003年版，序言第3页。

们会帮我们吗”时，他们像接到总司令直接下达的命令似的立马备车，潜入了李斯本家、准备带着少女们私奔到佛罗里达——

> 我们很快就要和姑娘们挤在一辆车里了，我们要带她们离开这个绿意盎然的社区，带她们走上我们一无所知的道路……在等待的过程中，我们想象着姑娘们很快就要加入我们中间的那种感觉，令我们心中充满了一种平静的快乐。①

可是，事情没有沿着他们所想象出来的那条思路走下去，平静很快被打破。原来李斯本家的少女们不想私奔，她们想的是自杀，约他们出来完全是让他们见证她们的自杀。当少年们忽然看到吊死在地下室横梁上的邦妮时，吓得“拼命往外跑，他们想喊想叫却发不出声音来。”②

在李斯本家的少女们自杀而亡之后，这群曾经爱慕过她们的少年，搜寻少女们的房间（在李斯本家进行二手货转让的时候），捡回少女们的遗物（被少女们的父亲扔到垃圾箱里），研究少女们生前的照片，阅读少女们生前写的日记和只言片语……少年们在此后的二十年时间里，采用了回忆当年少女们的生活片段、分析遗物和证据、四处打听和访问等方式致力于解开少女们自杀之谜。简言之，通过这几个少年之口来讲述李斯本家少女自杀的故事，这就是《处女自杀》。

《处女自杀》出版后大获成功，被美国评论界誉为20世纪90年代最好的小说之一。《迈阿密先驱报》评价：“这是一部独具纯正美国风味的成长小说。……《处女自杀》属于那些从青春萌动的欲望走向长大成人的幻灭的目击者……这本书糅合了天真的稚拙和这个时代的恐惧。”③《科克斯评论》上说：“《处女自杀》写到了十几岁的男孩的欲望，神话制造和半理性的想法，写得比最近记忆中的其他任何人都不差……一部处女作，像这样不可思议的成功，像这样真正的富有诗意，也许在威廉·华顿的《泊尔蒂》

①〔美〕杰弗里·尤金尼德斯：《处女自杀》，李卉译，上海：上海译文出版社2003年版，第236页。

②〔美〕杰弗里·尤金尼德斯：《处女自杀》，李卉译，上海：上海译文出版社2003年版，第240页。

③书评：《对〈处女自杀〉的赞美》，见《处女自杀》，〔美〕杰弗里·尤金尼德斯著，李卉译，上海：上海译文出版社2003年版，第2页。

之后是唯一的一个”。[①]《先生》杂志赞美道：“尤金尼德斯讲述了一个迂回曲折的故事……在大多数成长小说中，总有一条暗线将紧张和乏味分得清清楚楚，但是《处女自杀》奇特的抒情性夹杂着冷峻的黑色幽默，并且拒绝感伤主义和社会学的羼入……所有成长中的悲喜交加浓缩了，提纯了，就成了这部纤巧的、令人陶醉的书”。[②]

实质上，曾被美国评论界认为与 J. D.塞林格的小说《弗兰妮与祖伊》(*Franny and Zooey*, 1961)在构思上多有雷同、社会影响力却远远高于前者的小说《处女自杀》，其成功不止在于构思的巧妙和运笔的独特——通过一群少年的叙述视角写出了一群少女的成长故事；更在于它藏在字里行间中的发人深省的哲思——整部小说自始至终都在寻找少女们自杀的理由，但是直到作品的结尾也没有找到具体的、真正的、有说服力的、可证实的原因。

《处女自杀》最后找到的是相关或不相关的一些人各执一词的说法、猜测以及那群男人（二十年后已经成人的少年们）无尽的慨叹：“到了最后，我们掌握了解开谜团的材料，但不论我们怎么拼，都有拼不出的地方。……尤金先生说科学家们马上就要找到引起癌症、忧郁症和其他疾病的‘坏基因’了，他们也将很快找到引起自杀的基因。……海德利先生把自杀看成是对我们这个历史时刻的回应。……霍尔尼克大夫说自杀就像玩俄罗斯转盘，只有一个弹膛里有子弹。对李斯本家的姑娘来说，那把枪里装满了子弹：一颗子弹来自家长滥用职权；一颗子弹来自遗传基因的安排；一颗子弹来自历史的不爽；一颗子弹来自不可避免的动力；还有两颗子弹无法命名。……但这些都是捕风捉影的说法。从本质上讲，这些自杀不是源于悲痛的心情或社会神秘的力量，而是源于单纯的自私心态。……她们太关注自我，把未来看得太透彻，以至于对现状都成了睁眼瞎。……我们曾经爱过她们，而她们没有听见我们的召唤，至今仍未听见。……我们待

①书评：《对〈处女自杀〉的赞美》，见《处女自杀》，〔美〕杰弗里·尤金尼德斯著，李卉译，上海：上海译文出版社 2003 年版，第 3 页。

②书评：《对〈处女自杀〉的赞美》，见《处女自杀》，〔美〕杰弗里·尤金尼德斯著，李卉译，上海：上海译文出版社 2003 年版，第 4 页。

在高高的树屋（指在李斯本家附近的一棵树上少年们搭盖的曾经用来监视少女们小屋）里，脑袋上只剩下几根稀疏的头发，肚皮也松软了，可还在不停地召唤她们，想让她们离开那些房间。她们进那些房间是为了孤独一世，是为了孤独的自杀，自杀比死亡更深不可测，而在那些房间里，我们再也找不出解开这个谜团所需要的材料了”。[①]无论少年们多么努力地追寻，处女为何自杀在小说《处女自杀》中依然是一个没有谜底的谜团。

但是人们还是不习惯找不出谜底。处女为何自杀？美国评论界指出："李斯本五姐妹象征着年轻纯真和美国梦的丧失，她们的自杀标志着男孩们的纯真及其郊区田园牧歌时代的终结，还标志着美国人跟着死去，是美国郊区衰败的旧日挽歌"。[②]有中国学者指出："一定意义上，五姐妹的自杀既是逃避现实的彻底解脱，也是青少年时期特有的逆反心理的宣泄。透过渐渐崩溃的家庭生活和严厉专横的母亲，她们把纯洁无暇的美国梦渲染到了极致，她们的死亡象征着步入成年生活时纯真的丧失以及一个社会梦想的丧失"。[③]

还有中国学者指出："也许，在某个致命的瞬间，存在的渊源清晰无比地展现在李斯本家姑娘们眼前，也许她们的神经纤维组织（与理性无关）经受不了如此猛烈的冲撞，也许就在那一刹那她们将日后的生活看得一清二楚：像海德格尔勾勒的人生在世种种令人心力交瘁的操持、操劳的情景，她们都事先体味到了。她们再也不想忍受这烦心的一切，不愿意，也没有兴趣。就这样，强大的死神将生命一直压得东倒西歪"。[④]终于，《处女自杀》的隐含，作者也忍不住地借少年之口指出：

她们因森林的消亡而自杀；因海牛受到轮船螺旋桨的残害而自杀，螺旋桨浮出海面在花园水喉接水的时候会伤害到许多

①〔美〕杰弗里·尤金尼德斯：《处女自杀》，李弃译，上海：上海译文出版社2003年版，第275页。

②转引自杨彩霞：《尤金尼德斯的"逼真记忆"：一个后现代视角》，载《外国文学》2008年第4期，第21页。

③杨彩霞：《尤金尼德斯的"逼真记忆"：一个后现代视角》，载《外国文学》2008年第4期，第20页。

④王宏图：《死亡，不需要理由》，见《处女自杀》，〔美〕杰弗里·尤金尼德斯著，李弃译，上海：上海译文出版社2003年版，序言第4页。

海牛；她们因看到旧轮胎摞的比金字塔还要高而自杀；她们因找不到真爱而自杀；……那种折磨令李斯本家的姑娘精神崩溃，令她们看到一种简单却经得起推敲的做法，那就是拒绝接受摆在她们眼前的这个世界，这个世界疤痕累累。①

著名学者韦勒克和沃伦指出：“文学语言远非仅仅用来指称或者说明什么，它还有表现情意的一面，可以传达说话者和作者的语调和态度。它不仅陈述和表达所要说的意思，而且要影响读者的态度，要劝说读者并最终改变他的想法”。②作者尤金尼德斯关于少女自杀原因的叙述，其实表明了他坚持文学对青少年成长的道德干预，他相信文学的教育意义以及文学对现实的介入和改造。

然而，关于少女们自杀的原因——是少女自我的逃避也好，是家庭环境的恶劣也好，是美国梦的虚假和破灭也好，是使人异化和破坏生态的社会也好，是人生苦短、终有一死的定理也好……总之这种种看似可行的理由似乎都能在《处女自杀》塑造自杀少女形象的叙事中找到支撑，又似乎找不到确切的支撑。

伴随着小说中的少年们对少女们的回忆和叙述，五位自杀少女形象越来越清晰可辨，但是少女自杀的原因却越来越不明确。因为少年们找到的原因又被他们一一地否定，结果是读毕了《处女自杀》，五位自杀少女形象活灵活现、触手可及，但是关于少女为什么自杀却渐行渐远、遥不可及。

尽管法国作家加缪（Albert Camu）在他的《西西弗的神话》（*Le Mythe de Sisyphe*, 1942）中说：“真正严肃的哲学问题只有一个，自杀。判断生活是否值得经历，这本身就是在回答哲学的根本问题”。③但这位文学家兼哲学家的话还是不能回答五位少女自杀之因。或许这就是文学与其他学科的区别。这就是文学的不确定性和放射性的魅力所在，文学有时不是提供一个答案，而是提供很多不同的思路；文学有时不提供答案，而是为了引

①〔美〕杰弗里·尤金尼德斯：《处女自杀》，李卉译，上海：上海译文出版社 2003 年版，第 271 页。
②〔美〕韦勒克、沃伦：《文学理论》，刘象愚等译，北京：生活·读书·新知三联书店 1984 年版，第 11 页。
③〔法〕加缪：《西西弗的神话》，杜小真译，北京：生活·读书·新知三联书店 1987 年版，第 2 页。

发人们的警醒和反思。

19世纪末经典的少女文学《小妇人》,即使在生存环境恶劣(如父亲还要上战场等)和物质条件艰苦(如少女每人只有一元钱过圣诞)的情况下,对生命的热爱和对生活的渴望仍然是少女们生活的主旋律。姐妹中有人不幸早亡(小贝丝因病去世),其他伤心欲绝的姐妹们选择坚强地活下去,更加珍惜生命。而20世纪末的少女文学《处女自杀》,在物质繁荣、生活富裕的情况下,对生命的无所谓和对生活的逃避竟然成为少女们自杀的借口。性格古怪的小妹妹自杀后,其他四位姐姐也放弃了生命的权利和生命的责任。是社会发展与少女成长的二律背反吗?是物质与精神永远是一对不能调和的矛盾吗?还是历史的进步以必须牺牲人性、异化人类为代价呢?

小说《处女自杀》不满足于成功地塑造出少女同一性混乱的极端情况——自杀少女形象,当一个找不出原因的事物站在人类面前的时候,也就是对人类威胁最严重的时候。苦心的作家在含泪塑造这些血淋淋的少女形象的时候其心愿所指隐藏于字里行间——希望人们真正去关注现实中自杀的或者企图自杀的少女。

第五章　追问传统的另类女性形象

第一节　直面传统的审视：失贞女性形象①

在传统的西方小说中，以少女（青春期女性）为主人公形象的作品，多数对女性婚前性行为进行了否定式的书写。表现为婚前守节的少女都有美好的结局，婚前失贞的少女多为凄凉悲惨。但在20世纪60年代美国的女权运动和性解放运动浪潮的冲击下，许多小说开始描绘出摒弃或颠覆传统贞节观念的少女形象，质疑贞节是保证婚姻的必要条件，否定性行为应该以婚姻为前提，甚至把性爱与爱情剥离开来对待。这类作品一方面充满同情和理解地描写了用自己的身体去实践新式性爱观的少女艰难的成长历程，另一方面也对这些刻意反传统、反文化的当今美国少女以及少女作家能否健康成长表达出了一定的怀疑与担忧。

一

德国当代学者加布瑞尔·维特克（Gabriele Wittke）在她的论著《美国小说中的女性成长》（*Female Initiation in the American Novel*, 1991）中指出：

①《女性成长的难关：当代美国小说中的守节与失贞》，载“国家社科基金资助期刊、CSSCI来源期刊、全国中文核心期刊”《文艺研究》2014年第1期。

"在西方文学中,最早刻画女性成长经历的作品是英国作家塞缪尔·理查森(Samuel Richardson)的《帕梅拉》(*Pamela*, 1740)。这本小说影响了整个西方文学对女性成长的描写。婚前守节被看作是女性成长的主要内容。女性的未来生活由她的婚姻决定,能否保持贞节将直接影响到她的婚姻"。[①]在这里,"婚前守节影响了整个西方文学对女性成长的描写"的说法其实并不夸张。从某种意义上来看,脱胎于欧洲文学的美国文学也几乎没有例外。尤其是在20世纪70年代之前的美国文学中,大多数以少女形象为主人公的作品都从正面或者反面提供了对女性婚前守节的重要性的认同式书写。

凡是守住了婚前贞节的少女形象都有一个美好的结局,比如有情人终成眷属,嫁给好丈夫从此过上幸福生活……她们的代表有《小妇人》(*Little Women*, 1869)中的四姐妹,《长腿叔叔》(*Daddy Long Legs*, 1912)中的茱蒂,《布鲁克林有棵树》(*A Tree Grows in Brooklyn*, 1943)中的弗兰西,《婚礼的成员》(*The Member of the Wedding*, 1946)中的弗兰基等。凡是没有坚守婚前贞节的少女形象下场都很悲惨,比如不得好死、众叛亲离、沦落街头……她们的代表有《嘉莉妹妹》(*Sister Carrie*, 1900)中的嘉莉,《心是一个孤独的猎手》(*The Heart is a Lonely Hunter*, 1940)中的米克,《洛丽塔》(*Lolita*, 1955)中的洛丽塔,《蒂凡尼的早餐》(*Breakfast at Tiffany's*, 1958)中的郝莉·戈莱特利,《夏日十字路口》[②](*Summer Crossing*, 2004)中的格蕾迪等。

但是,在20世纪七八十年代以来的美国文学作品中,情况发生了巨大的转变。这种转变一面是少女的性爱观发生了变化,另一面是作品看待和书写少女的性爱观的心态也发生了变化。"美国的性道德自从20世纪

①Gabriele Wittke, *Female Initiation in the American Novel*, Peter Lang, 1991, p.105.

②本书的出版面世颇具传奇色彩。在卡波特逝世多年,逐渐被人们所淡忘时,2004年12月纽约"苏富比"拍卖的目录上,赫然出现卡波特早年所写的小说《夏日十字路口》的真迹手稿,四册笔记本加上六十二张修改的注解,预估售价为六万到八万美元。原本此书动笔于1943年,被视为卡波特正式创作的第一篇小说,当时作家只有19岁;但是他一直未能顺利完成这篇故事,最后甚至宣布放弃。稿子并未如他所愿地完全销毁,而是在他一次搬家时,原本被当作垃圾处理的原稿被人捡走,也才因此有后来的拍卖活动。因为这本书的独特性,而这本书也奠定了后来卡波特创作的基础,他的遗产处理律师和出版社编辑反复讨论之后,在2004年10月终于出版此书。这本书的首次面世,让读者得以一窥大师早期创作未加修饰的原味风格。

60年代末70年代初以来已经发生了很大的变化，那就是所谓的‘性革命’的那段时间。”[①]现实与文学的互动效果有时是惊人的，于是我们看到了：“在四五十年代，美国小说中少年主人公的罗曼司总是终止于第一次约会。到了七十年代，小说开始时主人公就发生了性爱，并面对由此而来的一系列问题。”[②]前者比如卡森·麦卡勒斯（Carson Mccullers）的小说《心是一个孤独的猎手》（*The Heart is a Lonely Hunter*, 1940）中的少女米克和她的小男友，后者以艾瑞卡·琼（Erica Jong）的自传体小说《伊莎性爱告白》（*Fear of Flying*, 1973，又译作《怕飞》）中描写少女伊莎的婚前性行为也是她的“第一次”的一幕为典型。

> 那年，我十七，他十九。我们认识才两个月……我们终于在布莱恩的河边路公寓里，冲破了最后一关。可惜当晚的情形并不理想，蟑螂在地上爬来爬去，体积好像比我的拳头或他的阴茎还大，同时，他的两个室友不断过来敲门问道：‘周日版纽约时报看完没？’……当然是我先去诱惑他。我相信，从伊甸园时代至今，男女的游戏规则没有什么两样。完事后，我忍不住掉眼泪，觉得好像犯了错似的。布莱恩安慰着我，如同所有男人安慰诱惑他们的那个失身女子。[③]

这段文字叙述的内容如同小说的中文译名——“伊莎性爱告白”一样的直白和袒露，但是它却使用了一种仿佛局外人冷眼旁观的甚至还有些调侃的叙述方式向读者告白“我”的首次性交合的经历。虽然少女“我”还未成年，而且和“他”认识了“才”两个月。但是，“我们”早已按捺不住，终于“冲破了最后一关”。叙事中的一个“才”字不仅说明了“我”婚前初性的鲁莽程度，而且为“我”和“他”的悲惨结局以及“我”以后性生活的不顺利埋

①〔美〕F.P.赖斯、K.G.多金：《青春期：发展、关系和文化》第11版，陆洋、林磊、陈菲译，上海：上海人民出版社2009年版，第204页。

②李学武：《蝶与蛹：中国当代小说成长主题的文化考察》，北京：中国社会科学出版社2003年版，第38页。

③〔美〕艾瑞卡·琼：《伊莎性爱告白》，毛羽译，北京：时代文艺出版社1998年版，第204页。

下了伏笔。包括对“我”认为的当晚“并不理想”情形的描绘，其实也是作品为后文中伊莎和布莱恩婚后生活糟糕、失控、最终走向崩溃的讽喻。

《伊莎性爱告白》通过少女伊莎草率的性爱揭示：“在缺乏性禁忌的现代社会，生理上的早熟和整个文化环境中性观念的开放使青少年在成年之前就轻慢地使用性的资格与权力（甚至将性当作是青春期赋予他们的特权），便错过那些本应发生于朦胧时期的情感与体验，而过早背负文化所附加的重担，这样，生命阶段在生理与文化上发展的自然性都被强行改变”。[①]

小说中少女伊莎一度把爱情简化为性爱，她所选择的第一任丈夫就是与她发生了首次兼婚前性行为的布莱恩。但是布莱恩和伊莎在精神上并不一致，布莱恩结婚几年后就精神失常，差点把伊莎掐死，最终被送进了疯人院。伊莎首次的爱情以婚姻的失败而落下帷幕。“《伊莎性爱告白》以流浪汉体小说使渴望‘短暂而猛烈的性交’的纵欲女子形象得以流传”[②]，作家艾瑞卡·琼敢于大胆地描写少女的婚前性行为，但已经成年的她对未成年少女的婚前性行为抱有的却是一种无奈的否定和深刻的疑虑：婚姻不再是性的唯一许可证了吗？只要有爱就可以有性了吗？少女对婚前性行为的承受力是怎样的呢？社会对少女婚前守节与失贞的反应又如何呢？

二

相较而言，20 世纪 90 年代的少女形象对待性爱的态度比 20 世纪七八十年代的少女形象离传统观念更远。在这一时期，不仅仍有美国文学中所谓的主流作家（中产阶级白人作家）在书写这个问题，更多的非主流或被称为少数族裔的作家也纷纷拿起笔来书写具有自己的独特文化身份的少女形象的性爱问题。他们的加入使对这个问题的原因的探索更加深广和有针对性，而且书写的策略更加丰富多彩。1998 年出版的美国作家艾丽斯·沃克（Alice Walker）的小说《父亲的微笑之光》（*By the Light of My*

①徐丹：《倾空的器皿：成年仪式与欧美文学中的成长主题》，上海：上海三联书店，2008 年版，第 54 页。

②〔加〕安格斯·麦克拉伦：《二十世纪性史》，黄韬、王彦华译，上海：上海人民出版社 2007 年版，第 303 页。

Father's Smile, 1998)中也讲述了一位少女——麦格德琳娜发生在未婚前的性爱故事。

在《父亲的微笑之光》中,黑人少女麦格德琳娜和她的恋人——墨西哥土著少年马努列多在“安全”的性爱中尽情地享受人生。尽管知道婚前性行为违背了世俗道德和父亲的意愿,但是少女麦格德琳娜用爱人对她的尊重和她对爱情的信仰遣散了心中的愧疚,从而“觉得自己神圣起来”。[①]然而,好景不长。麦格德琳娜最后这次与马努列多的幽会被她的牧师父亲发现了。父亲用马努列多送给麦格德林娜的“缀满银色小圆扣的皮带”[②]狠狠地鞭打了女儿一顿。少女麦格德琳娜的人生从此被摧毁了。她不明白:

> 我刚刚有过如此美好的欢愉,接着便受到父亲这样的毒打。这让我如何理解他的暴力呢?我们的幽会是那么甜美、幸福。假如他知道这一切,假如我能告诉他,假如他真的爱我,就像他常说的那样,我觉得他应该为我高兴才是。但是,事情不是那样。他什么也没说,就把我痛打了一顿。我呢,也什么都不说,让他去打。[③]

在作品的叙事中,以“我”的亲历性口吻讲述的少女麦格德琳娜性爱经历的美好和父亲对她鞭笞惩戒的残酷形成了鲜明的对比。

英国哲学家罗素(*Bertrand Russell*, 1872–1970)曾指出:“现存于各文明社会的性道德来源于两种截然不同的出发点,一方面是确定父亲身份的欲望,另一方面是禁欲主义的观念,即性是罪恶的”。[④]在《父亲的微笑之光》中我们发现,同样是对待少女的婚前性行为,少女本人认为是“甜美幸福”,但是她的父亲却认定是“耻辱罪恶”;少女决定把这段岁月“珍惜在心底”,但是她的父亲却决定用皮带把这个行为打出少女的体内;少女认为

---

①〔美〕艾丽斯·沃克:《父亲的微笑之光》,周小英译,南京:译林出版社 2003 年版,第 22 页。
②〔美〕艾丽斯·沃克:《父亲的微笑之光》,周小英译,南京:译林出版社 2003 年版,第 22 页。
③〔美〕艾丽斯·沃克:《父亲的微笑之光》,周小英译,南京:译林出版社 2003 年版,第 22 页。
④〔英〕罗素:《婚姻革命》,靳建国译,北京:东方出版社 1998 年版,第 196 页。

有爱情的性爱就是神圣的，但是她的父亲却不允许女儿婚前性的发生无论理由如何。

少女麦格德琳娜被鞭打后，从此孤立自己，用暴饮暴食麻木情欲，一辈子没有再碰任何男人，至死不肯原谅家人。她的母亲曾一个月对父亲板着“一副冷面孔”。她的妹妹苏珊娜因为从锁眼里看到了姐姐被毒打而受到极大的精神刺激，长大后变为同性恋者。本来和谐融洽、其乐融融的一家四口人，因为麦格德琳娜的“婚前性事件”而互相隔阂、形如路人。

在《父亲的微笑之光》中，父亲的“鞭打”是一种象征，有学者指出“鞭打”体现的是旧式白人农奴主对黑人的绝对所有权[①]。但就身为“少女”身份的麦格德琳娜而言，这种行为更是象征了一种意识形态的暴力，即把婚前性行为是一种罪的观点强加给少女的暴力，它一方面体现的是父权制社会的性道德对女性婚前贞节的强调和维护，另一方面它存在在父辈鞭挞子辈、长辈教训晚辈、成人限制未成年人的历史循环中，是一种对成长的自然性进行的人为扭曲和禁锢。

无论是选择了具有性爱意味的接吻，还是发生了性交合的行为，我们发现，20 世纪七八十年代大多数作品所塑造的少女形象的这些婚前性活动，基本都在爱情的名义下，或者是在朦胧的爱情之光辉映下，最低限度也是少女们出于爱慕之情才采取的性行为。亦即爱是性的前提，性是爱的结果。此类性叙事构成了那一时期美国文学中塑造少女形象的主流叙事模式。但是，在 20 世纪末期、尤其是 20 世纪 90 年代的美国小说中，少女形象对待性爱的态度比 20 世纪七八十年代的少女形象离传统观念更远，作品受到了另一股潮流的影响。

这股潮流的表现正如美国当代学者克瑞克·科纳特（Kirk Curnutt）所指出的：“小说中的青少年，尤其是白人青少年，放弃了行动和主观能动性，成为一群行尸走肉，与 T.S.艾略特（T.S. Eliot, 1888–1965）《荒原》（*The Waste Land*,1922）中毁掉的人物没有什么区别，即青少年主人公普遍具有

①吴翔：《黑人妇女的小屋能否接纳汤姆叔叔——代译序》，见《父亲的微笑之光》，〔美〕艾丽斯·沃克著，周小英译，南京：译林出版社 2003 年版，第 3 页。

的反文化倾向”。[1]而这一时期至今的美国文学中少女形象的反文化倾向，则体现为少女形象（有时也是叙述者或作家）在性爱上（无论是行动还是观念）对传统的摒弃或颠覆——凸显性爱中的“性”，把性爱中的“爱”放到一边，甚至抛弃了“爱”。这一面解构了传统的性爱道德，另一面彰显出当今社会美国少女的新式性爱观。

在20世纪90年代美国作家布雷克·尼尔森（Blake Nelson）的小说《女孩》（*Girl*, 1994）中，少女主人公也是作品的叙述者——安迪采取了一种令人惊异的麻木和无所谓的态度和一个男孩子做爱，其原因仅仅是为了失去令她不安的童真：

> 她（指安迪——引者注）一动不动地躺在地上，在脑海里以一种漠然、冷静的口气，描述她的性体验——那男孩进入她体内的全过程，仿佛她是一个旁观者、局外人。这里没有真挚、热烈的爱，只有纯粹的性交体验。[2]

类似的情形还出现在美国作家玛丽·卡尔（Mary Karr）的回忆录《樱桃》（*Cherry: A Memeir*, 1995）中，少女玛丽的性体验令她感到的只是梦想的破裂和现实的丑恶：

> 你一走进菲利（与玛丽发生婚前性爱的男孩——引者注）的宿舍，就觉得剩余比萨饼的气味莫名其妙地令人沮丧。[3]

到了21世纪初美国作家杰弗里·尤金尼德斯（Jeffrey Eugenides）的小说《中性》（*Middlesex*, 2002）里，“少女”（实际上是个双性人——引者注）卡利俄珀的第一次性爱经历更是草率得令人乍舌。卡利俄珀（这时的卡利俄珀认为自己是女孩，还不知道“她”其实是双性人——引者注）和

①Kirk Curnutt, “Teenage Westland: Coming-of-age Novels in 1980s and 1990s”, *Critique*, Vol. 43 (1). 2001. p. 35.

②芮渝萍：《美国成长小说研究》，北京：中国社会科学出版社2004年版，第76页。

③〔美〕欧茨著：《直言不讳：观点和评论集》，许颖果译，武汉：长江文艺出版社2006年版，第96页。

"她"的好友二人被好友的男友还有好友的哥哥二人带到树林中散步,其实是两个女孩被两个男孩骗到了一个预先准备好的小木屋里。卡利俄珀尽管不爱好友的哥哥——杰罗姆,但是当杰罗姆吻卡利俄珀的时候,"她"没有拒绝:

> 我并没有阻止他……但我可以感觉到一切:他那讨厌的潮乎乎的嘴巴。他那沾有威士忌酒味的嘴唇……在我那没有表情的脸后面,我的灵魂蜷成一个球,等着这种令人不快的感觉过去。①

"少女"卡利俄珀为了随大流、不扫朋友们的兴致而在没有爱的情况下进行了婚前性行为,其结果是必须让自己的灵魂躲到一边,才能让自己的肉体默默地等待这个过程早点结束。小说中卡利俄珀的青少年叙事口吻如此轻描淡写,却让读者品到了沉重的悲哀和无奈。少女用一具无表情的身体、用一种刻意强调自己不在乎的口气、用一种置身事外的局外人姿态,冷眼看待自己的失贞,看待如此猥琐地拿走自己"第一次"的男性。

虽然美国当代心理学家的调查研究显示"男性比女性更容易只有性,而不谈爱。在青春期,很多男性会说他们对第一个性伴侣并没有感情,与之相反,大多女性会说她们爱着自己的第一个性伴侣。"②但是以上作品中几位少女主人公却不是这样。法国当代学者让·鲍德里亚曾说:"女人、青年、身体,他们在被奴役、被遗忘了几千年之后的浮现,实际上构成了最具革命性的可能"③。那么这些少女的婚前性行为及其性爱观就把鲍德里亚眼中的"女人、青年、身体"三种革命的可能性融为了一体,对文化传统、社会习俗、绵延数代的既成秩序进行着最具威胁性的拷问。

三

最近美国文学中最具挑战意味和颠覆效果的描写少女形象新式性爱

①〔美〕杰弗里·尤金尼德斯:《中性》,主万、叶尊译,上海:上海译文出版社2008年版,第454页。

②〔美〕F.P.赖斯、K.G.多金:《青春期:发展、关系和文化》第11版,陆洋、林磊、陈菲译,上海:上海人民出版社2009年版,第205-206页。

③〔法〕让·鲍德里亚:《消费社会》,刘成富、全志刚译,南京:南京大学出版社2008年版,第131页。

观的作品，当数2006年由美国华纳公司（Warner Books）出版的《女孩日记》（*The Notebook Girls*, 2006）。这是一本由纽约的四名十几岁的普通少女撰写的日记。此书一问世就成为轰动纽约文坛之作，持续三周稳坐《纽约时报》畅销书排行榜之首。

按英国《独立报》的报道说法，《女孩日记》是纽约著名高中的四位女生在同一本日记上记叙日常生活：减肥、性爱、吸毒、酗酒……用异常坦诚、赤裸的笔触揭开美国青少年的私生活的一本书。《女孩日记》的四位作者同时也是互为好朋友的考特尼·图姆斯（Courtney Toombs）、索菲亚·科恩（Sophia Cohen）、茱莉亚·巴斯金（Julia Baskin）和林赛·纽曼（Lindsay Newman），在成为纽约久负盛名的公立高中斯泰弗森特的新生后，出于对未知的高中生活的恐惧，决定轮流在一个日记本上写下高中生活的点点滴滴，以此方法相约“思想上在一起”。

被出版后的日记原原本本地保留了四位少女潦草的笔迹、墨水印记、散乱的涂鸦和四处粘贴的照片，用一种形式上的真实当然实际上也应该是真实的图文并茂展现了她们两年的高中生活：惨不忍睹的考试成绩、数不清的恋爱经历、对老师的嘲讽以及少女们乱搞的细节。

> 考特尼形容酗酒的快感：“哈哈，酒精颠覆了我的世界”；索菲亚描述吸大麻被当场抓住的窘境；茱莉亚参加了一个青年聚会，第一次体验口交；四位少女一起兴冲冲地去纽约最传奇的音乐酒吧CBGB，却被拒之门外，她们在日记中写道，直到那时才意识到她们都还未满16岁。[①]

在《女孩日记》风靡美国之后，四位少女成为了美国叛逆、开放的青少年的代表。作品不仅受到了美国青少年的追捧，因为许多孤独的青少年在书中找到了知音。“一位看过《女孩日记》的少女在网上留言说：‘就在我以为我自己非常孤单的时候，看到了这本书。我发现原来每一个青少年都跟

①Suzanne D'Amato, “High School Confidential: Girls Will Be Girls”, 参见 http://www.washington-post.com/wp-dyn/content/article/2006/05/25/AR2006052501220.html.

我一样，会遇到同样的问题。这本书告诉我，我不是一个人，我原来有这么多相同经历的朋友'"。[①]作品还受到了美国父母们的追捧，因为他们太想知道现在的孩子们在他们看不见的时候在干什么。

但是看过之后，有的父母禁止自己的孩子看《女孩日记》——它推倒了父母心中圣洁的校园象牙塔；有的父母则写信给四位作者咨询如何处理与子女的关系。此书在美国出版界也掀起轩然大波，因为它露骨的色情描写引发了争议和讨论——少年文学是否应该成人化、色情化？美国一流文学经纪人亚当·赫罗梅(Adam Chromy)表示："我曾促销少年小说，但已决定不再沾手，我对书本内容越来越色情、作者越来越年轻以及更无耻竞争手法的潮流感到很不舒服"。[②]

具有讽刺效果的是，销售火爆的《女孩日记》的出版却纯属偶然。四名少女本来无意将日记出版，但是索菲亚在杂志社工作的父母偶然看到日记后认为日记有出版的潜质，鼓励她们交给作家经理人。于是日记被华纳公司看中并出版成书。然而，《女孩日记》引起的轰动和非议是一种必然。性爱、酗酒、吸毒……这些本是社会不允许少女涉足的禁区，但《女孩日记》中的少女们却在这些禁区任意妄为，还把她们的所作所为公之于众，并且在书出版之后声称："书中大部分内容讲述我们的友谊，真实反映少年的生活，很多我们认识的朋友均吸毒、喝酒、性交，我们不是异常或最坏的一群。"[③]因而有人叫嚣起来："她们在挑战社会的底线！"可是，社会的底线在哪里呢？是谁规定了社会的底线呢？又该谁负责保住社会的底线？

原来只是四位少女的私密日记，偶然被父母发现就劝说着孩子们交给了出版公司，出版公司看到了日记作为一个商品的巨大市场潜力，于是冒险出版。结果出版后书卖得异常火爆，书的作者就引来了无数人的非议。但是，人们所非议的美国社会的性道德沦落、酗酒吸毒猖獗、色情文化泛滥……难道是少女们制造出来的吗？明明是以出版公司为代表的美国

①参见 http://www.sznews.com/news/content/2006-06/06/content_142203.htm.

②参见 http://www.sznews.com/news/content/2006-06/06/content_142203.htm.

③参见 http://www.sznews.com/news/content/2006-06/06/content_142203.htm.

成人社会利用了少女们的叛逆来谋求市场效益。《女孩日记》的少女们不过是模仿者，模仿的是社会成人的堕落；她们还是受害者，年龄尚小就被卷入了成人社会的混浊；她们更是挑战者，出于对传统性道德的不满而奉行着自己特立独行的性爱观。

在 21 世纪的作品中，可以发现少女性爱故事中性和爱是有意保持距离的。虽然美国作家汤姆·沃尔夫（Tom Wolfe）在他的文集《勾搭》（*Hooking Up*, 2000）中感慨道："新千年是一个热衷于性与性感的时代。20 世纪 60 年代美国人谈论的是性解放，现在变成了性狂欢。美国成为了一个道德上分裂成两半的国家，一边是清教主义风格的基督教，另一边是无所不在的、压到一切的性放纵。"[①]但是，这些作品中少女形象的婚前性行为不能简单用一个"放纵"来概括，当然她们的婚前性行为也不是被迫的，不是为了盈利或者诸如此类的目的（排除强奸或卖淫的情况），这些性爱经历基本都是自发自愿的。所以作品中的性与爱的分离不是完全的分离。而是这些少女不再把婚姻或爱情当做是性的必要条件了，她们愿意纯粹地为了享受性而性，不一定非得为爱而性。

曾几何时，在当代美国作家 J.D.塞林格（J. D. Salinger）的《麦田里的守望者》（*The Catcher In The Rye*，1951）中的 16 岁的少男霍尔顿·考菲尔德，"当问他想做什么时，他引用罗伯特·彭斯诗里的话回答说：'麦田里的守望者'。在他的想象里，他是现代白色骑士最纯真的惟一保卫者。他想象一大片田地里有一群年轻的孩子们在玩游戏，而他们却看不到自己将跑向何方。他是唯一的'大人'，'我站在危险的悬崖边上，如果任何人要掉下去，我必须，必须抓住他们。'跃落悬崖等同于失去童年和纯真（特别是性上的）——这是那一时代（指 20 世纪 50 年代——引者注）永恒的主题"。[②]

作为一名未成年男性的霍尔顿，尽管他想抓住童年的纯真，但是却没有想过要保住自己的童贞。因为那个时代对男性没有贞节的苛求，贞节是为女性单独锻造的一个枷锁。然而在新世纪的少女形象的眼里，性不需要

①Tom Wolfe, *Hooking Up*, New York: Farrar, Straus and Giroux, 2000, p.5.

②〔美〕美国国务院编：《美国文学概况》，杨俊峰等译，沈阳：辽宁教育出版社 2003 年版，第 351 页。

凭借婚姻的许可，也不需要假借爱情的名义——性就是性，性本身也是一件值得追求和尝试的事情。婚前贞节也只是人生选择的一种，而不是所有的少女必须保住的一旦失去就可能损毁自己一生的东西。

其实今天的青少年，像世世代代的青少年一样有着相同的性冲动和渴望。但不同的是，今天这种渴望不断受到各种各样的刺激。今天的性在电视、电影、网络、广告、杂志、媒体上随处可见，甚至铺天盖地。然而青少年从中接收了太多错误的、扭曲的、纯粹为了盈利的性信息，而且被包裹在像模像样的性道德蜘蛛网上不知如何挣脱。

虽然当代英国学者安东尼·吉登斯（Anthony Giddens）于其20世纪90年代初的著作中写道："1989年美国的一份调查发现，青少年女孩对性的态度发生了根本变化。在前几代人的观念中，女性的贞洁观是致命的，婚前贞洁是女性的美德，也是好女孩的标准，好女孩的声誉取决于她们抵制性诱惑的能力。但是对有些女孩来说，这样的贞洁标准和美德标准不再适用了。很多女孩感觉到她们有权在适当的年龄从事性活动，而不再过多地考虑她们结婚与否。而且，有些女孩公开地、无所顾忌地模仿男性性行为。女孩对于性的态度变化明显地大于青少年男孩"。①

让人始料未及的是，自从那场由弗洛伊德肇始经美国社会改良并倡导的"性解放"运动兴起以来，被解放的性已经搞得如火如荼甚至过犹不及了。今天的性泛滥已经使性解放变异成了一个失去控制的怪兽，把要求性解放的人以另一种方式重新束缚起来，反而比性解放之前更加使人苦恼。不过，幸好福柯提出了"从性中解放"，让我们看到了"性解放"的另一个出路。

但是，当代美国心理学家玛丽·皮福（Mary Pipher）的忧虑还在于："具有讽刺意味的是，就在20世纪行将结束之际，我也对社会始终从性的方面来界定年轻女性而带给她们压力进行了抨击。无论美国女孩们想要什么或需要什么，当她们进入中学时，就身不由己地开始了性活动。米德和我的信念一样，在一个理想的文化中，性的决定应该是一种有意识选择的

①汪民安：《译者前言：性与民主》，见〔英〕安东尼·吉登斯：《亲密关系的变革——现代社会中的性、爱和爱欲》，陈永国、汪民安等译，北京：社会科学文献出版社2001年版，第5页。

结果”。①

可以说本文中的《伊莎性爱告白》等文学作品表达了和心理学家们类似的对美国现行道德的质疑和对理想社会文化的呼吁。它们都希望帮助少女看清世界、反观自身，希望帮助正在成长中的她们穿越信息爆炸的烟雾，走出道德困惑的雨林，在阳光下自然健康地长大。但是，这些作品中的少女形象的新式性爱观的对错与否，仍是一个没有解答的问题，就如同人们对争议极大的《女孩日记》是否应该出版，少年文学是否应该成人化、色情化等问题一样，它还在继续的争论中。不过争论得热烈乃至面红耳赤总比不争论好，因为总会使结论离人的本性与成长的真谛更近一些。

第二节 消费社会的产物：外貌主义女性②

20 世纪 60 年代以来的一批美国文学作品，刻画了一群对“性感美女”的体貌极度渴求、对自己性成熟的身体过度焦虑的少女形象。借用美国著名的心理学家玛丽·皮福的观点，此类形象可谓“信奉相貌至上”的“外貌主义”③病态少女。她们为了变得性感而愁肠百结乃至自伤自残。

这些作品通过对少女的性叙事向世人揭示：是利润驱动的消费社会、伪造个性的文化工业、暧昧无能的主流意识、不负责任的大众媒体，在诱发催动着人类赤裸裸的原始欲望的同时又为这种欲望编织了一套套的文明外衣。但这不是少女的错，这是消费文化的罪过。人们遵从消费社会的欲望逻辑，把性感少女当成了消费品中最美丽、最能发泄欲望的对象。本文对此文化现象进行了分析和批判。

①〔美〕玛丽·比弗：《常备书经典版序言》，见《萨摩人的成年》，〔美〕玛格丽特·米德著，周晓虹、李姚军、刘婧译，北京：商务印书馆 2008 年版，第 6 页。

②本节主要观点参见拙文：《试论消费社会中的“外貌主义”少女形象》，载“国家社科基金资助期刊、A&HCI 收录期刊、CSSCI 来源期刊、全国中文核心期刊”《外国文学研究》，2013 年第 3 期。

③外貌主义：来自英文 lookism，原意是容貌歧视，以貌取人。现多指已在文化研究、经济学研究等领域引起学术性关注的“外貌主义”，或称“相貌至上主义”。本文采用的概念借自美国著名心理学家玛丽·皮福（Pipher, Mary Bray）研究当代美国社会中的青春期少女所持的观点，即外貌主义简言之就是仅仅从外观、外表来评价一个人。（See Mary Bray Pipher. *Reviving Ophelia: Saving the Selves of Adolescent Girls*. New York: Random House Inc.1995, pp.22–24.）

一

细数当代美国文学，可以发现自20世纪60年代以来，描写女性生活尤其是性生活方面的小说与日俱增。“这些小说成功地公开了有时是耸人听闻地报道了一般属于隐私的妇女生活的某些方面，如妇女的性行为等。其表现比过去更为袒露，更富同情意味”。①

笔者认为这一现象的出现有几个方面的原因：一是对西方基督教和美国清教长期以来压抑人之性的反弹；二是20世纪中期以来在美国兴起的性解放运动和女权主义运动的推波助澜；三是美国良知作家对消费主义社会的质疑、对由此滋生的种种社会问题特别是性问题的干预和清算。于是这批作家以极高的热情和责任心，多方面多角度地描述了性——这一人人关注处处显现的生理及社会现象。在众多的文学作品中，本文侧重探索的是那些刚刚步入性成熟阶段的青春期女性——少女形象，以及关于她们的性叙事。

从生物学意义上来讲，女性之性是以青春期的身体突变（第二性征出现）和性成熟（月经初潮）为女孩变成女人的标志。此标志一显现，幼稚的童女匆忙挥别烂漫的过去踏进了成人门槛，开始了那惊恐、喜悦、梦幻、急切、焦虑的青春期征程。在这条路上，起先有一段山花点点气味芬芳的小道，之后是弯弯曲曲忽隐忽现的幽径，走着走着忽然被前面一块写着“性”字的木牌挡住了去路。少女们先是惊后是怕接着是无所适从，不知该如何择径而行了。

美国当代颇具权威的心理学家劳伦斯·斯滕伯格说：“青春期是性发展的一个重要转折，它标志着由有意识的性动机所驱使的行为的出现，而这种行为在青少年自身和他人眼里，实质上具有了重要而明显的性意味”。②再从历史学意义上看，“女人、青年、身体，他们在被奴役、被遗忘了几千年之后的浮现，实际上构成了最具革命性的可能，并因而构成了

①〔美〕埃默里·埃利奥特主编：《哥伦比亚美国文学史》，朱通伯等译，成都：四川辞书出版社1994年版，第982页。

②〔美〕劳伦斯·斯滕伯格：《青春期：青少年的心理发展和健康成长》，戴俊毅译，上海：上海社会科学出版社2007年版，第459页。

对任何一种既成秩序的最根本的威胁”。[①]所以研究当代美国文学中的这些以往被忽略的少女形象，也具有了一定的揭示人类文明偏颇之处的历史价值。最后从社会学意义上来说，随着社会的急速发展，性——这个主宰人类繁衍进化的本质行为，已完全不同于人类原初的本能之为了，它已经越出了纯粹的生理活动范域。随着历史的演进，性——越来越多地背负起了种种不堪重负的社会含义。

法国当代思想家米歇尔·福柯说：“到了 19 世纪，性行为作为个体自我的象征，开始变成一个重要的问题。‘告诉我你的欲望，我便可知你是怎样的人’”。[②]人们面对福柯这句被世界公认的“经典话语”，仿佛立于广袤的原野遥望远方一座云雾缭绕的高山，世人只知道它确实重大，的确非同小可，有能量。然而这力量究竟有多大？从哪里来？能做到什么、引起什么？这些现象好说本质难解的问题，引来了各路专家和有识之士的思索。对此，最早发现、捕捉并进入这个领域挖掘、探寻且成绩卓著的是文学家。

二

美国是当今世界最具典型的消费主义社会，这里的桩桩件件形形色色的事和物几乎无一不显现着商品和欲望的烙印。在这样一种情境环绕下的少女们将如何安置自己？如何看待自己因性成熟而催动的身体变化和心灵波动？一批成功的美国文学作品成功地表述了这一现状，个案典型生动地向我们描述了少女们这些微妙的变化。

性萌动的信号一涌动，青春期的少女们都会做的一件事便是审视自己的身体。正如美国当代作家玛雅·安吉罗（Maya Angelou）的经典小说《我知道笼中鸟为何歌唱》（*I Know Why the Caged Bird Sings*, 1969）中的少女主人公玛格丽特，在镜子面前细细察看了自己的身体后不无遗憾地感慨道：

①〔法〕让·鲍德里亚：《消费社会》，刘成富、全志刚译，南京：南京大学出版社 2008 年版，第 131 页。
②〔法〕米歇尔·福柯：《权利的眼睛——福柯访谈录》，严锋译，上海：上海人民出版社 1997 年版，第 9 页。

对于一个16岁的少女来说，我的胸部发育得实在可怜。即使是最善解人意的人评论起来，也只能称它们为皮肤肿胀部。从胸廓部到两膝一条直线到底，连改变它走向的突起都没有。还有我的声音太厚，手脚太粗……我没有胯，没有胸，我什么都没有。①

从此苦闷、沮丧、焦虑使玛格丽特全然忘记了原本自身固有的优点，她沉没在自卑的泥沼里无法爬出。诚然，她的极度自卑与种族有关——一个黑人少女，但最使她自卑的是她所看到的自己那已经性成熟却发育不如意的身体。

我们知道，青春期以身体的突变为特征，以第二性征的出现为标志。这个时期的少女对自己身体外貌的变化尤为敏感，她们甚至把自己心目中的所谓的形体美，提高到了够不够当女人的高度。福柯在《性经验史》(*The History of Sexuality*, 1976–1984)中指出“对青春期及其界限的关注无疑是一种强化人们对青少年的身体、它的特殊美及其身体发育的不同标志的敏感性的要素。青少年的身体成了文化极力推崇的对象”。②虽然在这里福柯是通过研究古希腊人对男童的身体的态度得出了以上的结论；但实际上，从古希腊到今天，从西方文化到东方文化，人们喜爱体形美丽的青少年确是一个事实。可是片面地推崇形体，将极大地影响到尚难以做出正确评价的青少年对自我人生价值的正确评价。

面对自己发育不理想的身体，少女玛格丽自怨自艾、纠结难解。特别是当她看到晚上来她家里借宿的女同学丰润的体态时，自信心完全被击垮了：

我（指玛格丽特——引者注）把我的睡袍拿了一件给她，开始我漫不经心全然无趣地看着她脱衣服。可我看着看着忽然一怔，我看见了她的乳房。我顿时被惊住了。那形状就像十元店里

①〔美〕玛雅·安吉罗：《我知道笼中鸟为何歌唱》，杨玉功、陈延军译，北京：十月文艺出版社2000年版，第286页。

②〔法〕米歇尔·福柯：《性经验史》，佘碧平译，上海：上海人民出版社2000年版，第283页。

浅褐色的衬胸，可这是真的呐！它们仿佛使我在画廊里看到的那些裸体画都变得栩栩如生起来。啊！太美了。她的这些和我这些真是天壤之别呀……我掉进痛苦的深洞。我想当女人呀，可那像是一个永远都拒我于门外的世界！①

在这里，身材的不理想，钢针般地刺痛着玛格丽特的心。“青少年担心他们的外表，是因为在青春期，同侪间常常以貌取人”。②玛格丽特心灰意冷、百无聊赖，忽然觉得自己变成了一只被折断了翅膀的小鸟，再也无法飞上蓝天了。玛格丽特想要交男朋友，但是她认为自己体形太差肯定找不到男友。

为了摆脱这种自卑，玛格丽特决定铤而走险。她单刀直入地问一个男孩：“你愿意和我性交吗”③男孩愿意捡这个便宜。结果，在“没有一点浪漫的情调、没有共享的温柔做补偿、没有说一句话”④的匆匆性交之后，玛格丽特就被男孩抛弃了。但她却因此怀了孕，变成了一个未婚少女妈妈。“世界崩溃了，人们顺着马路向前走，好像脚下的路面还没有完全塌陷。只有我（指玛格丽特——引者注）正在噩梦中窒息”。⑤

美国当代著名心理学家玛丽·皮福（Mary Bray Pipher）长期从事少女心理治疗的工作，她通过对当代美国少女的一系列研究发现，“青春期少女经历了一种相同的压力，这压力把少女分裂成真的自我和假的自我，但它不是来自她们的父母而是来自美国文化。美国文化常常在少女处于青春期早期的时候就给她们足以眼花缭乱的一闷棍。这时的少女进入了一

①〔美〕玛雅·安吉罗：《我知道笼中鸟为何歌唱》，杨玉功、陈延军译，北京：十月文艺出版社2000年版，第292页。

②〔美〕凯伦·萨哲、爱丽丝·鲁宾斯坦：《青少女成长迷宫》，刊欣媒体顾问有限公司译，乌鲁木齐：新疆人民出版社2007年版，第38页。

③〔美〕玛雅·安吉罗：《我知道笼中鸟为何歌唱》，杨玉功、陈延军译，北京：十月文艺出版社2000年版，第294页。

④〔美〕玛雅·安吉罗：《我知道笼中鸟为何歌唱》，杨玉功、陈延军译，北京：十月文艺出版社2000年版，第295页。

⑤〔美〕玛雅·安吉罗：《我知道笼中鸟为何歌唱》，杨玉功、陈延军译，北京：十月文艺出版社2000年版，第297页。

个更广的文化领域，但是这里充满了各种对少女有百害而无一益的‘主义’：性别歧视、种族主义和外貌主义——即仅仅从外表来评价一个人”。[①]

表面看，少女玛格丽特是羡慕、嫉妒又渴望拥有如她的女同学那样发育成熟的身体，实质上她是在照应社会，她是在模仿由美国当代社会和文化制造出来的“性感美女”的形象，她已经变成了一个对“外貌主义”顶礼膜拜的虔诚教徒而浑然不觉。但这不是少女的错，这是美国消费社会孕育出的消费文化的罪过。

法国当代思想家让·鲍德里亚（Jean Baudrillard）在他的理论名著《消费社会》（*The Consumer Society: Myths and Structures*，1970）中说：“今天，我们处在‘消费’控制着整个生活的境地”。[②]在这个激发欲望、实现欲望的消费社会里，“美丽之于女性，变成了宗教式的绝对命令”。[③]当代评论家梅耶说：“鲍德里亚在此分析了当代西方社会，包括美国”。[④]不容置疑，美国的确是当今世界最具典型的消费社会，这里的桩桩件件形形色色的事和物无一不显现着欲望的烙印。在这个主动成全欲望的社会里，铺天盖地无孔不入的宣传仿佛在定论：人世间的所有美都集中在女人这里，女人就是美的化身、美的终结，而这美又钦定在女人的身体外貌上。

于是我们发现，玛格丽特们坚定不移地相信追求形体美不仅是理所当然，而且是当务之急。在这种境况之下，凡是那些不符合“性感美女”形象的身体，都给少女们带来了无尽的困惑与烦恼。于是我们发现，对自己的身体外貌的异常不满和对“性感美女”形象的极度渴求，不仅在《我知道笼中鸟为何歌唱》中的玛格丽特身上表现得真切如生，诸多同时期的美国文学作品中诸如此类的“外貌主义”少女形象也是呼之欲出。

如托尼·莫里森（Toni Morrison）的小说《最蓝的眼睛》（*The Bluest Eye*，1969）中的少女佩科拉，因为渴望得到却没有得到一双美丽的蓝色眼睛而

---

①Pipher, Mary Bray. *Reviving Ophelia: Saving the Selves of Adolescent Girls*. New York: Random House Inc., 1995, pp.22-23.

②〔法〕让·鲍德里亚：《消费社会》，刘成富、全志刚译，南京：南京大学出版社2008年版，第6页。

③〔法〕让·鲍德里亚：《消费社会》，刘成富、全志刚译，南京：南京大学出版社2008年版，第124页。

④L.P.梅耶：“前言”，见《消费社会》，〔法〕让·鲍德里亚著，刘成富、全志刚译，南京：南京大学出版社2008年版。

陷入疯狂;托尼·莫里森的小说《秀拉》(*Sula*, 1973)中的少女奈儿,因为对自己的鼻子不满意而从小用手不断地捏鼻子使之挺拔一些,但长大后还是被性感美女秀拉抢走了丈夫;艾丽丝·沃克(Alice Walker)的小说《紫色》(*The Color Purple*, 1982)中的少女茜丽,因觉得自己体貌丑陋竟然认为自己活该受累和挨打……

可以说,青春期突如其来的性成熟的身体不仅在生理上彻底改变了少女,而且在心理上都给少女们带来了无尽的困惑、烦恼与痛苦,都对少女进行着不可预测的改造。每一个少女在面对着这具既属于自己又不独属自己的、既陌生而又熟悉的身体,别无选择地承受着青春期的这场生理与心理、身体与欲望、个体与社会之间的争斗。可谓日日月月风刀霜剑时时刻刻暴风骤雨。在这场并无硝烟却有损伤的交战中,幸而有文学介入,作家在这其中扮演了战地记者的身份,始终出没在战火缤纷的前沿阵地。这就有了文学中的这一群对“性感美女”的身体外貌既嫉妒又困惑、既向往又焦虑的“外貌主义”少女形象。

三

随着历史的推演,塑造少女形象的文学作品,不仅继续袒露着少女对性成熟的身体外貌的焦虑,而且开始了更具深层意义的社会探索。美国当代作家苏·蒙克·基德(Sue Monk Kidd)在小说《蜜蜂的秘密生活》(*The Secret Life of Bees*, 2002)中塑造了21世纪的少女形象——莉莉,比起20世纪后期沉浸在对身体外貌的自我评价中的少女形象而言,更加重视社会的评价了。她在十四岁时经常想:

> 我需要很好地用时髦服装来打扮一下自己,因为从来没有人对我说过:“莉莉,你真漂亮。”除了教堂里的詹宁斯小姐,她是个盲人。我留意起打量自己的形象,不仅对着镜子照,也从商店的玻璃橱窗里看,还从关上的电视机屏幕上看,想确定一下自己到底长得啥模样。我和我母亲一样长着一头黑发,但总是乱糟糟的像个鸡窝,另外,我的下巴太短,这令我很心烦。我一直在想,

在我的乳房发育的同时，下巴也会长大的，然而实际情况并非如此。不过，我的眼睛很漂亮，就像索菲亚·罗兰的眼睛。不过，就连梳着鸭尾巴式发型、抹着头油、衬衫口袋里插着梳子的男孩子似乎也没有被我吸引——他们是一群很需要宣泄的人哪。……我最最讨厌的是，本来挤在一起交头接耳的女孩子，看见我经过时便沉默不语了。我开始抠身上的疤痕，如果没有什么疤痕的话，我就啃咬指甲周围的肉，直到把手指咬得血糊糊的才罢休。对自己的相貌是否漂亮，对自己的行为举止是否得体，我感到忧心忡忡，缺乏自信。有一半时间我在扮演一个女孩，却又不像是一个真正的女孩。①

诚如美国当代心理学家斯滕伯格所言："对于性方面的发展而言，青春期是生命里程中一个极其重要的时期。青春期的性发展所反映出的，不仅是青少年个体对其性成熟身体的感受和思考，而且是他们对世俗所赋予性的社会含义的感受和思考"。②就少女青春期来说，文学家细微精到的形象描写和心理学家客观实证的逻辑分析是殊途同归的。

事实上，几乎每个进入青春期的少女，都难逃社会对她的身体外貌的评价，而且少女被教育成她应该相信他人对自己的身体外貌的评价就是对她自身价值的评价。或许是因为"青春期女孩的身体较男孩更具有'性'的意味。随着第二性征的出现，她们的身体被旁人议论、评价，这就导致了许多女孩'对自己的身体'被他人所左右"。③其结果就是少女们主体的失落、自我意识的泯灭和自我价值的丧失。她们大多数时候是在做着别人想要她做的、别人想要看的事，成了别人的玩偶。更重要的是，盘缠在少女们身体之上的种种世俗观念和欲望长蛇般地挤压、撕咬、左右

①〔美〕苏·蒙克·基德：《蜜蜂的秘密生活》，侯萍、宋苏晨译，南京：译林出版社 2007 年版，第 11~12 页。

②〔美〕劳伦斯·斯滕伯格：《青春期：青少年的心理发展和健康成长》，戴俊毅译，上海：上海社会科学出版社 2007 年版，第 459 页。

③〔美〕福尔曼等编著：《早熟的青苹果：青春期恋爱关系》，杨丁等译，北京：中国青年出版社 2001 年版，第 180 页。

着成长中的她们。

令人担忧的是一个主体失落的社会正在向我们走来，一个主客移位的幽灵在人们脑中隐现晃动。人们很难定夺自己了。大多时候是在做着别人要你做的、别人要看的事，自我意识被泯灭、自我价值被掏空，自己成了别人的玩偶，自己也成了被自己操纵的木偶。得到别人的赞赏、被评价为“漂亮”的少女或许会健康快乐地长大；而没有被赞美、无人理会的少女，就有可能背上难以愈合的心灵创伤和久久难却的肉体苦楚。

在《蜜蜂的秘密生活》中，因为几乎没有人说过少女莉莉“漂亮”，莉莉因此变得心事重重，怀疑自己“不像个真正的女孩”，甚至用自虐来缓解心理的不适。应该说莉莉渴望成为“一个真正的女孩”这一点没有错。但她不知道什么是真正的女孩。现世生活告诉莉莉，真正的女孩就是漂亮的女孩，这是所有的女孩必须达到的一个标准；如果不能达到这个标准，就有被社会抛弃的危险。莉莉认为自己唯一“漂亮”的地方是眼睛，原因不是眼睛的健康，因为它们“太像索菲亚·罗兰的眼睛了”。

事实上，莉莉看好的电影明星索菲亚·罗兰并不是一个真女人，而是一具被20世纪消费社会及其孕育的文化工业精心修饰而成的“性感美女”的模型，一个人工塑造出来的有关美女的符号。英国当代作家安吉拉·卡特（Angela Carter）指出：“好莱坞影片中优秀女性的言谈举止，就是把优雅的女性气质简单地归为一套可供模仿的姿势、态度和举动”。[①]为了“模仿”，莉莉不得不天天“扮演”。然而模仿、扮演别人意味着否定、舍弃自己。

这就是消费社会对女性的审美标准和价值判断的误导。本来少女身体的成熟是一种自然的生理现象，是任何生物成长发育的必然。但是，正如鲍德里亚所指出：“根据一种完全拜物和耸人听闻的逻辑，身体被变成了人们所拥有的、操纵的、消费的那些物品中最美丽的一个”。[②]在消费社会的欲望逻辑下，女性的身体被等同于美丽的物品，它的主要用途是被大众观看、评论和意淫。伯科维奇认为：“刊登在像《女士》那样肤浅的时尚杂志上迷人女性的传统形象，为人们提供了一种色情目光注视的机

①Carter, Angela. *The Passion of New Eve* .London: Victor Gollancz, 1997, p.18.

②〔法〕让·鲍德里亚：《消费社会》，刘成富、全志刚译，南京：南京大学出版社2008年版，第123页。

会，文化传统又使人们的这种行为合法化。”[①]如何拥有被大众认可的“性感美女”的形体，成了少女成长路上一道难以逾越的障碍，演绎出一幕幕社会悲剧。

其实世俗的“漂亮”只不过是一套现成的、简化的、雷同的形象模子罢了。许多人只是简单地把这个模子往少女的身体上一套，然后就把不符合模式的少女排除在“漂亮”之外。“现今社会，大部分女人对自己的外表一定都有某一部分是不满意的。尤其是特别注重外表的青春期。杂志、电视、电影都强力灌输一般女孩难以达到的身材标准。以致于大多数的少女都认为自己或同伴的身材是不完美的。”[②]这就是美国消费主义及其孕育的从众文化所推崇的一种排除人之其他方面只重视身体的“外貌主义”的典型症候。

小说《蜜蜂的秘密生活》用少女莉莉的所作所为，向读者揭示了当代美国社会对女性的性成熟身体的看法。对女性身材的无上强调和对女性其他方面的彻底忽视，这种社会观念已经严重地影响到了未成年女性——少女，依据“一种娱乐及享乐主义效益的标准化原则、一种直接与一个生产及指导性消费的社会编码规则及标准相联系的工具约束”，[③]少女的身体也被要求成长为供大众发泄欲望的“物品中最美丽的一个”。因此，如何拥有被他人认可羡慕的“性感美女”的形体，成了少女成长路上一道必经的铁栅栏。而《蜜蜂的秘密生活》中的莉莉就被挡在了这道铁栅栏之内无法翻出。

四

人的观念跟随社会的发展而发展，跟随社会的变化而变化。本来少女的性成熟是一种再平常不过的生理现象，是任何生物成长发育的必然。作为少女，应该感到这是一件可喜可贺可引以为豪的事情。然而社会发展到了文明阶段的今天，一些理所当然的事情却变得不理所当然了。惊恐、迷

①〔美〕伯科维奇主编：《剑桥美国文学史》（第八卷），杨仁敬等译，北京：中央编译出版社 2007 年版，第 399 页。

②〔美〕凯伦·萨哲、爱丽丝·鲁宾斯坦：《青少女成长迷宫》，刊欣媒体顾问有限公司译，乌鲁木齐：新疆人民出版社 2007 年版，第 39 页。

③〔法〕让·鲍德里亚：《消费社会》，刘成富、全志刚译，南京：南京大学出版社 2008 年版，第 123 页。

茫、烦恼、悔恨、色情、贪欲……飞蝗遮天般地围攻她们，洪水猛兽般地惊吓她们、追赶她们。少女们回头望着威逼她们的这一切，抬头看着前面眼花缭乱不知走向的去路。她们害怕、她们疲惫、她们失望。

美国当代作家艾瑞卡·琼(Erica Jong)的自传体小说《伊莎性爱告白》(*Fear of Flying*，1973，又译作《怕飞》)中的女主人公伊莎，成年之后回望了她在少女时代由于对自己性成熟身体的不满而引发精神紊乱的经历。伊莎在鄙夷自己当年为保持身材的种种极端做法(如绝食等)的同时，不无激愤地感慨道：

> 在美国长大的女性，天天耳闻各种化妆品广告、爱情歌曲、妇女专栏、宿命、好莱坞明星绯闻和缺乏道德标准的肥皂剧。广告里展示的美好人生，多么诱惑人！“呵护你的秀发”“钻石恒久远，一颗永流传”“世上所有的女人都爱香奈儿五号香水”……所有的广告都在暗示你，如果你能多留意自己，多注意你的体臭、你的发型、你的眼睫毛、你的胳肢窝、你的胯下、你的疤痕……这样一来，你就会遇见一位英俊、有权有势、有能力、有钱的男人，可以满足你所有的需要，填补你所有的空虚，使你的心跳加速或停止，带你到月球上去，从此以后，你们快快乐乐过一生。即使你天资聪颖，青少年时期遍览全书；即使你修过历史、动物学或物理，并且打算终生致力于具有挑战性的事业，你仍然充满每个高中女生都有的念头。①

这些被主流意识默认、被文化工业追捧的时代瘟疫，在蔓延侵蚀着人们的灵魂。“人的个性在从儿童到成人的成长过程中被文化工业彻底地改变了。”②在这个消费文化占主导地位的后工业社会里，当物质享受成为理所当然乃至标志着成功与否的时候，当人的生理欲望被抬高到凌驾于一切之上的时候，少女的身心发育被消费主义之网紧紧缠绕着，被

①〔美〕艾瑞卡·琼：《伊莎性爱告白》，毛羽译，北京：时代文艺出版社1998年版，第10页。
②王晓路等著：《文化批评关键词研究》，北京：北京大学出版社2007年版，第30页。

扭曲了社会所扭曲，再也无法回到那恬静无邪的“纯真年代”[①]了。过分地追求漂亮、露骨、张扬性感，成了时代的时髦。少女们就如同美国那个传奇般的“芭比娃娃”一样，“承载着主流社会对于青春期女孩的基本设想——她被定位成是符合中产阶级生活方式的，外表性感却无性经历，同时乐于消费”[②]的少女形象。这就是世人心目中的青春少女，青春少女自己心目中的追求榜样。

《伊莎性爱告白》等20世纪70年代以来的美国文学作品用呼之欲出的少女形象，带领我们挖掘出了在当代美国社会中成长的少女的心酸与艰辛。时至今日，少女们在布满了诱惑与罪恶陷阱的崎岖小道上蹒跚，稍不留神就滚进了当今消费文化的餐盘。还有雪片似的广告，装腔作势暧昧无能的主流意识，不负责任煞有介事的各类媒体，只顾商业利益不管社会效益、不管人类生存的从众文化，像一张张朦胧的网架在了少女们面前，像一根根看不见的绳索缠着她们，把她们拖进了一个本不应该去而又不能不去的境地。

所以，几乎所有的作品都在呐喊：当今的美国少女们已经找不到一方纯真自然的成长净土了！她们还来不及以一种客观的、平常的、辩证的心态来看待自己的生理性成熟的身体，各类消费文化的旗帜就插满了她们的头脑。“享乐主义和犬儒主义大行其道，欲望几乎已经完全代替了追求、理想、自我价值的实现等这样一些现代的词汇，或者干脆就已经完全等同于这些词汇。”[③]

少女们本不应该这么早就面对身体被要求长成性对象的问题，但是这个问题却过早地来到了她们的面前。少女的成长环境应该更加纯净、宽容，让少女能够自然而轻松地看待她的性成熟的身体，而不应该使之变为少女成长的负担。我们可以让少女追求身体美，但应该适度，尤其应剔除功利和色情的添加物。因为少女的身体尽管已经性成熟，可是少女的心智

①天真年代：语出自美国作家伊迪丝·华顿于1920年出版、后荣获普利策文学奖的长篇小说《纯真年代》(*The Age of Innocence*, 1920)一书。

②乔以刚、林丹娅主编：《女性文学教程》，石家庄：河北教育出版社2007年版，第344页。

③郭春林：《读图时代文学的处境》，上海：同济大学出版社2008年版，第124页。

却尚未完全成熟,她们很可能无法正确地看待社会和世俗,也很容易被社会和世俗所左右,从而导致焦虑、痛苦乃至自暴自弃。

由此看来,所谓的人类现代文明其实是一个伪命题。人类从蛮荒、游牧、农耕、工业、后工业一路走来,每前进一步都是在蚕食着人性本善的原值。人类在更贪婪、更快捷地实现着自己赤裸裸的原始欲望的同时,又为欲望编织了一套套华丽的文明外衣。这些披着文明外衣的欲望要求少女成长为供其宣泄的“外貌主义”“性感美女”。

然而人们忽视了一个常识,少女是将来的母亲,母亲孕育了人类,少女是人类的母亲,是她们在孕育承载呵护着世间的千事万物。人们忘记了,女娲补天是恐大地沉陷,少女就是大地——一个博大的存在!就个案而言,圣母玛利亚十五岁育出耶稣;孔子在母亲十七岁那年出生在华夏大地。是她们的呕心沥血含辛茹苦,使得智慧的春雨洒满人间润物至今。她们的形象沐浴在古往今来的神圣和灵光里,东方誉为仙女西方颂为天使。可当今社会,她们被贬为可以任意轻慢亵渎的物,甚至在消费文化的餐桌上被肢解被吞噬——这是文明的耻辱,人类的罪过,历史的倒退,社会的背叛!

一个人的欲望将决定这个人的命运;一个国家的欲望将决定这个国家的未来;一个社会、一个民族的欲望将决定着这个社会、这个民族的走向乃至生死存亡。美国是一个既傲慢又前卫的国家,那些有良知的、极具社会责任感的美国作家,自 20 世纪 70 年代以来,已经在严肃地对待这个问题了。因为他们知道:轻慢少女就是轻慢自己的母亲,摧残少女就是摧残人类的母亲,榨干少女就是在榨干人类赖以生存的大地!当然这不仅仅是美国,而是包括中国在内的其他诸多国家,都面临着这个赫然来临的现实,是应该侧颈回望低头深思的时候了。

法国学者西蒙娜·德·波伏瓦(Simone de Beauvoir)就针对西方社会物化少女、消费少女的现象批判道:“年轻女孩觉得她的身体开始与她脱离,它不再是她个性的直接表现;它变得陌生,同时,在别人眼里,她变成了物;在街上,男人们用眼睛追随她,对她的身体品头论足。但愿她能隐形,她害怕变成肉体,展览肉体。”①

①〔法〕西蒙娜·德·波伏瓦:《女人是什么》,王友琴等译,北京:中国文联出版公司 1988 年版,第 78 页。

虽然 20 世纪 60 年代的性解放运动和女权主义运动风起云涌，摧垮了传统的性道德，冲击了两性的不平等。但是到了 20 世纪 70 年代，鲍德里亚的批判更加深刻："女性以前作为性被奴役，今天作为'性'被解放。但是我们看到随着女性的一步步解放，女性越来越被混同于自己的身体。消费社会把本属于女性的提供给女人们消费，将女性和性解放混同，使它们相互中和。女性通过性解放被'消费'，性解放通过女性被'消费'。某些女性的解放，在某种程度上，只是庞大战略操作的二手利润、散落的尘埃与借口"。①

所以说，少女的性问题是一连串既深远又复杂的问题，因此一批又一批作家不得不为之前仆后继，不断向更深的层面挖掘，锲而不舍地探索，步步紧逼地扣问。从康德的"美的无目的的合目的性"到唯美主义的"为艺术而艺术"；从王国维、周作人的"文学无用论"到新近获得诺贝尔文学奖的莫言说"文学和科学相比确实没有什么用处。但是它的没有用处正是它伟大的用处"来看，文学创作在科学发明的轰轰烈烈之下确是有些悄无声息，然而文学的威力也就在于它的"润物细无声"。

从 20 世纪 70 年代到 21 世纪，今天，美国作家在致力于叙述"外貌主义"少女形象面对其性成熟身体的焦虑的同时，把解剖刀直接指向了引导少女崇尚"外貌主义"、要求少女成长为"性感美女"的消费社会和文化工业。这些文学作品的畅销、在读者中引起的共鸣以及在评论界乃至整个社会所造成的轰动，无可争辩地证明了文学可以、应该、能够而且正在以它那独有的方式介入现实并发挥其涤水清源的独特效能。

第三节　鱼与熊掌：当代娜拉们何去何从？②

2006 年是亨里克·易卜生逝世 100 周年，各种纪念活动正在全球如

①〔法〕让·鲍德里亚：《消费社会》，刘成富、全志刚译，南京：南京大学出版社 2008 年版，第 130~131 页。

②本节主要观点参见拙文：《当代"娜拉"们何去何从？》，载"全国人文社科核心期刊"《广西大学学报》（哲社版）2007 年第 1 期。

火如荼地展开。那年六月的一天，在读研究生的笔者在南京大学大礼堂观看完话剧《〈人民公敌〉事件》的演出之后，翻腾的脑海良久无法平静。遥想20世纪初这位被誉为“世界现代戏剧之父”的易卜生的《玩偶之家》在中国大地演出时的盛况，一时震动了鲁迅、胡适、洪深、曹禺、茅盾等文坛大家。大小报刊争相载文，纵评横论弥盖神州。鲁迅即时挥笔写道：自由固不是钱所能买到的，但能够为钱而卖掉。

是的，就在《玩偶之家》的勇敢的“娜拉”举着“为女性争自由”的大旗挥舞了三十多年已是疲惫不堪之际，被当代的知名评论家麦·盖斯马尔誉为“物质文明过程中的精神美的捍卫者”的美国著名女作家薇拉·凯瑟（*Willa Cather*，1873–1947），推出了接力“娜拉”而继续奋斗的两位新的女性——她的小说《瓦格纳作品音乐会》中的“乔治娅娜婶婶”和《花园小屋》中的“卡罗琳”。本文试图通过比较文学主题学理论和女性主义批评方法挖掘这两部作品的深层含义，重析彼时之社会冷暖，按摸二女之生息脉搏，继而对“女性追求”这一母题做一番新的思考与发问，为当代“娜拉”们究竟何去何从寻找解答。

一

人的精神向往和自由追求乃天赋之秉性，烈火般地难以熄灭、激流般地难以阻挡，它是人生追觅的动力，它是心灵无尽的祈盼。

先来看第一位当代的“娜拉”——《瓦格纳作品音乐会》中的乔治娅娜婶婶。她作为一名女性的追求是什么呢？短篇小说《瓦格纳作品音乐会》以次要人物“我”的叙事口吻展开叙述，线索是住在城里的“我”受“我”的叔叔之托，去车站接待从乡下来城里办事的乔治娅娜婶婶。叙事的时光隧道一下子把所有的人都送回到了三十年前，儿时的“我”在乔治娅娜婶婶家里度过了刻骨铭心的童年。“我”向读者们追忆道：乔治娅娜婶婶年轻时在美国的波士顿音乐院当教师，一年夏天她到偏僻的山区参观，引起了当地一个游手好闲的小伙子的迷恋。后来这个小伙子追她到了波士顿，于是她就和他私奔了。而这个小伙子就是“我”的叔叔。当时二人、其实主要是乔治娅娜婶婶为了躲避父母的反对、家人的责难和朋友的批评，乔治娅娜婶婶和“我”的叔叔干脆躲到了内布拉斯加的边远地区。

这个爱情故事到这里，很像一个传统的美丽的“有情人终成眷属”的童话。但是作家薇拉·凯瑟却没有提及乔治娅娜婶婶和“我”的叔叔是怎样的情投意合、怎样的两情缱绻。所以我们无从得知他们爱情的根基、依托和深度。或许乔治娅娜婶婶为了追求无拘无束的爱情、追求自由自主的婚姻而行此举。然而残酷的现实却无心拥抱美丽的幻想。叙事主人公“我”继续追忆：因为当时叔叔几乎没有钱，他和乔治娅娜婶婶领了一块宅地（即当时美国政府允许每户拓荒者开垦的一块荒地），住在山坡上自己挖的窑洞里，从虎狼出没的湖中取水，到荒山野岭上砍柴。他们在那里一住就是三十年，而且乔治娅娜婶婶从那时起就从未到过离家五十英里以外的地方。在“我”给叔叔放牧的那些日子里，乔治娅娜婶婶每天做完三顿饭——第一顿在早上六点做好——直到把六个孩子安顿上床睡下，她才能喘一口气，还常常是在熨衣板前站到半夜。

《瓦格纳作品音乐会》的叙事者、主人公“我”带领读者们继续觅踪。“我”记得这位曾经是知名学院的音乐教师的乔治娅娜成为了“我”的婶婶之后，曾有整整十五年没有摸过任何乐器。后来“我”的叔叔给她买了一架小风琴，然而有一次当“我”拿着乔治娅娜婶婶的音乐书沉醉于演奏中时，乔治娅娜婶婶突然用两只手蒙住了“我”的双眼，颤抖地对“我”说：

> “克拉克，别那么入迷，要不，你也许会失去它的。”①

这句听来轻松的话的另一头，却坠挂着这位痴心音乐的女人一颗重得难以解脱的心呐！这句看似简单的话，却满满沉淀着乔治娅娜婶婶对生活的苦闷、对前景的无奈，以及对音乐无限的留恋、怅惘和珍重。长大后的“我”一度以为琐碎的家务能够销蚀乔治娅娜婶婶的向往，磨平她的棱角，使她忘掉音乐的辉煌。但是“我”错了！当“我”带乔治娅娜婶婶进入那场“瓦格纳作品音乐会”的演奏大厅之时起，乔治娅娜婶婶就不再那么茫然

①〔美〕薇拉·凯瑟：《瓦格纳作品音乐会》，黄梅译，朱虹选编：《美国女作家短篇小说选》，北京：中国社会出版社 1983 年版，第 152 页。

迟钝了。当音乐会的号声带出朝圣者合唱的第一旋律时,乔治娅娜婶婶紧紧地抓住了我的衣袖。我能看出,这声音对乔治娅娜婶婶来说,似一道闪电让她蓦然发现眼前一片金色;像一声惊雷震撼了她心灵王国的音乐宫殿。

当乔治娅娜婶婶听到所有音乐人都熟悉的《飞行的荷兰人》乐曲时,她再也无法抑制自己了,她如醉如痴、如演似奏,手指在她的黑衣服上激动而"机械地移来移去"。当一个男高音开始唱一首《名曲》之后,乔治娅娜婶婶忽然呼吸急促喘息有声,止不住地抽泣起来。原来乔治娅娜婶婶:

> 那个如此创巨痛深而又无止境地忍受苦难的灵魂并不曾真的死去。只不过从表面看它枯萎了,像某种奇特的苔藓,它可以在满是尘埃的岩石上待上半个世纪,但是一旦把它放回水中,它就立刻又变得绿茵茵的了。①

这时的乔治娅娜婶婶终于在音乐的感召下回到了她的真实的性情世界:

> 音乐的洪流不断倾斜而来,我不知道乔治娅娜婶婶在闪光的激流中发现了什么,也不知这激流究竟把她带了多远,经过了哪些幸福的岛屿。据她那颤抖的面孔来看,我相信最后一曲开始时她已被带进了海洋——那万坟聚集的地方,那灰色的无名的墓地;或是到了什么更广阔的死亡的世界。在那里,从开天辟地之时起,希望伴着希望,梦想伴着梦想,弃绝了尘世,一道躺下悄然睡去。②

人往往是身在高山不知山高,处在美景不感景美。曾经身为音乐人的

①〔美〕薇拉·凯瑟:《瓦格纳作品音乐会》,黄梅译,朱虹选编:《美国女作家短篇小说选》,北京:中国社会出版社1983年版,第156页。

②〔美〕薇拉·凯瑟:《瓦格纳作品音乐会》,黄梅译,朱虹选编:《美国女作家短篇小说选》,北京:中国社会出版社1983年版,第158页。

乔治娅娜婶婶此时才真正意识到理想失而复得后的欢愉和冲动。她对音乐是多么地热爱，多么地依恋，多么地向往；她为了所谓的“自由恋爱”而不得不完全放弃了她的挚爱，然而挚爱是骗不了弃不掉的，到头来她还是发现她的挚爱仍然是音乐。所以，当“我”在音乐会结束后，在所有的观众都离场后，劝乔治娅娜婶婶也应该离开剧场时，乔治娅娜婶婶一下子出声地哭了起来。她抽噎着恳求“我”道：

“我不想走，克拉克，我不想走啊！”①

乔治娅娜婶婶一生的郁闷、一生的无助、一生的悔恨和梦想都灌注在了这句短短的“我不想走啊”的恳求之中。

在小说《瓦格纳作品音乐会》中，或许乔治娅娜婶婶得到的爱情是真挚的，拥有的婚姻是自主的，但是她也由此而丢掉了她钟爱的音乐，舍弃了她人生的梦想。对乔治娅娜婶婶而言，繁杂的家务像蛀虫一样蛀空了她的理想大厦。平庸、琐碎、重复的家庭生活与丰富、新颖、激情万千的理想事业成了一对无法调和的矛盾，选择了一方就意味着放弃另一方。如果人生可以重来一次，乔治娅娜婶婶将走向哪方？她是否会选择后者？是否应该选择后者？非同凡响的作家薇拉·凯瑟没有给我们读者一个明确的答案，她只写出了她对此的思考，提出了她对此的疑问，其心意也恰就在让她的读者们去考探、去寻觅、去思索。

二

贫困既能沙漠化自由，也能窒息人的追求。但是人世间没有什么力量可以把自由和追寻灭绝净尽。贫困的生活、烦琐的家务把乔治娅娜婶婶的自由和追求之苗掩埋了三十多年，然而一旦沾露逢雨它依旧幡然复苏。那么，是否可以认为丰厚的、富足的生活保障就一定能叫人的自由追求之树茂旺碧艳、繁花似锦呢？答案仍然是否定的。

①〔美〕薇拉·凯瑟：《瓦格纳作品音乐会》，黄梅译，朱虹选编：《美国女作家短篇小说选》，北京：中国社会出版社 1983 年版，第 158 页。

接下来看第二位当代的“娜拉”——卡罗琳——短篇小说《花园小屋》中的女主人公，她一出场就是已结婚六年的阔太太了。她邀请了一位美国当红的歌唱家雷蒙·戴斯盖莱到自己的别墅小住，引起了她的朋友们的羡慕和嫉妒。虽然卡罗琳的朋友们认为她颇有音乐才能，但他们认为卡罗琳仍是不能充分赏识那位伟大的歌唱家戴斯盖莱。因为卡罗琳的朋友们觉得她太注重实际了。

> 卡罗琳的冷静、才干和全面成功，特别使人们恼怒，因为她们感到，总的说来，是她自己奠定了她的地位。为了这个，她冷酷地顺应生活对她的要求，使得她过上舒适的日子并取得支配者的地位。人人都说，就是为了这个，她才嫁给霍华德·诺勒（指卡罗琳的丈夫——引者注）的。①

在小说《花园小屋》中，女主人公卡罗琳在二十四岁时自由恋爱、自主婚姻地嫁给了在纽约华尔街金融界当了十年巨头的四十岁的鳏夫霍华德·诺勒。在这一点上，《花园小屋》里的卡罗琳与《瓦格纳作品音乐会》里的乔治娅娜婶婶看似相近，实则迥异。虽然卡罗琳与乔治娅娜婶婶都是自由恋爱、自主结婚，但是两人的出发点和立足点不同。

乔治娅娜婶婶当时虽是一时冲动，但心中充满的是对纯洁爱情的向往和对自在生活的追求。她当时的做法没有任何功利性的想法，她的婚姻没有掺杂任何金钱的成分。而卡罗琳则是深思熟虑地、伺机而动地抓住了能给她带来物质利益和金钱保障的婚姻。她的婚姻乐曲中没有爱情的音符，她追求的婚姻是一份远离贫困的物质保障。《花园小屋》写到，卡罗琳这才“第一次停下来歇了一口气。丈夫的金钱、地位、能力以及健康的身体等等实质性的东西，让她确信：自己是彻底安全了”。②难道这位与乔治娅娜婶婶

①〔美〕薇拉·凯瑟：《花园小屋》，薛鸿时译，朱虹选编：《美国女作家短篇小说选》，北京：中国社会出版社 1983 年版，第 160 页。

②〔美〕薇拉·凯瑟：《花园小屋》，薛鸿时译，朱虹选编：《美国女作家短篇小说选》，北京：中国社会出版社 1983 年版，第 164 页。

同时代的、且同为音乐人的卡罗琳生性就是如此务实、如此功利吗?

《花园小屋》带我们回到了卡罗琳的童年。女主人公卡罗琳出生于美国布鲁克林区的一座寒碜的小屋里,父亲是一个不务正业的音乐教师,母亲把“自己终身束缚在厨房炉灶旁边服苦役”,[①]卡罗琳的哥哥是个沉溺于睡懒觉、无节制地读诗和使用麻醉剂的不得志的画家。因而卡罗琳从童年起就十分憎恶屈辱而没着落的家庭和生活。于是当她独立自主并管理家庭的时候,卡罗琳拒绝在音乐方面做进一步的深造,即使她父亲本打算把很有艺术天分的她培养成一位钢琴演奏家。

卡罗琳决定,她生活的目的就是告别贫困。所以她严厉要求自己,“她衣饰合度,尽力使自己招人喜爱,为自己创造一个成功的机会”,[②]于是她费尽心机、绞尽脑汁地接近并成功地网住了鳏夫富豪——霍华德·诺勒这条大鱼。从外在的物质生活的尺度看,卡罗琳比乔治娅娜婶婶要优越得多。卡罗琳似乎追求到了她梦寐以求的东西。然而卡罗琳的婚姻和婚后生活是否真的比乔治娅娜婶婶幸福美满呢?她是否肯定自己得到的就是自己发自内心的追求呢?她的追求是对还是不对呢?

薇拉·凯瑟在《花园小屋》中让读者跟随她继续寻证探实。在男高音歌唱家雷蒙·戴斯盖莱走后,当卡罗琳的丈夫征询卡罗琳是否拆掉家中的“花园小屋”来建另一座避暑别墅时,卡罗琳不假思索,脱口而出道:

> 得了吧,在戴斯盖莱用过它以后,这样做有点可惜,不是吗?[③]

这句话或许是卡罗琳出于装点门面的想法,也或许就是卡罗琳对戴斯盖莱无意识的爱恋的真心流露。作家薇拉·凯瑟从容不迫地指点着她的读者发掘:卡罗琳当天深夜独自一人偷偷去了花园小屋,实际上,“自从戴斯盖

①〔美〕薇拉·凯瑟:《花园小屋》,薛鸿时译,朱虹选编:《美国女作家短篇小说选》,北京:中国社会出版社 1983 年版,第 162 页。

②〔美〕薇拉·凯瑟:《花园小屋》,薛鸿时译,朱虹选编:《美国女作家短篇小说选》,北京:中国社会出版社 1983 年版,第 164 页。

③〔美〕薇拉·凯瑟:《花园小屋》,薛鸿时译,朱虹选编:《美国女作家短篇小说选》,北京:中国社会出版社 1983 年版,第 165 页。

莱离去后的两周间，她每天都到这里来，进行同样的回忆”。[1]她不断地回忆戴斯盖莱那致命的令所有女人无一幸免的吸引力——“如果女人缺少它，生活就会变得像锯木屑一样没有价值”。[2]

小说《花园小屋》写道：戴斯盖莱是当时所有女性的偶像。就连孤傲一世、城府极深的卡罗琳也没能幸免。她在心中对他顶礼膜拜，她同那些女人们一样，在听戴斯盖莱演唱时，就像是“坐在感情的圣餐上，怀着饥渴，期待着他用神秘的面包来喂食”。[3]那天晚上，卡罗琳回想起戴斯盖莱在她家借住花园小屋时的一天晚上想亲近她。那时卡罗琳忍痛拒绝了他，并颇以自己的自制力而感到得意。但是现在卡罗琳回想起那一幕，却得意不起来了。她坐在戴斯盖莱曾经坐过的木椅上“把头埋在手掌里，抽泣起来”。[4]卡罗琳后悔了，她恨自己不敢直面自己的真情实感：

> 她想如果三个星期前的一个夜晚，她到这里（指花园小屋——引者注）来找他（指歌唱家戴斯盖莱——引者注），躺倒在门口的石板上，她甚至也不会比此刻更加鄙视她自己。[5]

然而当夜晚的暴风雨在黎明消退后，卡罗琳心中的暴风雨也随之销声匿迹了。小说写到第二天早上，卡罗琳平静地告诉丈夫，她发现自己不那么当真，也没那么多感伤情绪，她不会为保存一个小屋而放弃一幢别墅。当卡罗琳的丈夫半幽默半恼火地说他“简直希望卡罗琳痴心一

①〔美〕薇拉·凯瑟：《花园小屋》，薛鸿时译，朱虹选编：《美国女作家短篇小说选》，北京：中国社会出版社 1983 年版，第 166 页。
②〔美〕薇拉·凯瑟：《花园小屋》，薛鸿时译，朱虹选编：《美国女作家短篇小说选》，北京：中国社会出版社 1983 年版，第 167 页。
③〔美〕薇拉·凯瑟：《花园小屋》，薛鸿时译，朱虹选编：《美国女作家短篇小说选》，北京：中国社会出版社 1983 年版，第 169 页。
④〔美〕薇拉·凯瑟：《花园小屋》，薛鸿时译，朱虹选编：《美国女作家短篇小说选》，北京：中国社会出版社 1983 年版，第 167 页。
⑤〔美〕薇拉·凯瑟：《花园小屋》，薛鸿时译，朱虹选编：《美国女作家短篇小说选》，北京：中国社会出版社 1983 年版，第 173 页。

点，哪怕就这一回”[1]时，卡罗琳却笑着回答道:“我睡了一夜，想法变了。”[2]仅就“一夜”,卡罗琳又脱胎换骨了一次！然而卡罗琳究竟脱胎换骨了多少次？她是经过了多少个日日夜夜的自我泯灭、自我镇压、自我扭曲才蜕变成今天的唯“物”者和拜金女了呢？她是否想要变成今天的样子呢?她是否后悔自己当初的选择呢?如果再给她一次机会她是否愿意重新来过呢?

如果说《瓦格纳作品音乐会》中乔治娅娜婶婶在看清了自己真正的理想和追求时,做出的反应是不想回到过去,不想重复单调的生活模式;那么《花园小屋》中卡罗琳却在明了心之所系、情之所牵后毅然残酷地扼杀了它,卡罗琳一次又一次地扼制自己天生的欲求,压制着自己对音乐的渴望。在《花园小屋》的人物设置中,卡罗琳的母亲和《瓦格纳作品音乐会》中的乔治娅娜婶婶颇为相似，她们二人都是年轻时被爱情的美轮美奂冲昏了头脑,不顾一切地与一个穷光蛋小伙子私奔。结果都在繁重、单调、重复的家务中罄尽了自己的一生。

从某种角度看,《瓦格纳作品音乐会》中的女主人公乔治娅娜婶婶可谓《花园小屋》中的女主人公卡罗琳的母亲一代。那么按照历史发展的规律,社会在发展、人类在进化,所以所谓的美国当代的“新型女性”[3]——卡罗琳的追求是否比其母亲一代的追求进步了呢?

在《瓦格纳作品音乐会》的乔治娅娜婶婶那里,我们看到了女性追求在平庸的家庭生活和丰富的人生理想之间的苦苦挣扎——乔治娅娜婶婶本想走一条自由之路,然而事与愿违,她轻率的抉择把自己推向了一个葬送理想的深渊。而《花园小屋》中的卡罗琳固然不再为女性的生存和温饱操劳,卡罗琳富足的物质生活已经达到了她预想的高度,但是为什么卡罗琳仍然无法去追求她心目中理想、充实、自由的精神生活呢?

---

①〔美〕薇拉·凯瑟:《花园小屋》,薛鸿时译,朱虹选编:《美国女作家短篇小说选》,北京:中国社会出版社 1983 年版,第 173 页。

②〔美〕薇拉·凯瑟:《花园小屋》,薛鸿时译,朱虹选编:《美国女作家短篇小说选》,北京:中国社会出版社 1983 年版,第 174 页。

③〔美〕贝蒂·弗里丹:《女性的奥秘》,巫漪云、丁兆敏、林无畏译,南京:江苏人民出版社 1988 年版,第 66 页。

三

分析至此，我们可以从薇拉·凯瑟的这两部小说中，读出摆在当代“娜拉”们面前亘古至今的女性之物质追求和精神追求的二元对立。然而从17世纪西方工业革命后一度兴起的、日益旺盛的女性主义运动以来，永不休止的“追求”课题一直围绕着女性。女性在追求什么呢？女性能够追求什么呢？女性应该追求什么呢？又是什么样的东西在决定、左右着女性的追求呢？

在《瓦格纳作品音乐会》中，乔治娅娜婶婶“想当年是个不错的钢琴家。她在音乐方面受过的教育比四分之一世纪前的绝大多数音乐教师要好”。[①]我们可以设想：如果乔治娅娜婶婶没遇到那个游手好闲的小子，如果乔治娅娜婶婶不选择私奔、而是继续她的音乐事业，那她是否可以成就一番事业、操练成一位著名的音乐家呢？然而她却因为一时的冲动离开了她的音乐殿堂，踏上了一条无法变轨的不归路。乔治娅娜婶婶在家务的弄堂里含辛茹苦，“做着无价值的事情”，[②]磨损了才智，耗竭了生命。而在音乐天空的遨游和飞翔，则成了她的一个遥不可及的梦！

当然，乔治娅娜婶婶的私奔可以作为她对自由婚姻的一种追求，从这个意义上讲此举无可厚非。然而究竟是什么原因导致乔治娅娜婶婶做了这样一个私奔的决定？抑或是她的年轻？抑或是她的不成熟？但是我们应该注意到，乔治娅娜婶婶的举动无疑复制了当时无数和她一样的少女对爱情对婚姻的盲目的浪漫期许。事实上乔治娅娜婶婶的家庭生活就是她的一切，家庭最终成了一个囚禁她人生的牢笼。而造成当时的女性有这种美丽婚姻幻想的，并把这个幻想一手粉碎掉的正是以男权为中心的父权制社会。自母系社会结束，父系社会开始以来，以男权中心的社会意识形态一统天下绵延至今。

直到20世纪，就算是女性有了选举权，有了受教育权，有了同男性一

①〔美〕薇拉·凯瑟：《瓦格纳作品音乐会》，黄梅译，朱虹选编：《美国女作家短篇小说选》，北京：中国社会出版社1983年版，第155页。

②〔美〕约瑟芬·多诺万：《女权主义的知识分子传统》，赵育春译，南京：江苏人民出版社2003年版，第108页。

样的工作权，这种潜沉在人们心底、由来已久的男权中心意识仍然居于或明或暗的统治地位。“男主外女主内”“嫁夫随夫”诸如此类的观念根深蒂固、代代相传。而这种“充满着菲勒斯中心色彩的二分法”[①]，造成的结果就是：女性虽然在工作、生活上可以独立，但是她们在思想观念上仍然把自己看成是一个附件。无论未婚的还是已婚的女性，她们心灵深处都根植着一个随时准备为爱献身、为家牺牲的种子，这颗种子只要一遇到合适的条件立刻就能生根发芽、茁壮成长、枝繁叶茂、变成一株把女性的自我吸收殆尽的只为男性和家庭遮阴纳凉的参天大树。而这已经潜移默化成了所有女性的“集体无意识”。

女性把自己一生的追求都寄托在了婚姻上，幸运的女性得到了理想的婚姻，不幸的女性在婚姻中再一次迷失了自我。男性可以有自己的事业，女性即使有自己的事业还必须以家庭为事业。乔治娅娜婶婶被沉重的家务和抚养六个孩子剥夺了她对音乐事业的追求。然而对乔治娅娜婶婶来说，只有音乐才能让她生命的翅膀得到自由的翱翔。

《花园小屋》的卡罗琳从小生活困苦，她为了摆脱贫困，为了跻身上流社会，压制了自己作为钢琴教师即兴演奏的天分和情趣。她在母亲死后开始教学，她把自己“一个又一个小小的嗜好统统勾销，使她的生活降低到成为一套干巴乏味的程式，和时钟的机件那样千篇一律”。[②]结果卡罗琳终于遂愿，二十四岁的她就成为了人人羡慕的贵妇人。但是卡罗琳优越的物质生活中隐藏着无法弥补的情感和精神缺憾，她自己也意识到了这一点，但她不愿承认，也不愿面对。

但是，当那个与她志同道合、情趣相投的音乐家戴斯盖莱闯进了她的生活时，卡罗琳再也无法掩饰自己的爱慕之心，再也无法克制自己荡漾之情，她在他离开后终于伤心地哭了起来。卡罗琳到底明白了财富的阴影一直笼罩着她，一直蔑视和嘲弄她，像雷雨前从远方滚过来的半天黑云，随时都准备把她压进地下。卡罗琳明白了生活中“仅仅有它是不够，这种幸

①陈惇、孙景尧、谢天振主编：《比较文学》，北京：高等教育出版社 1997 年版，第 528 页。

②〔美〕薇拉·凯瑟：《花园小屋》，薛鸿时译，朱虹选编：《美国女作家短篇小说选》，北京：中国社会出版社 1983 年版，第 170 页。

运、实惠、井然有序的生活是不够的。它不能使人满足,它甚至是虚妄的”。[①]卡罗琳富足的生活,坚实的基础,只是一片虚构的幻景;卡罗琳终于发现那些“用贫瘠的沙砾来构筑天堂的穷人们反而比她幸福”,[②]现在卡罗琳才发现为了追求富裕的物质生活她放弃的灿烂的精神园地。

在薇拉·凯瑟笔下的卡罗琳是可悲的。她为了更好地吃穿住用,拿自己做赌注,投入了婚姻这场终身的赌博。我们说卡罗琳或许赢得了婚姻的胜利,但是她为此输掉了自己所有的个性、乐趣和真情。所以,从另一方面来看,卡罗琳是可怜的。因为是男权中心意识形态把她逼为“他者”,[③]因为“长期以来,女性一直生活在一个以父权制为中心的生物本质主义传统之中”。[④]

从古至今从中到外,在现实生活中的女性要想获得和男性同等的地位、同等的成功要付出比男性大几倍、几十倍的代价,然而结局还未必圆满。大多数女性就如同《瓦格纳作品音乐会》中的乔治娅娜婶婶和《花园小屋》中的卡罗琳那样进退维谷、左右为难;如果说乔治娅娜婶婶是为了爱情而结婚,那么卡罗琳则是为了富裕而结婚,但她们都没有为了实现自我而结婚,婚姻也不允许她们实现自我。因为男权中心社会把女性当成男性的附属品,男性把女性当附属品,女性自己也把自己当作附属品。

在《花园小屋》中,卡罗琳的“猎婚”行为虽然没有任何犯法损德之处,但是她这样做其实无异于把自己当作一件商品一样待价而沽。她极力装饰自己,使自己像精致的花瓶一样引人注目,目的无非是得到男性的青睐。她不想身陷贫困的泥淖,却又滑入了金钱的窠臼,成为了男权厅堂里的一件物质的摆设。因为她的一切都是丈夫给的,因而她事事顺从丈夫的意见,因而当她说完“想法变了”[⑤]之后就与丈夫从饭桌前一起哈哈大笑地

①〔美〕薇拉·凯瑟:《花园小屋》,薛鸿时译,朱虹选编:《美国女作家短篇小说选》,北京:中国社会出版社 1983 年版,第 171 页。

②〔美〕薇拉·凯瑟:《花园小屋》,薛鸿时译,朱虹选编:《美国女作家短篇小说选》,北京:中国社会出版社 1983 年版,第 172 页。

③〔法〕西蒙娜·德·波伏娃:《第二性》,陶铁柱译,北京:中国书籍出版社 2004 年版,第 15 页。

④杨莉馨:《西方女性主义文论研究》,南京:江苏文艺出版社 2002 年版,第 5 页。

⑤〔美〕薇拉·凯瑟:《花园小屋》,薛鸿时译,朱虹选编:《美国女作家短篇小说选》,北京:中国社会出版社 1983 年版,第 174 页。

站了起来。

经过了一夜思想搏斗后的卡罗琳站到了丈夫一边，和他一起大笑女性放弃了对理想的追求，一起大笑女性对男性的妥协和投降。作家薇拉·凯瑟在《花园小屋》中用卡罗琳一夜间的痛苦挣扎，把女性追求在富足的物质生活和充实的精神世界之间的两难心态表现得淋漓尽致。薇拉·凯瑟细腻地刻画了女性追求的矛盾心境，更重要的是引发了我们对它的反思，以及探索如何面对它和解决它。

家庭和事业、物质需求和精神理想，对于女性来说难道真的就是“鱼与熊掌不可兼得”吗？非也。人类创造了历史，历史规训着人类，但人类对历史的改写从来没有放弃过。细查变革着的社会，“兼得”的情势正在加速。回首历史，人类文明不是在步步彰显，男女平等不是在阶阶递进吗？百年前的女性不是还因追求自由恋爱、婚姻自主而被身缚石块沉入水底吗？上个世纪初的中国女人不是要把脚骨挤扁压小被逼得大门不出二门不迈吗？

现在，这些都已成为历史不允倒翻的一页。历史永远向前，社会不容倒退，只是在某一些事物的进展上有快有慢。女性主义运动的进取就是一个缓慢的过程。可喜的是经过三百多年来的奋斗，越来越多的有识之士看到了女性主义运动的不可忽视，以及它在人类历史发展中的重要地位。法国哲学家傅立叶曾言：“妇女的解放是衡量一个时代人类解放的尺度。”①一代伟人毛泽东也说过：中国妇女起来之日就是中国革命胜利之时。

从这个意义上来说，当代美国作家薇拉·凯瑟的小说《瓦格纳作品音乐会》和《花园小屋》，就具有了相当的历史价值和现实意义。正像林肯评价比彻·斯托夫人的小说《汤姆叔叔的小屋》搅起了南北战争，成就了一场社会变革一样，妇女运动和宏大的社会变革都是在这样一些高人智者的不断思索、不断发问、不断警刺、不断鞭策中，在广大民众反复思索、觉醒和行动中，从悠悠的量变到猛然的质变。从而推动社会从不平等到平等、从无知到有知、从愚昧到文明。尽管女性主义运动任重道远且漫长崎岖，然而娜拉们将继续接力、继续奋斗，因为娜拉们的血泪不会白流，娜拉们

①转引自杨莉馨：《西方女性主义文论研究》，南京：江苏文艺出版社 2002 年版，第 5 页。

的执着不会白费，娜拉们的明天乃是两性和谐、共生共荣的新天阔地。

第四节　如何“在最不可思议的地方找到爱”？①

当代美国女作家苏·蒙克·基德的《蜜蜂的秘密生活》，是一部描写了一个非正常的女孩渴望爱、寻找爱、最终找到了爱的小说。在小说中，曾经内心充满怨恨和愧疚的主人公——白人女孩莉莉，在苏·蒙克·基德的笔下，历经了千辛万阻，遭遇了千奇百怪，吃尽了千辛万苦，最后居然“在最不可思议的地方找到爱”，并且学会了用自身的爱惠及他人和它物。

《蜜蜂的秘密生活》是近年来赢得鹅毛笔奖、2006年国际IMPAC都柏林文学奖提名等多个奖项的当代美国非裔女作家苏·蒙克·基德的第一部长篇小说。2002年小说一问世，就荣获当年度的英国橘子奖提名，并雄踞美国《纽约时报》畅销书榜单达两年之久，且被译成了二十多种文字，全球销量超过四百五十万册，现已被英美大、中学校作为教材广泛使用。

《蜜蜂的秘密生活》采取第一人称“我”的口吻展开叙述，描绘了一位白人女孩——莉莉在十四岁的那个夏天的一段遭遇。小说以女孩的眼睛观察世界，用女孩的口吻书写成长，来也悠悠去也悠悠，像幽谷山泉汩汩细诉，似草下溪水流向本真。轻盈简单的情节并没有消减作品的深度，反而另辟蹊径般地接近了灵魂的深处。正如中国当代作家黄蓓佳所言：《蜜蜂的秘密生活》是“一个仅仅用几句话就能复述出来的简单的故事。唯其简单，所以纯粹。因为纯粹，才能直抵人心。”②

主人公白人女孩莉莉变成“黑人母亲们”共同的女儿，莉莉被以“黑圣母”为代表的黑人宗教感化和救赎，以及莉莉接触“蜜蜂”后发生的一系列变化，一起构成了《蜜蜂的秘密生活》的三条叙事线索。这三条线索看似没有直接的联系，但却有一个共通的主题把三者隐秘相连，那就是白人女孩

①本节主要观点参见拙文：《在“最不可思议”的地方找到爱——评基德的小说〈蜜蜂的秘密生活〉》，载“CSSCI来源期刊”《外国文学动态》2009年第3期。

②黄蓓佳：书评《一条心灵的通道——读〈蜜蜂的秘密生活〉》，参见 http://ent.sina.com.cn/x/2007-09-18/01271720236.shtml

莉莉“在最不可思议的地方”——“黑人母亲们”“黑圣母”和“蜜蜂”那里——找到了爱。曾经内心充满怨恨和愧疚的莉莉做梦也没有想到，她会在那些地方沐浴到如此深切的关爱，并且学会了用自身的爱惠及他人和它物。

一

白人女孩莉莉“寻找母亲的遗踪”贯穿了小说《蜜蜂的秘密生活》的始终。莉莉竭尽身心苦苦寻觅，本意是寻找生身母亲曾经对她的爱，但是莉莉最终却在黑人保姆和一群与莉莉素不相识的黑人妇女身上找到了爱。

在《蜜蜂的秘密生活》中，女孩莉莉四岁时就失去了生身母亲，而母亲正是死在莉莉不小心走火的枪口下。十年来莉莉一直渴望得到母爱，更渴望得到母亲的原谅。但是在十四岁那年，莉莉突然被暴虐的父亲告知：莉莉当年杀死母亲的那天正是母亲要抛弃她离家出走的时刻。于是，莉莉从此开始在“内疚杀死母亲”和“怨恨被母亲抛弃”两个同样让人绝望的问题之间左右摇摆、进退维谷。曾被母亲抛弃，失手杀死母亲；拥有父亲，却没有父爱只有虐待；有黑人保姆做代理母亲，却无法使之成为合法的母亲……这一切的不幸构成了莉莉无法摆脱的噩梦般的童年。

然而莉莉沿着天性的顺延认定生身母亲是爱女儿的好母亲，她执著地寻找有关母亲的一切。莉莉不厌其烦地去逛百货商店，“闻遍店里的每一种香水，试图识别出母亲用的香水”。[①]莉莉到处寻找母亲的遗物，找到后如获至宝，为了躲避父亲把它们小心地埋在土里藏着，每当想念母亲时就挖出来抱着。当莉莉第一次找到母亲戴过的旧手套时，她“在手套里塞满了棉球，抱在怀里睡了一夜”。[②]莉莉得知母亲生前曾抛弃过自己，但终是不肯相信，十四岁的她决定离家出走，去寻找母亲过去生活的痕迹。实际上，莉莉无意识里更想寻找的是母亲爱她的证据。

莉莉没有想到，在她寻找母亲遗踪的路上，竟然一直有许多“黑人母亲”无私地陪伴在她的左右。这些“黑人母亲们”一个个地加入到白人女孩

①〔美〕苏·蒙克·基德：《蜜蜂的秘密生活》，宋苏晨、侯萍译，南京：译林出版社 2007 年版，第 8 页。
②〔美〕苏·蒙克·基德：《蜜蜂的秘密生活》，宋苏晨、侯萍译，南京：译林出版社 2007 年版，第 16 页。

莉莉寻找母亲的队伍中来，她们中有的没有孩子，有的比莉莉大不了几岁，但是她们在不知不觉中扮演着莉莉母亲的角色，她们给莉莉的爱甚至超越了母爱。罗萨琳就是其中的一位。罗萨琳是莉莉的黑人保姆，在莉莉失去母亲后，她被莉莉的父亲从桃园的摘桃工作中调出来当莉莉的代理母亲。虽然非亲非故、种族阶级迥异，但是这些并不妨碍罗萨琳对莉莉的疼爱。莉莉在罗萨琳无微不至的照料下长大，莉莉原本是浑然不觉的，但是她在成长的过程中越来越清晰地体察到：

> “罗萨琳自己从来没有生过孩子……这十年来我一直是她的心肝宝贝。”[①]“我是唯一了解她的人，她是刀子嘴豆腐心，心肠比花瓣还要软，她十分溺爱我。我直到八岁才感受到她对我的爱。”[②]

《蜜蜂的秘密生活》中，莉莉八岁时，罗萨琳为了保护莉莉的复活节礼物——一只小鸡，冒着失去工作和挨打的危险，公然反抗莉莉的父亲，不许他杀死莉莉的小鸡。当莉莉决定离家出走后，罗萨琳和她一起踏上了逃亡之路，陪伴莉莉去寻找她母亲的蛛丝马迹。罗萨琳用自己的身体和爱练就了一层厚厚的保护膜，把莉莉放置其中，一路呵护不求回报。莉莉一度希望罗萨琳就是自己的生身母亲：罗萨琳变成白人或者自己变成黑人，或者可以离开父亲，只做罗萨琳的养女，和她生活在没有种族歧视的地方。

恨像风似雨来去匆匆，爱是阳光无论风来雨去不离不弃，永远普照广宇润泽万物。爱是一种潜行的力量，莉莉只觉得自己沉浸在一种通体的爱中，却不知自己对罗萨琳的依恋竟是那么的深。直到八月问莉莉喜欢什么的时候，莉莉脱口而出：“哦，我喜欢罗萨琳。”[③]直到莉莉懂得了宽容和爱的那一刻，她忽然急不可待地冲上楼梯抱住罗萨琳大声说道：

---

①〔美〕苏·蒙克·基德：《蜜蜂的秘密生活》，宋苏晨、侯萍译，南京：译林出版社 2007 年版，第 4 页。

②〔美〕苏·蒙克·基德：《蜜蜂的秘密生活》，宋苏晨、侯萍译，南京：译林出版社 2007 年版，第 13 页。

③〔美〕苏·蒙克·基德：《蜜蜂的秘密生活》，宋苏晨、侯萍译，南京：译林出版社 2007 年版，第 156 页。

"我爱你。"[1]其实在莉莉的心中,罗萨琳早已变成了母亲,只是莉莉没有意识到而已。

除了罗萨琳,莉莉的"黑人母亲们"中的另一位重要成员是八月。遇见黑皮肤的"蜜蜂夫人"——八月,是莉莉人生转折的开始。离家出走的莉莉通过生身母亲的遗物,找到了黑人三姐妹——八月、六月和五月的家。大姐八月不顾二妹六月的反对,毅然收留了谎称无家可归的莉莉和罗萨琳。八月一眼就看穿了莉莉的谎言,但是她没有当面拆穿,她甚至开导六月要对莉莉和罗萨琳有耐心,等待她们自己愿意说出实话的一天。

八月悉心教导莉莉养蜜蜂、酿蜂蜜,无条件地给与莉莉信任、理解和抚慰,让莉莉摆脱了旧生活的梦魇,品尝到新生活的甜蜜。在八月的帮助下,莉莉终于搞清楚了自己与母亲的恩怨之谜:八月原是莉莉生母的童年好友。当年莉莉的母亲和父亲的婚姻出现危机,母亲一度精神崩溃,独自一人出逃到黑人三姐妹的家中住了一段时间。后来在母亲决定和父亲离婚,并且回家把莉莉带走时,父亲出现了。接着父亲和母亲扭打起来,那时四岁的莉莉想捡起母亲掉在地板上的手枪给母亲,却失手一枪打死了母亲。

八月不仅为莉莉解开了莉莉母亲抛弃女儿之谜,而且找到了莉莉的母亲疼爱女儿的证据,让莉莉摆脱心结,得到解脱。莉莉最终理解并宽恕了母亲的所作所为,也原谅了杀死母亲的自己:

> 我想,我已经原谅了我们两个人。不过,有时候在深夜里,我依旧会梦回悲情小屋,这时,我就会惊醒,再一次原谅我们。[2]

爱融化了二人的隔阂,宽容使母女达成了和解。但是如果没有八月,这一切或许永远无法实现。八月用自己的真诚和豁达,化开了莉莉充满戒备的冰封外壳,八月对莉莉的爱像蜂蜜一样润泽着莉莉干涸苦涩的心,使莉莉脱胎换骨,得以重生。最后,八月在莉莉的父亲气势汹汹地要把莉莉带走

①[美]苏·蒙克·基德:《蜜蜂的秘密生活》,宋苏晨、侯萍译,南京:译林出版社2007年版,第311页。
②[美]苏·蒙克·基德:《蜜蜂的秘密生活》,宋苏晨、侯萍译,南京:译林出版社2007年版,第329页。

时，挺身站出来保护莉莉，把莉莉留在了充满爱的芳草园。八月不是莉莉的亲生母亲却胜似母亲，她是莉莉的再生母亲，她带给了莉莉最意想不到的爱。

《蜜蜂的秘密生活》中的莉莉虽然一出场就没有了生身母亲，但后来她却因此拥有了更多的母亲：罗萨琳是照顾莉莉饮食起居的母亲；八月是指导莉莉成长和治愈她受伤心灵的母亲；六月是对莉莉表面严厉而内心柔软的母亲；五月是纯洁真挚、童心未泯让莉莉又爱又怜的母亲；黑人马利亚女儿会的其他妇女是努力为莉莉营造一座爱的家园的母亲们。有母亲的孩子可能感受不到母亲的重要，因为对母亲习以为常；而没有母亲的孩子却可以深切感受到母亲的重要，尤其是女儿。

“对于女儿来说，同母亲的关系是她人生中第一种，也是最重要的一种人际关系。”①母亲不仅是女儿的生活的照料者、成长的指导者，母亲还是女儿的秘密的分享者、感情的慰藉者，母亲更是女儿成长路上有意或无意中模仿的对象。无论在生理还是心理上，母亲与女儿有着太多的共同之处，女儿更易信任母亲，母亲更易理解女儿，可以说母亲与女儿不仅血肉相连，而且灵犀相通。

《蜜蜂的秘密生活》中莉莉的经历证明，即使不是亲生，即使没有血缘关系，即使不是一个种族或一个阶级，亲情与爱依然可以存在，就像莉莉与她的“黑人母亲们”那样。作品的最后一刻，当莉莉看见罗萨琳、八月以及“马利亚的女儿们”站在门廊等待她回家的情景时，莉莉幡然领悟：“她们都在那里。所有的母亲们。我比街道上的大多数女孩拥有更多的母爱。她们是月亮，照耀着我的身心。”②

二

如果说白人女孩莉莉对母亲的渴望是源自肉身，源自本能和天性，那么莉莉对黑圣母的憧憬则是发乎内心、发乎信仰，是更高的精神层面上的需要。莉莉与黑圣母的邂逅，似两朵飘浮的云团在空中相遇，随着一声巨

①〔美〕赛因·海默：《母与女》，许晓峰译，北京：农村读物出版社 1988 年版，第 1 页。

②〔美〕苏·蒙克·基德：《蜜蜂的秘密生活》，宋苏晨、侯萍译，南京：译林出版社 2007 年版，第 330 页。

响，在电闪雷鸣中莉莉的灵魂获得了一次凤凰涅槃式的净化。进而与黑圣母相关的人和事如潮水般地涌进莉莉的心田，黑圣母以及黑人宗教犹如满帆的轻舟直驶莉莉心灵海洋的深处。在那里，莉莉不仅找到了认同和关爱，也与她的真我久违相拥。

莉莉首次见到黑圣母是在其母亲遗物的一张小画像中。这张画像上的黑皮肤的圣母马利亚形象，成为了莉莉寻找到酿造黑圣母牌蜂蜜的黑人三姐妹家的重要线索。可以说是黑圣母引领莉莉找到了这个自由的天地，让她在这里释放爱、释放自我。在三姐妹的家中，莉莉第一次见到黑圣母的雕像时：

> 只觉得她有一股巨大的磁力，犹如弯刀刺入我的胸膛膨胀着，使我感到隐隐作痛。……我站在那儿，对自己爱恨交加。那就是我面对黑圣母时产生的感受，她让我同时感到了自己的光荣和耻辱。①

这时莉莉对黑圣母的态度是好奇、震撼和不可思议，还有一丝丝的畏惧。当黑人马利亚女儿会的成员们一齐来到三姐妹家做礼拜时，莉莉目睹了他们顶礼膜拜黑圣母的场景。黑人马利亚女儿会用在家中举行特别的仪式代替了去教堂做礼拜：先由八月领讲黑圣母的神迹，众人随声附和补充，然后大家在神圣的音乐伴奏下抱成一圈起舞，最后每个人依次上前触摸黑圣母雕像上画的红心，与黑圣母一对一地交心。

白人女孩莉莉被这种氛围吸引和感动了，她也想上前触摸黑圣母的红心，也想成为黑人马利亚女儿会中的一员。此刻莉莉对黑圣母不再害怕，而流露出了认同和渴望。后来在莉莉又一次受到打击时，她不是像以往那样想起生身母亲而是来到了黑圣母雕像的面前，把手平坦扎实地按在黑圣母的红心上，请求黑圣母的救赎。这时的莉莉对黑圣母的感情又升华了，莉莉从黑圣母的身上感受到了一种更加宽广的爱，她对她充满信任和深情的依恋：

①〔美〕苏·蒙克·基德：《蜜蜂的秘密生活》，宋苏晨、侯萍译，南京：译林出版社 2007 年版，第 81 页。

> 你就是我的母亲，我告诉她。你是万人之母。[①]

当莉莉得知自己被母亲抛弃确有其事时，她生气地用蜂蜜瓶砸向了黑圣母，她认为这个圣母自身难保更不用说保护她。但是在风停雨歇心情平静之后，莉莉又加入到马利亚女儿会的圣母升天节的仪式中，虔诚地亲手为黑圣母涂抹蜂蜜沐浴净身。莉莉通过对黑圣母的埋怨、发泄和重新接受，开始审视自我、反省自我、接纳自我。黑圣母使莉莉敢于面对真正的自己，并对自己做出正确的评价。到作品的最后，莉莉与黑圣母亲密无间了，黑圣母已经成为莉莉生活中不可或缺的一部分，莉莉终于理解了黑圣母的神力之奥秘：

> 我每天都要去拜谒黑圣母。她带着一脸睿智看着我……我百看不厌，永远也看不够。这位圣母马利亚就是爱的力量。"[②]无论肤色如何，无论黑圣母还是白圣母，圣母形象在人们心中就是"达至完美境界的标准形象，是人类心灵成长的目标。[③]

《蜜蜂的秘密生活》中黑皮肤的圣母背负着白皮肤的莉莉，拨开迷雾，踏平荆棘，趟过恐惧和怨恨的泥沼，在闪耀着宽容和爱的光辉彼岸，让莉莉重新找回了她迷失的自我。

莉莉对黑圣母的态度和情感的变化是与她在八月家的独特经历分不开的。其中黑人马利亚女儿会的礼拜和圣母升天节的庆典带给了莉莉前所未有的巨大震撼，它们不仅唤醒了莉莉人性深处的纯洁美好的本质，更体现出了一种特殊的黑人宗教仪式与文化的魅力。黑人马利亚女儿会的礼拜不是去教堂听牧师布道，臣服地坐在观众席里经历令人敬而远之的仪式；在那里，"教堂的讲道坛和听众席隔着一段距离，并高高在

①〔美〕苏·蒙克·基德：《蜜蜂的秘密生活》，宋苏晨、侯萍译，南京：译林出版社2007年版，第180页。
②〔美〕苏·蒙克·基德：《蜜蜂的秘密生活》，宋苏晨、侯萍译，南京：译林出版社2007年版，第330页。
③萧潇：《爱的成就：圣母玛丽亚传》，北京：中国社会科学出版社1997年版，第410页。

上”。[1]在《蜜蜂的秘密生活》中，马利亚女儿会采取大家庭聚会的方式，集中来到三姐妹的家里进行礼拜。如前所述，他们的礼拜充溢着平等、互动和人情味。

在圣母升天节的庆典中，马利亚女儿会把自制的蜂蜜蛋糕作为圣母的肉体，围成一圈后一个挨着一个传递着给身边的人喂食，并且对其说出心中的祝愿。仪式的最后是众人一齐给圣母涂抹蜂蜜净身，再一齐用清水为圣母洗濯。这里的黑人宗教仪式与文化不仅表达了一种“人类普遍的母性崇拜心理”，[2]而且强调了人与人之间的情感交流和爱心传递。

这些宗教活动的完成必须依靠众人的努力，体现了黑人提倡大家庭式的交往方式和生活理念，即众人不分男女老幼、尊卑贵贱、亲疏远近，像一家人一样交往相处，其情柔柔，其乐融融。宗教活动中的每个人都要为共同的仪式出自己的一份力，每个人都要亲身参与到仪式中来，每个人都是仪式的主体，而不是作为客体被动地接受现成的仪式。此外，宗教活动的参与者不必拘泥于严肃的形式，而是可以畅所欲言，跳舞聚餐，共享聚会的欢乐与和谐。

当莉莉作为一个白人沉浸在与自己的白人宗教仪式不同的这些黑人的宗教活动中时，她没有感到丝毫的不安与隔阂，反而非常开心。莉莉觉得自己就是这个圈子中的一员：“我和她们在一起，心里觉得无比温暖”。[3]或许因为“黑人的宗教思想更具有包容性与忍耐力”，[4]莉莉感到自己不再是无依无靠、无人疼爱，她融化在马利亚女儿会这个黑人大家庭的温情海洋中。在给自杀的五月守灵时，马利亚的女儿们因为谈论到白人的银行橱柜里的棺材而哈哈大笑，而在一旁的莉莉却暗暗想：

① “寻访美国黑人文化——我的美国之行（代自序）”，唐红梅：《种族、性别与身份认同：美国黑人女作家艾丽丝·沃克、托尼·莫里森小说创作研究》，北京：民族出版社2006年版，第8页。

②刘丽敏：《圣母崇拜的中国近代天主教民中的兴起与扩展》，《北京科技大学学报》（社会科学版）2007年第9期，第116页。

③〔美〕苏·蒙克·基德：《蜜蜂的秘密生活》，宋苏晨、侯萍译，南京：译林出版社2007年版，第230页。

④洪增流、姚学丽：《为分裂的灵魂找到属于自己的位置——析托尼·莫里森小说中的黑人宗教思想》，《国外文学》2008年第1期，第92页。

假如我死了，我很乐意陈列在银行橱窗里，让马利亚的女儿们开心大笑。[①]

黑人宗教原始、本真、质朴，崇尚人与人之间、人与神之间的亲密接触，每一人不仅从神的身上汲取力量，更在人与人之间的友爱互助中获得在苦难的人世间继续生存下去的勇气。在《蜜蜂的秘密生活》的结尾，莉莉终于明了：黑圣母在每一个人的心中，心中有爱就有黑圣母，黑圣母就是忠贞不渝地去爱，无论是谁。

三

白人女孩莉莉之所以会在十四岁的时候突然离开父亲离家出走去寻找母亲，导火索是因为“蜜蜂”。按照她的话来说：“蜜蜂是上帝派来的使者。”[②]蜜蜂传达了上帝的旨意：“莉莉·梅利莎·欧文斯，你的蜜蜂瓶子打开了。”[③]一刹那间，莉莉完全明白了她必须采取的行动——离家出走。

在莉莉寻找母亲的过程中，蜜蜂始终陪伴着她。莉莉通过黑圣母牌蜂蜜才找到了黑人三姐妹家，莉莉的真正改变是从养蜜蜂、酿蜂蜜开始的。同时，蜜蜂也是作品最重要的象征，蜜蜂象征了大自然的爱，甜美温厚、博大深重。莉莉在与蜜蜂的相处中被这广博的大爱深深撼动，她把从别处得到的爱珍藏于心底，并学着把它们散播到四方。

首先，在作品的结构上，作者基德用“蜜蜂的秘密生活”隐喻了莉莉充满隐秘的生活，用蜂群世界隐喻了人类社会。《蜜蜂的秘密生活》每一章的开头，都有一段关于蜜蜂的非本文的引文作为这一章的题记。这些引文来自诸如《人类与昆虫》《世界各地的蜜蜂》《蜂王必死：蜜蜂与人类轶事》《舞动的蜜蜂》等自然科学类的文章，大多描绘了蜜蜂作为一种昆虫的生活习性。这些看似与作品内容并无直接联系的文字，其实与作品每一章的内容紧密相关。

①〔美〕苏·蒙克·基德：《蜜蜂的秘密生活》，宋苏晨、侯萍译，南京：译林出版社2007年版，第230页。
②〔美〕苏·蒙克·基德：《蜜蜂的秘密生活》，宋苏晨、侯萍译，南京：译林出版社2007年版，第1页。
③〔美〕苏·蒙克·基德：《蜜蜂的秘密生活》，宋苏晨、侯萍译，南京：译林出版社2007年版，第46页。

其中出现最多的是关于蜂群和蜂王的关系的引文，如第一、三、四、六、十二、十四章，对应这些章的内容恰恰讲述了女孩莉莉与其生母以及“黑人母亲们”的故事。例如，有的题记讲的是蜜蜂找到喜爱之处后整个蜂群就会建立新王国，隐喻了作品中的莉莉离开暴戾的父亲寻找新家园。有的题记讲的是蜂群要靠蜂王分泌的蜂王质才能维持生存，隐喻了作品中的莉莉（其实也是每一个人）需要依靠母爱才能顺利成长。有的题记讲的是蜂王是蜂群生活的核心，隐喻了作品想传达给我们的是母亲是人类家庭生活的核心。有的题记讲的是蜜蜂是群居动物，要依靠蜂群之间的身体接触才能成活；隐喻了人也是群居动物，人与人之间也需要友谊和关爱才能繁衍生息至今。

其次，蜜蜂引出了作品中最单纯、最真挚、也是最美好的一段感情——白人女孩莉莉和黑人男孩扎克的初恋。莉莉和扎克因为养蜂工作而相识，在同为蜂场工作的日子里，莉莉与扎克朝夕相处，互相帮助，分享生活，畅谈理想。莉莉渐渐被扎克吸引，而扎克也为莉莉着迷。两个纯真的少男少女相互扶持和鼓励，在成长的路上一同走过。这一路上有甜蜜有苦涩，有险峰有坎坷，有未知的困难有不确定的幸福，但是他们不气馁不退缩，他们共同举着爱的火把行进，约定将来也要永远一起前行。

《蜜蜂的秘密生活》的末尾，莉莉会经常在学校的餐厅等待同校的扎克，而扎克因为是黑人经常被白人同学们扔纸团乱砸一气。莉莉则被同学们笑称为“黑鬼情人”，也经常被纸团砸。扎克因此劝莉莉离他远一点，莉莉回答道：“不就是笔记本纸团嘛——多大事啊！”[①]穿越了肤色、种族和世俗偏见的重重迷雾，少女莉莉与少男扎克用两人炽热真挚的心照亮彼此，照亮他们未来之路，感化启迪着人们的心。

最后，蜜蜂的轻歌曼舞打开了莉莉的心扉，蜜蜂的做事处世使她懂得自我存在的价值和与人相处的真谛。伴随着对蜜蜂的感情日益加深，莉莉对周围的人和事的看法也渐渐由怨恨、戒备变为宽容和信任。与蜜蜂相处的日子里，莉莉骄傲地宣称：

---

①〔美〕苏·蒙克·基德：《蜜蜂的秘密生活》，宋苏晨、侯萍译，南京：译林出版社2007年版，第329页。

> 我们为蜂蜜而活。早晨,我们喝下一勺蜂蜜让我们清醒,夜晚再喝一勺催我们入眠。我们每一餐饭都离不开蜂蜜……蜂蜜是诸神的仙馐,是女神的香波。……我最喜爱做的事情是将蜂蜡倒进蜡烛模子里。……蜂蜡是一剂神奇的万灵丹。①

蜜蜂和蜂蜜是莉莉健康成长的保证,更教会了她感恩大自然,热爱大自然。莉莉由最初的因为见到成群的蜜蜂而吓得大跳,变成了对蜜蜂充满了爱心,她对蜜蜂表白:

> 我爱你们,我爱你们……我爱你们。我想用三十二种方式表达我的爱。②

此外,蜜蜂启迪莉莉找到了一种"接纳本然的天"③的生活方式,一种更健康快乐的生活方式。这种生活方式"要求人们采取更加简单、更少物质主义的生活方式,并且转向更多的精神奖励活动,这些活动与环境相和谐,而不是破坏环境。"④其实莉莉内心深处一直向往着这种生活,只是她没有觉察到。在来到蜂场之前,莉莉就对大自然怀着朦胧的亲近感。莉莉喜欢关于她的母亲不忍杀死蟑螂而用面包屑排成一条线把它们引出房子的故事。莉莉喜欢近距离地触摸大自然,她时常躺在家乡桃园的土地上,觉得天空是她的肌肤,月亮是她的心脏。莉莉一直为小时候没有救活被恶作剧的孩子绑在自己脖子上的小鱼而伤心懊悔、耿耿于怀。

来到蜂场后,莉莉开始了人生最重要的蜕变。她学会并爱上了"蜜蜂歌":

> 放一只蜂箱在我的坟头,再让那甘美的蜜汁渗透。此乃我撒

①〔美〕苏·蒙克·基德:《蜜蜂的秘密生活》,宋苏晨、侯萍译,南京:译林出版社2007年版,第95页。
②〔美〕苏·蒙克·基德:《蜜蜂的秘密生活》,宋苏晨、侯萍译,南京:译林出版社2007年版,第166页。
③Jonathan. Bate, *The Song of the Earth*, Harvard University Press, 2002, p.275.
④Keekok. Lee, "To De-Industrialize—Is It So Irrational?", in A. Dobson and P. Lucardie ed., *The Politics of Nature: Explorations in Green Political Theory*, New York: Routledge, 1995, p.105.

手人寰的时候，对你们提出的临终请求……[1]

莉莉喜欢这首歌的质朴雅气，袅袅韵律帮她找回了那个“灵魂与自然之间、自我与环境之间没有任何隔膜、障碍”[2]的自己。《蜜蜂的秘密生活》使我们相信：“在大自然中没有死的或者是机械的东西，生命和情感一定存在于所有的东西之中。”[3]

在《蜜蜂的秘密生活》中，以蜜蜂为代表的大自然充满了广博的大爱，给人希望，给人遐想，给人以无尽的冲动和无穷的力量。蜜蜂是莉莉的幸福使者，哭墙曾经为五月吸纳了苦难，在树林深处与大自然朝夕相伴、亲密接触的黑人三姐妹之家，仿佛伊甸园般令人神往和陶醉……在这里，作者基德流露出的生态主义思想与英国学者布赖恩·巴克斯特的生态主义观点不谋而合。

巴克斯特在其著作《生态主义导论》中指出：“每一种不同的生物——动物、植物、细菌或别的东西——它们都是以自己的方式而存在的某种神奇性(something wonderfulness)。每一种生物都代表了广大神奇生命的不同表现形式。”[4]通过莉莉与蜜蜂、众人与自然的故事描绘，基德使《蜜蜂的秘密生活》完成了一次“呈现了天地人之生态合一性的艺术升华”[5]。人的肉身之爱，人的精神之爱，人与人之爱，人与神之爱，人与其它物种之爱，都存在于大自然之中，都包含在大自然广博的大爱中。

感谢基德的小说《蜜蜂的秘密生活》用干净质朴的文字、敏感细腻的抒情、看似平淡实则深刻的故事，“润物细无声”般地让曾经受伤的心灵慢慢愈合，沉睡的良知渐渐苏醒。感谢基德的小说《蜜蜂的秘密生活》告诉我们：爱其实是一种天然的东西，与天与地与人一道而来。人人有爱，处处有爱，物物有爱，爱像大自然中的空气和水一样无处不遇、无处不在。只不过

---

①〔美〕苏·蒙克·基德：《蜜蜂的秘密生活》，宋苏晨、侯萍译，南京：译林出版社 2007 年版，第 94 页。

②胡志红：《西方生态批评研究》，北京：中国社会科学出版社 2006 年版，第 89 页。

③Roderick F. Nash, *The Rights of Nature: A History of Environmental Ethics*, University of Wisconsin Press, 1989, p.65.

④〔英〕布赖恩·巴克斯特：《生态主义导论》，曾建平译，重庆：重庆出版社 2007 年版，第 69 页。

⑤盖光：《文艺生态审美论》，北京：人民出版社 2007 年版，第 286 页。

是人们有时忽视了它慢待了它，甚至有意无意伤害了它抹杀了它。只要你想得到爱，只要你真心去挖掘爱，你甚至可以“在最不可思议的地方找到爱”——就像女主人公莉莉那样。感谢基德的小说《蜜蜂的秘密生活》，把我们载到了一个春光明媚的爱的王国，让我们感受到呼吸的自由和爱的无拘无束。

第五节　欧茨学院小说中的大学校园环境伦理

一

今年八十岁依然精神矍铄的乔伊斯·卡罗尔·欧茨(以下简称欧茨)可谓美国文坛的常青树，也是当代文坛上非常勤奋、高产、具有世界影响力的一位作家。迄今为止，她已经出版了一百多部作品，包括五十多部长篇小说、三十部短篇小说集、十二部文学评论集、十几部诗集和戏剧集，多部论文集、故事集，还选编过十几部文学作品集。欧茨成名很早，三十二岁时，就因长篇小说《他们》(*them*[①], 1969)荣获 1970 年的美国国家图书奖。从那之后，欧茨就开启了她的文学获奖之旅。

据统计她获得的主要奖项有：“古根海姆研究奖、美国文学与艺术学院颁发的罗森塔尔奖、埃尔默·霍尔莫斯·鲍布斯特小说终身成就奖、马拉默德笔会终身成就奖、欧·亨利短篇小说连续成就奖”[②]、邓根农基金会颁发的短篇小说雷奖、英联邦杰出文学贡献奖、凯尼恩文学成就奖等。除此之外，欧茨还因为她的作品多次获得美国国家图书奖提名、普利策小说奖提名、福克纳笔会小说奖最佳小说提名等；她的作品还经常出现在许多影响广泛、受众众多的西方媒体和杂志的畅销书榜单上，她还曾两次进入到了举世瞩目的诺贝尔文学奖的最终候选人名单。

欧茨不仅是一位举世公认的世界文坛大家，她还具有评论家、编辑、大学老师、教授、学者等多重身份。欧茨惊人的文艺产量、丰厚的获奖和荣

①欧茨出版该书的时候，书名用的就是小写。

②杨建玫：《走出人类中心主义的藩篱——乔伊斯·卡罗尔·欧茨小说中的生态伦理思想研究》，上海：复旦大学出版社 2013 年版，第 1 页。

誉、多重多样的身份,使得国内外研究学界对她一直青睐有加。在美国本土,对欧茨的研究热潮兴起于 20 世纪 70 年代。据相关数据,至今美国公开出版关于欧茨的研究专著二十多部,论及欧茨的论文七百多篇。欧茨的作品数量众多,创作涉猎广泛,题材、体裁多样,因此对于她的研究也是五花八门、各显神通。

本文主要关注欧茨的一类小说创作,即欧茨的“学院小说”(Academic Novel/Fiction,还有“学院派小说”“学界小说”等中文译法)。因作家欧茨本人“身在此山中”的大学老师、教授和学者的身份,为研究“学院小说”此类型小说提供了新的视角,也为从“学院作家”(College Writer,有人翻译成“学院派作家”“学界作家”“驻校作家”等)这样的侧面理解欧茨的创作对文学史的贡献提供了新的契机。

对于欧茨,评论界多数人一度把她定位成“暴力和黑暗的专业写手”。其实这忽视了欧茨作品对众生脆弱的关怀、对人性多棱的展演以及对一些特殊群体的凝视,她的“学院小说”对大学教师、学生、校园及其生态文化、环境伦理的关注和描绘就是一个明证。对于在大学任教四十多年、兼有学者、作家、编辑、评论家等多重身份的欧茨来说,“学院小说”是她最熟悉、最真实、最得心应手的题材。欧茨作品中许多反复出现的故事场景、人物形象都与大学息息相关。欧茨深谙象牙塔的真实生活和学术圈的游戏规则,其亲身的科研、教学与写作的经历更为她的“学院小说”提供了第一手的素材、参照和语境。比如长篇小说《他们》、短篇小说《在冰山里》中的故事基于欧茨在底特律大学教书时的见闻;短篇小说集《饿鬼:七个讽刺喜剧》映射的是欧茨在加拿大温莎大学执教的情形;长篇小说《不神圣的爱情》《冬至》《玛丽亚的一生》《狐火:一个少女帮的自白》《我带你去那儿》等则来自于她在普林斯顿大学工作、创作的经历与沉淀。

二

值得注意的是,20 世纪中叶的美国文坛上, 涌现出了一批这样的作家,他们既是作家又是大学老师,因而被称为“学院作家”。源于 20 世纪 50 年代,美国的大学处于急剧扩张的阶段,大学的数量迅速增加,大学的规模迅速扩大,大学的招生人数迅速膨胀,为了保证教学、科研、后勤等一系列大学校园的正常运作,许多大学需要一方面大量返聘已经退休的大学老教师,另一方面大量招聘出生在婴儿潮时期的年轻人为大学教学与研究注入新的力量。同时,美国政府、民间组织、企业社团等也加大了对大学财力上的支持,纷纷提供经济资助,使得大学可以设立诸多种类的奖学金、基金、教学和科研奖励。因此,也吸引了一大批知名作家,进入高校应聘为大学老师,从此不用过着仅靠写作难以维持生计的日子,而是可以一边拿着基金资助,一边上着写作课、文学课,一边继续自己的文学创作,他们因为身兼大学教师和作家的双重身份被人们称为"学院作家"。欧茨就是他们中的一员。

但是,并不是"学院作家"写的小说都是"学院小说";同理,有的"学院小说"的作者也不一定是"学院作家"。"学院作家"的称谓是因为作家的双重身份,而"学院小说"则特指的是一类以描写大学、高校生活为主的小说。"相对来讲是一种新兴的小说文类。它与以各类校园为背景、描述校园生活的'校园小说'(Campus Novel)有一定渊源关系,但较之又有很大的发展。"[①]学院小说的主人公通常是知识分子,以他们活动的高等学府和学术界为主要背景,对大学校园、学术机构等组成的"小世界"的人生百态展开一系列的描绘,多以揭露、讽刺、反思为主。

美国的"学院小说"起源于20世纪20年代,到五六十年代进入一个高潮期。美国学界对该类小说的研究开始于20世纪60年代初,发展至今,研究队伍日趋壮大。但由于研究起步较晚,关注人数一直不多,对于美国"学院小说"的研究无论在美国还是中国都是一个有待多方关注、继续探索、深入挖掘的课题。而对欧茨的研究则始于20世纪70年代初的美国。欧茨在1970年获得美国国家图书奖后,开始备受评论界的关注。就笔者可查到的资料显示,美国最早对欧茨的"学院小说"研究的是著名学者艾琳·班德(Eileen Bender),她在1987年出版的《驻校的艺术家:乔伊斯·卡罗尔·欧茨》一书首次聚焦于欧茨的"学院小说",并对欧茨的学者、作家双重身份进行了系统研究。之后较有代表性的有著名学者伊莱恩·肖沃尔

①宋艳芳:《西方文论关键词:学院派小说》,《外国文学》2013年第6期,第85页。

特（Elaine Showalter）1996年出版的《自我的多面性:欧茨的小说》,此专著拓展出欧茨研究的新维度,即欧茨的女性身份。该书从女性主义角度梳理了欧茨写作策略的转变轨迹,讨论了欧茨“学院小说”中的女性教授、学者的处境问题。

在国内,学界自20世纪70年代开始对欧茨的作品进行译介和研究。至2016年,国内已翻译欧茨的长篇小说二十部,其他作品若干。但相对于欧茨迄今已发表了一百多部作品庞大数量来说，国内的翻译工作还是比较滞后的。相比国外学界对美国“学院小说”的研究,国内起步更晚、关注更少。最早发表的学术论著是马凌的《后现代主义中的学院派小说家》（2004）,后有李莉的论著《20世纪美国学院派作家总论》。最早发表的论文是小平的《著名法国女作家F.埃布拉尔获法兰西学院小说大奖》（1988）一文,后有李莉的《美国学院派小说研究在美国》（2009）等。迄今国内学界对于西方的“学院小说”的研究论文不足百篇。至于对专门针对欧茨的“学院小说”的研究大约十几篇。其中与本文研究密切相关且具有代表性的论文有:刘英、栾红敏的《学术竞争与群体关怀:乔伊斯·凯洛·欧茨的“学院小说”主题探究》（2008）,李莉的《友谊、爱情和自我三部曲——乔伊斯·卡洛尔·欧茨的学院小说〈我带你去那儿〉的伦理思想》（2009）等。

通观国内外研究现状,对欧茨“学院小说”的研究多为分别专论其作品中的人物形象、主题内涵、伦理思想、叙事特点、艺术手法等,或者研究“学院小说”中讨论的有关女性身份、学者身份、教授身份等问题。本文将在继承前人的基础上,主要采用文学伦理学的批评方法,并借鉴环境伦理学的相关理论,探究一部文学作品,即欧茨的“学院小说”《我带你去那儿》（*I will take you there*,2002）是如何通过描写一位女大学生在校园中的经历,展示了大学校园众生态所构成的伦理与环境;这些艺术描摹体现了什么样的对于伦理与环境之间关系的反思；以及作家欧茨以此期许在大学校园重建一种怎样的环境伦理及其意义。

三

《我带你去那儿》的主人公是一位有自闭倾向和自卑情结的女大学

生。小说以第一人称“我”的口吻展开回忆，倒叙了“我”在20世纪60年代就读于美国一所大学哲学系时，所度过的一段大学校园时光。“我”出身贫寒、相貌平平、性格内向，学习刻苦，成绩优秀却一直没有得到任何人的怜爱与呵护。故事一开始“我”刚刚考上了大学，努力想要在梦寐以求的新环境里开始人生的新篇章，以摆脱过去生活中的自卑、自闭和孤独；但是却在大学校园生活中处处碰壁，被女生联谊会开除，被深爱的男生抛弃，这其中穿插补叙了“我”童年和青少年时期被家人嫌弃的经历；小说最后写到“我”在度暑假时，接到了被误传死讯的父亲还活着的消息，只身一人不远千里驾车去看望奄奄一息的父亲，在与临终前的父亲相处的时光中，我梳理往昔、忽得感悟，为父亲下葬后真正开始了新的人生。

从结构上，小说《我带你去那儿》写有三个部分：“《忏悔者》《黑人情人》和《出路》。每一部都像一出三幕剧，由冲突—高潮—结局构成。每一部看似独立，实则互相紧密联系，全书也是一出三幕剧。”[①]具体来说，小说的这三个部分分别讲述了女主人公“我”在卡帕加玛派宿舍楼的女生联谊会寻求友谊的故事，白人女生“我”被一位黑人男生迷住后寻求爱情的故事，“我”去见弥留之际的父亲后寻求自我的故事。小说的三个部分《忏悔者》《黑人情人》《出路》，正是女主人公“我”在生活中必须面对的个人与社会、个人与他人和个人与自我的三个重要关系的展现。而文学伦理学主要也是从这三个方面探讨人文精神的内涵：在人与社会关系上，以求真为切入点；在人与他人关系上，以求善为切入点；在人与自我的关系上，以求升为切入点。[②]

因此，从文学伦理学批评角度，我们可以对该学院小说中的女主人公“我”在寻找友谊、爱情和自我的过程中，从人与社会、人与他人、人与自我三个层面进行的伦理建构进行深入研究。[③]同时，小说三个部分的故事叙述还构成了女主主人公展开活动的时间和空间，这种活动的时空又包括了自

---

①顾韶阳：《我带你去那儿·前言》，见〔美〕欧茨：《我带你去那儿》，顾韶阳译，北京：人民文学出版社2005年版，第3页。

②观点参见李定清：《文学伦理学批评与人文精神》《外国文学研究》2006年第1期，第44页。

③观点参见李莉：《20世纪美国学院派作家研究》，天津：南开大学出版社2013年版，第76页。

然环境和社会环境,小说不仅对这些环境进行了描绘,也注重对女主人公“我”与环境之间相互关系和作用的描绘。而今天的环境伦理学是一门新兴的朝气蓬勃学科,它不仅要研究过去的环境科学中所研究的自然环境,“更加重视对社会环境中的非物质部分,即精神环境部分的研究。包括对人类的人生观、价值观、道德观及人与人之间和人与环境之间的相互关系的研究。社会环境系统还可以细分为物化社会环境(人工环境)和精神社会环境两大部分”。[①]所以,借鉴环境伦理学对环境的划分方法,我们将发现小说女主人公“我”的一系列展示了人与社会、人与他人、人与自我的关系的活动,对应地存在于“人造环境”“情感环境”“信仰环境”三个时空中。

四

首先,小说第一部《忏悔者》故事的时间开始于20世纪60年代,空间是纽约锡拉丘兹大学的卡帕姐妹会的大楼里,这也是“我”展开这一段故事的“人造环境”。出场时,女主人公“我”是一名哲学系的大一新生,刚刚步入大学校园,对这个新环境里可能发生的新生活充满了仰慕和期望。尤其让“我”敬仰和向往的是一座历史悠久、气势恢宏、万人瞩目的女生宿舍楼——

> 卡帕加玛派宿舍楼!它位于纽约锡拉丘兹大学城91号,是一幢巨大的立方形三层楼建筑,具有古老的新古典主义风格。房子用大块石灰岩砌成,那黑中带红、泛青的石灰岩就像是从深海里捞上来的古老宝藏。哦!但愿你能看看它!但愿你能透过我的眼睛看看它。[②]

这就是女主人公“我”寻找友谊、竭力使个人融入社会的“人造环境”。透过“我”羡慕的眼睛,透过“我”敬仰的口吻,读者也能感受到“我”是多么地企

①邝福光:《环境伦理学教程》(修订版),北京:中国环境科学出版社2000年版,第7页。

②〔美〕欧茨:《我带你去那儿》,顾韶阳译,北京:人民文学出版社2005年版,第4页,以下引自作品该译本的不再一一注明页码。

望能进入到这座宿舍楼内，成为它的一员。

小说的开头，写到“我”在还没有被卡帕女生联谊会接纳入会之前，每次经过这幢宿舍楼的时候，“注视着昏黄的爬满常春藤的墙面和高大的白圆柱，眼神里充满渴望和向往”。终于，“我”在大一下学期的时候，申请被批准，被接纳入了卡帕女生联谊会，可以搬进这幢宿舍楼。“我”认为终于可以开始大学校园新生活了，终于可以飞上枝头变凤凰了，终于从一个寒酸的乡下姑娘跻身贵族的厅堂了，终于有一条光明大路、人生坦途金光闪闪地铺展在眼前了。但是，事实与此相反。无论多么地忍气吞声、乐于助人、没钱时宁可偷偷去垃圾箱捡垃圾吃和用也要缴纳高昂的会费，“我”还是遭到了联谊会所有姐妹对“我”的节俭的嫌弃；无论多么温柔乖顺、毕恭毕敬、宁可无辜的自己承担他人的罪名也要保全长者的名声，“我”还是遭到了宿舍女舍监塞耶夫人对“我”的朴素的鄙视。

其实小说在一开始对“我”第一次走进这幢庞大的宿舍楼的描写中，就埋下了“我”将来不被接纳的伏笔：

> 进去的路。踏着古老而悠久的楔形石阶爬上山进入房子。石头已经开裂，开始剥落；在一只只脚成年累月的践踏下，它变得非常光滑。要是石阶结了冰，或遇上大风天气，你可以扶着古老的装饰华丽但不太牢靠的铁栏杆行走。……这样威严的门面是大学城北区建筑的一大特色，让外人觉得气派高贵，难以接近。……宿舍楼高大威严的栎木前门上有个铁门环，一按门铃，房子深处就飘出一阵柔和优美的铃声。……楼下的公用房间气派威严，天花板很高；屋子里尽管有镶金的法国墙纸，仍不减其阴暗。笨重老式的家具是维多利亚时代的古董。

“进去的路”如此坎坷，看到的楼如此“难以接近”。“我”如同大学里众多女生一样，把能住进那栋历史久远、贵族气派的宿舍楼视为可以进入更高的人生境界的通行证。但是没有想到的是，这栋表面看起来有着贵族气和历史味的宿舍楼，内里充满了纸醉金迷、嫌贫爱富的空气。

在这栋令人仰慕的大学女生宿舍楼里，住着的非富即贵的女生们没有一个如同她们在人前表现得那么体面。“我”被安排住在三楼的一个房间，但是“我”不愿意回自己的房间。因为一屋子的女生没有大人的监督都在抽烟、无所事事，整个房间烟雾缭绕、杂乱无章，到处都是衣服、化妆品、食品、油印的作业和垃圾，像“乱糟糟的猪圈”。别屋的女生随意出入，不经同意就摊开四肢躺在“我”的床上一根接一根地吸着香烟。而“我”没有钱买烟也不愿意吸烟，只想勤工俭学、勤奋学习、与正常的女生进行正常的交往。但是，这些卡帕姐妹们每天只知道化妆、抽烟、喝酒、听流行歌曲、去派对、去舞会、去和有钱的男生们鬼混，她们每天出门时花枝招展、美艳动人、用尽吸引男性的招数，深夜归来时浑身酒气、衣衫不整、在男友的搀扶下呕吐不止。

她们表面上是百里挑一的全国著名的女生联谊会卡帕姐妹会的让人羡慕的富家小姐，实际上是毫无自尊、自立、自爱，毫无同情心、上进心、一心只想靠刻意装扮的外貌、优雅修饰的举止来钓得金龟婿、嫁入豪门的水性杨花。所以，在这些卡帕姐妹会的姐妹们身上，“我”找不到任何人格、尊严、认同感，也一直被她们当成穷酸的另类排斥在外，除了她们恳求“我”为她们写作业的时刻。最后，“我”终于看清这群姐妹从来没有把“我”当成这里的一员，她们之所以让“我”入会的目的只有一个——因为“我”的成绩优秀，为了让“我”替她们写作业。一旦“我”开始拒绝，她们立刻露出了真面目：

> 该死的你以为你凭什么待在这儿？你的美貌？

在这个“人造环境”中，除了这幢宏伟的建筑物和姐妹会的女生们，还有一位女舍监塞耶夫人，也冲击着我们对于环境伦理的认知。塞耶夫人是一位英国籍的中年妇女，表面上高贵优雅、举止得体，实际上嫌贫爱富、心胸狭窄。她虽然是卡玛派宿舍楼的女舍监，但却不是卡帕女生联谊会的一员，对此她耿耿于怀。塞耶夫人一方面想要得到宿舍楼里众女生的承认，也想成为姐妹会的成员。另一方面，她多年努力都没有成功，她对这些女生们心怀嫉妒和怨恨。塞耶夫人一方面因为她的英国出身而自视甚高，在她面前所有人必须承认英国优于美国；另一方面，无论她表现得多么瞧不起美国她还是要在这里谋一份差事养活自己。

塞耶夫人要求宿舍楼里所有的女生举止淑女，但是她却藏在自己的房间里酗酒无度。当塞耶夫人第一次见到我时用“亲爱的”称呼“我”，“我”幸福得飘了起来，一度把她当成了“我”一生下来就死去了的母亲。“我”曾幻想着在塞耶夫人这里得到母爱，因此“我”努力做好一切，严格按照塞耶夫人的标准要求自己，在所有的女生都为难塞耶夫人的时候，“我”多次主动承担别人做的错事，只是为了不让塞耶夫人难堪。但是，塞耶夫人自始至终也没有接纳土里土气的“我”。最后一次，我无意闯进了塞耶夫人的房间发现了她酗酒的秘密，导致了我被开除出姐妹会，她也被宿舍楼辞退。后来，“我”因为一次偶然看到了“我”的档案评语里塞耶夫人恶毒地写道：

> 任性、讨厌、不讨人喜欢的女孩（指女主人公“我”——引者注），粗鲁，有反社会倾向，适应能力差，不能与别人相处，不尊敬长辈。不同意推见到任何领域里任何需要怒力工作的岗位。这些句子从我惊愕的眼前迅速掠过，但我还是发现两个别字推见、怒力。

塞耶夫人这段评语所描绘的“我”的形象其实与真正的“我”截然相反。

在小说第一部《忏悔者》中，“我”一直努力讨好这幢宿舍楼里的每一个人，这里的每一个人都曾让“我”仰慕和向往，“我”一直努力融入到这个富丽堂皇却醉生梦死的“人造环境”中，因为它曾是“我”心目中的贵族生活的样子，但是最终“我”失败了，被开出局。在这里，“人造环境”所象征和隐喻的高贵、优雅、博学与这个环境里的人所表现出来卑鄙、丑陋、无知形成了极其鲜明的对比，不仅令读者在阅读时产生巨大的心理反差甚至生理不适，而且使得我们不得不对这其中蕴含的道德、伦理问题进行自问、反省与思索。

这一部分的标题为什么叫“忏悔者”呢？“我”为什么称自己为“忏悔

者”呢？因为当时住在这个“人造环境”中的“我”惶惶不可终日，总是觉得姐妹们不喜欢“我”，是因为“我”有问题。但实际上，当“我”成人后再来回忆倒叙这段经历时，那时的“我”已经完成了寻找之旅，已经找到了自我。因而后来的“我”对这个环境中的人、事、物的评价更加准确和犀利，当年忏悔的人是“我”，但是真正应该忏悔的是营造出这个金碧辉煌却却纸醉金迷的“人造环境”的卡帕派女生联谊会、姐妹们和那位塞耶夫人。

五

其次，小说的第二部分《黑人情人》中描写的白人女生和黑人男生的故事，构成了女主人公“我”的“情感环境”。身为十九岁的白人女生的“我”在一次伦理课上听到了一个男生的发言，一下子就被他迷住了。因为这个男生对伦理和哲学的理解深刻，发言精辟，连教授都为之赞叹。作为优等生的“我”不可遏制地爱上了这位高年级的男生的才华，都没有注意到他和自己不一样的肤色。而且，从小自卑的“我”不敢主动打招呼，却鬼使神差地开始跟踪这个三十岁的男博士——沃诺·马休斯。直到有一天沃诺发现了“我”的跟踪，拉开了交往的帷幕。“我”为了自己心目中的男神开始“重塑自己，使自己有吸引力”。虽然我知道沃诺才华横溢，但是因为他的肤色和傲气，大学校园里很多白人学生看不起他。但是我从来不在乎他的黑色，反而认为那也是他个人魅力的一部分：

> 沃诺·马休斯的头发绝对是黑人的头发：深色的，有些油腻，像羊毛一样弹性十足，头发修剪得很短，贴着脑袋，这在我看来硬朗、坚定，非常迷人，是件艺术品。

可是事与愿违，沃诺从一开始就不相信“我”对他的感情是真挚的爱。他反复地问“我”一句话：“你想从我这里得到什么？”一开始“我”出于羞怯和自卑，不敢说出心里的话，其实“我”不想从沃诺那里得到任何东西，“我”爱他，就这么简单。后来，当“我”和沃诺发生关系之后，“我”觉得已经成为他的女朋友之后，“我”面对沃诺的又一次发问，做出了回答：“我只想和你在一起。”这句话多么坚定和诚恳！但沃诺就是不相信。即使“我”为了他做出了许多改变和牺牲，即使“我”愿意光明正大地和他像男女朋友一样，走在大街上、去校园俱乐部、去白人才去的高级餐厅，即使“我”毫不在意被别人叫做“黑人情人”，即使“我”鼓起勇气反唇相讥女生部部长暗示“我”作为一个白人女性不应该找一个黑人情人……沃诺却总是对“我”若即若离。“我”想用热情执着的心融化两个人之间的冰冻海洋，但是沃诺把对“我”的信任紧紧地封闭在一座千年不化的冰山上。

一个正常的白人女生怎么会爱上一个长相普通、没钱没势、众人侧目的黑人男生呢？沃诺也是用这样世俗的逻辑来推断“我”对他的爱，他一边和“我”做爱一边愤怒地质问：

> 我讨厌你皮肤的颜色和手感，你难道不知道吗？……你怎么能爱上我？你怎么能让我操你？你怎么能这样作践自己？”这时“我”嘴上不回答心里却说：“我从不敢告诉他可是我爱你，尽管我时常在梦里说可是我爱你。

最终，“我”在沃诺的住处偶然翻看他的文件箱，发现了他隐藏的秘密，他已经结婚而且还有孩子，结果“我”却被恼羞成怒的沃诺当即赶出了屋子。分手后，沃诺来找“我”的最后一次聊天，说出了另一个他隐藏心中多年的秘密。他的祖上协助白人贩卖过黑人同胞，这被他当做奇耻大辱。不仅因为他的肤色，不仅因为种族歧视的环境，不仅因为“我”敢于冲破世俗爱上他，这也是他人格分裂的一个重要原因。

值得注意的是，在小说的第二部分《黑人情人》中，沃诺见到“我”之后，就称呼“我”为“阿尼利亚”。但是“我”的名字却不是“阿尼利亚”。一开始“我”因为胆怯没有立刻纠正沃诺。“我”和沃诺发生关系后，“我”告诉了沃诺“我”的名字，但是沃诺很快忘记了，“我”又纠正沃诺，然而他还是叫“我”阿尼利亚，所以“我”放弃了纠正。一直到最后两人分手，沃诺都没有记住“我”的名字。这个设置颇具深意，其实在整部小说《我带你去那儿》中，女主人公的名字都没有人记住，也没有人说起，就连她自己也很少说起。第一部分《忏悔者》中，卡帕姐妹会的姐妹们不叫“我”的名字，女舍监塞耶夫人直接把“我”的名字叫成另外一个，就连上课的教授在学生花名册上似乎也找不到“我”的名字，只知道这个女生学习刻苦、成绩优秀、善于提问。

在小说中，“我”的名字无人记得无人问起，隐喻了“我”没有人关心，甚至没有人注意到“我”的存在。他们用无名或者错名剥夺了“我”的存在，所以本来就自卑的“我”活得更加卑微。在这场恋爱中，“我”渴望没有种族歧视、没有偏见、没有不平等的“情感环境”，“我”愿意付出更多的情感，但是“我”付出情感的对象选错了。“我”的偶像沃诺是一个连自己的情感都无法掌控的人，是一个害怕感情的人，所以“我”的付出没有回报，甚至没有回应。而且，“我”在“情感环境”中自己却没有遵循平等的原则，“我”把自己放得很低，甚至抹去名字、抹去自我去迎合他人，把自己置身于低人一等的位置，因而也造成了不对等的交流和情感交换的失败。

六

最后，小说的第三部分《出路》讲述了“我”寻找自我的故事，凸显了“信仰环境”的终极价值与意义。其实在前两个部分中，小说断断续续地补叙了“我”的出生、童年、青少年的一些经历和心路历程。“我”出生后 18 个月，“我”的母亲就因为生“我”的时候得病去世了。所以，全家人都迁怒于“我”。“我”的父亲不喜欢和“我”单独相处，也经常不回家。“我”的祖母认为“我”的父亲不回家是为了躲避“我”，因而也生“我”的气。比“我”大许多岁的三位哥哥，觉得是“我”的到来带走了母亲，因此从小排斥“我”。就连“我”自己也为自己的出生充满了内疚，认为自己害死了母亲，害惨了一家人。“我”时常想念母亲和否定自己：

> 我不值得你为我而死。但是是否值得你给我生命呢？

在《我带你去那儿》里，“我”的整个童年没有任何的亲情可言，“我”一直梦想得到母亲的爱，一直努力回忆母亲的爱，但是没有用。“我”一直渴望得到父亲、三位哥哥、祖父母的爱，但是他们全都吝啬给予。所以“我”一直是一个情感上的孤儿，极度渴望被人爱。从小没有感受到爱的“我”变成了自卑、自闭、孤独的代名词。上学后“我”只有靠努力学习、取得好成绩博得家人的关注，但还是没有人在意。直到高中毕业典礼，“我”被选为优秀学生代表上台发言，突然看到了从不亲近“我”的父亲竟然来到了现场，给我鼓掌：

> 毕业典礼结束后，父亲大步上前拥抱我，这个几年都没碰过我一下的男人拥抱了我，然后就随口说起了大话：“你说得太好了，嗯？我就知道你行的，像她（指‘我’的母亲——引者注）一样，你行的。头脑快得像根鞭子。你得好好利用你的聪明才智，别让那些蠢货看扁了你。”这时候，戴着方帽，穿着毕业礼服的同学和他们体面严肃的父母看着我们，目不转睛，惊异不已。

“我”一直记得这一幕，它是我继续努力下去的源泉。

在小说中，直到“我”的哥哥给“我”打电话，告诉“我”其实原来误传了父亲的死讯，现在失踪多年的父亲奄奄一息，死前只想见“我”一面。正在度暑假埋头写作的“我”放下笔，预支“我”第一本书的稿费买了一辆二手车，只身一人驾车去千里之外看望父亲。最后，“我”没能看到父亲的样貌，因为他的女朋友告诉“我”父亲非常想见“我”，但是他被病痛折磨得毁了容，所以坚决不肯让“我”看到他现在的模样。然而他却想看看“我”，虽然他已经不能说话了，而且活不过一个月。在与临终前的父亲艰难、痛苦、却又充满希望的相处的这段时间里，“我”回忆往昔、梳理平生、静心思考，终于能够正视童年的创伤、性格的缺陷、家人的不易、命运的不公，“我”终于明白父亲是爱“我”的，只是他不知道怎么和“我”相处，“我”终于看清楚自己想要什么，什么对自己最重要。“我”对父亲说：

> 爸爸，我想写一些美好的东西，我想写一些能经受时间考验的东西，希望有一天你能看到……确切地说写作并不是我生活

> 的全部，爸爸，但我——我不能——当时我不能——没有它就像——不能没有梦？不能没有呼吸？

这时，在面对临终的父亲时，在面临丧失至亲的绝境时，在直面死亡不得不思考生命的意义时，“我”终于明白了自己的追求和理想，“我”终于看清了发现自我的途径，“我”终于找到了人生的信仰，那就是——写作。在这里，作家欧茨的“学院作家”的特质流露出来，她和女主人公“我”一样，坚信写作的力量，坚信文学的力量，坚信“文字划伤空气”，坚信文字治愈创伤，坚信文字救赎灵魂，坚信文字超越死亡。这就是“我”在失去了亲情的支撑后，在万念俱灰曾想自杀后，在发现世界上最后一个爱“我”的人也离开了之后，还勇敢地活下去的“信仰环境”的支柱。

虽然著名评论家伊莱恩·肖瓦尔特说美国的“大多数学校都扮演着学生的替代家长的角色，在校园里创造了一个五脏俱全的社会，为机构里的成员及其相关人员提供食宿、医疗保健和社交活动。大学积极培育学生和教员之间紧密的个人关系”。[①]然而具有讽刺意味的是，小说写到这里是让大学生女主人公“我”在离开大学校园之后才找到了自我，这是不是对大学教育的嘲讽？这是不是对大学校园所构成的小社会、小世界独有的道德、伦理的批判？这是不是让我们意识到大学校园环境伦理确实出了严重的问题而且急需重建的一个警示呢？

①〔美〕伊莱恩·肖瓦尔特：《学院大厦：学界小说及其不满》，吴燕莛译，上海：上海三联书店 2012 年版，第 1~2 页。

第六章　中西另类女性形象书写比较

第一节　犹斗的困兽　同声的反抗[①]

本节试图通过对19世纪英国作家夏洛蒂·勃朗特的小说《简·爱》(1847)中的伯莎·梅森和20世纪中国作家曹禺的戏剧《雷雨》(1934)中的繁漪,这两个表面相似实则不同的“困兽犹斗式”的人物的抗争历程的比较和析解,研究作品所揭示的父权制社会对女性的否定、扭曲、镇压、摧毁,所展示的女性形象对男权中心的抵制、反抗、冲击、决裂,同时探寻不同的时代背景、作家的意志观念、历史文化语境等对不同作品塑造同一类人物形象的操纵、影响与作用。

一

虽然身处两个不同的时代,虽然属于不同的国度,然而19世纪英国作家夏洛蒂·勃朗特的小说《简·爱》中的伯莎·梅森和20世纪中国作家曹禺的戏剧《雷雨》中的繁漪,却如同一对孪生姐妹共同遭受着父权制社会的压迫,她们都被男权中心压迫者污蔑为“疯子”,困兽般地被囚于男权世

①本节主要观点参见拙文:《犹斗的“困兽”同声的反抗——评说伯莎·梅森和繁漪》,载“全国中文核心期刊”《名作欣赏》2006年第7期下半月。

界的牢笼之中。

在男权中心独霸的社会，话语这个人之所以为人的唯一特性，被男性独占侵吞了。不论是伯莎还是繁漪在这里永远没有表白自己心声的机会和权力。在小说《简·爱》中，关于伯莎·梅森的一切、尤其是她的过去，我们只能从罗切斯特口中得知。罗切斯特告诉人们，婚前的伯莎·梅森是西班牙城的美女，“高高的，黑黑的，十分庄严”①，极具“魅力和才艺”“她那个圈子里所有的男人似乎都爱慕着她”。还是这个罗切斯特，在他得到伯莎·梅森之后又说伯莎·梅森“心灵平庸、卑鄙、狭窄”，他“不能舒服地跟她过一夜或白天过一个小时”，他和她“不可能有和和气气的谈话，因为不管他开始什么话题，都会立即从她那儿听到既粗俗又陈腐、既乖戾又低能的谈话”。

令人不可思议的是，就是这样一个大家闺秀，才貌双全、人见人爱的倩女，怎么就在嫁给罗切斯特后居然变成了一个“可怕的丑婆娘”“恶劣的野兽般的疯子”了呢？关于婚后的伯莎·梅森，我们在罗切斯特发布的所有言论中找不到一丁点儿对她曾为一个正常人的描述。给人的感觉是罗切斯特结婚时娶的就是一个疯子。

这就怪了，罗切斯特，一个进过大学受过高等教育的英国绅士，在以充沛的精力、清醒的神志追求伯莎·梅森的时候，居然一丁点没发现她是一个具有“最粗野、最下流、最腐化的性格”的女人？罗切斯特对伯莎·梅森和他婚后拥有过的甜蜜只字不提，对伯莎·梅森什么时候发病为什么发病不做任何交代，对伯莎·梅森嫁给他时所带的三万英镑的陪嫁轻言以搪。罗切斯特用他的一家之言一次次絮叨，他罗切斯特，是“由于无知，不成熟，缺乏经验”，还有“青年人的好色、鲁莽和盲目”才娶了伯莎·梅森。

但是这里我们必须注意到，罗切斯特对伯莎·梅森所做的这一切叙述和评价是一种缺席的审判。历来的霸权者都是在一边独占着话语权，一边做着那些见不得人的勾当，散布着那些颠倒黑白混淆视听的胡言谬语，以其贬低他者美化自己，来达到巩固其权势、维护其利益的目的，男权霸道

①〔英〕夏洛蒂·勃朗特：《简·爱》，祝庆英译，北京：对外翻译出版有限公司 2009 年版，第 303 页，以下引自该译本的不再一一注明页码。

者罗切斯特也不例外。然而事实总归要浮出历史的地表,不管罗切斯特的一己之论发表得多么冠冕堂皇,多么粉装玉饰。当初他倾慕于伯莎·梅森的美貌,他的父亲和兄弟贪婪于金钱,是他主动地把伯莎·梅森娶进了家门,这个事实恐怕连罗切斯特他自己也无法否认吧!

伯莎·梅森何过之有?罗切斯特为了掩人耳目竟昧着良心说:“我从没爱过她,从没尊敬过她,甚至从没了解过她。”这个自私卑鄙的伪君子!既然你从来就不爱她,那你为什么娶她?在《简·爱》中,罗切斯特时时刻刻极力掩盖着伯莎·梅森的真实身份,甚至始终否认他和伯莎·梅森合法的婚姻。伯莎·梅森就这样不明不白地、死囚般地被他锁在暗无天日、与世隔绝的阁楼上,表面上被人伺候起居,实际“享受”的是饲喂野兽般的看管。而罗切斯特却伪装成失却了爱情的单身汉到处花天酒地寻欢作乐,在厌倦了种种旧欢之后又企图通过和简·爱的看似神圣的结合来拯救自己。

伯莎·梅森就算是个极正常的女人,在这样的“礼遇”、这样的搓揉下,也是会变疯的,更何况她可能本来就有点儿家族遗传上的因素。一颗女人的心,得不到丈夫的那种应有的温存和敬重,无尽的烦恼得不到任何的破解和抚慰,这些主客观上的摧残和折磨,怎能不使伯莎·梅森的疯病“迅猛滋长”?试想如果罗切斯特拿伯莎·梅森当人待,对她温柔一些、对她关怀一点,采取点儿相应的疗养措施,伯莎·梅森的境况很有可能会是另一个样子。我们可以清楚地看出,罗切斯特的言论前后矛盾漏洞百出。他的这一派牵强附会的陈述辩白,如纸糊的灯笼般不堪一击。然而男性独霸为了剥夺女性的权利,为了摧毁女性的意志所建造起来的囚禁女性的精神牢笼,却是坚固异常,难以摧毁。

再看曹禺戏剧《雷雨》中的繁漪,这个出身名门的纯真少女,嫁入豪门大宅之后,也被投进了男权独霸的绞肉机。伯莎·梅森的悲剧在她身上重演,不过繁漪的情况更为复杂。繁漪以一个“中国旧式女人”形象登场,她文弱、哀静、明慧,爱好诗文,“她似乎是一个水晶”①。然而就是这样一颗透明的水晶,一嫁给大地主大资本家周朴园,立刻干枯,一步步地

①曹禺:《雷雨》,见沐定胜编:《曹禺代表作》,北京:华夏出版社2008年版,第49页,以下引自该作品的不再一一注明页码。

加速衰老、凋零。周朴园并不是因为爱繁漪才娶她，而是为了用她那身灵气来装点门面，让她给“孩子做个服从的榜样”。作为繁漪的丈夫，周朴园把繁漪添的新家具搬走，摆上被他抛弃的老相好侍萍顶喜欢的旧家具；他不管屋里的闷热，总保持着侍萍在时夏天关窗户的老习惯；他“在家里一句话也不说”，却经常拿着侍萍的照片仔细端详，他根本就不考虑繁漪的心情和感受。

这个在周府至高无上的男性权威，从来没有把繁漪当作和自己应有同等地位的妻子来看待，他不与繁漪谈心，不给繁漪抚爱，乃至繁漪的发言权、动作权他也紧紧地握在自己的手里。繁漪干什么不干什么；繁漪发言不发言、什么时候发言、发什么言，都由他来定夺。繁漪说自己没病，他非说她有病；繁漪不想喝药，他硬逼繁漪立即喝下；繁漪说自己没病不想看医生，他硬说繁漪讳疾忌医非得看。最后当他感觉到已经无法控制繁漪的时候，就说她精神有问题。

是的，当男权统治者的威逼和强令起不了作用的时候，他们使出的绝招往往是改变女性的称谓和性质，把她们从正常的人群中剔出去、列入另册，给她们配上个“疯子”的称谓，这样拾掇起来就省心得多了。一个“疯”字把她们与正常人的世界隔离开来，抽尽她们作为正常人的一切权利，然后霸权者就可以为所欲为、任意拿捏。然而我们从繁漪的语言和行动上看不出半点疯子的症候，真正的疯子应该或是头脑混乱，或是歇斯底里，或是六亲不认，然而繁漪的思维清晰得很，言谈举止准确而得体。

如果说《简·爱》里的伯莎·梅森是在一出场就被定义成疯子的话，那么《雷雨》中的繁漪则是一步一步、一点一点地给戴上疯子的帽子的。繁漪不仅掉进了周朴园的婚姻陷阱，更悲哀的是她在命运的搏斗中曾抓住过一根救命绳索，然而这一束希望之光，太微太弱，一闪即逝，使她跌入更加冰冷更加黑暗的绝望之渊。那绳索就是周朴园和侍萍生的儿子周萍。周萍从乡下回来出现在周公馆，他诱惑了繁漪，把繁漪“引到了一条母亲不像母亲，情妇不像情妇的路上去”。

但周萍这个花花公子很快地厌倦起繁漪来，他移情别恋，又勾引了四凤。他“看见了新的世界”，想“就一个人跑”。他准备撂下繁漪，让她在这道义丧尽、情感荒芜、人性枯竭的周公馆里“慢慢地渴死”。不论繁漪怎样地挽留和哀求，他都无动于衷。他一会儿搬出所谓的封建伦理指责繁漪，一会儿摆出一副无赖姿态说“你（繁漪）现在骂我玩世不恭也好、不负责任也好”，总之繁漪的生死与他无关。最后周萍扯下面具，恶毒地把繁漪叫做“怪物和疯子”，他声嘶力竭地对她吼道：“我要你死！”在父子两代人的欺凌下，在周公馆这个“压死人、闷死人”的阎罗殿，繁漪这个年仅三十五岁的少妇，像高山秋风中的落叶，在西天的晚霞暗下来的时候，飘飘摇摇地坠入了黝黯的谷底。

二

人类历史的脉搏是按着它固有的频率跳动的，它不因强者的强大而加速，不因弱者的弱小而消失。尽管在男权操控的社会，女性是弱者，她们被欺侮受凌辱，她们被围困受限制。但是正义在她们的一边，活力在她们的一边。正义的声音在共鸣中增强，弱小的力量在联合中壮大。《简·爱》中的伯莎·梅森和《雷雨》中的繁漪穿越时空、跨越重洋，齐声呐喊、同步抗争。她们以弱抗强，用不懈的努力乃至以极端的方式冲撞着男权势力设置的牢笼，撕扯着男权社会编织的罗网。她们即使成了困兽，也要做犹斗的困兽。

西方的伯莎·梅森自始至终都是处于战斗状态的，她的斗争方式既勇猛又壮烈。在《简·爱》中她曾谋划实施了四次毫不含糊的攻坚战（不包括以喊声和笑声为进攻手段的战斗）。可以说这四次出征就是伯莎·梅森向男性霸权发起的四大战役。她把贵族庄园作战场，她身披嗟来的疯衣，挥戈上阵，以超凡之举，展现了一个女战斗者的英明强悍和视死如归。第一战是“火烧罗切斯特”，伯莎·梅森巧妙地躲过看守防线，潜入罗切斯特的营地（他的房间），果断点火，立即撤离，速战速决，干净利落。如果不是简·爱的醒来，罗切斯特早已变成灰烬。我们不由自主地产生疑问，为什么在这个庞大的庄园，一个失去理智的“疯子”不烧任何其他人的房间，竟能准确地直取罗切斯特的巢穴？这样周密的谋划、这样精确的行动，恐怕正常人也难能为之吧。而“疯子”伯莎·梅森却做得如此周延完美，如此从容不迫,差一点就大功告成了！可见,伯莎·梅森她根本就没疯！

伯莎·梅森的“疯”号是罗切斯特为了不可告人的目的给她硬安上的。她的斗争大方向从来没有偏离过,永远直指剥夺她自由、毁灭她人性、把她置于野兽般境地的敌对男权。第二战是“夜袭内奸”。伯莎·梅森的弟弟理查·梅森是把伯莎·梅森推进火坑的帮凶。伯莎·梅森恨不得把他碎尸万段。然而在她得知理查·梅森夜间来访时,却一度显得异常镇静。让我们仔细地看看这个“疯子”的智商和心计吧:她明白敌人就在身边,她稳住阵脚,恰切地掌握着战略分寸,她清醒地意识到此时的任何莽撞都会使战斗失败,必须稳扎稳打步步为营。为了迷惑对方,“她一开始看起来那么安静”,然而一旦时机来临,她立刻变得迅猛而果敢,似疾风如闪电,以迅雷不及掩耳之势,拔出藏在身上的尖刀狠狠地向理查·梅森刺去。在罗切斯特赶来把刀“从她手里夺走”的时候,伯莎·梅森立即以牙齿为武器,一直把这个帮凶咬得遍体鳞伤。伯莎·梅森的行为是极端的,但是伯莎·梅森的头脑是清醒的。压力和反弹力从来都是成正比。伯莎·梅森之所为,完全是被男性霸权压出来的。

如果伯莎·梅森是真疯的话,她应该是亲仇不分呀!然而伯莎·梅森的是非观是准确无误的。尽管多年不见,她也绝不会忘记把她推入了深渊的父权的代表之一——弟弟理查·梅森。是他们不负责任地包办了伯莎·梅森的婚姻,是他们把她交给了同样不负责任的罗切斯特。所以她向弟弟理查·梅森讨还这笔血泪债完全是在情理之中的。第三战是“夜毁婚纱”。是夜伯莎·梅森在对镜偷穿简·爱的婚纱时,勾起了伤心往事,忆起了自己结婚时的情景。于是,甜蜜、悔恨、嫉妒和愤怒一齐涌上了心头,她把怨气撒到了象征婚姻的纱衣上。她认为她的命运是因婚姻而改变,她的不幸是从披婚纱的那一刻开始的。婚姻是她的牢笼,婚纱是她背运的象征。因而她要撕毁它,踏碎它,打烂它。最后一战是“壮烈涅槃”。数次交战失败之后,她选择了自我解脱。她用火毁掉了罗切斯特的庄园后跳楼自杀。在此举之前,罗切斯特曾叫着她的名字叫她回头,然而看透了霸权者嘴脸的伯莎·梅森,已经进入超脱、无为的境界。她仰起头,带着鄙夷的笑,带着无限的恨,带着凤凰涅槃的憧憬,义无反顾地朝前走去。她解除了精神负担,卸却了物质枷锁，纵身一跳，让高贵的躯体坠落大地，让纯洁的灵魂升入天空。

在整个《简·爱》中，与伯莎·梅森较量的对手是十分明确的：一个是代表夫权的罗切斯特，一个是代表父权的理查·梅森。斗争的方式也比较单一。而在中国，曹禺笔下的繁漪，显露出了浓浓的东方色彩。当然繁漪的反抗也是很顽强很激烈的，但斗争方式却与伯莎·梅森有所不同。《雷雨》中的繁漪，一开始心里是灿烂的，没有明确的反抗意识，没有多心，没有提防。第一幕周朴园逼她喝药时，她仅仅表现出不愿意的神情，说“我不想喝”，然后请求周朴园让她留到晚上再喝，但终于还是在周朴园的强令硬逼下“咽下愤恨，一气喝下”。在这儿，繁漪的不愿顺从、不愿受人支配的心理还处于萌芽状态。在第二幕周朴园再次逼她喝药时，繁漪意识到了有点儿不对劲，则直说：“我没有病，我没有病，我告诉你，我没有病！”当周朴园又故伎重演、摆出男权统治者冷酷的权威的面孔直视繁漪告诫她“应当听话”时，繁漪的目光急剧聚焦，她拦截了周朴园的视线、一反常规、轻蔑地对他说：“你看你，你简直叫我想笑。你忘了你自己是怎么样一个人啦！”

从这起，繁漪的反抗意识逐渐明晰，战斗的激情步步升级，斗争的锋芒日趋锐利。到了第四幕，战斗进入反攻阶段，繁漪主动向周朴园叫战，她报复性地说自己有神经病，用冷讽热嘲直击周朴园。当周朴园愠怒地命令她：“你上楼去，我要一个人在这儿歇一歇。”繁漪回绝道：“不，我要一个人在这儿歇一歇，我要你给我出去。”周朴园又用严肃的语气恐吓她让她上楼去时，繁漪暴怒大喊：“不，不愿意。我告诉你，我不愿意！”至此，繁漪的反抗实现了质的飞跃：锋芒逼人，穷追不舍，以不可侵犯之态势向男性霸权显示了自己的独立意志。

繁漪的战争态势也和伯莎·梅森不同，她要分两条线作战，她在反抗夫权的同时还要对付一个叛徒。就是曾经与自己结为联盟、后来又抛弃了她的周萍。在这条战线上繁漪对周萍本质的认清、和她与周萍的反复较量是伴随始终的。在与周萍的第一次交锋中，繁漪执着地向周萍表白她不后悔，她说她“向来做事没有后悔过”，她恳求周萍对她负责任。而周萍企图用“这种字句不是在父亲这样——这样体面的家庭说的”来阻止繁漪时，繁漪立刻揭穿了周家的伪善：“你们祖父、叔祖，同你们的好父亲，偷偷做出许多可怕的事情，外面还是一副道德面孔，慈善家，社会上的好人物。”

在繁漪的控诉下，连周萍也不得不承认“周家的空气满是罪恶”。周萍又用自己是“父亲的儿子”做挡箭牌，繁漪则亮出了你们“都是些没有用、胆小怕事、不值得人为他牺牲的东西”作为匕首刺向周萍。最后，她向周萍发出决战的警告：“一个女子，你记着，不能受两代人的欺侮。”接下来的一个回合是繁漪警告周萍道：“小心，小心！不要把一个失望的女人逼得太狠了，她是什么事都做得出来的。”

此时繁漪胸中郁积的复仇风暴已呈“山雨欲来风满楼”之势。第三次，繁漪想再给对方一个机会，启用动之以情的战术，企图触拂周萍的良心以挽回旧情，然而周萍再一次无情地打碎了她的梦。繁漪完全失望了，彻底明白了男性霸权的虚伪和不可动摇，同时也意识到了自己的险恶处境。她抛开了一切顾忌，精心策划了和周萍的决战。这次，繁漪喊出了周府大院的所有的人，她把她和周萍“见不得人”的情人关系一股脑儿地抖落了出来，在毁坏自己的同时戳穿了周萍的画皮，她指责他见异思迁、不负责任。她痛斥他只求自保、忘情负义。繁漪以骤雨惊雷之举实现了自己的誓言，她“变成了火山的口”，腾着炽热喷发了出来，把什么都烧了个干净。她烧毁了自己的名誉，烧毁了周朴园的伪装，烧毁了周萍的假面具，同时她也把压迫和围困了她大半生的周公馆烧了个人仰马翻，厦倾楼塌。

三

伯莎·梅森、繁漪——男性霸权世界中的两团火焰，她们以独特的爆发力和持久力，在漫漫的黑夜燃烧着，熬煎着，呐喊着，以女性那种特有的壮歌悲舞震撼着一批又一批读者，激励着一代又一代勇士，她们在人类历史的长河中搏击冲杀，掀起一波又一波的惊涛骇浪。她们之所以具有如此之动量，除了她们透视出历史的真实之外，其根本之因是作者在她们身上注入了自己的灵魂和真情。

《简·爱》中的伯莎·梅森生活在英国的维多利亚时期的资本主义社会，在那样一个男性独霸的世界里，妇女地位是无从谈起的。虽然伯莎·梅森拥有三万英镑的陪嫁，但当时的法律规定，女性的财产婚后全归男方所有。所以说伯莎·梅森是一个彻头彻尾的无产者。从这一层分析，我们在伯莎·梅森的身上不难看到女性作者夏洛蒂·勃朗特寄人篱下苦难一生的身影。而男主人公罗切斯特也可以在作者的法语教师埃热先生身上发现对应。作为阻碍简·爱和罗切斯特结合的伯莎·梅森，则可以在对作者很不友好的埃热夫人那里找到某些征象。

按起初的构思推演，夏洛蒂·勃朗特很有可能想把伯莎·梅森作为一个反面角色来写。然而，随着故事情节的深入发展，作者不堪回首的身世慢慢地融入作品的构思，人物曲折多舛的命运触动了作者的心灵，于是作者的理念制约了人物塑造的走向。夏洛蒂·勃朗特的女性意识被蓦然激发，一股热血、一股神圣的历史使命感的激情，在她胸中激荡翻滚：孰轻孰重，孰大孰小，谁是谁非，谁德谁过。在夏洛蒂·勃朗特心里已变得越来越清晰、越来越明确。

在夏洛蒂·勃朗特的笔下，罗切斯特滔滔不绝地列数伯莎·梅森的“罪行”时，同样也是被伯莎·梅森破坏了婚礼的简·爱，却忍不住打断罗切斯特的“控诉”直言道：“先生，你对那位太太(此处指伯莎·梅森——引者注)太狠心了，你谈起她的时候，怀着憎恨——怀着复仇的厌恶心理。那是残忍的——她发疯是没有办法的事。”夏洛蒂·勃朗特让主人公简·爱说出了自己心里要说的话。在这里，男权统治者从来就没有让女性跨进过自己的层次。对女性他们除了使用、摧残，就是漠视、诋毁。只有同受压迫的女性姐妹间才有真正深切的理解和同情。以至后来简·爱做出要离开罗切斯特的决定，也不能说不是因为伯莎·梅森。虽然伯莎·梅森有病，虽然罗切斯特口口声声说最可怜的是他自己，但不可否认的是伯莎·梅森是他的合法妻子。

我们发现，《简·爱》的女主人公简·爱无论从道义还是法律上都没有置受难受苦的姐妹于不顾，自己去占领庄园主夫人的宝座。在夏洛蒂·勃朗特叙述的脉络上，简·爱对伯莎·梅森是同情多于厌恶，而伯莎·梅森对简·爱也是宽容多于嫉妒的。纵观全书，简·爱从来没有真正地侵犯伯莎·梅森的权利，而伯莎·梅森也从来没有真正地伤害过简·爱。即使伯莎·梅森被罗切斯特说成是“要在夜里把人在床上烧死，用刀捅死，把肉从骨头上咬下来”，她也始终没伤害过日夜看守她的女仆人格莱思·普尔，也没伤害过睡梦中手无缚鸡之力的简·爱，总之她没伤害过任何一个女性。

因为伯莎·梅森的心与作者夏洛蒂·勃朗特的心是相通的，夏洛蒂·勃朗特不让她那么做。这里的问题十分明确，就是她们有着共同的命运和遭遇，她们都是在男性霸权的重压之下苦苦挣扎的人。如果说夏洛蒂·勃朗特笔下的简·爱在作品中构成了一条争取女性权利的明线的话，那么伯莎·梅森则是一条反抗男权摆布的暗线。这一明一暗，遥相呼应，把伯莎·梅森单刀直入和简·爱的据理力争结合了起来；这疯狂地厮杀和理智地追逼，相辅相成，互为补充，在《简·爱》中形成了一股合力，追击着同一个目标。

同是受压迫的女性，到了中国现代作家曹禺的那里却又是一番风味。在《雷雨》的序中，曹禺称，繁漪是他在《雷雨》的八个人物中最早想出的，他说：“我是欢喜繁漪这样的女人的……我想她应该能引动我的怜悯和尊敬，我会流着泪水哀悼这可怜的女人的。我会原谅她，虽然她做了所谓‘罪大恶极’的事情，——抛弃了神圣的母亲的天职。”[①]从历史的角度看，繁漪是旧中国半殖民地半封建社会中受男权压迫的一个代表，她的某些违背人伦的行为，历史是要承担一定的责任的，她的遭遇是残酷的，她的不幸是应予同情的，她的那种反抗的精神和行为是可以理解甚至是值得颂扬的。

“我(此处指曹禺——引者注)算不清我亲眼看过多少繁漪。她们都在阴沟里讨着生活，却心偏天样地高。热情原是一片浇不息的火，而上帝偏偏罚她们枯干地生长在砂上。这类的女人，许多有着美丽的心灵。因了不正常的发展，和环境的窒息，她们变为乖戾。成为人所不能了解的，受着人的嫉恶，社会的压制，这样抑郁终身，呼吸不到一口自由的空气，在我们这个现实社会里，不知有多少吧。在遭遇这样的不幸的女人里，繁漪自然是值得赞美的。她有火炽的热情，一颗强悍的心，她敢冲破一切的桎梏，做一次困兽的斗。虽然依旧落在火坑里，情热烧疯了她的心，然而不是更值得人的怜悯与尊敬么？这总比阉鸡似的男子们，为着凡庸的生活，怯弱地度

①曹禺：《雷雨·序》，见沐定胜编：《曹禺代表作》，北京：华夏出版社2008年版，第138页。

着一天又一天的日子,更值得人佩服吧。”[①]因而曹禺为我们塑造了繁漪这样一个最“雷雨的性格”,让她如闪电般迸发“艳丽的火花”,让她的生命交织着“最残酷的爱和最不可忍的恨”[②]。

繁漪是作家曹禺在热血奔腾的青年时期打磨出来的一个文学典型。《雷雨》一开场,他就称繁漪“一望就知道是个果敢阴鸷的女人”,后来他又说“当她见着她所爱的,快乐的红晕散布在脸上”,就会觉得“她是能被人爱的,应当被人爱的”。在《雷雨》中,曹禺对繁漪寄托着厚重的信任和同情。当繁漪听到自己的儿子周冲说喜欢丫鬟四凤、繁漪问他怕不怕别人知道了说闲话、周冲回答他不会放在心上时,她虽然不赞成这件事却只因为这句话就表扬周冲道:“这倒像我自己的孩子。”当周萍说周朴园的话铁令如山、不得不从时,繁漪却说:“可是人家说一句,我就要听一句,那是违背我的本性的。”曹禺爱怜、同情繁漪,但他更崇尚、敬重繁漪。曹禺把自己的青春活力赋予了繁漪,他把他心中的利剑交给了繁漪,他要繁漪昂首挺胸永不屈服,他要她面对着通天的男权,面对着黑暗的世界,面对着狰狞的独裁,横劈竖刺,勇往直前。

曹禺曾认同评论家说他写《雷雨》是为了“暴露大家庭的罪恶”[③]。因而我们看到了《雷雨》批判了周朴园的伪善、专制和草菅人命,揭露了周萍的软弱、逃避和自私自利。纵观全剧,繁漪是唯一的在这个象征着人间罪恶的大家庭里,与这父子两代人短兵相接、东拼西杀、血战到底的人。当然曹禺笔下的繁漪,不是一个冷酷的斗者,而是一个血肉丰满的女性。不管她的“疯狂”到了什么程度,不管她的“越轨”怎么离格;她那万变不移的正义和善良始终在她身上闪烁着光芒。

戏剧《雷雨》的最后,就在繁漪的歪打正着,使残酷的真相暴露于众时, 繁漪突然发现原来周萍和四凤的相恋比起她和周萍的爱情更加不幸,于是她全然忘记了自己的仇恨和失望,悔恨地对周萍说:“萍,我,我万想不到是——是这样,萍——”。当四凤跑出去时繁漪也忘记了四凤是

①曹禺:《雷雨·序》,见沐定胜编:《曹禺代表作》,北京:华夏出版社 2008 年版,第 138 页。
②曹禺:《雷雨·序》,见沐定胜编:《曹禺代表作》,北京:华夏出版社 2008 年版,第 138 页。
③曹禺:《雷雨·序》,见沐定胜编:《曹禺代表作》,北京:华夏出版社 2008 年版,第 136 页。

自己的情敌，忘记了曾经说过的要“打了她，烧了她，杀了她”的诅咒，她急喊着：“四凤！四凤！（转向周冲）冲儿，她的样子不大对，你赶快出去看看去。”此时，繁漪身上的劣迹和缺憾，被她的正直的光芒化解了。可以说繁漪在中国近现代的女性抗争史上，是一个里程碑式的典型，她有着令人敬佩、发人深省和让人振奋的永恒的价值。繁漪掘出了男权社会的罪过和弊痼，繁漪实践了女性的奋斗和抗争，繁漪发泄了曹禺“被压抑的愤懑”，[①]繁漪承载了曹禺的苦心和孤诣，因而也使作家获得了此类剧作史上的空前成功。

第二节　显性的相合　隐性的迥异[②]

本节拟用比较文学主题学研究和女性主义批评方法双管齐下，剖析和比较当代英国作家简·里斯的小说《藻海无边》（1966）中的安托瓦内特、美国作家夏洛特·P. 吉尔曼的小说《黄色糊墙纸》（1892）中的女主人公“我”以及当代中国作家苏童的小说《妻妾成群》（1989）中的颂莲——这三位“疯女人”形象及其含义，探其内心、寻其疯因。同时进行“疯女人”人物母题研究，以期发掘不同作家对同一类人物形象的理解与塑造之不同，尤其是其表现的女性意识的差异，从而追寻不同的文化传统、社会环境以及作家的生活经历、思想理念等对其创作“疯女人”形象的支配与影响。

一

当代英国女作家简·里斯在其长篇小说《藻海无边》中，为我们重塑了一位疯女人形象——安托瓦内特，也就是夏洛蒂·勃朗特家喻户晓的《简·爱》（1848）中被罗切斯特称为“疯女人”妻子伯莎·梅森的前身。作家简·里斯让安托瓦内特从《简·爱》中的被剥夺了说话权利的疯女人伯莎·梅森的角色中走出来，让她在《藻海无边》中向读者倾诉了自己真实

①曹禺：《雷雨·序》，沐定胜编：《曹禺代表作》，北京：华夏出版社 2008 年版，第 136 页。

②本节主要观点参见拙文：《显性的相合 隐性的迥异——中西文学中“疯女人”形象之比较研究》，载“全国人文社科核心期刊”《广西大学学报》（哲社版）2006 年第 4 期。

的经历和感受。

在小说中，身为19世纪末西印度群岛奴隶制解体后、仍然生活在那里的英国殖民者的混血种后裔的安托瓦内特，虽然从小就随母亲生活在当地黑人的蔑视和白人贵族的排挤中，但她热爱生命，热爱当地文化，热爱她成长玩耍的西印度群岛。所以即使在家园被烧毁，母亲疯死，继父把她送到修道院后，她也始终没有放弃对美好未来的热望和期盼。所以当安托瓦内特被嫁给罗切斯特后，她幻想着新生活的开始，她全身心地爱着罗切斯特，她以为从此找到了避风的港湾。

但是，《藻海无边》中的罗切斯特也不爱她。因而当夸张曲解安托瓦内特家族疯病史的诽谤信出现后，罗切斯特立刻暴露了他的自私、冷酷和卑劣。简·里斯在《藻海无边》中用多人称叙述手法，从不同角度解剖了罗切斯特阴险却真实的一面。这个渔利双收的专权者一次又一次地打击安托瓦内特试图挽回婚姻裂痕的努力，这个男性独裁者既不体谅安托瓦内特也不给她钱还她自由，他竟强行把安托瓦内特带到她没有任何亲人或朋友的英国，然后把她幽禁在连一扇窗户都没安的阁楼上。在这种暗无天日、与世隔绝的死囚般的生活中，安托瓦内特的精神病提早发作，她一把火烧毁罗切斯特的庄园，自己扑进火海烧焦了躯体，释然了灵魂。

世间的事人们往往是先见后思、先景后情，而有了思有了情，才会去想去考虑这是为什么，应该怎么办。我们先在里斯的《藻海无边》中看到一个英国“疯女人”的遭遇。无独有偶，在大洋彼岸的美国女作家夏洛特·P.吉尔曼的短篇小说代表作《黄色糊墙纸》中，一个美国“疯女人”的故事也在上演。《黄色糊墙纸》的女主人公“我”被身为医生的丈夫约翰，以治疗“暂时的神经抑郁症和轻微的歇斯底里倾向”的原因，带到了一座远离尘嚣、荒无人烟的大厦，进行封闭式修养。

在《黄色糊墙纸》中，丈夫强迫“我”住进一间只有带栏杆的窗户，一张不能移动的大床和陈旧褪色的黄色糊墙纸的育儿室。不让“我”换到“我”想要的朝着走廊的，窗前开满玫瑰花的，还有那么好看的老式印花布窗帘的房间，不让“我”工作和写东西，不让我照看和接触自己的孩子，不让“我”招待客人或外出做客……总之，“没有他的特殊安排，几乎不让我动一动”“给我一天二十四小时都开好了处方；不让我自己照料自己”[①]。作家吉尔曼表面上看似不紧不慢、不愠不火的叙述，实则聚集了一股被压抑被扭曲的反抗力量。随着阅读的步步深入我们会越来越强烈地感受到这股力量的雄伟，它像大海深处涌动的底浪在伺机上扬，它似火山口下滚动的岩浆一触即喷。

小说中的女主人公行动极度受限，她自由的触角全被铲断，所有的爱好全被扼杀，在无地发泄、无处喊叫、无人倾诉、无所事事的情况下，只好把灵魂托付给眼前的这张与自己相依为命的“黄色糊墙纸”上。就这样，女主人公在“牢狱”中度过了碧树变朽木的三个月，在房租到期的那一天，她的灵魂完全被扭曲了，她的精神彻底崩溃了。她以超然的精神和力气，疯狂地撕毁了育儿室里所有的墙纸，然后在房间的地上快速地、一圈一圈地、随心所欲地爬行。当她的丈夫看到这一幕时吓得昏倒在地，而她对此视而不见无动于衷，她如骏马跃壕般地从挡着道的丈夫身上跨过去，义无反顾勇往直前。

西方“疯女人”的故事还没有落幕，东方“疯女人”就登上了历史舞台。一个中国式的“疯女人”——颂莲，在中国的当代知名男作家苏童的成名作《妻妾成群》中诞生了。颂莲是个十九岁的妙龄少女，还是个接受了现代文明和教育的大学生，在父亲因工厂倒闭而自杀的情况下，选择了给一个五十岁的封建老爷陈佐千做四姨太。

苏童笔下的颂莲其独特之处在于她比中国传统女人技高一筹：她用西餐、细花绸伞、小蜡烛和生日蛋糕让老式男人陈佐千感到“又新奇又温馨”。[②]她充分展示了自己“微妙而迷人的力量”，让陈佐千在“初遇她的时候就看见了销魂种种”。进了陈家豪门之后，颂莲在下人们面前趾高气扬，自命清高；而在陈佐千面前则温顺有加，乖巧听话，甚至用“在床上的热情和机敏”使“富有性经验”的陈老爷为之“迷恋”和“满足”。得宠后的颂莲

①〔美〕夏洛特·P.吉尔曼：《黄色糊墙纸》，文忠强译，朱虹选编：《美国女作家短篇小说选》，北京：中国社会科学出版社1983年版，第71页，以下引自该译本的不再一一注明页码。

②苏童：《妻妾成群》，见苏童：《苏童作品精选》，武汉：长江文艺出版社2012年版，第7页，以下引自该作品的不再一一注明页码。

更加恃宠骄横,目无一切。她为自己不喜欢烧树叶当面顶撞大太太,她因看不惯二太太的两面三刀就在给她理发时剪她耳朵。尽管她与三太太有着“不冷不热的交往”,也只是因为三太太的“倾国倾城之貌”和倔强脾气让她感到好奇和不敢小瞧。

在《妻妾成群》中,颂莲就这样在对仆人的颐指气使、肆意惩罚中,在对大少爷的欣赏试探、讨好勾引中,在和另外三房太太的争风吃醋、钩心斗角中绞尽脑汁,乐此不疲。然而命运弄人,颂莲一次次争宠的举动反而加速了她的失宠,当她梦见被她间接害死的雁儿找她偿命,当她亲眼目睹不守封建妇道的三太太被活活扔到井里淹死时,她惊声狂叫,“光着脚站在地上,拼命揪着自己的头发,大喊着:‘杀人!杀人!’”最后被陈佐千告知:“你已经疯了”。

二

三个国家的三位“疯女人”,因其“疯”因相异,各自的面孔也不尽相同。她们的脸上都镌刻着各自磨砺的沧桑疤痕和所处的时代的社会湍流,都承载着不同时代的不同作家的思想、理念及其女性意识的差异。

在《藻海无边》中,我们听到了作家简·里斯对统治和压迫女性的父权和夫权的声声控诉。简·里斯向我们揭示:正是安托瓦内特同父异母的哥哥理查,把她送上了虚假爱情的刑台,推进了买卖婚姻的坟墓。他既没考虑妹妹的感情需要,也没给她任何经济上的保障,就擅自决定了她的终身幸福。简·里斯指出,当时的法律也完全倒向男权中心文化的一边,安托瓦内特虽然有三万英镑的陪嫁,但是只要她嫁人,按法律规定财产就全部归丈夫所有。不幸的安托瓦内特掉进了罗切斯特的圈套,“我(指罗切斯特——引者注)并不爱她。我强烈地需要她,可那不是爱。我对她没几分温情,她在我心目中是个思想感情和我那套生活方式不同的陌生人。”①

简·里斯让罗切斯特在无意间的内心独白中暴露了他的本质。这个人面兽心的英国绅士,仅仅是因为贪恋安托瓦内特的美貌和财富才娶了她,

①〔英〕简·里斯:《藻海无边——〈简·爱〉前篇》,陈良廷、刘文澜译,上海译文出版社 1996 年版,第 53 页,以下引自该译本的不再一一注明页码。

他并不了解安托瓦内特也不想去了解她。当他知道安托瓦内特有家族疯病史后，作为丈夫的他不但不同情不保护妻子，反而从此更加蔑视和讨厌她。当他得知安托瓦内特想通过巫术让他爱上她时，他不但不为之感动和自责，反而公开和女仆鬼混，使安托瓦内特蒙受巨大的侮辱，把她逼到了疯狂的边缘。最后当安托瓦内特想离开他时，他却像关囚犯般的把她囚禁到阁楼上，让她如他所愿地彻底疯掉毁掉。叙述的愤怒在此达到了高潮，简·里斯彻底剥掉了罗切斯特这个在《简·爱》里道貌岸然的伪君子的画皮，让我们看到了他卑鄙邪恶、堕落淫荡的真面目。《藻海无边》的矛头直指独霸无极的男权中心社会，它的字里行间充满了女性悲苦的控诉和愤怒的反抗，它实际上是一本 19 世纪末西方男权中心社会对女性蹂躏和迫害的血泪账。

古人曰“神笔一支可敌雄兵百万”，意思是说人写出来的文字可以当榴弹枪炮用来拒敌。那么我们可以说作家吉尔曼的《黄色糊墙纸》恰如一颗威力巨大的炮弹射向了男权中心社会。吉尔曼笔下的女主人公“我”，开始时对丈夫和兄弟的种种限制在口头上并没有什么明显的表示，心里却说“我个人是不同意他们的意见的”。其实吉尔曼也梦想让妻子和丈夫沟通，于是她让“我”试着和丈夫“进行一次认真、诚恳、合情合理的谈话，告诉他我多么希望他让我离开这里，到表哥亨利和表嫂朱莉娅家里去做客。”

然而一切的独裁者对待自由都像魔鬼害怕光一样地予以提防。丈夫对妻子的这点自然的喜好、合理的要求，却像老人拿大灰狼驱赶孩子脑子里玩耍的向往一样地给打扫了出去，“你(指女主人公‘我’——引者注)必须拿出毅力和自我克制来，决不能让那些愚蠢的幻想在脑子里泛滥”。自由难以压服，“我”仍锲而不舍。“我”依然多次寻找机会试图和丈夫交流，“希望他带我离开这里”。可是永远自恃、永远以我为中心的丈夫却以一个根本不能成为理由的理由——因为房租没到期而拒绝了“我”。寥寥数语，一针见血，丈夫对“我”的无理和专横被吉尔曼刻画得淋漓尽致。而吉尔曼的可贵之处是并没有仅仅停留在语言层面的揭露上，她把《黄色糊墙纸》当作了向男性霸权发出血战到底的口号和檄文。

于是乎，到了最后那一天，聚积已久的火山终于爆发了，妻子"我愤怒到了奋不顾身的地步"。"我"拿起了武器奋起抗争，用指甲刮起墙壁扯掉了墙纸，向丈夫直言宣称："你再也没有办法把我赶回去了。""我"用发疯的代价吓昏了丈夫，消除了阻碍，以胜利者的姿态伸展着四肢，自在地呼吸、自由地行进。迈开了自己想迈的步，走起了自己想走的路，做起了自己要做的事。《黄色糊墙纸》的制造者吉尔曼用"我"的虽疯尤胜，把女主人公挑战男权中心文化的信心和勇气昭示给了后世，传递给了所有被幽闭、受压迫的女性。

历史上的压迫与被压迫是一对矛盾的对立统一体。被压迫一方的反抗在达到一定的量变的时候是有可能改变自己的地位的；然而，被压迫的一方有时候却在自行编织着囚禁自己的牢室，加强着对方的力量。中国文坛的后起之秀苏童从他的《妻妾成群》中给我们推出来的就是这样一位女子。

在小说《妻妾成群》一开始，作家苏童先给颂莲装点上了"漂亮洁净，玲珑剔透"的容貌，罩上令人羡慕的女大学生的光环。苏童巧妙地用对比跌宕的表现手法给我们变了个"美女毒蛇"的戏法。他给一个奴气十足的"尤物"，移植了一副楚楚动人的面容，穿上了一件绚丽多彩的花衣。颂莲在继母让她在做工和嫁人之间选择时，选择"当然嫁人"；在嫁一般人还是有钱人之间选择时，选择"当然是有钱人家"。苏童用一个排比两个"当然"道出了颂莲好逸恶劳、贪贵图荣的内心。她一遍遍地叮嘱继母"你要是顾及父亲的情义，就把我卖个好主"。这里，没有暗示、没有强迫、没有威逼。在这场婚姻交易中，颂莲甘心情愿地把自己当商品一样地放在了为有钱人做小妾的位置上待价而沽。

在嫁入陈府后，从得宠时对陈佐千说"随便你，我什么也不懂，听你的"，到失宠后央求陈佐千"老爷别走，今天你想干什么都行，舔也行，摸也行，干什么都依你，只要你别走"，颂莲自轻自贱的奴才嘴脸愈演愈烈。"难以判断颂莲是天性如此还是曲意奉承"，从苏童轻描淡写实则入木三分的一句话中我们确认了颂莲的定位：天性也罢曲意也罢，不论怎样都是一副奴才像。在苏童的层层剥露下，颂莲这个地位高高在上的主子，这个在封建大宅院里唯一受过现代教育的大学生，却做出了与自己的身份大为不符的事情。

其中最让人不可理喻的是她对贴身女仆雁儿的挑剔和刁难。颂莲对这个和她素昧平生、无冤无仇的丫鬟，一开始就充满了莫名其妙的敌意和不满。第一天就给了她个下马威，一见面在她头发里找虱子，嫌她刚洗过的头气味难闻。如果说雁儿后来的所作所为确有歹意，那么也是因颂莲的小人之举在先所致。因为她从来没把这个地位低下、无依无靠的丫鬟当人看待，她用梳子砸雁儿，劈碎雁儿的箱子，把她的头往墙上撞，最丧尽天良的是逼雁儿吞下了从马桶里捞出的草纸，以至把她逼上了绝路。这个"清秀脱俗"的大学校园女生却有着如此狠毒的蛇蝎之心，苏童发于另类视角的尖锐而深刻的叙述，让颂莲的"疯狂"变得一文不值。

三

无疑，不同的文化传统，不同的时代背景，不同的社会经历，对作家的文学创作的影响是巨大的。因而造成不同的作家在塑造同一类人物形象时其意蕴的极大差异。

小说《藻海无边》的故事背景是加勒比海的西印度群岛，这里也是英国作家简·里斯的故乡。简·里斯于 1894 年出生于那里的英属殖民地多米尼加。父亲是威尔士人，母亲是白种克里奥尔人亦即西印度群岛及南美洲的西班牙和法国移民的后裔。简·里斯的童年和少年时代在西印度群岛度过，直到十六岁时才去了英国。"她先在寄宿学校念书，后转入伦敦英国皇家戏剧学院攻读。父亲死后，家境衰落，只得辍学。后来嫁给一个荷兰诗人，随夫辗转到了欧洲大陆，十年中主要在巴黎和维也纳，过着漂泊不定的生活。"①简·里斯虽然长期生活在英国，但她并不认同英国社会和文化。

作家简·里斯的出身和血统使她总是处于边缘状态，出生于西印度群岛的黑人群体中的她却是白人，因此受当地文化的歧视和孤立。而在英国

①陈良廷："幽禁在顶楼上的疯女人与简·里斯"，见〔英〕简·里斯：《藻海无边——〈简·爱〉前篇》序言，陈良廷、刘文澜译，上海译文出版社 1996 年版，第 6 页。

社会她被看成西印度群岛人,因此也被白人世界排斥在外。简·里斯把这种找不到归宿的心态在《藻海无边》中通过安托瓦内特的口说了出来:“在你们中间我常常奇怪我到底是什么人,我的祖国在哪儿,哪儿是我的归宿,我干吗要出生在这个世界上?”而简·里斯本人与黑人文化更为亲近,作为女性她尤为深切地关注着克里奥尔妇女的命运。

在幼年时简·里斯就熟读了《简·爱》,多少年来,疯女人伯莎·梅森的形象一直像鬼魂附体似的日夜纠缠着她,“她说:‘当我孩提时阅读《简·爱》时,我就想,为什么她(夏洛蒂·勃朗特)居然认为克里奥尔妇女是疯子。把罗切斯特第一位妻子伯莎变成了一个可怕的疯女人是怎样的耻辱。我立刻想到我要尽力为她写出生命。”[①]于是简·里斯通过《藻海无边》对安托瓦内特(即在《简·爱》中被称为“疯女人”的伯莎·梅森)进行了追根似的还原和再造,她彻底颠覆了夏洛蒂·勃朗特对这同一个疯女人形象的塑造和定格,使读者由对《简·爱》中的“疯女人”痛恨或嫌恶转变为对《藻海无边》中这同一个人物的理解和同情。

同样,美国作家吉尔曼的《黄色糊墙纸》也与她的生活和经历密不可分。吉尔曼从小被父亲遗弃,跟随母亲在贫困中长大,父亲的冷酷无情是她心理上终生难以愈合的伤口。后来吉尔曼与一位画家结婚后不久患上精神沮丧症,于是丈夫请了一位精神病专家用一种“强迫休息”法给她治病,禁止她从事她喜爱的作画和写作,这几乎把吉尔曼逼疯,她不堪忍受就与丈夫离了婚。由于第一次婚姻的失败,吉尔曼精神上受到巨大刺激,这段痛苦的经历我们在她的《黄色糊墙纸》中可以窥见一斑。随后吉尔曼开始积极投身于社会政治活动,彼时西方社会的女性意识不断高涨,女权运动蓬勃发展。吉尔曼经常就社会主义和妇女问题发表演说、著书立说,成为了一名激进的女权主义者。

这一切都极大地影响了小说《黄色糊墙纸》的创作,作家吉尔曼赋予了“黄色糊墙纸”深刻的象征意义,她让我们随女主人公透过墙纸看到了一系列幻象:一只只被折断的倒垂的脖子,弯着腰到处爬行的人形,栏杆

①转引自孙妮:《苍海茫茫 人归何处——试论琼·里斯〈藻海无边〉主题及艺术风格》,载《外国文学》2001年第6期,第34页。

后面受压抑的女人们……吉尔曼通过这一系列的描述告诉我们,“黄色糊墙纸”就是男权社会囚禁女性的牢笼的象征,墙纸图案背后关押着无数个女人,女主人公只有撕毁墙纸才能放她们出来,象征着在现实中受压迫的女性必须打破以男权为中心的社会格局才能获得自由、平等和独立。《黄色糊墙纸》上涂抹了吉尔曼鲜明的女权主义色彩,我们透过它也仿佛眺望到了西方社会后来的女权运动的汹涌和澎湃。

而在20世纪60年代的中国出生的苏童,朦胧着中国史无前例的“文化大革命”,记忆着万民欢腾的改革开放,慎重地观察着信息时代的风云变幻。特殊时代的特殊环境,铸成了苏童特有的创作理念和着笔路数。他在小说《妻妾成群》中出示了一个名字叫“颂莲”的女子。中国传统文学中“莲”的“出淤泥而不染”是被世人从古“颂”到今的;然而,这个被代代颂赞的“莲”在苏童这里,却没法让我们再把它“颂”下去。

苏童称他的《妻妾成群》是“古典的纯粹的中国味道的”,[①]创作它来自于自己的“古怪的激情”。他让一个受过高等教育和文明开化的女性倒回去做封建时代的小妾,扮演起了灵魂与肉体的双重奴隶。苏童在收录了《妻妾成群》的他的小说集《妇女乐园》的自序中说:“我无意为某一个女性形象树碑立传或者大加鞭挞,我只是以我的眼光关注了她们的生活。”真正的真实是独特而不可重复的,苏童以独到的眼光触查到物质社会的迅猛发展与人格建造及品位提升的错位。

新的时代并不一定能自发地造就出新的一代。《妻妾成群》中的颂莲在陈府曾经倾慕过散发着时代气息的大少爷陈飞浦,但是她却没有繁漪(曹禺《雷雨》中的女主人公)的骨骼和品行。颂莲在遭到飞浦拒绝之后旋即转向了老爷陈佐千,奴颜卑态躬身相求:“老爷今晚陪陪我,我没人疼,老爷疼疼我吧。”颂莲逼死了自己的丫环雁儿却淡然地只说一句——“也没什么多哭的,活着受苦,死了干净。死了比活着好”,而她自己却苟且偷生。当她知道陈府的三姨太梅珊偷情事发后,她没想搭救也没有同情,而是“彻夜未眠,心如乱麻。时刻谛听着隔壁的动静,心里想的都是自己的事情”。

①苏童:《婚姻即景》自序,南京:江苏文艺出版社1993年版,第1页。

总之,作家苏童没有让这个接受现代教育的知识女性,展现其现代文明的光彩。我们看到的颂莲是女性奴性的符号与化身。这无疑偏离了我们惯常的审美,但是却使我们猛然警醒:物质文明和精神文明并非形影相随同步俱进,物质并非在任何时候都能决定精神,金钱并非万能。科学技术在以平方、立方、n 次方的速度突飞猛进,而人的品格尊严、社会的道德风尚,却是在让人难以察觉的状态中蠕动微进。

今天的我们离尧舜已历数千年,我们离颂莲所在的时代也已过去了半个多世纪,科学比过去更发达、教育比过去更开明了。然而,接受过现代教育的人就一定更高尚、更文明了吗?无须赘言,现实已经给出了无容争辩的答案。苏童以别具匠心的创作理念和运笔路数,为我们塑造了一个声声叫嚷着"不想跳井""不想死"的颂莲。但是她的灵魂早已掏空,人格早已拆除,尊严早已倒塌,良心早已丧尽,她——早已"死"得只剩下一张薄薄的人皮空壳了。

第三节 两个身着天使外衣的残疾灵魂①

英国作家莎士比亚的戏剧《哈姆莱特》(1601)中的奥菲利娅和中国作家张恨水的小说《啼笑因缘》(1930)中的沈凤喜,二者同为各自作品中男主人公最钟情的女性。在男性中心文化的存在以及男权社会对女性的任意扭曲、玩弄和操纵下,她们都身不由己地歪曲着自己的本真,自残着自己的个性,演延成了两个身着天使外衣的残疾灵魂。本文试图从女性主义、精神分析和新历史主义批评的角度剖析和比较这两个东西方文学中的典型人物形象,并阐释灵魂这个扑朔迷离的东西在一个人特别是在一个女人身上的沉浮演化及其所包涵的深层意蕴。

一

灵魂是人之所以为人的独有之物。它由灵气来滋养,魂魄来左右,靠

①本节主要观点参见拙文:《两个身着天使外衣的残疾灵魂:奥菲利娅和沈凤喜比较研究》,载《世界文学评论》2006 年第 1 期。

自尊自立来支撑。灵与魂张扬着美丽，主宰着千样万种的独特的各有所归的个性。灵魂魅力无穷，然而却脆弱且飘忽不定，容不得半点污染和摧损。《哈姆莱特》中的奥菲利娅是17世纪末英国的衣食无忧的宫廷贵族小姐；《啼笑因缘》中的沈凤喜是20世纪初中国的疲于奔命的唱大鼓书丫头。虽然两人远隔重洋，时空迥异，身份悬殊，但是在灵魂的被戕和迷失这个问题上却有着惊人的相似之处。她们同为各自作品中男主人公最钟情的女性，在男权中心文化的存在以及父权机制（patriarchy）对女性的任意扭曲、玩弄和操纵下，她们都身不由己地歪曲着自己的本真，自残着自己的个性，演延成了两个身着天使外衣的残疾灵魂。

西方《哈姆莱特》中的奥菲利娅出身高贵，品貌端庄，举止文雅，纯洁善良，在众人眼里仿佛美丽的安琪儿；东方《啼笑因缘》中的沈凤喜出身贫寒但清秀脱俗，干净齐整，聪明妩媚，惹人怜惜，宛如落入凡间的天使。奥菲利娅把年少博学的丹麦王子哈姆莱特迷得神魂颠倒，不能自已；沈凤喜使英俊潇洒的富家少爷樊家树为之慷慨解囊，魂不守舍。可以说她们都是因为自己天使般的容貌，赢得了各自的男主人公的钟爱。然而，她们终究没有也不可能把自己升华成真正的"天使"。

在《哈姆莱特》中，奥菲利娅的哥哥和父亲是最早参与摧残与物化奥菲利娅灵魂的人。作为奥菲利娅的哥哥的雷欧提斯，出于利己的目的不负责任地中伤和怀疑哈姆莱特对奥菲利娅的爱恋。他一次一次地警示妹妹，称哈姆莱特对她的爱只是"调情和献媚"①"年轻人一时的感情冲动"，它会像"一朵初春的紫罗兰早熟而易凋，馥郁而不能持久"。因此他教导妹妹要戒惧戒惧再戒惧。而到了奥菲利娅的父亲即宫廷的御前大臣波洛涅斯那里，这份指天誓日憧憬万千的爱情碰上了一把浸透政治毒液的利剑。当奥菲利娅说出自己不知该如何处理这桩爱情时，这位国王的"贤卿"煞有介事地告诫女儿：

"好，让我来教你；你应该这样想，你是一个毛孩子，竟然把

①〔英〕莎士比亚：《哈姆莱特》，见《莎士比亚全集（九）》，朱生豪译，北京：人民文学出版社1978年版，第20页，以下引自该译本的不再一一注明页码。

这些假意的表示当作了真心的奉献。你应该‘表示’出一番更大的架子，要不然——就此打住吧。”

奥菲利娅认为父亲说的不符事实，她称哈姆莱特向她“求爱的态度是光明正大的”，而且“用尽一切指天誓日的神圣的盟约证实他的言语”。但是波洛涅斯却把这些看得毫无意义，说道：“不错，那只是态度；算了，算了。”他信口指责哈姆莱特的誓言：

“都是捕捉愚蠢的山鸡的圈套……总而言之，奥菲利娅，不要相信他的盟誓。它们不过是淫媒，只晓得诱人干一些龌龊的勾当，……从现在起，我不许你一有空闲就跟哈姆莱特殿下聊天。”

而天真无邪、顺从听话的奥菲利娅竟然也毫无辩驳毫无异议地答应：

“我一定听从您的话，父亲。”

就这样，奥菲利娅被最亲近的人迷惑了心智，蒙蔽了眼睛，她被剥夺了独立思考的权利，她被告知没有判断是非曲直的能力，她完全接受了父兄的对这份真爱的判决。她从此拒绝了哈姆莱特的来信和求见。当然，她终是没有逃脱凶险的政治圈套，依照父亲的命令担当了阴谋诡计的诱饵，去刺探哈姆莱特的隐情，掉进了宫廷竞技的格斗场，甘心情愿地格杀了自己的爱情，埋葬了自己的灵魂。

同样，在张恨水的小说《啼笑因缘》中，诱拐、污染、扭曲沈凤喜灵魂的也是她最亲近的人。沈凤喜的叔叔沈三玄一直把她当作是一棵摇钱树。无论沈凤喜是唱大鼓书还是做有钱人的太太或姨太太；无论是跟着温文儒雅的樊家树还是嫁给财大气粗的刘德柱，只要能保证他这个二叔有吃有喝有大烟抽，侄女做什么角色都无所谓。因此他极尽讨好巴结之能事。

沈凤喜和樊家树的邂逅正是他挽留的结果，而沈凤喜和刘德柱的遭遇则是他多事的后果。沈凤喜的意外惊喜和飞来横祸，这二叔都是“功”不可没的。而沈凤喜的母亲沈大娘则比沈三玄略强点有限。她虽不及沈三玄那样赤裸裸地见钱眼红、见利忘义,她虽然比较顾及女儿的意愿和想法,但是在她眼里,女儿的爱情并不是婚姻的必要因素。她需要的是价码,是女儿的婚姻能带来多少财富。

因此,即使在樊家树先把女儿救出苦海并想与之结为连理的时候,就因为刘德柱将军出手更大方,送礼更贵重,她就屁股一转说:

> "将军待我们这样好,我们要是不答应,良心上也说不过去呀。"①

好一个"良心上也说不过去"!那么樊家树对沈家的如山重恩又该怎么讲良心怎么去报答?作为母亲的她不但没有从道义上教导女儿明白知恩图报、玉碎瓦全之常理,反而昧着良心把女儿当成一尊花瓶,一份犹待重新估价的商品。她一心想的是靠女儿做将军的太太而荣华富贵一步登天。她或许不甚明白爱情为何物、值几许,但她却清楚地知道自己女儿天使般的容貌的价码。早先见到樊家树时,她自报家门,请樊家树喝茶,邀樊家树听戏,让凤喜陪樊家树说话。甚至开凤喜愿嫁给樊家树的玩笑,极力推销自己的女儿,终于让樊家树用钱养起了凤喜和她的全家。

但后来得知将军刘德柱也看上了自己的女儿时,她却立即提高了凤喜的价格,认为当将军的太太更能"物"尽其用。她虽然没有强行让女儿按自己的意志办事,但却因胆小怕事和趋炎附势,促成了凤喜忘恩负义的错误选择。从而给凤喜造成了极大的负面影响,使凤喜抛弃了爱情,丢失了纯真,在歧途上越走越远,再也无法回头。

二

人就是社会就是历史。一般的人很难跳出自己活动的时空来观察定夺事物。在张恨水的笔下,即便是光彩鲜亮的时代新青年樊家树,也无例

①张恨水:《啼笑因缘》,杭州:浙江人民出版社 1980 年版,第 177 页,以下引自该作品的不再一一注明页码。

外地把沈凤喜当作了一件天使般的物品。他对沈凤喜一见钟情："一见她先就猜她是个聪明女郎，虽然十分寒素，自有一种清媚态度，可以引动看的人。"然而后来他又觉得凤喜：

> 实在可人意，只可惜出在这唱大鼓书的人家。近朱者赤，近墨者黑，温柔之中，总不免有一点放荡的样子，倒是怪可惜的。

《啼笑因缘》中沈凤喜的清秀、朴素的自然美曾掀动过樊家树的心，然而樊家树并不想要天然的沈凤喜，"等她（指沈凤喜——引者注）上学之后，再加上一点文明气象，就越发好了"。于是他给凤喜出学费，给凤喜买手表，买两截式高跟皮鞋，买白纺绸围巾，买自来水笔，买玳瑁边眼镜，只要是同学有的，凤喜要什么买什么。总之，为了把凤喜改造成他心目中的学生模样，樊家树可谓费尽心思，倾囊而出。可是樊家树却无意识中把自己置于了一个居高临下的操纵者和搭救沈凤喜的救世主的地位。这就使他们之间的爱情一开始就建立在一种不能平起平坐也无法平起平坐的基础上。

樊家树虽然醉心于凤喜的纯美，但是他又不能容忍沈凤喜的没文化和缺内涵。他潜意识里觉得沈凤喜的清纯外表缺少相应的底蕴，天然去雕饰的凤喜不是他真想要的，他要按自己的意愿重塑这个"天使"。可惜"江山易改，本性难移"，想要把一个人像一件物品一样地随心所欲地重组、改装注定是和成功无缘的。而且从某种意义上说，正是樊家树一味地慷慨和宠爱，使年少无知的沈凤喜只会把对自己好的人当靠山、当救星、当神明一样去顶礼膜拜，而失去自尊、自立、自强的信念和自由、自主的意志，最终沦为金钱的奴隶和权势的玩偶。

如果说《哈姆莱特》中的奥菲利娅在父兄面前扮演着物化的天使角色，那么她在情人哈姆莱特这儿就是一个被弃的玩偶。哈姆莱特在未知杀父之仇前屡屡向奥菲利娅示爱。他奉奥菲利娅为美丽的女神，迷人的天使。或许是他正直的品格，或许是他诚实的作风，使奥菲利娅相信了他的爱情誓言。但不可否认的一点是，他从来没有和奥菲利娅倾心交谈，从来没有把心中的秘密和苦恼告诉他的女神。“他对奥菲丽娅的爱情,并无任何显著的激情,只是一些甜美需要的平静预感。”①他不曾把奥菲利娅看作一个有独立思想和自主意志的人看待,他也不曾把奥菲利娅当作可信赖的知己看待。可能他是因为父亲的突然遇害和母亲的仓促改嫁,而对世间的一切产生了怀疑和否定,包括对他和奥菲利娅神圣的爱情。但就宫廷争斗来说,他的确是为了复仇而发誓抛开一切:

> 我(指哈姆莱特——引者注)要从我的记忆的碑版上,拭去一切琐碎愚蠢的记录,一切书本上的格言,一切陈言套语,一切过去的印象,我的少年的阅历所留下的痕迹,只让你(指哈姆莱特父亲的鬼魂——引者注)的命令留在我的脑筋的书卷里,不搀杂一些下贱的废料;是的,上天为我作证!

为了全身心地投入复仇大计,哈姆莱特不惜亵渎爱情,伤害恋人。他再次遇见奥菲利娅时一反常态,他对奥菲利娅冷嘲热讽、恶意诅咒。他质问奥菲利娅是否纯洁,他否认自己曾经爱过奥菲利娅,他把无情的诅咒送给奥菲利娅做嫁妆,说:“尽管你(指奥菲利娅——引者注)像冰一样坚贞,像雪一样纯洁,你还是逃不过谗人的诽谤。”他要奥菲利娅要么进尼姑庵要么就嫁给一个傻瓜。然而在这次会面之前,纯情的奥菲利娅还幻想着自己能如王后所说的那样治好哈姆莱特的“疯病”,帮助哈姆莱特恢复原状,两人和好如初,共享尊荣。然而哈姆莱特推翻爱的誓言,撕毁爱的盟约,他的变心宛如一个晴天霹雳,把奥菲利娅的爱情和幸福炸得粉碎,把她从灿烂的高峰抛入了幽暗的谷底。奥菲利娅成为了“一切妇女中间最伤心而不幸的”。

然而更重的打击还在后面,当奥菲利娅得知自己的父亲被哈姆莱特杀死时,她的精神彻底崩溃,她的信仰完全丧失,她疯疯癫癫,四处游荡,“她不断提起她的父亲,她说她听见着世上到处是诡计”。是的,在她清醒的时候她什么也看不清,在她糊涂的时候却看到了一些真实。她的情人误杀了她的父亲,无所顾及,逃之夭夭。可怜的奥菲利娅有仇无处报,有冤无

①歌德等:《莎剧解读》,张可、元化译,上海:上海教育出版社1998年版,第163页。

处喊，有苦无处诉。她如同一个被遗弃的玩偶，当父亲需要她时就拿她做诱饵做工具，当情人需要她时就把她当女神当天使，而当他们死的死，逃的逃时，她就被扔在一边，生死由天。而作为“受过大学人文主义教育”[1]的王子哈姆莱特，从来就没想要奥菲利娅有灵魂、有思想、有自己的行动。他只需要她如同提线木偶般扮演好自己的角色，而如果她扮演得不好，如果她在自己的计划中无用，那么她就会像过时的玩具一样被随便抛到任何的一个地方。

三

尽管《哈姆莱特》中的奥菲利娅和《啼笑因缘》中的沈凤喜相隔了四个世纪，但这两位“天使”遇困遭难的路径和曲折演变的格局却没有多大的变化。四百年后东方的沈凤喜几乎是重演了一遍四百年前西方的奥菲利娅的遭遇。

奥菲利娅的父兄跨世纪地追过来扮装了沈凤喜的亲人，而替代哈姆莱特王子位置的则是强霸沈凤喜的军阀刘德柱。刘德柱这个“斜着一双麻黄眼睛”的老将军，第一次见到沈凤喜时：

> 浑身的汗毛管向上一翻，酥麻了一阵，不料凭空走出这样美丽的一个女子来。

色狼本色，跃然纸上。虽然刘德柱得知沈凤喜已是“有主儿的人，现在就过的是男家的日子”，但是却摆出一副蛮横无耻的嘴脸，大言不惭地说：

> “有主儿要什么紧！漫说没出门，还是人家大闺女，就算出了门子，让咱们爷们爱上了，会弄不到手吗？”

于是他布开天罗地网，动用十八般武器，要抓住这只令他心醉的金丝雀。他故意输钱给凤喜，硬塞钱给凤喜，送凤喜名贵的首饰，像对待千金小姐

①张泗洋等：《莎士比亚引论》，北京：中国戏剧出版社 1989 年版，第 359 页。

一样邀请凤喜去打牌看戏。总之在没得到凤喜之前,他千方百计、想方设法地献媚和讨好。

而在这一切计谋都不能奏效的时候,刘德柱立即把这场抢劫战,移到了他得心应手的政治营盘,舞起他的权势之剑,利用自己的将军身份和地位逼凤喜由学生重当回了唱大鼓书的戏子。对凤喜百般侮辱,千般挑剔,并把吓昏了的凤喜扣压于自己家中。然后软硬兼施、威逼利诱,用自己显赫的地位,万贯的家产,无赖的伎俩,使少不经事、爱慕虚荣的凤喜从精神到肉体都臣服于他的脚下。在得到心中的"宝物"后,刘德柱让凤喜锦衣玉食、一呼百诺、炫富挥霍、极尽奢华,着实让凤喜风光了好一阵。彼时他对顺从听话、小鸟般依附于他的凤喜十分满意、爱不释手。然而好景不长,只是因凤喜与樊家树见了一面,他得知后竟不问原由也不等解释就大发雷霆,对凤喜大肆出手,严刑毒打。知道是自己错怪了凤喜后,他不但不道歉,反而不许凤喜生气哭闹,更无理的是要凤喜马上赔笑伺候,唱戏取乐。凤喜在极度惊恐和疲惫下昏死过去,从此大病不起。

后当凤喜不经意听说了刘德柱曾经一怒之下杀死了红杏出墙的前任姨太太时,她再也忍受不住这巨大的生存压力而精神错乱发了疯。这时刘德柱撕下了伪善的面具,露出了他喜新厌旧、铁石心肠的真面目。他一边叫嚷着:

> "捣他妈的什么乱!闹了我一宿也没有睡着。家里可受不了,把她(指凤喜——引者注)送到医院里去吧。"

一边对家中的新女仆关秀姑动了邪念起了色心。在自己的妻子生死未卜的情况下,这个衣冠禽兽非但没有半点的关心和同情,反而异常急切地把目标转向了下一个猎物——另一个年轻貌美的女子身上。我们看到,沈凤喜在刘德柱这里没有自由,没有平等,没有任何人的尊严,她不过是刘大将军手中的一个宠物、一件玩偶。喜欢时就把她捧在手上含在嘴里,不满时就棍棒相加拳打脚踢,厌倦了就丢在一旁,不闻不问,任其自生自灭、自毁自亡。

四

无论是《哈姆莱特》中的奥菲利娅，还是《啼笑因缘》中的沈凤喜，无论是王子的情人，还是将军的太太。只要位于男权社会中，只要处在男性霸权统治之下，女性永远没有平等地位和完整灵魂可言，永远没有独立思想和自由意志可说。人格、人性、人的权利与她们无缘。她们要么是父亲的好女儿，要么是丈夫的好伴侣。不管她们外表多么华丽，不管她们容颜多么倩美，她们始终逃脱不了男性的附庸的角色。她们永远只能是点缀，是宠物，是玩偶。

在男性中心文化的王国里，她们无法主宰自己，无权拥有独立，她们的任务就是对男性的服从和听命。她们被剥夺了完整的灵魂，她们被抹杀了自我的存在，她们不是被驯化就是被遗弃，她们的命运完全在男权的控制和掌握中。莎士比亚和张恨水两位文学大师为我们塑造了奥菲利娅和沈凤喜这两个同病相怜的异国姐妹。用她们悲剧性的一生揭示了那个时代的男性霸权意识形态的存在，用她们的疯狂或死亡控诉了男权社会对女性灵魂与意志的任意扭曲、玩弄和操纵。让今天的我们，看到彼时彼地女性姐妹们的生存状态，听到她们的痛苦的呐喊，体察到在人类历史上，女性解放征程的心酸、艰难和崎岖。从而一次又一次地认识到完美女性灵魂的工程之迫切以及追求女性自由、独立、平等的长路之漫漫。

第四节 历史的进步需要“自觉的英雄”①

历史的列车，总是要有那么一些先悟、先行的人跑到前面，自觉地、甘心情愿地躺下做铺设道轨的枕木，他们一个一个地躺下，道轨一节一节地延伸，方使得波澜壮阔的历史列车呼啸向前，奔腾不息。这些人就是 19 世纪俄国著名的文艺理论家杜勃罗留波夫在评价屠格涅夫的小说《前夜》时

①本节主要观点参见拙文:《历史的进步需要自觉的英雄》，载“全国中文核心期刊”《当代思潮》2004 年第 1 期。

说的那些“自觉的英雄人物”。这类人不谙心计,鄙视空谈。他们有自己的思想,自己的感情;有明确的奋斗目标;有脚踏实地的处事品行。他们持重本真,珍视人格——始终做着自己想要做的事,坚决地对抗意志的剥夺,坚决地抵制自己不想做而别人叫去做的事情。这些人用自己的言行提醒社会,师范民众,警言当局,呼唤良知。

一

本书要评说的是在不同国度里的两个女性:一个是美国浪漫主义作家纳撒尼尔·霍桑(以下简称霍桑)在他的《红字》(*The Scarlet Letter*, 1850)中塑造的女主角海斯特·白兰,一个是俄国现实主义作家伊凡·谢尔盖维奇·屠格涅夫(以下简称屠格涅夫)在他的《前夜》(*Накануне*, 1860)中颂扬的女主人公叶连娜。前者是19世纪50年代生活在美国大陆上的英国的贫寒移民,后者是19世纪60年代俄国的土生土长的贵族小姐。地域相异,出身不同。然而她们在争取人类自由、捍卫人格的尊严、开拓婚姻自主的征程中,都以极致之力,显示着自己的柔韧和刚毅。

一种感情,一旦负载上了思想和理念,它就会变得更加刚烈、勇猛、一往无前。霍桑的小说《红字》中的海斯特·白兰,早先是一纯静村姑,当她意识到自己的自由选择符合自己的理想,而这种理想又需要自己的力量来维护的时候,就变得异常的果敢和执著。她原本是一个“身材修长,容姿完整优美到堂皇程度”[①]的女子。命运却驱使她被迫嫁给了身体畸形、虚伪冷酷的术士齐灵窝斯,结婚后海丝特·白兰被丈夫安排先坐船到了新英格兰。丈夫齐灵渥斯随后坐船而来,但是遇到了风暴,结果下落不明,失踪多年。

海丝特·白兰没有顺从命运的这种安排。她秉承自己的意愿,与新英格兰地区的青年牧师丁梅斯代尔相爱了。为了捍卫自己选择的这个爱,她不求助于可能的现实的慰藉,不屈服于世俗的理性的威逼,在恋情暴露后一人独揽两人的通奸罪名,以惊人的勇气忍受着世人的责骂。为了捍卫个

①霍桑:《红字》,侍衔译,上海译文出版社1982年版,第6页,以下引自该译本的不再一一注明页码。

性的自由和人格的尊严，她甘愿一人受罚，宁死不交代共犯，因而被判处胸戴象征着通奸的红色 A 字（通奸的英文为 Adultery，A 为它的首字母——笔者注），离群索居，清贫度日。

在小说《红字》中，海丝特·白兰深深知道自己要走的这条路，坎坷曲折，艰辛无边，但她咬紧牙硬是坚持了下去。海丝特·白兰不投靠突然归来的“可接近”的丈夫齐灵窝斯，也不离开“不能接近”的情人丁梅斯代尔。她的爱，不是感情用事，不是心血来潮。她的爱是经过深思熟虑的，是自主自定的，是坚定有力的。即使在丁梅斯代尔死去，她们共同的爱情结晶——私生女珠儿——已经成人定居他乡，海丝特·白兰依然回到了她与丁梅斯代尔相知、相恋、相爱的断魂之处，坚强地生活。她所爱的丁梅斯代尔曾感叹道：

“女性的真心是有着惊人的力量！”

不错，海丝特·白兰的真心，铸就了她的钢铁意志。她不回避身上的标志，她以她那独有的心灵之火，点燃了她胸前那座红色的铁塔般的象征着耻辱的 A 字，焚烧着她前进路上的枯枝败叶，她在这条路上，一步一个血印地迎风前进，煎熬着自己，温暖着别人。

二

如果说作家霍桑用一种渐进的手法，使《红字》中的女主人公海丝特·白兰一步一步从无知到有知，从懦弱到坚强，慢慢地站立在读者面前。那么在小说《前夜》里，作家屠格涅夫则是把女主人公叶连娜放在一个特殊的空间环境，通过叶连娜对周围的感触，以反射的手法来升华她的品格。叶连娜生存的小环境紧连着时代的大环境。叶连娜的爱就是时代的爱，叶连娜的恨就是时代的恨，叶连娜的愿望就是时代的愿望。

小说《前夜》中的叶连娜痛恨封建宗法，她厌恶家长专制。少年时代，父母的不睦，使她形成了特立独行的个性。

从儿时起，她就渴慕着行动，积极的善行；乞丐，饥饿的、病弱的人们，使她思念，使她不安，使她苦恼；她常常梦见他们，也向她所有相识的人询问关于他们的事；她诚心诚意的布施，带着不自主的庄严，甚至情绪的悸动。①

十岁时，她的乞丐朋友小卡佳的死给她植下了一颗对穷人的怜悯心。到了二十岁，随着意识的成熟，叶连娜期待着“一个能够了解她、能够给她的神圣感情以回声，帮助她，教她应该怎样做的灵魂”。可是，闯入她青春芳草园的全是一群庸俗之辈。在她看来，贵族舒宾——娇生惯养，懒惰窒息了才能，悔恨引起自鄙，自鄙又反转成傲慢，能说大话不能做大事，总之是“没有什么持久的可靠的东西”。贵族别尔谢涅夫有些学问，但目光短浅，怯懦不前。

叶连娜向往的“是一个既有既定目标，百折不回，又能带动别人一道去奋斗的人”。于是，她爱上了保加利亚的贫苦的平民大学生英沙罗夫。父母、家人以及她所处的那个营垒的人坚决反对这门不相配的婚姻。然而世人的不可思议，正说明了叶连娜的独到和高瞻远瞩。她不顾封建道德观念和家规家法的阻梗，只身一人冒风披雪奔向英沙罗夫的下榻处。听听他们最后定情的那次铮铮有声的对话吧——

英沙罗夫：“那么，你会随着我，到任何地方？”

叶连娜：“任何地方，天边，地极！你到哪里，我也到哪里。”

英沙罗夫：“你不是在欺骗自己？你知道你父母永远也不会同意我们的婚姻？”

叶连娜：“我不是在欺骗自己，父母不会同意，我也知道。”

英沙罗夫：“你知道我贫穷，几乎是个乞丐？”

叶连娜：“我知道。”

英沙罗夫：“你知道我不是俄国人，我的命运不容我住在俄

①〔俄〕屠格涅夫：《前夜》，丽尼译，见屠格涅夫《前夜 父与子》，丽尼、巴金译，北京：人民文学出版社 2003 年版，第 28 页，以下引自该译本的不再一一注明页码。

国，你将不能不和你的祖国、你的亲人断绝一切联系？”

叶连娜：“我知道，我知道。”

英沙罗夫：“你也知道我已经献身给那艰苦的、不望感激的事业，我……我们不仅要经历危险，也许还要忍受贫困、屈辱？”

叶连娜：“我知道，一切我都知道……我爱你！”

三

霍桑《红字》中的海斯特·白兰，在捍卫自己的挚爱中，显示出来的是那种女性特有的外柔内刚的柔韧之力。而屠格涅夫《前夜》中的叶连娜，当她知道了她所爱的英沙罗夫是在从事着一桩为社会铲除邪恶的伟业的时候，当她明白了她所爱的人是一名“献身艰苦事业而不望感激”的人的时候，她的爱，就变成了大洋中矗立于海面之上的一尊岩石，根底深远，稳健刚毅，任凭风浪万千，决不移动半分；就会变成狂风烈火，燃烧着心内身外所有敢于阻挡她追求真情挚爱的藩篱。叶连娜主动向自己追求的人表明心愿。为了真情挚爱，她秘密和英沙罗夫结婚；为了真情挚爱，她宁可失去巨额的财产继承权，也要与一贫如洗的英沙罗夫去异国他乡。即使后来英沙罗夫不幸死去、她的母亲写信让她回家时，她毅然选择留在丈夫的祖国继续丈夫的遗业。

从古到今有多少人，一辈子都是在欺骗着自己，欺骗着别人：爱着自己不爱的人，听着自己不愿意听的话，干着自己不情愿干的事。百年前的海斯特·白兰和叶连娜之所以被一代一代地颂扬，其主要原因是她们做了另一种人。她们不骗自己也不骗别人，她们爱自己想爱的人，她们干自己愿意干的事。她们开始是受夫权、教权、政权三权压迫下的女子。残酷的境遇使她们看清了社会的真相，她们用自己的直觉搜侦、观察、鉴别着周围的一切。她们忠于自己的感觉，保持自己的本真。

在《红字》中，当海丝特·白兰在与齐灵窝斯的不和谐的婚姻中感觉不到真情的时候。她不愿装假，不愿自欺欺人；她不玩逢场作戏，她不要同床异梦；她痛恨口是心非的生活，她厌恶没有真爱的爱情。她认为在干枯了爱的婚姻泥沼里跋涉是对神圣爱情的亵渎。因而她背叛，她抗争。她用自己的良知来量度自己的行为，是罪是过她不管。她敢爱，敢恨，敢肯定“自我欲求”。她不甘心站在此岸翘望彼岸的自由，她情愿淌进那苦难的征程，向着自由的彼岸进击。

在海丝特·白兰所处的那个时代，那些看着她行进的人的精神和思想，都被清教的教规的枷锁扭曲得变了形。人们眼睁睁地看着她在苦海挣扎却无动于衷，她忍受着这无情的、冷酷的折磨。然而，她爱丁梅斯代尔，她恨齐灵窝斯——这是她精神的核心，这是她生活的起点和终点。为此，海丝特·白兰自觉地进入了情感洗涤和灵魂铸炼的痛苦磨砺，她绕过了清教徒的“忏悔炉”，直奔人生的自由之巅。她坚信自尊是维护人格的唯一武器。而人格的尊严使她居高临下、无所畏惧。“她批评牧师的丝带、法官的黑袍、颈手枷、绞架、家庭教会，简直没有什么敬畏的念头。”

海丝特·白兰以自己独有的目光，明辨着正与邪。她在为自己，也为他人清扫着往前走的路，她终于“成为了一个自由人”。她的独立的思想越来越成熟，她的自主的行动越来越明确。她在对自己生存形式的评价和对来日的寄托上，也更加空灵、超脱。从下面的这段母女对话中我们可以看出她理念深处的立异脱俗。海丝特·白兰问女儿珠儿：“孩子，你究竟是什么呀？”珠儿回答：“啊，我是你的小珠儿！妈妈。”海丝特·白兰：“你不是我的珠儿！”当女儿非叫母亲告诉她，自己是从那儿来的时候。海丝特·白兰说：“你不会认一个世上的父亲，你是天父送来的！”这种超凡脱俗的思维，这种耐人寻味的寓意，给世人留下无限的遐想。

四

有时候，人生的目标没有达到、历史的预想没有实现，并不全是因为目标的不对和预想的错误，在很多事情上，是因追求者的韧毅之力不支所致。以往在文艺作品和在现实生活中被肯定下来的英雄，往往是以献身捐躯为多。其实在现实中，一个人在追求一种目标而在承受那种瞬间性的痛苦时，往往是来不及体味痛苦的剧烈程度的；反倒是过后、天长地久持续延绵的折磨，才是最能使人撕心裂肺的。

通过小说《红字》第二十三章“红字的显露”，我们可以看到一股长久的隐埋在火山底下的痛苦，是怎么样变成了悔爱交织的滚烫炙人的岩浆，通过牧师的口喷发出来。牧师丁梅斯代尔在小说的最后，终于站在了当年海丝特·白兰曾经独自一人承担他们二人的通奸罪名时所站的刑台上，面对新英格兰的民众们高声喊道："新英格兰的人们！……你们这些热爱我的人！你们这些敬我如神的人！向这儿看，看看这个世上的罪人吧———我！我终于站到了七年之前就应该同这个妇人一起站立的地方了：这儿，就是她这个女人（指海丝特·白兰——引者注），在这可怕的时刻，以她的无力的臂膀，支撑着我爬上这里，搀扶着我不至扑面跌倒在地！看看吧，海丝特·白兰佩载着的那个红字！你们一直避之犹恐不及！无论她走到哪里——无论她肩负多么悲惨的重荷，无论她可能多么巴望能得到安静的休息——这红字总向她周围发散出使人畏惧、令人深恶痛绝的幽光。

但是就在你们中间，却站着一个人，他（指丁梅斯代尔——引者注）的罪孽和耻辱并不为你们所回避！——那烙印就在他身上……上帝的眼睛在注视着它！天使们一直都在指点它，魔鬼也知道得一清二楚，不时用那燃烧的手指的触碰来折磨它！但是他却在人们面前狡猾地遮掩着它——罪孽和耻辱——神采奕奕地走在你们中间；其实他很悲哀，因为在这个罪恶的世界上，人们竟把他看得如此纯洁！如今，在他濒死之际，他挺身站在你们面前！他要求你们再看一眼海丝特·白兰的红字！他告诉你们，她的红字虽然神秘而可怕，这只不过是他的内心的红字的表征罢了，站在这里的人们，有谁要怀疑上帝对一个罪人的制裁吗？看吧！看看这一骇人的证据吧！丁梅斯代尔哆哆嗦嗦地猛地扯开法衣前襟的饰带。那件东西显露出来了！刹那间，惊慌失措的人们的凝视的目光一下子聚集到那可怕的奇迹上；此时，牧师却面带胜利的红光站在那里，就像一个人在备受熬煎的千钧一发之际却赢得了胜利。随后，他瘫倒在刑台上，死了。海丝特·白兰双手抱住、撑起他的上半身，让他的头紧紧地靠在自己的胸前。"作家霍桑让丁梅斯代尔最终勇敢地当众承认自己的错误之后，死在了海丝特·白兰的怀里。

我们可以说，《红字》中的海斯特·白兰是女性自由解放道路上的一株生命犹在的枕木,她默默地卧在那儿,用自己的胸膛撑起那冰凉的铁轨,使道路一节一节地向前延伸;那么对于卧在海丝特·白兰前面的《前夜》中的叶连娜,我们应该说,她不仅是一株生命犹在的枕木,她还是一个指引历史列车行进的路标。与海丝特·白兰相比,叶连娜不光为争取女性的权力付出了艰辛,而且为女性解放乃至人类的解放做出了辉煌的贡献。

作家屠格涅夫于《前夜》塑造叶连娜的年代,是俄罗斯大地风云激荡的年代。19 世纪中叶,俄罗斯整个国家动荡不宁,农民起义剧增,社会气氛紧张,危机一触即发。俄国正处于大变革的"前夜"。农奴制度岌岌可危,变革的呼声此起彼伏,各派力量在相互碰撞中。贵族知识分子的革命性逐渐消失,革命的主动权逐步转移到平民知识分子手中。美妙的向往,空洞的理论,已无法制约时局,无法导向历史的前进。时代需要勇于行动的"新人"形象。而嗅觉敏锐的屠格涅夫在这关键的时刻,推出了叶连娜与英沙罗夫作为"新人"的代表。1860 年,杜勃罗留波夫在《现代人》第三期发表的评论《前夜》的文章《真正的白天什么时候到来?》一文中指出:俄国的革命已日趋必然性,"我们不会等待它很久的"[①]。尽管当时的作家屠格涅夫并不完全同意评论家杜勃罗留波夫的观点,但后来的事实证明杜勃罗留波夫的评价符合了历史的进程。

①〔俄〕杜勃罗留波夫:《杜勃罗留波夫选集》(第二卷),辛未艾译,上海:上海新文艺出版社 1982 年版,第 330 页。

参考文献

(一)著作类

1. Carter, Angela. The Passion of New Eve .London: Victor Gollancz, 1997.

2. D.L.卡莫迪〔美〕:《妇女与世界宗教》,徐钧尧、宋立道译,成都:四川人民出版社,1998 年。

3. F.P.赖斯、K.G.多金〔美〕:《青春期:发展、关系和文化》(第 11 版),陆洋、林磊、陈菲译,上海:上海人民出版社,2009 年。

4. Gabriele Wittke, Female Initiation in the American Novel, Peter Lang, 1991.

5. Gilbert, Sandra M. and Susan, Gubar. Eds. The Norton Anthology of Literature by Women: The Traditions in English, 2nd ed. New York: Norton, 1996.

6. Gilbert,Sandra M. & Susan Gubar , The Madwoman in the Attic: The Woman Writer and the Nineteenth-Century Literary Imagination, New York: Columbia University Press.

7. Howells,Coral Ann. Jean Rhys. New York & London: Harvester

Wheatheaf, 1991, p.108.

8. Jonathan. Bate, The Song of the Earth, Harvard University Press, 2002.

9. Margaret Atwood, Survival: A Thematic Guide to Canadian Literature, Toronto: Anansi, 1972.

10. Mary Bray Pipher. Reviving Ophelia: Saving the Selves of Adolescent Girls. New York: Random House Inc.1995.

11. Nathalie Cooke, Margaret Atwood: A Biography, Toronto: ECW Press, 1998.

12. R. A. Foakes, Hamlet versus Lear: Cultural Politics and Shakespeare's Art, New York: Cambridge University Press, 1993.

13. Roderick F. Nash, The Rights of Nature: A History of Environmental Ethics, University of Wisconsin Press, 1989.

14. S.M.吉尔伯特,苏珊·古芭〔美〕:《阁楼上的疯女人:女性作家与19世纪文学想象》,杨莉馨译,上海:上海人民出版社,2015年。

15. Tom Wolfe, Hooking Up, New York: Farrar, Straus and Giroux, 2000.

16. W.C.布斯:《小说修辞学》〔美〕,华明等译,北京:北京大学出版社,1987年。

17. William Coyle (ed.), The Young Man in American Literature, NY: The Odyssey Press, 1969.

18. 阿尔维托·曼古埃尔〔加〕:《阅读日记:重温十二部文学经典》,杨莉馨译,上海:华东师范大学出版社,2006年。

19. 阿尼克斯特〔苏〕:《莎士比亚传》,安国梁译,北京:中国戏剧出版社,1984年。

20. 埃默里·埃利奥特〔美〕主编:《哥伦比亚美国文学史》,朱通伯等译,成都:四川辞书出版社,1994年。

21. 艾莱恩·肖瓦尔特〔美〕:《妇女·疯狂·英国文化》,陈晓兰、杨剑锋译,兰州:兰州大学出版社,1998年。

22. 艾丽斯·沃克〔美〕:《父亲的微笑之光》,周小英译,南京:译林出版社,2003年。

23. 艾丽斯·西伯德〔美〕:《可爱的骨头》,施清真译,北京:作家出版社,2004 年。

24. 艾莉森·卢里〔美〕:《永远的男孩女孩:从灰姑娘到哈里·波特》,晏向阳译,南京:南京大学出版社,2008 年。

25. 艾米尔·路德维希〔德〕:《歌德传》,甘木等译,天津:天津人民出版社,1982 年。

26. 艾瑞卡·琼〔美〕:《伊莎性爱告白》,毛羽译,北京:时代文艺出版社,1998 年。

27. 安格斯·麦克拉伦〔加〕:《二十世纪性史》,黄韬、王彦华译,上海:上海人民出版社,2007 年。

28. 安妮·史蒂文森〔英〕:《苦涩的名声——西尔维娅·普拉斯的一生》,王增澄译,北京:昆仑出版社,2004 年。

29. 安秋玲:《青少年同伴群体交往与自我同一性发展研究》,上海:华东师范大学出版社,2007 年。

30. 贝蒂·弗里丹〔美〕:《女性的奥秘》,程锡麟等译,北京:北方文艺出版社,1999 年。

31. 伯科维奇〔美〕主编:《剑桥美国文学史》(第八卷),杨仁敬等译,北京:中央编译出版社,2007 年。

32. 布赖恩·巴克斯特〔英〕:《生态主义导论》,曾建平译,重庆:重庆出版社,2007 年。

33. 曹禺:《雷雨——四幕话剧》,成都:四川人民出版社,1984 年。

34. 陈惇、孙景尧、谢天振主编:《比较文学》,北京:高等教育出版社,1997 年。

35. 戴维·波普诺〔美〕:《社会学》(第 11 版),李强等译,北京:中国人民大学出版社,2007 年。

36. 狄更斯〔英〕:《远大前程》,主万、叶尊译,北京:人民文学出版社,2004 年。

37. 杜勃罗留波夫〔俄〕:《杜勃罗留波夫选集》(第二卷),辛未艾译,上海:上海新文艺出版社,1982 年。

38. 杜鲁门·卡波特〔美〕:《蒂凡尼的早餐》,董乐山等译,海口:南海出版公司,2008 年。

39. 恩格斯〔德〕:《家庭、私有制和国家的起源》,中央编译局译,北京:人民出版社,1999 年。

40. 方平:《为什么顶楼上藏着一个疯女人?——〈简·爱〉、〈呼啸山庄〉研究及其他》,上海:上海译文出版社,1994 年。

41. 福尔曼〔美〕等编著:《早熟的青苹果:青春期恋爱关系》,杨丁等译,北京:中国青年出版社,2001 年。

42. 傅俊:《玛格丽特·阿特伍德研究》,南京:译林出版社,2003 年。

43. 盖光:《文艺生态审美论》,北京:人民出版社,2007 年。

44. 歌德〔德〕:《浮士德》,董问樵译,上海:复旦大学出版社,1982 年。

45. 歌德〔德〕:《歌德自传——诗与真》,刘思慕译,北京:人民文学出版社,1983 年。

46. 歌德〔德〕等:《莎剧解读》,张可、元化译,上海:上海教育出版社,1998 年。

47. 郭春林:《读图时代文学的处境》,上海:同济大学出版社,2008 年。

48. 海涅〔德〕:《莎士比亚笔下的女角》,温健译,上海:上海译文出版社,1981 年。

49. 赫斯基思·皮尔逊〔英〕:《狄更斯传》,谢天振等译,杭州:浙江文艺出版社,1985 年。

50. 侯浚吉编著:《溶于诗文的博学之才——歌德传》,上海:世界图书出版公司,1995 年。

51. 胡志红:《西方生态批评研究》,北京:中国社会科学出版社,2006 年。

52. 华莱士·马丁〔美〕:《当代叙事学》,伍晓明译,北京:北京大学出版社,1990 年。

53. 黄华:《权力,身体与自我——福柯与女性主义文学批评》,北京:北京大学出版社,2005 年。

54. 黄明哲等:《梦想与尘世——二十世纪美国文化》,北京:东方出版社,1999 年。

55. 霍桑〔美〕:《红字》,侍衍译,上海:上海译文出版社,1982 年。

56. 季广茂:《隐喻视野中的诗性传统》,北京:高等教育出版社,1998 年。

57. 加缪〔法〕:《西西弗的神话》,杜小真译,北京:生活·读书·新知三联书店,1987 年。

58. 简·里斯〔英〕:《藻海无边——〈简·爱〉前篇》,陈良廷、刘文澜译,上海,上海译文出版社,1996 年。

59. 杰弗里·尤金尼德斯〔美〕:《处女自杀》,李卉译,上海:上海译文出版社,2003 年。

60. 杰弗里·尤金尼德斯〔美〕:《中性》,主万、叶尊译,上海:上海译文出版社,2008 年。

61. 杰克·D·道格拉斯、弗兰西斯·C.瓦克斯勒〔美〕:《越轨社会学概论》,张宁、朱欣民译,石家庄:河北人民出版社,1987 年。

62. 卡罗琳·帕克丝特〔美〕:《伊甸园的鹦鹉》,张琰译,海口:南海出版公司,2007 年。

63. 凯伦·萨哲、爱丽丝·鲁宾斯坦〔美〕:《青少女成长迷宫》,刊欣媒体顾问有限公司译,乌鲁木齐:新疆人民出版社,2007 年。

64. 凯特·米利特〔美〕:《性的政治》,钟良明译,北京:社会科学文献出版社,1999 年。

65. 邝福光:《环境伦理学教程》(修订版),北京:中国环境科学出版社,2000 年。

66. 劳伦斯·斯滕伯格〔美〕:《青春期:青少年的心理发展和健康成长》,戴俊毅译,上海:上海社会科学出版社,2007 年。

67. 勒内·韦勒克、奥斯丁·沃伦〔美〕:《文学理论》,刘象愚等译,南京:江苏教育出版社,2005 年。

68. 雷切尔·韦尔〔美〕:《我可不在乎》,柳闻莺译,上海:上海译文出版社,2002 年。

69. 李大可:《天·地·人——歌德传》,石家庄:河北人民出版社,1999 年。

70. 李赋宁:《英国文学论述文集》,北京:外语教学与研究出版社,1997 年。

71. 李莉:《20 世纪美国学院派作家研究》，天津：南开大学出版社，2013 年。

72. 李裴:《小说结构与和审美》,贵阳:贵州人民出版社,2003 年。

73. 李小江:《女人读书》,南京:江苏人民出版社,2005 年。

74. 李学武:《蝶与蛹:中国当代小说成长主题的文化考察》,北京:中国社会科学出版社,2003 年。

75. 列夫·托尔斯泰:《安娜·卡列尼娜》〔俄〕,草婴译,上海:上海文艺出版社,2008 年。

76. 琳达·哈切恩〔加〕:《加拿大后现代主义——加拿大现代英语小说研究》,赵伐、郭昌瑜译,重庆:重庆出版社,1994 年。

77. 罗钢:《叙事学导论》,昆明:云南人民出版社,1994 年。

78. 罗素〔英〕:《婚姻革命》,靳建国译,北京:东方出版社,1998 年。

79. 马凌:《后现代主义中的学院派小说家》,天津:天津人民出版社,2004 年。

80. 玛格丽特·阿特伍德〔加〕:《浮现》,蒋丽珠译,南京:译林出版社,1999 年。

81. 玛丽·皮福〔美〕:《复活的奥菲莉亚:挽救少女的自我》,何吉贤、于卉芹译,北京:作家出版社,1998 年。

82. 玛雅·安吉罗〔美〕:《我知道笼中鸟为何歌唱》,杨玉功、陈延军译,北京:十月文艺出版社,2000 年。

83. 美国国务院〔美〕编:《美国文学概况》,杨俊峰等译,沈阳:辽宁教育出版社,2003 年。

84. 米·斯莱特〔英〕:《狄更斯与女性》,麻益民译,天津:百花文艺出版社,1990 年。

85. 米歇尔·福柯〔法〕:《疯癫与文明——理性时代的疯癫史》,刘北成、杨远婴译,北京:生活·读书·新知三联书店,1999 年。

86. 米歇尔·福柯〔法〕:《权利的眼睛——福柯访谈录》,严锋译,上海:上海人民出版社,1997 年。

87. 米歇尔·福柯〔法〕:《性经验史》,佘碧平译,上海:上海人民出版社,2000 年。

88. 欧茨〔美〕:《狐火》,闻礼华、金林鹏译,武汉:长江文艺出版社 2006 年。

89. 欧茨〔美〕:《我带你去那儿》,顾韶阳译,北京:人民文学出版社,2005 年。

90. 欧茨〔美〕:《直言不讳:观点和评论集》,许颖果译,武汉:长江文艺出版社,2006 年。

91. 潘克明编著:《曹禺研究五十年》,天津:天津教育出版社,1987 年。

92. 乔以刚、林丹娅主编:《女性文学教程》,石家庄:河北教育出版社,2007 年。

93. 让·鲍德里亚〔法〕:《消费社会》,刘成富、全志刚译,南京:南京大学出版社,2008 年。

94. 芮渝萍:《美国成长小说研究》,北京:中国社会科学出版社,2004 年。

95. 赛因·海默〔美〕:《母与女》,许晓峰译,北京:农村读物出版社,1988 年。

96. 沙伦·克里奇〔美〕:《少女苏菲的航海故事》,王玲月译,石家庄:河北教育出版社,2008 年。

97. 沙伦·克里奇〔美〕:《印第安人的鹿皮靴》,王玲月译,石家庄:河北教育出版社,2008 年。

98.苏·蒙克·基德〔美〕:《蜜蜂的秘密生活》,侯萍、宋苏晨译,南京:译林出版社,2007 年。

99. 莎士比亚〔英〕:《哈姆莱特》,见《莎士比亚全集(九)》,朱生豪译,北京:人民文学出版社,1978 年。

100. 莎士比亚〔英〕:《麦克白》,见《莎士比亚全集(八)》,朱生豪译,北京:人民文学出版社,1978 年。

101. 宋晔:《校园伦理智慧论》,北京:高等教育出版社,广州:中山大学出版社,2006 年。

102. 苏珊·S.兰瑟〔美〕:《虚构的权威——女性作家与叙述声音》,黄必康译,北京:北京大学出版社,2002 年。

103. 苏童:《婚姻即景》,南京:江苏文艺出版社,1993 年。

104. 苏童:《妻妾成群》,见《苏童作品精选》,苏童著,武汉:长江文艺出版社,2012 年。

105. 田本相、胡叔和编:《曹禺研究资料》, 北京: 中国戏剧出版社,1991 年。

106. 屠格涅夫〔俄〕:《前夜 父与子》,丽尼、巴金译,北京:人民文学出版社,2003 年。

107. 托妮·莫瑞森〔美〕:《最蓝的眼睛》,陈苏东、胡允桓译,海口:南海出版公司,2005 年。

108. 汪耀进编:《意象批评》,成都:四川文艺出版社,1989 年。

109. 王晓路等著:《文化批评关键词研究》, 北京: 北京大学出版社,2007 年。

110. 王兴平等编:《中国当代文学研究资料》,福州:海峡文艺出版社,1985 年。

111. 薇拉·凯瑟〔美〕:《花园小屋》,薛鸿时译,见朱虹选编:《美国女作家短篇小说选》,北京:中国社会出版社,1983 年。

112. 薇拉·凯瑟〔美〕:《瓦格纳作品音乐会》,黄梅译,见朱虹选编:《美国女作家短篇小说选》,北京:中国社会出版社,1983 年。

113. 吴小英:《科学、文化与性别——女性主义的诠释》,北京:中国社会科学出版社,2000 年。

114. 西尔维娅·普拉斯〔美〕:《钟形罩》,杨靖译,南京:译林出版社,2003 年。

115. 西蒙娜·德·波伏娃〔法〕:《第二性》,陶铁柱译,北京:中国书籍出版社,1998 年。

116. 西蒙娜·德·波伏瓦〔法〕:《女人是什么》,王友琴等译,北京:中国文联出版公司,1988 年。

117. 夏洛蒂·勃朗特〔英〕:《简·爱》,吴钧燮译,北京:人民文学出版社,1990 年。

118. 夏洛蒂·勃朗特〔英〕:《简·爱》,祝庆英译,上海:上海译文出版社,1980 年。

119. 夏洛特·P.吉尔曼〔美〕:《黄色糊墙纸》,文忠强译,见朱虹选编:《美国女作家短篇小说选》,北京:中国社会出版社,1983 年。

120. 夏之放:《文学意象论》,汕头:汕头大学出版社,1993 年。

121. 萧潇:《爱的成就:圣母玛丽亚传》,北京:中国社会科学出版社,1997 年。

122. 辛自强、池丽萍:《社会变迁中的青少年》,北京:北京师范大学出版社,2008 年。

123. 徐丹:《倾空的器皿:成年仪式与欧美文学中的成长主题》,上海:三联书店,2008 年。

124. 徐坤:《文学中的"疯狂"女性:20 世纪中国女性写作的演进》(博士学位论文)。

125. 杨建玫:《走出人类中心主义的藩篱——乔伊斯·卡罗尔·欧茨小说中的生态伦理思想研究》,上海:复旦大学出版社,2013 年。

126. 杨静远编选:《勃朗特姐妹研究》,北京:中国社会科学出版社,1983 年。

127. 杨莉馨:《西方女性主义文论研究》,南京:江苏文艺出版社,2002 年。

128. 杨星映:《中西小说文体形态》,北京:中国社会科学出版社,2005 年。

129. 伊莱恩·肖瓦尔特〔美〕:《学院大厦:学界小说及其不满》,吴燕莛译,上海:上海三联书店,2012 年。

130. 约瑟芬·多诺万〔美〕:《女权主义的知识分子传统》,赵育春译,南京:江苏人民出版社,2002 年。

131. 张恨水:《啼笑因缘》,杭州:浙江人民出版社,1980 年。

132. 张京媛主编:《当代女性主义文学批评》,北京:北京大学出版社,1992 年。

133. 张泗洋、徐斌、张晓阳:《莎士比亚引论》,北京:中国戏剧出版社,1989 年。

134. 张文新主编:《青少年发展心理学》, 济南: 山东人民出版社, 2002 年。

135. 张宪周:《屠格涅夫和他的小说》,北京:北京出版社,1981 年。

136. 张占国、魏守忠编:《张恨水研究资料》,天津人民出版社,1986 年。

137. 朱虹:《英国小说的黄金时代——1813-1873》,北京:中国社会科学出版社,1997 年。

138. 朱立元主编:《当代西方文艺理论》,上海:华东师范大学出版社, 1997 年。

139. 朱维之主编:《圣经文学故事选》,北京:北京出版社,1983 年。

140. 祖国颂:《叙事的诗学》,合肥:安徽大学出版社,2003 年。

141. 甄蕾:《探秘青春岁月——当代美国成长小说少女形象研究》,天津:天津教育出版社,2014 年。

(二) 文章类

1. Alfieri, T., Ruble, D., & Higgins, E.(1996). Gender stereotypes during adolescence: Developmental changes and the transition to junior high school. Developmental Psychology, 32, 1129-1137.

2. Blum,R., & Rinehart, P. Reducing the risk: Connections that make a difference in the lives of youth. Minneapolis:Division of General Pediatrics and Adolescent Health , University of Minnesota. 2000. p.31.

3. Broverman, I., Vogel, S., Broverman, D., Clarkson, F., & Rosenkrantz, P. (1972). Sex-role stereotypes: A current appraisal. Journal of Social Issues, 28, 59-78.

4. Collins, W.A., & Laursen, B. (2004). Parent adolescent relationships and influences. In R. Lerner and L. Steinberg (Eds.), Handbook of adolescent psychology. New York: Wiley. p.32.

5. Gilligan, C.(1993). Joining the resistance: Psychology, politics, and girls. In L. Weis & M. Fine (Eds.), Beyond silenced voices. Albany: SUNY

Press, pp. 143–168.

6. Hill, J., & Lynch, M.(1983). The intensification of gender–related role expectations during early adolescence. In J. Brooks–Gunn and A. Petersen (Eds.), Girls at puberty. New York: Plenum, pp.201–228.

7. Keekok. Lee, "To De–Industrialize—Is It So Irrational?", in A. Dobson and P. Lucardie ed., The Politics of Nature: Explorations in Green Political Theory, New York: Routledge, 1995.

8. Kirk Curnutt, "Teenage Westland: Coming–of–age Novels in 1980s and 1990s", Critique, Vol. 43(1). 2001. p. 35.

9. Kroger, J. (1995). The Differentiation of "Film" and "Developmental" Foreclosure Identity Statuses: A Longitudinal Study. Journal of Adolescent Research, 10, p.317.

10. L.P.梅耶:"前言",见《消费社会》,让·鲍德里亚〔法〕,刘成富、全志刚译,南京:南京大学出版社,2008 年。

11. Larson, R., & Wilson, S. Adolescence across Place and Time: Globalization and the Changing Pathways to Adulthood. In R. Lerner and L. Steinberg (Eds.), Handbook of Adolescent Psychology. New York: Wiley, 2004, p.78.

12. Lerner, R., & Steinberg, L. The Scientific Study of Adolescence: Past, Present, and Future. In R. Lerner and L. Steinberg (Eds.), Handbook of Adolescent Psychology. New York: Wiley. 2004, p.6.

13. Lewinsohn, P., Rohde, P., Seeley, J., & Baldwin, C. (2001). Gender differences in suicide attempts from adolescence to young adulthood. Journal of the American Academy of Child and Adolescent Psychiatry, 40, 427–434.

14. Marcia, J. (1976). Identity six years after: A Follow–up Study. Journal of Youth and Adolescence, 5, p.145.

15. Margaret Atwood, "Production Problems",Canadian Literature 78, 1978, p.13.

16. Suzanne D'Amato, "High School Confidential: Girls Will Be Girls", see.http://www.washingtonpost.com/wp–dyn/content/arti–

cle/2006/05/25/AR2006052501220.html.

17. 曹晓青:《试论玛干泪悲剧的成因》,载《湘潭师范学院学报》,1995年第5期。

18. 曾庆茂:《由作品人物演变而成的词汇》,见《江西师范大学学报(哲社版)》,1997年第4期。

19. 柴妞:《处女自杀》,载《书城》,2008年第6期。

20. 陈良廷:《幽禁在顶楼上的疯女人与简·里斯》,见《藻海无边——〈简·爱〉前篇》,简·里斯〔英〕,陈良廷、刘文澜译,上海译文出版社,1996年。

21. 程锡麟:《天使与魔鬼——谈〈阁楼上的疯女人〉》,载《外国文学》,2001年第1期。

22. 菲利普·扬〔美〕:《世界和一个美国神话》,见董衡巽编:《海明威研究》,北京:中国社会科学出版社,1985年。

23. 傅俊、韩媛媛:《论女性话语权的丧失和复得——解析阿特伍德的短篇小说〈葛特露的反驳〉》,载《当代外国文学》,2006年第3期。

24. 高伟:《没有一个女人装得出她的眼神》,载《文学自由谈》,2006年第4期。

25. 顾韶阳:《我带你去那儿·前言》,见《我带你去那儿》,欧茨〔美〕,顾韶阳译,北京:人民文学出版社,2005年。

26. 洪增流、姚学丽:《为分裂的灵魂找到属于自己的位置——析托尼·莫里森小说中的黑人宗教思想》,载《国外文学》,2008年第1期。

27. 胡允桓:《从祈求代反抗》,见《最蓝的眼睛》,莫瑞森〔美〕,陈苏东、胡允桓译,海口:南海出版公司,2005年。

28. 胡允桓:《刻骨亲情 感人至深——〈可爱的骨头〉中译本序》,见《可爱的骨头》,艾丽斯·西伯德〔美〕,施清真译,北京:作家出版社,2004年。

29. 黄蓓佳:书评《一条心灵的通道——读〈蜜蜂的秘密生活〉》,参见http://ent.sina.com.cn/x/2007-09-18/01271720236.shtml

30. 黄慧慧:《论〈波利安娜〉中的儿童本位意识与成人阅读》,载《电影文学》,2009年第8期。

31. 加亚特里·查克拉沃尔蒂·斯皮瓦克〔印度〕:《三个女性文本和一种帝国主义批评》,见《后殖民主义文化理论》,赛义德等〔美〕,陈永国等译,北京:中国社会科学出版社,1999 年。

32. 莱斯利·费德莱尔〔美〕:《好哈克,再回到木筏上来吧》,见叶舒宪选编:《神话——原型批评》,西安:陕西师范大学出版社,1987 年。Originally published in the Partisan Review (June 1948).

33. 李定清:《文学伦理学批评与人文精神》,载《外国文学研究》,2006 年第 1 期。

34. 刘丽敏:《圣母崇拜的中国近代天主教民中的兴起与扩展》,载《北京科技大学学报》(社会科学版),2007 年第 9 期。

35. 刘振宁:《疯妇欤 天使欤——重释伯莎·梅森》, 载《中国比较文学》,2005 年第 1 期。

36. 罗兰·巴尔特〔法〕:《叙事作品结构分析导论》,张裕禾译,见《叙事美学》,王泰来等编译,重庆:重庆人民出版社,1987 年。

37. 玛丽·比弗〔美〕:《常备书经典版序言》,见《萨摩人的成年》,玛格丽特·米德〔美〕,周晓虹、李姚军、刘婧译,北京:商务印书馆,2008 年。

38. 欧阳马田:《当代西方越轨社会学的基本流派》,《国外社会科学》,1989 年第 12 期。

39. 钱林森:《从凡尔纳到布鲁梭罗:幻想文学谈片——写在〈魔眼少女佩吉·苏〉中译本出版之际》,载《当代外国文学》,2004 年第 2 期。

40. 乔纳森·萨福伦·弗尔、杰弗里·尤金尼德斯〔美〕:《杰弗里·尤金尼德斯访谈录》,李自修摘译,载《当代外国文学》,2004 年第 1 期。

41. 任秋凌编译:《桂冠诗人的惊世悲情》,见《世界妇女博览》编辑部选编,《世界妇女博览精华本(人物篇)》,桂林:漓江出版社,2001 年。

42. 书评:《对〈处女自杀〉的赞美》,见《处女自杀》,杰弗里·尤金尼德斯〔美〕,李卉译,上海:上海译文出版社,2003 年。

43. 宋协议,张美蓉:《少女文学的大爆发——浅析日本第 130 届芥川奖获奖作品》,载《日语知识》,2004 年第 5 期。

44. 宋艳芳:《西方文论关键词:学院派小说》,载《外国文学》2013 年第 6 期。

45. 孙妮:《苍海茫茫 人归何处——试论琼·里斯〈藻海无边〉主题及艺术风格》,载《外国文学》,2001 年第 6 期。

46. 唐红梅:《寻访美国黑人文化——我的美国之行(代自序)》,见《种族、性别与身份认同:美国黑人女作家艾丽丝·沃克、托尼·莫里森小说创作研究》北京:民族出版社,2006 年。

47. 唐先容:《文学奖·少女作家·少女感性》,载《外国文学动态》,2006 年第 2 期。

48. 汪民安:《译者前言:性与民主》,见《亲密关系的变革——现代社会中的性、爱和爱欲》,安东尼·吉登斯〔英〕,陈永国、汪民安等译,北京:社会科学文献出版社,2001 年。

49. 王宏图:《死亡,不需要理由》,见《处女自杀》,杰弗里·尤金尼德斯〔美〕,李卉译,上海:上海译文出版社,2003 年。

50. 王理行:《一位世界性的杰出作家——从诺贝尔文学奖说起》,见《狐火》,欧茨〔美〕,闻礼华、金林鹏译,武汉:长江文艺出版社,2006 年。

51. 王丽莉:《文本的浮现——论〈浮现〉中戏仿技巧的运用》,载《外国文学》,2005 年第 3 期。

52. 王妮娜、高黎娜:《马克·吐温笔下的"哈姆雷特"——〈哈克贝利·芬历险记〉人物探讨》,载《陕西师范大学学报》(哲学社会科学版),1998 年第 3 期。

53. 王晓英:《生存 回归 真我——论〈浮现〉的多元化主题》,载《外国文学研究》,1997 年第 2 期。

54. 闻礼华:《狂放的恶之花》,见《狐火》,欧茨〔美〕,闻礼华、金林鹏译,武汉:长江文艺出版社,2006 年。

55. 吴翔:《黑人妇女的小屋能否接纳汤姆叔叔——代译序》,见《父亲的微笑之光》,艾丽斯·沃克〔美〕,周小英译,南京:译林出版社,2003 年。

56. 肖明翰:《英美文学中的哥特传统》,载《外国文学评论》,2001 年第 3 期。

57. 徐国红:《女权神话:〈围棋少女〉的性别策略》，载《贵州社会科学》,2007 年第 12 期。

58. 杨爱唐:《论麦克白夫人形象塑造》,载《湖北大学学报》(哲社版),1996 年第 4 期。

59. 杨彩霞:《尤金尼德斯的“逼真记忆”:一个后现代视角》,载《外国文学》,2008 年第 4 期。

60. 杨慧林:《诠释与想象的空间：批评史中的莎士比亚与〈哈姆莱特〉》,载《外国文学研究》,2006 年第 6 期。

61. 杨莉馨:《解构〈哈姆莱特〉》(代译序),见《葛特露和克劳狄斯——〈哈姆莱特〉前传》,约翰·厄普代克〔美〕,杨莉馨译,南京:译林出版社,2002 年。

62. 叶尊:《〈中性〉·后记》,见《中性》,杰弗里·尤金尼德斯〔美〕,主万、叶尊译,上海:上海译文出版社,2008 年。

63. 于长敏:《“少女文学”获日本纯文学最高奖》,载《作家》,2004 年第 10 期。

64. 余立新:《追寻遥远》,见《浮现》,玛格丽特·阿特伍德〔加〕,蒋丽珠译,南京:译林出版社,1999 年。

65. 虞建华:《经历成长,书写成长,见证成长》(序),见《美国成长小说艺术与文化表达研究》,孙胜忠著,合肥:安徽人民出版社,2007 年。

66. 张德明:《〈藻海无边〉的身份意识与叙事策略》,载《外国文学研究》,2006 年第 3 期。

67. 张琦:《不能完成的颠覆——论莎士比亚女性主义研究》,载《外国文学研究》,2001 年第 4 期。

68. 赵太和:《略谈〈哈克贝利·费恩历险记〉》,载《国外文学》,1989 年第 1 期。

69. 朱萍:《中西古典文学中的疯癫形象》，载《中国比较文学》,2005 年第 4 期。

70. 甄蕾:《〈狐火〉少女帮中的“长腿”形象刍论》,载《外国问题研究》,2013 年第 4 期。

71. 甄蕾:《当代“娜拉”们何去何从? 》,载《广西大学学报》(哲社版),2007 年第 1 期。

72. 甄蕾:《风靡全球的少女文学热及其研究价值》,载《世界文化》,2015 年第 11 期。

73. 甄蕾:《历史的进步需要自觉的英雄》,载《当代思潮》,2004 年第 1 期。

74. 甄蕾:《两个身着天使外衣的残疾灵魂:奥菲利娅和沈凤喜比较研究》,载《世界文学评论》,2006 年第 1 期。

75. 甄蕾:《女性成长的难关:当代美国小说中的守节与失贞》,载《文艺研究》,2014 年第 1 期。

76. 甄蕾:《弱势群体的呐喊:当代美国成长小说中的少女成长》,载《河北师范大学学报》(哲社版),2013 年第 6 期。

77. 甄蕾:《试论消费社会中的“外貌主义”少女形象》,载《外国文学研究》,2013 年第 3 期。

78. 甄蕾:《显性的相合 隐性的迥异——中西文学中“疯女人”形象之比较研究》,载《广西大学学报》(哲社版),2006 年第 4 期。

79. 甄蕾:《犹斗的“困兽”同声的反抗——评说伯莎·梅森和繁漪》,载《名作欣赏》,2006 年第 7 期下半月。

80. 甄蕾:《在“最不可思议”的地方找到爱——评基德的小说〈蜜蜂的秘密生活〉》,载《外国文学动态》,2009 年第 3 期。

后 记

白云苍狗时光无情，惊回首离我出第一本个人专著《探秘青春岁月——当代美国成长小说中的少女形象研究》(2014) 已经过去了四个年头。晴阴暖冷雨霁晚霞总是相伴而行,在这过去的一千多个日日夜夜里,我扬帆起航的这只打捞文学趣闻和人生价值的小舟，穿行在险滩和湍流中,遇过恶浪,经过惊涛,呛水过呕吐过,然而这一切终究被一股股暖流平复了。命运的指针在飞速旋转中不断迂回敲击,点燃了我人生路上的一个个亮点：这期间我从天津师范大学中国语言文学博士后科研流动站以优秀等级出了站;这期间我在天津市教委评上了副教授;这期间我调入了天津师范大学文学院。这还不算,更使我没有想到的是,就在这期间,我的第二本个人学术专著居然能如此之快地出版。

话说回来，再怎么完美的天鹅蛋没有适宜的客观环境也是绝对孵化不出小天鹅来的。我的这些福分不是天上掉下来的，而是左右前后的师者、友者送来的。就说这第二本学术专著吧，没有我的博士后合作导师——孟昭毅先生的点拨和指导,便不会有它的问世。每次我和孟先生交谈,他都关切地询问我最近的读书、学习和研究的情况。在孟先生的鞭策鼓励之下,我才有这样快的速度完成并出版此书。

说到这本书，我的远在南京的博士导师——汪介之先生也是不能不提的。虽然从2010年南京师范大学博士毕业后我就离开了汪老师，但是汪老师一直关切着我的学术成长。不时询问我的学术研究的进展，像以前我在他身边求学时那样为我答疑解惑，拨云驱雾！

还有我的硕士导师——杨莉馨教授(现已是博导)。我的这本书的某些章节就来自我的硕士论文《夏娃另类的女儿们——西方文学中“疯女人”形象群体之研究》，还有一些章节所选的已经公开发表的文章，也是我跟随杨老师读硕士的时候写的。杨老师当年在女性文学研究方面所取得的成就，一直被我奉为学术路上的榜样。杨老师当年为我的硕士论文、为我发表文章所做出的一字一句的呕心沥血的修改，让我记忆犹新，终生难忘！

常言道“滴水之恩涌泉相报”，何况来自各方的助者，那怎是“滴水之恩”的一个“滴”字可以概括得了的！他们有的甚至可以说是倾其江河呐！我要感谢天津师范大学文学院的各位领导和老师对我的帮助！感谢天津师范大学社会科学处、人事处的各位领导和老师！感谢所有帮助过我的领导、同事和老师！感谢你们在学术上对我的肯定、支持和帮助！特别感谢朝夕相处的天津师范大学文学院外国文学教研室的各位老师和同事！这是一个充满阳光的学术团队，有德高望重的长辈循循诱导，有温暖友善的同事探讨切磋。荡漾的内心难以言表，真有“徘徊池上亦飞亦扬”之感。

与此书颇具渊源的还有我的本科母校烟台大学。感谢当年烟台大学和人文学院的各位领导和老师！特别感谢当年给我讲授西方文学、指导我本科毕业论文写作的于胜民教授！我的这本书里有一节（见第六章第四节）是我本科的毕业论文，后来烟台大学通过平衡筛选，选取了这篇文章参加评比，结果获得了“2005年山东省优秀学士学位论文奖”。这篇文章也是当年的《当代思潮》主编段若非先生十分赏识并亲自批文发表的文章(关于此我在前言中提到过)。也就是从这篇文章开始，我的初心笃定再未改变。就这样，我在研究女性文学的这条路上一直走到今天。说也神了，打那以后我所写的几乎每一篇关于女性研究的文章都得以公开发表，迄今有二十多篇了(其中有多篇发表在学科或核心期刊)。

据说华人导演李安每次获奖发表得奖感言时，都要在感谢的名单中提到他的家人、特别是曾经是他同学的夫人。我从来没有在我的父母、我的先生面前说过感恩的话，但是每当我取得成绩的时候，其实心里最感谢、同时最觉亏欠的还是他们。我发现我的父母无论为我做了多少事情，从来都是无怨无悔；无论何时何事何地从来都是严阵以待。父母啊，感恩的语言虽然没有说出，感恩的心却永远铭记在女儿的胸中。对于我的曾经是同班同学的先生来说，我觉得我所有的成绩，一多半应该归属于他。虽然他的工作非常忙，可是一下班家务活他总是抢着干，做饭刷碗洗衣拖地整理打扫带孩子。他不善言谈，总是那么实实在在的，点点滴滴为我着想，事事处处替我担忧。

回想几年前我在写作第一部专著的时候，是在我女儿出生后不久。记得在那部书的后记中我曾写道："就在我做博士后碰到坎坷烦闷焦躁的时候，她的一个微笑就能横扫满脑愁云，让我眼前一亮蓦然发现前面是一片春光。"而在这第二本专著的酝酿写作期间，我的女儿已经五岁了。她出奇地懂事，令我惊讶。每每我伏案写作的时候，她会忽然停止吵闹，悄悄地来到我跟前说："妈妈，你办公吧，办完了公就陪我玩（她把我坐在桌前统称为办公）。"我每次都是"好的好的"地答应着。她一次一次地蹭到我跟前看看我的"公"是不是办完了（可是我的"公"是办不完的呀）；我一次一次地让她失望。常常是在我终于关了电脑想陪她玩一会儿的时候，她已经趴在玩具堆里自己睡着了。此时作为母亲的我心头一酸、一串泪珠无声地跌落在地板上发出微弱的响声，心语："对不起了宝贝，妈妈先欠着你的吧！"

我还要感谢本书的编辑老师们！十分敬佩你们一丝不苟的敬业精神。谢谢你们为我的这本书一道一道地把关和设计。也感谢天津社会科学院出版社帮助我出版本书的各位工作人员！

最后，感谢所有帮助我的人，没有你们也就没有这本书的面世。

甄　蕾
2018 年春于天津